[著]カワイ・ストロング・ウォッシュバーン [訳]日野原慶

サメと救世主

SHARKS IN THE TIME OF SAVIORS

書肆侃侃房

サメと救世主

カワイ・ストロング・ウォッシュバーン

日野原慶 訳

装丁　山田和寛（nipponia）
装画　原倫子

あのシリーズのつぎの本を買うために
行き帰り八〇マイルを運転してくれた、ばあちゃんにささげる

第一部

救われる

第一章　マリア、一九九五年
ホノカア

　目をつむりゃ、家族みんなまだぴんぴんしてて、神さまたちがあたしらになにを求めてたのかはっきり見えてくる。いろんなひとたちが言いふらすうちの家族の物語じゃ、あるすっきり晴れた日のコナ、サメがすべてのはじまりですってことになってるかもしれない、でも、まちがいだってあたしにはわかる。あたしらはもっと早くはじまってた。おまえも、もっと早くからね。ハワイ王国なんてのはとっくにつぶれてた――息する熱帯雨林も、歌う緑の珊瑚礁も、ビーチリゾートと高層ビルを建てるハオレ《白人》たちの手で壊されてた――そうして、土地が呼びかけてくるようになった。いまならわかるんだ、おまえのおかげさ。神さまたちは変化を待ちのぞんだ、そしておまえがその変化だった。はじめの頃、あたしもしるしは山ほど見た、信じなかっただけだ。しょっぱなはワイピオバレー、あたしとおまえの父ちゃんはトラックで素っ裸だった、そしてふたりで見たんだ、夜の戦士《ナイトマーチャーズ》たちをね。

　ワイピオバレーまで行くのは金曜日のパウハナ《仕事終わり》で、カイキおばさんがおまえの兄ちゃんを世話してくれてた、あたしも父ちゃんもこういう子どもぬきの夜は、羽目を外すためにあるんだってわかってた、考えるだけで体がしびれた。だめなわけないだろ？　どっちの肌もおひさまになでられて濃い色をしてたんだ、あのひとはまだフットボールの体だったし、こっちだってバスケットボールの体だ。愛をたしかめあうってのは、なにより燃えあがるあたしたちの習慣のようなものだった。それにワイピオバレーだ――緑がうっそうとしげる深い谷、それをつらぬく銀茶色のガラスみたいな川、そしておおきな黒い砂浜のむこうは泡だつ太平洋さ。

あのひとのトヨタのぼろトラックでゆっくり谷底にむかった。急カーブからの急カーブ、右むきゃするどい崖、砂利をタールでかためただけの道、きつい坂のせいで焦げたエンジンのはらわたのにおいが運転席にまでひろがった。

つづく泥の道はぐらぐらゆれた、谷底のぬかるみは腰の深さだった、それでも砂浜が見えてきて、そこをぐるりと囲むまだら模様の黒卵に似た岩のそばに、トラックをとめた――あのひとはあたしを笑わせてね、そのうち頬がちくちく熱くなって、かすんだ木の影が地平線にむかってのびてった。海はうなってざわめいた。あたしたちはトラックの荷台に寝袋をひろげた、あのひとはあたしの下にだけ石のにおいがするスポンジマットを敷いてくれてた、最後まで残ってた十代の若者たちもいなくなって――レゲエのずぶとい低音が森にきえてって――ふたりで服を脱いで、おまえをつくった。

あたしの思い出がおまえにまできこえるとは思わない、まさかね、だからそこまでピラウ《くさいもの》じゃないだろ、それに結局、あたしは思いだすのが好きなんだ。あのひとはあたしの髪を手のさきでにぎった、ハワイが黒く染めてねじったこの髪に惚れこんでた。あたしの体はだんだんまるまってあのひとの腰とおなじリズムを打ちはじめた。うなって、はあはあ呼吸して、まるい鼻を押しつけあって、体を引きはなして今度はまたがって、また体をくっつけると熱くって、寒い時のためにずっととっときたいほどだった。あのひとの指があたしの首をなでて、舌が茶色い乳首をこすった。あたしだけが知ってる、あのひとのやさしいとこだった。セックスの音が鳴ると思わず一緒に笑って、目をとじてひらいてまたとじて、一日から最後の明かりがきえても、かまわずつづけた。

寝袋の上で寝そべってた、涼しい空気がじめじめしたあたしたちをミントのようにつつんでた、その時あのひとが大まじめな顔になって、転がってあたしからはなれた。

「あれ見たか？」あのひとはそう言った。

なんのことかさっぱりわからなかった——あたしはまだ半分霧のなかで、あそこがもぞもぞするからふとももをすり合わせてた、あたしたちの愛のオイルの残りが漏れてきてたから——でもつぎにあのひとは跳ね起きて座る姿勢になった。あたしは膝だちになったけど、まだセックスに酔ってはいた。胸はゆれてあのひとの左脇腹にあたった、髪はあのひとの肩にかぶさった、そりゃ怖かったさ、でも色っぽい気分もあって、もういちどあのひとをあたしのなかに引きこみたいくらいだった。その場で、危ない目に遭うとかまあ置いといて。

「見ろよ」って、あのひとはささやいた。

「いいから」あたしは言った。「騒がないでよ、ロロ《おばかさん》」

「見ろよ」ってそれでも言った。だから見た、あるものを見てぎゅっとかたまった。

はるかとおくのワイピオの尾根の上で、明かりがながい列になってゆれてたのさ。尾根のさきをなぞるように、ゆっくりぷかぷかと進んでた。緑と白が、ちかちかまたたいてた、五〇はあったにちがいない、そのまま目を凝らしてると明かりの正体も見えてきた——炎。たいまつ。夜の戦士たちのうわさは知ってた、でもずっとただの迷信だとばかり思ってた、ハワイからきえちまったものを美しく歌おうとしてるだけだって、大昔に滅びたアリイ《首長》のオバケみたいな話だって。でも出てきやがった。尾根にそってすこしずつ行進してた。むかうさきは谷の真っ黒なふところさ、じめじめした暗闇のなかで、よくわからないなにかが、死にそこなった王たちを待ちかまえてたんだろ。ならんだたいまつの足どりは重かった、木々のあいだでまたたいて、しずんで、うかんだ。最後いっせいに火がきえる瞬間までね。

ばかでかい、きしむようなうなり声が谷に響いた。そこらじゅうをつつみこんだ。鯨が死ぬ前には、こんなふうに鳴くんだろうって思った。

おまえの父ちゃんもあたしも喉で言葉がつっかえた。体を起こすと荷台からとびおりて、体を服にねじこんで、つまさきをざらざらした黒い砂に突っこんで、とびはねてぜえぜえ言いながら運転席に乗りこんで、鍵をまわして、父ちゃんがばかでかいエンジン音をとどろかせて、谷の道を大急ぎで引きかえした。ヘッドライトは、岩や、ぬかるみや、あざやかな緑の葉っぱを照らしてった。そのあいだも覚悟してた、ふりむきゃオバケがうかんでる、そこらじゅうにいるって、見えやしないけど感じてた。ぼろぼろのアスファルトにできたわだちを踏むと車体がはねあがって、フロントガラスからは木が見えて、空が見えて、しずんだと思ったら泥に突っこんで、上下にゆれながら走った。ヘッドライトがとどくとこ以外すべて黒と青で、隠れ処《かくが》のような森をトラックですりぬけて、ながい道を出口まで突っ走った。あっというまに谷底からはぬけ出た、下を見ても谷の奥にとりのこされたような家の明かりがぽつぽつとあるだけで、なにもいなかった。真夜中でも、水を張ったタロイモの畑の影は白くうきでてた。

高いとこまで来てようやくとまった。車内はすこしも落ちついてなかった、エンジンも悲鳴をあげてた。

あのひとはゆっくり息を吐いてから言った、「どうなってんだよ」ってね。神様がどうだとか話すのは、ほんとうに久しぶりだった。もうたいまつはきえてた、夜の戦士たちもいなくなってた。耳がどくどく動くのをきいてた。生きろ、生きろ、生きろ、って言われてる気がした。

よくあることだ。って、あたしたちは言いあった、直後も、何年たっても。まあ、ハワイで似たようなのを見たひとなら山ほどいる。カニカピラの時には皆で騒《みんなでさわ》ぐビーチのバーベキューでもラナイのハウスパーティでもいろんな話をたっぷり語ったけど、そこでもこういう話は尽きなかった。

夜の戦士たち――あの夜におまえをしこんで、生まれると何年かは妙なことばかり起きた。おまえのそばじゃ動物たちもおかしくなった――いきなりおとなしくなって、鼻をすりつけて、まるで仲間のように輪をつくった、にわとりだろうと、やぎだろうと、馬だろうと、すばやくしつこくね。裏庭でおまえが土や草や花を手いっぱいにつかんで口に放りこむのも見た、とりつかれたように。まわりの子ども《ケイキ》たちがまぬけに見えるくらい、おまえの好奇心は強かった。植物のなかには――かごで吊るしたランなんかがそうだった――夢みたいな色で花をつけるのもあった、ほとんど一晩のうちにね。

よくあることだ。ってそれでもあたしたちは言いつづけた。

でも、いまならわかる。

一九九四年のホノカアは憶えてるかい？　いまとそんなには変わらない。ママネストリートは、サトウキビ畑ができた頃からの低い木造の建物にはさまれてて、何度正面のドアを塗りなおしても、骨組みはむかしのまんまだった。色あせた自動車修理屋、いつもおなじチラシが窓にはってある薬屋、食料品店。町外れにあるあたしたちの借家は、塗装が何枚もめくれて、部屋は狭くてがらんとしてて、間に合わせのシャワー室はガレージの裏にあった。おまえがディーンと使ってたベッドルーム、あそこでおまえはサトウキビだか死だかの悪夢を見るようになった。

そういう夜。おまえはよくしずかにあたしたちのベッドのわきにたった、シーツに絡まったまま、体をゆらして、ぺしゃんこになった髪があちこちをむいてて、鼻をすすりながら息をしてた。

母ちゃん、またあれが起きたんだ、とか言ったもんさ。

なにを見たんだときくと、おまえの口からいろんな光景があふれでた——ひび割れてなにもかもきえた真っ黒な地面。土じゃなくて、あたしやあのひとやおまえの兄ちゃんやみんなの胸、腕、目から突きでたサトウキビ。それから蜜蜂の巣の内側みたいな音——それを話す目はおまえの目じゃなかった、おまえは目の裏にいなかった。まだ七歳だったのに、おまえからはとんでもないものがこぼれだしてた。でも一分くらいそうやって話すと、いつものおまえが戻ってきた。

ただの夢さってあたしが言うと、おまえはなんのことかききかえした。悪夢はこういう意味なんじゃないかって、あたしはくりかえし教えようともした——サトウキビも、あたしたちが刈りとられるのも、蜂の巣も——でもあたしに話したばかりの夢を、おまえはいつも憶えてなかった。まるでたったいま目覚めたら、すぐ前であたしが他のだれかの話でもしてるかのような、そういう反応だった。はじめ悪夢は二、三ヶ月にいちどだった、それが二、三週間にいちどになって、毎晩になった。

サトウキビ農園はあたしたちが生まれる前からあって、島のこっち側にはサトウキビがぼうぼうと生えてた、マウカ《山の方》からマカイ《海の方》まで。たしかにはじめから、みんないつか収穫できなくなると話してた、でもそのいつかはやってきそうにもなかった――「ハマクアはいつでも人手を探してる」って、あのひとも言った、うわさを散らすように手首をおおきく振りながら。でもそれから、おまえが悪夢を毎日見るようになってすぐ、サトウキビトラックの低いクラクションの音がいくつもママネストリートをかけぬけた。一九九四年の九月の午後だ、おまえの父ちゃんも運転手のひとりだった。

　町の上から見おろしてたら、こんな光景が目に焼きついたはずさ――町に何台もトラックが入ってくる、たくさんの荷台と固定用のチェーン、載せるものがなきゃ腹をすかした動物のあばらみたいで、それをゆすりながらずんずん進んでくる。サルベージョンアーミーの事務所、教会、むかしは安っぽいプラスチックの輸入品を瓶に詰めてならべてた店先、通りをはさんでむかいあった高校と小学校、フットボールや野球やサッカーをするグラウンド。クラクションを鳴らしてトラックが通ると、みんな銀行や食料品屋から出てきて歩道や路肩にならんだ。出てこないひとにもきこえてたにちがいない、クラクションのあわれな音も、ブレーキの鳴き声も、仕事の寿命が尽きたのを悲しく歌ってたんだ。新しいからっぽのはじまりを告げてたんだ。にどと畑に出ることがないから、トラックは鏡みたいに磨かれて、作業汚れはあとかたもなかった。だから、家族そろって通りに出てきたフィリピン人やポルトガル人や日本人や中国人やハワイ人はみんな、自分らの浅黒い顔がつやつやの車体を滑るようにつぎつぎ映しだされてくのを眺めながら、これまでとはちがう真実を悟った。

　あたしたちも人混みにまじってた、あたし、ディーン、カウイ、そしておまえ。ディーンはたちつくして、ちいさな兵隊のようにこわばってた。九歳だってのにばかでかい手でね、かさかさの手のひらでつつむようににぎってきたのを憶えてる。カウイはあたしの股の下でふらふらしてて、息で髪がゆれてふとももがくすぐったくて、そのあと二、三本の指をぎゅっと押しつけてきた。おまえは余った手のほうにいたね。ディーンの指とかたまった首からは混乱と怒りが伝わってきたし、カウイは四歳らしくぼうっとなにも感じてなかった、でもおまえはどっちともちがって、すっかり落ちついてた。

おまえがずっとなんの夢を見てたのか、いまならわからないこともない——死ぬってのがだれのことだったのか、あたしたちの体なのか、それともサトウキビなのか。まあ結局、おなじことだ。おまえはだれよりも前から、終わりが来るのを見てた。あれはふたつめのしるしだった。おまえのなかに声があって、でもほんとうはなくて、つまりおまえの声ではなくて、ただ喉を貸してただけ。その声は知ってることを、おまえに伝えようとしてた——あたしたちにもね——でもあたしたちはきこうとしなかった、まだその時は。

よくあることだ。ってあたしたちは言ってたんだ。

サトウキビのトラックは食料品店の前でつぎつぎ曲がってった、そのまま急な坂をのぼって町を出ると、もう戻ってこなかった。

農園がつぶれてからの数ヶ月、あたしたちはどんぞこだった。だれもが働くとこを探してた、おまえの父ちゃんもだ。あのひとは車で島のあちこちに何時間もかけて出かけてって、オバケみたいに逃げまわるお給料を追いまわしてた——そこだ、と思った瞬間、いなくなるようなやつを。オレンジの陽の光が木の床に反射する日曜の朝なんかにキッチンカウンターにいて、コナコーヒーの湯気がもくもくとわくお気にいりのマグカップ片手に、求人欄に指をあてながら読んでたよ、呪文のように唇を動かしながらさ。目ぼしいのがあった日にゃ、記事をゆっくり切りはなして指さきでつまむと、電話のそばに置いたバインダーにしまったもんだ。そういうのがない日は、鳥の群れがとびたつような音で新聞をぐしゃぐしゃにまるめた。

でもそんなことじゃ、あのひとの笑顔はきえなかった。どんなことでもね。物事がもっと落ちついてた時も、おまえたちがハナバタ《子ども》だった頃も。鼻水が上唇でかりかりにかたまって、よちよち歩きだしたばかりのガキんちょさ。そんなおまえたちをあのひとは宙に放りなげて、おまえたちの髪はばっとうきあがって、目は楽しそうに吊りあがった、いちばんに明るい声できいきい叫んでた。高いとこ目がけて力いっぱいなげてさ――雲にとどくようにって、あのひとは言ってた――だから、おまえたちが落っこちてくると、あたしも陽気じゃいられなくなった。いい加減にしてくれ、ってたのんだもんさ。カウイが相手の時は、とくに強く。落とさねえよ、ってあのひとは言った。それにさ、首なんかが折れちまったら、もうひとりつくりゃあいいだろ、ってね。

こんな日もあった。朝なのに、あのひとはしつこくベッドにとどまった――たいていは早起きで、サトウキビトラックに乗らなくなっても変わらなかった――まるまってあたしにすり寄ってくると、薄いあごひげからくすくす笑ってるのが伝わってきた。ベッドカバーをもみくちゃにして逃げようとしても、あのひとはでっかい屁をこくと、あたしをそこにとじこめた。腹んなかでたっぷり寝かして火をつけたチーズと豆みたいなにおいだった。

引っこぬくほうが、入れるよりいい気持ちだろ、なあ？　とか言いながら、あのひとは笑ってた。高校で五時間目をさぼってた時に戻ったみたいだった。ベッドカバーの下で屁をこいて、そうきいてきたのははじめてじゃなかった。前は、わかんないよ試させてみな、ってこたえて、あのひとの下着に指を突っこんで、けつの穴に突きさしてやったんだ。きーっとか叫んで、のけぞってたね、おい、行きすぎだ、そりゃやりすぎだ、とか言うもんだから、あたしは笑って笑って笑って、それでもまだ笑いつづけたよ。こうやって、お互いやりあうこともあったけど、しずかにしてるほうがうまくいくこともあった。洗面所で鏡越しに歯を磨いてる相手をただ見てたり、あたしたちの車を運転して——そうそうおまえが生まれるすこし前に、ぼろぼろのトラックから、ぼろぼろのSUVに乗りかえてたんだ——子どもたちをサイエンスフェアやバスケットボールの練習やフラの発表会につれていこうとしてたりね。

でも、もしも家の金すべてをカップに注いでも、半分くらいにしかならなかったはずさ。あのひともホテルのひとつでアルバイトにはありつけた、それだってだれもがうらやましがった、でもフルタイムの仕事はなかったし、レストランでチップをたっぷりってわけでもなかった。単に部屋掃除係のひとりさ、帰ってくるといろいろ話してくれた、ほとんど手をつけてないアヒの皿《マグロ》がバルコニーに置かれててムクドリがむらがってたとか、床には火山みたいにたくさん洋服がつまれてたとか。ああいうハオレ《白人》たちはバケーションに来て一日二回服を着替える、っていうのも教えてくれた、「一日二回だぜ」ってね。

そのホテルの仕事だって、ほとんど舞いこんできたそばからきえてった、季節ごとの人員整理さ。あたしもマックナッツ《マカデミアナッツ》倉庫での仕事時間をぶった切られた。夕食は簡単なものになって、フードピラミッドなんて頭になかった。あのひとはできることをなんでも引き受けた、こっちじゃ家塗り、あっちじゃ庭師、友達の畑で腰を曲げて働くのも一日どころじゃなかった。ワイプアウトグリルでテイクアウトする晩もわずかだけどあった。背中をずたずたに痛めて帰ってきた。足も痛かった。目頭はドラムのように脈打ってた。たいていは入れちがいで、これから働くどっちかが、もう働いたどっちかにおまえたちをあずけて出かけてく。でもカレンダーを見れば、そんなシフトでさえ隙間がどんどん増えてった。それで、ある時ぷつりと出かける必要さえなくなって、計算機をにらんで残り時間ばかりを考える日々に変わった。

「これじゃもたねえよ」って、あのひとはあたしに言ったよ。夜おそくのことで、おまえたちはみんなぐっすりだった。吠える犬たちの声が道路に響いてた、でもやわらかな音だったたし、慣れっこだった。テーブルランプの金色の明かりのせいで、あたしたちの肌はハチミツが塗りたくられたように見えた。あのひとの目は濡れてた。こっちをまっすぐ見ることもできなかった。しばらくあのひとの冗談をきいてなかったって、そこで気づいた。その時さ、ほんとうに怖くなったのはね。

「いくら残ってる?」ってきいた。

「厄介なことになるまでは、たぶん二ヶ月だ」って、あのひとはこたえた。

「で、そのあとはどうなる?」ってまたきいた、でもこたえは知ってた。

「ロイスに電話する」って返ってきた。「相談はしてたんだ」

「ロイスってオアフに住んでんだろ」って、あたしは言った。「航空券は五枚。別世界みたいな島だ、街だろ。街じゃあ安くはすまない」でもあのひとはもうたちあがって、バスルームに歩きだしてた。明かりが点いて、換気扇がまわって、水がしゃーしゃー流れて、排水口ではねる。顔を洗いながら、濡れた息を吸って、まき散らしてた。

動きも音もぱたっとやんで、いっそなにか割ってやろうかと思うくらいだった。あのひとはベッドルームに戻ってきた。

「だから思うんだよ」って言いだした。「おれの体を売ろうってな。相手が男ならオコレ《けつ》をやる、女ならボト《あそこ》をやりゃあいい。みんなのためにやる」

「おまえのためにやるんだ」ってつづけた。すこし間をおいてね。シャツは脱いでて、全身鏡にうつる自分を見てた。「ってのはよ、見てみるといい、なあ？　この体はいつだってやる準備ができてんだ」

思わず笑っちまって後ろからあのひとを抱きしめた。胸のふくらみを手のひらでつつみこんだ。だらしない女の乳みたいに、だんだん垂れてきてるのはまあ、勘弁してやった。「あたしなら買うかもね」って言った。

「いくら出すよ？」にやにや鏡を見たままで、きいてきた。

「そうだね。どこまでしてくれる？」あたしは左手を下にずらして、あのひとのウエストのゴムのなかに滑りこませた。

「その時によるねえ」

「まあ、二、三ドルってとこだと思う」

「おい！」あのひとはあたしの手を引っこぬいた。

「それを一分ごとに払ってやるさ」肩をすくめながら言った。あのひとは鼻で笑った。でもそのまましばらく、かたまってた。

「売るのはあそこだけじゃ済まねえよな」って、あのひとは言ったよ。

ベッドのすみに、ならんで腰をおろした。

「カウイとナイノアにはディーンのおさがりを着せてる」って、あたしは返した。「給食もタダにしてもらってる」

「知ってる」

「昨日の晩飯はなにを食べた？」

「サイミンとスパム」

「おとといの夜は？」

「ライスとスパム」

あのひとはまたたちあがった。机まで歩いてって、体を落としながら手をついた。まるで机を押しだそうとでもするように。

「これは一五ドル」

また体をのばすと、ため息をつきながらドレッサーに手を置いた。「こいつは二五ドル」

「四〇ドルだよ」って、あたしは言った。

「二〇だ」あのひとは首を横に振った。

こうやって、目に入ったものにつぎつぎ触れてった——七ドルのランプ。二ドルの写真たて。五ドルの服だらけのクローゼット。あたしたちの生活をすべて足しても、四桁にだってならなかった。

算数はいつも苦手だった、でもこのさきなにがあるかははっきり見えた、つまり、薄暗い照明と、支払い期限と、シャワー代わりのバケツが、待ち受けてるってのがね。だから、あれこれ計算した三日後、おまえたちを学校に送ると、あたしは道端にたってヒッチハイクした、あのひとのハンティングナイフを鞄に入れてね。金をかけずヒロまで四〇マイルの旅をして、ハワイ州の役所の家賃補助窓口までは、じとじとした雨のなか、歩いてって申請ってのをした。「どうしました?」って、カウンター越しに女がたずねてきたよ、つめたい感じじゃなかった。色の濃い肌にしみのある腕、袖のないブラウスからはたっぷりとした肌が突きでてた。あたしの姉妹でもおかしくないひとだった、というか実際あたしたちは姉妹だ。

「どうしました」って、あたしはくりかえした。こたえがわかってたら、そこにたってるはずない。蒸し暑いヒロまで来て、家賃を助けてくださいなんて、頼んでるはずなかったろ。


あたしたちはそんな調子で、その頃にみっつめのしるしが来た。これ以上そぎ落とせる無駄は、残ってなかった。でもロイスが連絡をよこした、たった電話一本であのひとに「なんとかしてやれると思うぜ。ってのはよ――」とか話して、とつぜんなにもかもオアフにむかいはじめた。自分たちのものをいくらか売って、そのあとさらに売った。ワイメアの道路ぞい、公園のそばで、道をはさんでカトリック教会の正面にある、一面木陰になった駐車場に陣どって。ビーチに行くひとたちがかならず通るとこだった。その売りあげと、フードバンクの援助と、おまけの家賃補助に、かろうじて銀行に残ってた金額を足せば、オアフ行きのチケット五枚を買えるくらいにはなった。

あのひとは余った金の使いみちも決めてた――床がガラス張りになったボートでコナの海をクルーズするってね。だめだ、そんなことはしない、って反対したのも憶えてる。オアフのために最後の一セントまでとっておかなくちゃいけなかった。でもあのひとはききかえしてきたんだ、子どもたちに息ぬきもさせてやれないような父親になれっていうのかよ、ってね。

「あいつらだってもっとましな目にあうべきなんだ」ってのが言い分だった。いまでもよく憶えてる。「実際ましになるんだって思いださせてやりたい」

「でも観光客みたいにクルーズすることない」って、あたしは言った。「うちはそういう家族じゃない」

「まあ」って、あのひとはこたえた。「いちどだけ、そういう家族になってみたいってことさ」

なにも言えなかった。

それで、カイルアコナのアリイ通りまで出かけてった。山盛りの砂糖みたいな砂浜とまぶしい海、そのすぐ横にのびる低い岩壁とくねくねした歩道。観光客をねらった売りものがちいさな店にならんでて、パンくずのように海ぞいのホテルまでつづいてた。あたしたちはコナの船着場にたった、手にはボートのチケット、もちろんおまえたちの分も一枚ずつ。潮《しお》が満ちてきて、きれいに磨かれたボートがうねる波ではしからゆれて、しずんで、かがやくのを見てた。細ながいアスファルトの桟橋には釣り竿が何本もたってて、まんなかあたりまでならんだ地元の若い子たちは、ぎりぎりのところからつぎつぎとびこんでった。飽きずに、何度も。自分の前の子がこさえたしぶきめがけて。じゃぼんっ、と鳴ったかと思えば、濡れた足で木の階段をぺたぺた歩いて元のとこに戻ってってった。

こうしてコナの船着場から出発した。ハワイアンアドベンチャー号の、ふたりがけの気どりきったソファに座っててね。夕暮れ時なんかに、かすんだコナの海にういてるのをよく見かける三胴船だった。後ろには滑り台までついてて、屋根のあるデッキでロブスター色の観光客がぺちゃくちゃ喋りまくってるようなやつさ。でも、あたしたちの船は、まんなかの床がぶあついガラスになってて海を覗くこともできた。エンジンがデッキじゅう心地よく震わせて、海の色は青緑からもっと深い紫になってってった。サンゴも太くおおきなかたまりに変わって、ところどころ指を突きだしたり、脳みそが花ひらいてるように見えた。イソギンチャクの尖った赤い輪っかは風にそよぐように波にゆれてた。太陽のにおいだった、ボートの枠にこびりついた塩がじりじり熱せられてたせいでね。フルーツパンチのマロロシロップは強烈に甘ったるい果実の香りだった。まわるエンジンが吐きだすディーゼルの空気は鼻につんときた。

ほぼずっと室内で腰かけてた。スタジアムのようにならんだきれいな座席のいちばん前で五人、ずっとガラス越しに海を見てたんだ。あたしはどの動物がどの神さまで、いちばんはじめのハワイ人たちを助けたのがこれで、戦ったのがあれだとか話してた。あのひとは自分のフィリピン人の祖先が、鼻のながいツノザメやゴンドウクジラばかり食べてたってことを面白おかしく喋ってた。天井からは陽が斜めに射しこんで、モーターの振動は椅子を伝ってきた。ぬるいようなおそいような感じがして、カウイがあたしの腕で眠ってるんだと気づいたのは、あたし自身がわけもわからず眠りから覚めた時だった。

おまえもディーンもあのひともいなかった。というか、展望室にはだれひとり残ってなかった。デッキで声があがってた。カウイを膝からどかして——あの子は文句をたれてた——たちあがった。やりとりは早口になって、みじかい命令になった——引きかえすぞ、見うしなうな、救命具を持ってこい。洞穴のむこうから、ずっととおくから、おまけに頭にコットンを詰めこまれてるような、そんなきこえかただったのを憶えてる。

カウイの手をつかんだ。目をこすったまま、ぶつくさ言いだしても、手を引いて展望室の階段からデッキに出た。とんでもなく真っ白だった。手をかざして、唇と歯ぐきが持ちあがるくらい、うんと目を細めなくちゃならなかった。なめらかな白いデッキを囲むケーブル手すりのそばに、ひとが集まってた。海を見てた。なにかを指さしてね。

あのひととディーンが見えたのも憶えてる。あたしとカウイからは三〇フィートくらいのとこだった。おかしいなと思ったのは、あのひとが手すりの前でディーンにしがみついてて、ディーンが大声をあげてたからだ。行かせろよ、おれがつれてくる、ってね。白いポロシャツに野球帽の乗組員が、赤い浮輪を放りなげるとこだった。ロープをしならせて、ゆらゆらとまわりながら、空へととびだしてった。

あたしはあのひとめがけて駆けだしてたんじゃないか？　ディーンは手すりから引きはがされて、あたしの手は痛いくらい強くカウイの手をにぎってたんじゃないか？　たぶんそうだ、でもそこは憶えちゃいない。記憶にあるのは、目を灼くほどに白いデッキであのひとの横にたったたってこと、波でゆれて、あたしたちがいるのにおまえだけがいなかったたってこと。

おまえの頭は海にぷかぷかうかぶココナッツのようだった。どんどんちいさくとおくなってって、波は音をたてて船に打ちつけてた。ぺちゃくちゃお喋りしてるやつなんかはひとりもいなかったはずだ。船長だけが、上の階から叫んでた——「見うしなうな。旋回するぞ。見うしなうな」

おまえの頭は見えなくなって、水面はまたまっすぐしずかになった。

スピーカーの音楽は鳴りっぱなしだった。薄っぺらくて甘ったるい「More Than Words」のハワイアンカバー、いまでもこいつだけはだめだ、昔好きだった曲でもね。エンジンはまわりつづけてた。上で舵をとる船長の声もきこえてて、テリー見うしなうな、って指示してた。テリーってのは、波にぽつんとうかんでおまえの頭からはどんどんはなれてく浮輪をなげたやつさ。

見うしなうなとか、待てとか言われるのに我慢ならなくなって、あたしはテリーになにか言ったんだ。嫌そうな顔してたよ。ひげの奥の口を動かして、あたしに言いかえしてきやがった。あいかわらず船長は上から叫んでた。おまえの父ちゃんも我慢ならなくなって、四人みんなで言ってやった。一気にまくしたてたてたとこでテリーはたぶん涙ぐんだ、そのせいでサングラスのまわりがぽっと赤くなった。あたしの顔がレンズに反射してた、思ってたよりずっと黒いから妙にうれしくなったんだった、それにバスケットボールの肩も見えたんだった、細めてた目はその時かっぴらいた。あたしが手すりに足をかけると、テリーはまゆ毛を吊りあげて、あたしになにか言おうとした。手ものばそうとした――父ちゃんもおなじ格好だっただろうね――でもあたしはだだっぴろい海に身をなげた。

たいして泳がないうちに、あたしの下をサメが通りぬけた。はじめは黒いもやだったのを憶えてる、でも水をゆらしてるのは動物の重みで、そいつらが通ったあとは流れになってあたしの足と腹を押した。あたしを追いこして、四匹ともひれを水の外に突きだして、黒い波のてっぺんからナイフが生えたようで、おまえがずたずたにされそうだった。おまえの頭が見えてたとこまで行くと、やつらはまた潜った。あたしも後ろから泳ぎだした、でもやつらは日本くらいとおくにいた。いちど潜って目を凝らしてみた。海のなかで見えたのは、ぼやけた闇と、サメがいるあたりからわいてくる泡だけだった。あとはいろんな暗い色。ピンク色がじゃれあうようにつらなって、泡のとこから上に、のびてった――いやな予感はしてた。

もう息はつづかなかった。水面から顔を出して、酸素をめいっぱい吸いこんだ。なにか音がして、あたしは叫んで、ボートはちかよってきたのかどうか、そんなのも憶えちゃいない。もう一回潜った。おまえがいたあたりでは水がめちゃくちゃにかきまわされてた。サメどもはむちのようにしなって、しずんで、うきあがった、まるでダンスみたいに。

息を吸おうとまた顔を出すと、おまえも水面にいて、頭をかたむけて、寝そべってた、ぬいぐるみのように、サメの口んなかで。でもね、サメはおまえを優しく抱いてたんだ、わかるかい? まるでガラス細工のように。自分の子どもを抱くように。あいつらはまっすぐあたしにおまえをとどけてくれた。おまえをくわえてたサメは犬みたいに頭をあげて、海に入らないようにしてくれてた。あいつらの顔といったら――これは嘘じゃない。サメがこっちに寄ってくるあいだ、あたしは目をぎゅっととじてた、あたしにむかってきてるんだってことも、もちろんわかってた。みんなは吠えて叫んでたかどうか、そうだったとは思うけど、それにあたしがなにか考えてたかどうか。なんも憶えちゃいないんだ。とじたまぶたの黒さと、言葉にならなかった祈りの他は、なんもね。

サメがぶつかってくることはなかった。あたしの体の下をぐるりと避けて通りぬけてった、暴れる風のような水のいきおいだった。そこで目をあけた。おまえはボートにいた。浮輪にしがみついてた。おまえの父ちゃんが手をのばしてた――もたもたしやがって、どれだけ腹がたったか、いまでも憶えてるさ。あんだけ時間があったんだ。こう言ってやるとこだった、おまえはあほなパウハナ《仕事終わり》の郡職員か？　どうしてあたしたちの子に手をのばさない、まだ死んでもない子どもに――おまえは咳をしてたよ、つまり息をしてるってことだ、海のなかの赤い影はきえ失せてた。

よくあることじゃ、なかった。

きいてるかい。いまならわかるんだ、なにひとつよくあることじゃなかった。その頃から、あたしは、信じはじめたんだ。

第二章　ナイノア、二〇〇〇年

カリヒ

きいてくれ、おれの血がしずまり、ざわめき、指の根元がどくどく動いてる。割れて、腫れて、血が出た手の甲。打ちつけて痛んだ血だらけの拳、でもおれの望みじゃない、兄ちゃんの命令だ。年明けだった、ぱんぱんぱんと袋小路のあちこちでクラッカーが鳴ってた。どの家も、前庭に緑色のプラスチックチェアをならべて座ってた。歩道は炭の燃えかすと赤い紙くずで汚れてた。花火の最中なのに、スカイラーとジェームズはガレージの裏に行って、兄ちゃんと拳のぶつけあい《ブラッディーナックルズ》をはじめた。兄ちゃんを追っておれもそこにいた。おれにひっついてカウイもそこに来た。

もう何年も、自分のなかにいるなにかを突きとめようとしてた。でも、おれ以外のやつらは、それを引き裂こうとしてきた。時々は、兄ちゃんなんかがまさにそういうやつだった。やけにおれのことが憎らしくなる夜があって、その日がそうだった。

スカイラーも、ジェームズも、日本人とのハパ《ハーフ》で、背は高いけど真ん丸の、鼻につくティーンエイジャーだった。ジェームズは矯正なんかしてて、ぎらぎらした歯のまわりにいつも唾がたまってた。スカイラーはぺしゃんこの髪で、頬っぺたはニキビの畑に見えた。おぼっちゃんて感じの服はどっちも、きまってポロかアバクロンビーだった。兄ちゃんはといえば、あごまでのびたくるくるの髪、ビラボンのぶかぶかのパンツ、「ローカルオンリー《よそものおことわり》」のロゴがついたちいさすぎるTシャツ、サーファーみたいな日焼け、むっつりとじたぶあつい唇。どう見たっておれたちは場ちがいだ。なのに金持ちとばかりつるもうとする。それがおれの兄ちゃん、ディーンのやることだった。兄ちゃんも、ジェームズも、スカイラーも、手は腫れて血まみれなのに、陽気な顔をつくり手をぶらぶらゆらして、痛みを散らそうとしてた。

「ミラクルボーイの番だよな」矯正の歯をとじたまま、あごをこっちにかたむけてジェームズが言った。

「そうだ」と、スカイラーもつづいた。「いい考えだよ、なあ、ディーン？」

その夜はずっと、兄ちゃんが、ジェームズとスカイラーの一歩さきを行ってた。ふたりよりも速く走り、もっと汚くののしり、ひとりだけ大人たちのクーラーボックスからすばやくビールを盗むのに成功した。爽快だった、でもすべてジェームズとスカイラーのためだった、なぜって、やつらの家にはつやつやのSUVがあって、天井の高い部屋に黒くて重そうな家具が置いてあって、兄ちゃんはなによりそれに憧れてたからだ。でも自分もそうなるにはどうしたらいいか、考えたんだと思う。金のあるやつらのそばにいれば、そのうちやつらにあっておれたちにはないなにかを、いくらか吸いとれるんじゃないかって。

それにおれも兄ちゃんもわかってた、これまですこしでも家のためになることをしてきたやつがいるとしたら、それはおれ以外にはいないってことを。すべてはあのサメと、そのあと起きたことのおかげだ。ニュースや新聞に出て、そのたびに父ちゃんも母ちゃんもおれたちがどれだけ貧乏か訴えた。そしたら寄付の小切手がやってきて、着るものがとどいて、タダ飯食わしてくれるとこだって見つかった。父ちゃんと母ちゃんがあちこちでたれ流した苦労話を見るなりきくなりしたひとたちだ。息子がサメに食われなかったのはまあよかった、けど食費も家賃も生活費も払えないんじゃあ結局みんなで野垂れ死にさ、みたいな話をね。

それに手紙や寄付どころの話じゃない、さらにいろんなものがやってきた。カヘナアカデミーの入学願書ではサメのできごとに触れた、選考委員の連中もたぶんあの事件を知ってた。で、おれは州でいちばんの私立学校の生徒になった――学費免除でね、他のハワイ人の連中とおなじように――あそこはジェームズやスカイラーのさらにずっと上を行くやつらだらけだってのにね。

家族のみんなは、とくにディーンは、さらにおれに起きたいろんな変化を目にすることになった。頭が良くなりはじめて、しかも急激にね、まさかおれが頭でクラスメートを追いぬくだなんて魔術みたいに見えたかもしれない。ウクレレもそう――あれだけの曲を弾けるようになったんだ――神がかった才能です、って教師は口をそろえた。教師の言葉に耳をかたむける父ちゃんと母ちゃんの顔は、太陽みたいだった。ふたりはおれが特別だって言いはじめた。ディーンやカウイにきこえるところでもね。

そんなこんなで、その晩、兄ちゃんとジェームズとスカイラーの横に、おれが居合わせた。おれのことはやつらもたっぷり耳にしてきた。

「じゃあなんだ、ディーン」スカイラーは言った。「おれとこいつの勝負ってことでいいんだな?」

ディーンはおれをじっと見た、そしてにやけた顔をつくった。でも、おれにはわかる、本心は乗り気じゃない、兄ちゃんはたぶん最後まではやらせたくない。思うとこはあっても、やっぱりおれは弟だからだ。でも、にやけが口全体にひろがった。「こいつはみんなにまわってくるんだ、ノア」って、兄ちゃんは言った。

違法花火――赤と青と金がはじけとぶ、ホテルだけが打ちあげるのを許されてるはずの種類――が頭の上の暗闇をどんとゆらした。おれたちの影がスカイラーの豪邸の白塗りの壁にうかびあがった。

「あんたはおれより一〇〇キロも重いだろ、落ちつきなって」って、おれはスカイラーに言った。それでどうにかなるはずなかったのに。どうにもならなかったのにさ。

「そうびるなって」ジェームズが言った。「おまえ女か」

「男らしい手にしようぜ」スカイラーはそう言って、ちかよってきた。殴るほうの腕はまだぴくぴく震えてた。それをおれにむけて、拳をつくる。ゆっくり、ぎゅっとにぎった手の甲に、めくれた皮膚と血のあとが見えた。道の奥からはパーティの騒ぎがきこえてた。ビール瓶は火花を散らしそうな音をたてて、どんどん積みあがってったし、クラッカーはパンパンパンパンと鳴ってた。

「やめときなよ」って、カウイは言った。そこにいるだれよりもちいさな声で、でも腰に両手をあてる仕草で。おれたちは凍りついた、男だけのつもりで、あいつのことはすっかり忘れてた。おれのすぐ横にたってた、おれよりもさらに三つ下の妹、カウイ。

おれはもういちどディーンを見たんだ。いまじゃ後悔してる、いまじゃ思いだすだけで恥ずかしい。兄ちゃんが急に割りこんで、はいこれはジョーク、まさか大人の体と変わらねえティーンエイジャーがミドルスクールのガキをぶちのめすなんて無茶だろ、って、兄ちゃんがそう言ってくれるって、まだ信じてたなんてね。

「おいおい、『マフ』《おとこおんな》」スカイラーはおれに言った。「なんだよ、殴るのも初体験ってか？　いいからかまえろよ」

おれはにぎった手を差しだした。ディーンはけだるそうに壁に寄りかかった。腕は組んだままだった。カウイは言った、「ノア、やめて」って。

「どっか行け」おれはそう返した。「これはおれたちの勝負なんだ」

スカイラーも腕を差しだした。俺の手から六インチはなれたところ。ふたつの拳がむきあった。何度も打ちつけて傷だらけのやつの手。傷ひとつない薄くなめらかなこっちの手。おれにだって結末は見えた。ねらいをさだめてスカイラーが一歩踏みだした。おれは手をひっこめた。「びびるのは無しだ」そう言って、やつはもうひとつの手をおれの肩にぶつけた。すぐに注射のあとみたいなあざになるんだった。「はじめからやるぞ」

さっきとおなじ、ふたりとも相手にむけて拳を振りあげた。おれは手首にまで力を入れて、自分がなにかぜったいに砕けたり曲がったりしないものに、銅像とか鉄道とか岩壁とかになったんだって、思いこもうとしてた。その瞬間、やつの拳がおれの拳にめりこんだ。骨どうしがぶつかる音がした。

肘まで突きさささるような痛み、おれは思わず高い声を漏らした。スカイラーは不満げに言った。「わめいたらやりなおしなんだよ、弱虫」

おれはもういちど兄ちゃんを見た。でも兄ちゃんは花火だけを見てるかのように、空の燃えかすに顔をむけてた。

「助けはこないぜ」って、ジェームズが言った。「これは野郎どうしの時間なんだ、ちゃんとたって、男を見せな」

歯を食いしばってたせいで、あご全体が痛みではちきれそうだった。もちろん手だって破裂しそうだった。泣くな、泣くな、泣くな。「腕力だけのまぬけやろう」おれは言いかえした。「おまえらがマクドナルドの面接でも受けてるうちに、こっちはカヘナを卒業するんだ」ジェームズが芝生の上の足を動かす、タバコの火がきえる音がした。「このガリ勉、なんだって?」やつはスカイラーに言った。「今度はおれもやったほうがよさそうだ」

「いや」スカイラーはこたえた。「おれだけだ」

おれの手は震えはじめてたし、胸が鳴るのに合わせて、指も手のひらもずきずきうずいてた。でも指をとじた。痛みが他の手足に燃えひろがってく気がした。スカイラーの手から六インチはなれるように、もういちど腕を持ちあげた。そこに、いちだんと重く、やつの拳が降ってきた。ドア枠に置いた手の上に、ぶあついドアがぴしゃりとしまるのを想像してみるといい。破裂した痛みはおれの手をはみ出して目から噴きだす、一瞬すべてが真っ白になって、おれは腰から地面にころげ落ちてた。ぺったり尻をつけて、ひどく湿っぽい声でおれは泣いたんだ。子犬みたいにね。

ジェームズもスカイラーも笑ってた。スカイラーのやつは殴ったほうの手をぷらぷら振りながら。表の芝生では、だれかが笑えるジョークでもかましたにちがいない、大人たちも声をそろえて笑ってた。ちょうどおなじタイミングで。

カウイがおれの前にたった。「やめろよ、ボトども《ちんこ野郎》」って、あいつは言った。

「なんだって?」ジェームズはもういちど笑った。「おいおい、なんだって?」

「きこえてんだろ」カウイはこたえた。

「今度はおまえの番か、よお?」ジェームズはカウイに言った。「おまえとおれだ」

ディーンは壁から背中をはなした。「ジェームズ、馬鹿はノーにしろ《ノー・ビー・ステューピッド》」気にせずピジン《地元言葉》を使えたのは、母ちゃんも父ちゃんもいなかったからだ。

「やれよ」カウイはジェームズに言った。

「ふたりとも黙れ」兄ちゃんは言った。

「もうおそい」カウイはこたえた。そしてジェームズにも言った。「やれよ、臆病者」

「口には気をつけろよ」ジェームズは返した。

「じゃあ口を見張ったらいいじゃない?」カウイも返した、一〇歳なりに精いっぱいね。「やれよ、メス猫」カウイは手を差しだした。ちょうどおれみたいな感じに、でもおれよりずっとちっぽけでまるっこい、骨もほぼうきでてない手だ。

ジェームズも拳をあげた、六インチはなして。

カウイはコアの木彫り細工みたいな顔だった、茶色い肌の妹、ぎっしり生えた髪を後ろでたばねてた。なんて言えばいいのかわからなかった――やってみたらいい、って思う部分もあった、カウイは自分がおれやディーンみたいにできるって信じきってたから、ディーンより五つも下で、おれより三つ下だぜ、身の程を知ればいいんだ、って……でも、やめとけって思ってもいた。終わってあいつがどういう気持ちになるか、わかりきってたからさ。

「カウイ」ディーンは呼んだ。

「やれ」カウイはジェームズに言った。手はそのまま。

ジェームズは肩をすくめると、腕をかためて、拳をカウイの手のさきに合わせた。やつは脅しで手を震わす、カウイのほうはぴくりとも動かない。重心がかたむき、やつは肩ごと前に押しだす。あたった、と思った瞬間、やつのは拳じゃなかった。やつは手をひらいてカウイの手首をにぎってた、笑ってね。そのままカウイの手をなでやがった。「おいおい、女の子は殴れないだろ、なによりディーンの妹だぜ」

兄ちゃんも笑ってた、おれに勝ちほこってた、ジェームズやスカイラーも上機嫌だった、兄ちゃんがとめずにやらせたからだ。あえてそうしたんだ、って言いかえしたかった。やつらの注意を引いてるのはおれだ、兄ちゃんじゃない。でも三人は体のむきを変えて、さっきよりもちいさくかたまってた。おれもカウイもなんとなくできた輪の外側だった。

「帰ってろ」ディーンは言った。ピクニックでミツバチを追い払うような手つきだった。三人は声をそろえて笑った。おれは振りかえって、刈られた緑の芝生を歩きだした。スカイラーの声がして、とおくなって──「花火あるんだけどさ」とか言ってた──きえた。

「なによ、あのあほなゲーム」すぐ隣でカウイの声がして、思わず体がびくついた。

「まだいたのかよ」

「そうだけど」

「おまえついてこなきゃよかったんだ」

「どうして?」

兄ちゃんとおれの意見がひとつあうとしたら、それはおれたち以外、だれもカウイを傷つけちゃいけないってことだ。それが妹に対する責任だ、とか言ったらあいつがどうこたえるかわかってた、だから言わなかった。かわりに「おまえついてたんだぞ、殴られなかっただろ。おれだって昔はそうだった」とだけ伝えた。

おれたちは歩道まで歩いて、家をふたつ通りすぎて、ロイスおじさんのパーティに戻った。スカイラーもあいつの家族もこっちは嫌だったんだろ──だから通りを逆にあがってあっちのパーティにいたんだ──こっちじゃみんな、ジーンズとTシャツ、迷彩のサーフショーツ、タバコのタールのにおい、なんの飾りもなく、へたった段ボールから缶ビールが出てくるだけ。あとは、飽きもせず何度もぱちぱちと鳴らす、爆竹の音くらいしかなかった。

「みんなにいじめられるのがいやなら、いつも優等生《スマートアス》ぶるのやめなよ」

「教えとく。ちょっと悪い言葉を知ったくらいで、大人になった気になるな」

「あっそ。あたしが行かなかったら、いま頃もっとぼろぼろだったと思う」

「別にいい」

「ディーンの前でああやられてる時、進んでやられたがってる感じだよ」

それは正しかった。まったくその通りだった、けど妹にそう言えるわけない。あいつは知らない、だれも知らない、サメのことがあってから父ちゃんも母ちゃんも息をひそめてなにか待ってて、おれもほとんど息をとめられた。ふたりは口をひらけばアウマクア《祖先の神》とか言いあって、おれが精霊に選ばれたとか、特別だとか、なにか意味があるだとか話してた。ふたりにとって、おれはすでにラッキーボーイだった。いろんな幸運を呼びこんだ。オアフでの暮らしがすんなりいったのは、おれの物語がたっぷり寄付金をあつめたからだ。カヘナアカデミーの証明書や、奨学金も。大昔の神話みたいにサメの話をきいて、ありがたがるように手をシャカにしてむけてくるようになったこの辺のひとたちも。なにもかも。おれが理由だった。

兄ちゃんは自分の目で見てきた。それにきかされてもきた、父ちゃんと母ちゃんから、おれの将来は新時代のハワイ人科学者だ、いや政治家だ、ハワイ再生の希望だ、とかいうのをね。みんなそうきかされてきて、おれだって自分がそういう夢みたいなやつになれるんじゃないかって、すこしずつその気になってきてた。

でもカウイの言葉にはうなずけずにいた。「兄ちゃんはずっとおれに腹をたててる。思うに、何発かぶちのめさせてやれば、ぜんぶ忘れてくれる」

カウイは鼻で笑った。「兄ちゃんはそんな得意じゃないよ」

「なにがだよ」

「忘れるってことが」

その時、おおきな泣き声がした。明らかに不吉だってわかる人間の音。おれもカウイも話すのをやめた。見えたのはディーンだった。あの黒い肌がシャツも着ないで、スカイラーの家の裏からおれたちにむかって、ゆっくり進んできた。横にはスカイラーがいて、肩をぶつけあってふたりで歩いてた。兄ちゃんのシャツはスカイラーの手に巻かれてて、腕の重みを支えてた。そして気づいた、黒いにおいに、ちょうど爆竹のあとのような、焼けた紙のにおい、でももっと甘くて煙たい、豚の丸焼きにちかい。スカイラーの目はぎゅっととじたまま、隙間から涙がしみだしてた。泣きながら声を漏らすと、心配するなって兄ちゃんが言いきかせてた、後ろのジェームズは青い顔だった。

親たちが、パーティにいた全員が、いっせいにかたまった。

ディーンは説明した。「こいつははなそうとしたんだ、でも導火線がみじかすぎて」スカイラーは震えてた、川からあがった馬みたいに。

ディーンがなにかささやくと、スカイラーは首を横に振った。ディーンはかまわず布をめくりあげて、手だったはずのものをまわりに見せた。だらりとゆれた三本の白い指、そうじゃない二本の指、黄色いかたまりとちぎれた皮膚。裂けた骨は明かりの下でもくすんでた。甘い豚肉のようなにおいが鼻のあたりに戻ってきた。しゅーっと息を吐きながら、顔という顔がそっぽむいた。

そしていっせいに声があがった、おおきく、急かすように。だれかの鍵ががちゃがちゃと鳴った。おれは前に進んで、スカイラーの手に触れた。なんのためかはわからない。ディーンも、おまえなにしてんだ、って言ってた。でもおれはこたえなかった、そりゃそうだ、なにかがおれを満たして声なんか出やしなかった。おれは感じてた。芝生じゅうの草という草がするどく上にのびようとするのを、おれの肌をとおして。夜鳥が翼を空にたたきつけるのを、おれ自身が羽ばたきながら。木が身をきしらせて花火くさい空気を吸いあげるのを、おれのこの肺で。パーティにいたひとりひとりの心臓の音まできこえた。

スカイラーの手に触れたまま、骨の裂け目と皮の切れはしを指でなぞった。あいつの手とおれの手のあいだで、なにか引きあってるような感じだった、まるで磁石、それにあたたかかったんだ。でもスカイラーの親父がやってくると、おれを押しのけて、あいつの手をシャツにとじこめた――その時には治ってた、嘘じゃない、皮膚はふさがり、骨はつながってた、見てそうわかった――同時に、おれの頭が泡だちはじめた。ヘリウムが限界まで注入されるような、ありえない距離をありえない速さで走ったあとのような感じだった。一歩一歩後ろにさがり、マックサラダやムスビがならんだ折り畳みテーブルに寄りかかるはずが、手をのばしたさきにそれはなく、空気をかすったとこで、体ごとすっ転んだ。尻もちついたのは、その夜二度目だった。

そのままの体勢で、あいつらの親父たちがふたりがかりでスカイラーをトラックに乗せるのを見た。尖った音でつぎつぎドアがしまり、エンジンがきしり、うなり声をあげて、とおくにきえてった、ぽっ、ぽっ、ぽっ、ってね。

カウイがおれの肩を突いてた。「起きなよ」ときこえた。起きあがるまで、あいつは何度も言った。どのくらい時間がたってたか見当つかなかった。「兄ちゃんなにしたの？」

喋りたかった、でもまぶたが重かった。口の筋肉を動かすのも、げんこつで冷蔵庫をこじあけるようなもんだった。じっさいなにしたか、おれだってわかっちゃいなかった。ただスカイラーの手に呼びかけられた気がした。元に戻りたいって。おれはそれに入りこんで、それをおおきくしようとした、たった一分でもいいから。

兄ちゃんがやってきて、おれたちを見おろして言った。「行くぞ」

奥がじりじり焼け焦げたような目をしてた。恐怖、怒り、そして恥。その瞬間からだったと思う、たぶん、あれがほんとうにはじまったのは。「ごめん」って、おれは言った。それで帳消しになればいいとねがった。この夜のこと、だけじゃなく、おれがサメに救われた日までさかのぼって、すべてが。

「なにが」って、兄ちゃんはこたえた。「まともに扱えない花火に触ったのは、おまえじゃねえだろ」

おれは肩をすくめた。「知ってる。でも、なんか」

「でもなんだよ。おまえがあいつの手をなおしたとでも思ってんのか、ただ触っただけで？」兄ちゃんはにやけながら首を横に振った。「おまえじゃねえよ」

父ちゃんと母ちゃんが道の反対側で呼んだ。「行くぞ」って、兄ちゃんも言った。

おれたちはあちこちへこんだ青いジープチェロキーに乗った。おれとカウイと兄ちゃんが後ろ、母ちゃんが運転席にいたのは、父ちゃんがビール四本も飲んでたからで、飲酒運転を見逃してくれなんて、警官に頭さげてんのを子どもにだけは見せられない、とかなんとか言ってたからだ。手は母ちゃんのふとももにかぶせてあって、母ちゃんの指が絡みついてた。アイエアからくだるおれたちを反対車線のヘッドライトが何度も照らしてった。兄ちゃんは横の窓から外を見ながら、胸の底から深くため息ばかりついていた。H1《ハワイ一号線》ぞいの標識や建物がつぎつぎ流れてった。車に乗りこんだあと、兄ちゃんはいちだんと歳とったように見えた。おれもそうだったはずだ。おれたちはもう、ビッグアイランド《ハワイ島》のノアとディーンじゃなかった。サメのことが起きる前の、おれたちではなかった。おれは思いだしてた。大波注意報のさなか、ハプナビーチを全速で突っ切ってった頃のことを。膝、そして胸までつつみこむ高さになると、おれたちは泡だつ波の根元めがけてダイブした。砕けた波が足をさらおうとするのがわかると、どっちが深く潜れるかをかけて、迫ってくる波のいきおいに身をまかせる。砂の粒がかたまって背中に打ちつけ、サーフショーツをぐいぐいと巻きこみながら、海がねじれたちあがるのを感じる。波がのびきって、頭にすべての重みが降ってくるその瞬間、おれたちは体を深くしずめる、目はとじずに、歯をむきだしにして、おれたちを飲みこみそこねた金色の砂と青い海のおおきなうねりを見る。水のなか、ディーンは満足げに目を細める、おれだってそういう目になってたはずだ。海面めがけて泳ぎだすと、鼻と口から、空気が銀色のロープのようにつらなってのぼってく、顔を出すとハイタッチして、おれたちの勇気と、ふたりで打ちまかした敵のおおきさをたたえた。いまのおれたちは、家にむかうジープのなか、まんなかにカウイをはさんで、そろって血だらけの手《ブラッディーナックルハンズ》だった。車はひたすら、つぎに来るなにかにむかってた、でもおれはどこかで、バックミラー越しに、おれたちがあとに残してきたなにかを、見つけようとしてたんだ。

第三章　カウイ、二〇〇一年

カリヒ

オーケイ、そう、あの年ずっとだ。また伝説の一歩手前で生きてる感じで、サメのすぐあとみたいだった、ただこんどのはもっとおおきかった。またまぬけが爆竹で手をふっとばして、もちろんニューイヤーではよくあることだった。ただ、終わりかたはいつも通りじゃなかった。あの夜、スカイラーと家のひとたちは救急治療室に行った、ってケアヒが言ってた、ってブレシングが教えてくれた。で、お医者さんは新年早々爆発したスカイラーの手から布をほどいた。血をふきとって、でも出てきたのはどっから見てもつやつやの強い皮膚だった。火で遊んだことなんてありませんっていう手。

やばいよね。わかるでしょ、ケアヒがブレシングに話してたってことは、もうずーっととおく、サウジアラビアくらいまで知れ渡ってたはず。昔からそう。タイヤがいつ発明されたか、みたいなことだって、最新のうわさ話のように言いふらした。

でもいっせいにひとがやってきたわけじゃない。このうわさの時はどこか落ちついてた。時々近所から来るくらい。とぎれない、けどゆっくりだった。ちかくのおばちゃんが寝起きの髪で、腰に二歳の息子を乗せてやってきた、糖尿病の子。そのひとは言ってた、ナイノアのことをきいた。助けてくれるか、って。別の日には男も来た、たぶんハパ《ハーフ》の韓国人で、ちいさめのシャツがおおきめの胸に張りついてた。腕をなでながら、足のさきまでステージ四がひろがってんだ、って言ってた。あんたのとこの息子、助けてくれるかい。

最初はきっとママもどうしたらいいかわかんなかった、ただきいてた。悲しくおでこにしわをつくって、話しに来たひとみんな家に入れて、ディーンとのふたり部屋《べや》にいたノアに声をかけた。そのあとでお客さんもママと一緒に入って、でもすぐママだけ出てきた。

「あの子、ひとりじゃなきゃできないって」はじめての時、ママは言った。

しばらくして客も出てきた。ノアがなにしてたかは知らない、でも、みんなレゲエみたいに体をゆすって出てくるのには気づいた。一歩一歩、はずむ輪ゴムみたいに。それと目がやさしくなってた、入る前とはちがう。つまり兄ちゃんはなにかなおしてた。

だからもちろんひとがつぎつぎやってきた。ゆっくりと、でもとぎれずに。押し寄せるってほどじゃなかったけど。

いちどはこんなとこも見た。大人の女で、なにかの初期だとか話してたひとが、部屋から出てきて帰るしたくをして、台所に寄った。ママはそこにいた。たくさんのお金がママに手渡された。ママは驚くだろうと思った、「まさかこんな受けとれない」とか言って。でも実際はまったく。ママはうなずくと、ためらわず受けとった。J・ヤマモト・ストアで日用品の買いもの客をさばく時のように。

わたしもディーンもノアもばかじゃない。ママとパパに借金がついてまわってたことは知ってた。電話すれば支払いの相談だった、クレジットカードとか家とか。うちの家族の祈りの言葉はこんな感じだった。金《きん》に召します我らが神よ、支払い終えられますように。たしか、四年生くらいになっても、わたしはどの家でも家賃寄付パーティはやるものだと信じてた。学校でそれを話して、先生が目をうるませたあの瞬間まで。授業が終わると先生が質問してきた。

できることはある？　って、先生はきいた。悲しい大まじめな顔で。あなたの家族、大丈夫？

わたしはこたえた。「でも先生は先生じゃないですか」

「そりゃそうだけど、それって関係ある？」

で、わたしは返した。「先生は先生ですよね。なにしてくれるんですか、フードスタンプを分けてくれるとかですか？」

でもそれから、たくさんのひとたちがノアに会いに来るようになって、家のものをロスドレスフォーレスで買わなくてもよくなった。パールリッジまで、家族でお出かけみたいなことまでして、わたしたちみんながギャップやフットロッカーでちょっとしたものを選べるようになった。家で豪華なアヒ《マグロ》のディナーを楽しむこともあった。

こっちも家族の暮らしがあるって、ママもそういうひとたちに伝えてたと思う、いつでも自由に来ていいわけじゃなかった。そして、真剣に、それをきいてくれた。文字通り「ハワイで暮らせてよかったね《ラッキーユーリブハワイ》」ってなる瞬間だった。夕食のあと、それと食べはじめは、ぜったいに来なかった。ママとパパだけテーブルで、お金を計算して、お金の封筒をつくってく。ちょうどバスケコートでチーム組んで試合してきたティーンが、合図のように家の前の道でたむ、たむ、とボールをつきはじめる。家んなかでやってんじゃないかってくらいおおきく、はずむごとにねたみを感じた。

そういう日の夜、ノアの部屋に行ったことがある。ひとがたくさんくるようになって、だいたい四ヶ月くらいたってたと思う。ノアはベッドに寝る姿勢で、腕は力なくだらりとしてた。天井を見つめて、ゆっくり息してた。

「兄ちゃん」

ノアはうなずいた。反応はそれだけだった。

「平気？」ノアは体を反対側に転がして、壁をむいた。むかつく態度だった。だって明らかに、平気じゃなかったし、でもだれもきこうとすらしてない様子だった。それに明らかに、ノアはきかれたがってた。だからわたしは部屋に行った。「あ、そう」ドアをしめようとした。ノアはようやくそこでなにか言った。もちろんわかってた。ちょうどドアがしまるタイミングだろうって。

「なに？」わたしはもういちど部屋に入った。バスケや有名ラッパーのポスターだらけなのがディーンの壁で、ロボットや胸のおおきな姫に腕をわしづかみにされた剣の男たちのポスターがノアの壁だ。「おまえに話したってわかんないよ」

顔をはたいてやればよかった。「あら失礼、新カメハメハ大王がただの村人と話すひまなんてないですよね」

「なんのまねだよ」

「兄ちゃんが王さまってこと。ねえ話しなよ」

「こんなこと頼んでない」ノアは座る姿勢になった。起きあがることさえつらいんだって、見せつけるように。「そもそも、おまえになにがわかる？　わかるはずない。おまえらみんなわからないんだよ」

うんざりだ。どういう感じにきこえるか、理解してないようだった。「ずっと自分だけが特別で、わたしやディーンのことは空気くらいにしか思ってないのはわかる」って言ってやった。ほんとうだ。家の手伝いしろなんてパパもママもノアには頼むことすらなかった、休みが必要だって理由で。話そうとか言ってノアとママだけドライブすることもあった。ただ、きまって夕食時で、わたしとディーンはパパ特製ハンバーガーヘルパーのごちそうを食わされた。ノアとママは帰ってくるとレインボードライブインとかレナーズベーカリーのにおいがした、嘘じゃない。

「それは――」ノアは話しはじめた。「おれの頭なんだ。ぜんぶが頭のなかにあって、ずっとつづいてる」

「それって、なに？」

おれたちがどうやって生きてるか、知ってるか？　ってきかれた。

知ってる。ってこたえた。ママもパパも働きまくってる。でもビッグアイランド《ハワイ島》の頃、サトウキビ畑がつぶれたあとより、ましにはなってた。そして、兄ちゃんのやってることがなんであれ、お金をつれてくるってことも。

ノアは手で顔をぬぐった。力いっぱいに。表面にとれないなにかがくっついてるみたいに。「ほら、おれが言ったのはこういうこと、おまえにはわからない。おれたちってのは、おまえやおれとか、父ちゃんや母ちゃんのことじゃない。おれたちってのはハワイ。もしかしたらハワイよりもさらにおおきいものだ」

「そう。で、兄ちゃんとなんの関係があるの？」

「それをいま考えてる」兄ちゃんは肩をすくめた。「おれがなおさなくちゃいけないんだと思う。これはぜんぶそのためのものだ」

わたしは両手を思いきりひらいて、にぎった。もういちどひらいて、にぎった。「なにそれ、兄ちゃんひとりで？」

ノアは黙った。どう見てもぼろぼろ、ワイピオバレーを汗だくで駆けぬけた馬みたいに。みんなでよく乗ったあの子たちの、においと手ざわりなら憶えてる。とぶように走る筋肉から、大地が伝わってきた。馬の仕事はそれだ。走ること。でも限界になれば、空っぽになってしぼむ、そういうものじゃない？　やるべき仕事もできなくなる。「あぁ」って、ノアはこたえた。「おれひとり」

まあ、オーケイ、だからおれは疲れてる、って言いたいんだ。これはつらい。だってかわいそうだとは思う、でもノアはそうしながら、これはおまえのせいだ、ってわたしに伝えようとしてる――ノアがそう感じてて、わたしはなんもできない、つまりノアが特別だってこと――なにもかも、わたしがいけないってことだ。ノアはよくひとにそう感じさせようとする、ってのがわたしの考えだった。そして、ほとんど、ねらい通りになった、相手がわたしでも。でもその時はちがってた、なぜって、わかったのはひとつ、わたしやディーンがどう思われてるか――っていうか、どうも思われてないってことだった。自分ひとりだけちがう、結局兄ちゃんはそう考えてたから。

その言葉をどこかで信じる自分がいた。でも信じない自分もいた。むちで打たれた気の荒いポイドッグみたいに部屋を出た。自分の体を運ぶ自分の足が、わたしのものじゃないみたいだった。ドアノブに触れた手も、わたしの手じゃなかった。もしかすると、ノアはママとパパが言ってた通りの、ハワイのスーパーマンとかいうやつなのかもしれない。島をなおして、家族を守る。でも、どうでもよかった。わたしが入りこむ場所はなかった。

自分の部屋に戻って、机に積みあがった代数基礎、生命科学、英語の教科書を見た。やりたいのはこれしかなかったわけじゃない、でも最初に目に入ったのがこれだった。特になにしなくてもB＋くらいはとれた。でも満足じゃなかったし、そのままじゃ落ちてくはずだった。

わたしは机にむかった。

いまならわかる。ノアをそう見てたのはわたしだけじゃなかった、よね？　ニューイヤーのあと、ディーンもなにか変わった。たくさんのひとがノアに会いに来るようになってからは、はっきりと。ほとんど毎日、家に帰ってきてもバックパックだけ置いて着替えたら、すぐにボールをついて道のむこうにきえた、コートにむかう音だけがきこえた。ずっと後ろから追いかけて、覗いてたこともある。コートでの相手は高校の最上級生や、帰省中の大学生だった。ディーンの手のなかでボールははねてゆれてとんでた。膝はダンスしてた。ボールを奪うと、相手の胸に突進した。まるで闘牛場の牛、いつか写真で見た真夏のスペイン。陽を浴びた茶色い皮と赤いマント、そしてナイフ。ただのきれやすいやつ、くらいに公園のみんなには思われてたはず。ほんとはなに目掛けて突っこんでたのか、わたししか知らない。

その頃からコートではすごかった。あとでもっとすごくなった。

わたしの成績もすでに良かった。あとでもっと良くなった。カヘナアカデミーに行けたんだから喜べよって、たいていそう言われた。でも、そりゃわかる、けどわたしには物足りなかった。だってノアがすでにそこにいた。いつもわたしの前に、廊下でも階段でも。運動場でも教科書ひらいても。どこに入っても、ほんの一瞬あとにはもう、わたしはナイノアの妹、あのサメのなんかすげえことできるって言われてるやつ、の家族だった。

満点のテストを持ってけばママもパパもうれしい顔はした、背中もなでてくれた。でも目を見ればはっきりしてた、一日の客と会い終えたノアが部屋から出てくる時とはちがってた。ノアに駆け寄ろうとテーブルからほぼ身をのりだしてた。触って甘い言葉をかけて水と夕食前のスナックを手渡すために。

ディーンやわたしがなにしてようとかまわないんだと思った。その時は。ほんとはそれもちがってた。高校バスケのながいシーズンがはじまると、ディーンの活躍がすごすぎて評判になった。ノアとは関係ないとこで。「ディビジョン1もいける」とか「州代表はかたい」とか。で、いきなり、試合には家族みんなで行くことになった。バスケなんか嫌いだった。(「準備しろって言っただろ」ママはちいさい部屋を覗いて、ボロボロの服のまま、ベッドで本を抱えてるわたしを見て、よく言った。「試合って、週二とかのペースでしょ」って言いかえした。「おまえの兄ちゃんの試合だろ」って、さらに言いかえされた。まるでそれで説明がつくかのように、ばかものとでも言いたげに。わたしはつづけた、不満むきだしで。「バスケのシーズンっていつまで? あほみたいな試合につきあう日数分、追加でクリシャのとこ遊び行くから」ママは「カウイ」と言って首を横に振った。「わかってるだろ」)結局、木くずとポップコーンのにおいがする観客席の高いとこに、輪っかのイヤリングに厚底サンダルでぎゃーぎゃー叫んでる女たちとならんで座った。照明も、べたついたぶあついベンチに押しつけた尻も、かっかしてた。木張りのコートでは、汗かいた子たちがはあはあ言ってお互い追いかけまわし、ちいさなボールがふんわりとんで落ちるのをじっと見てた。時間ぎれかなにかで警笛が鳴った。大人がまじめな顔で一〇代の子たちにどなってた。大人も互いにどなりあってた。

ノアも試合に入りこんでた。声が枯れるまで応援して、とびあがってママやパパと体をぶつけてた。いま考えると、ただ昔のわたしたちに戻ろうとしてるかのようだった。ふつうのひとには想像できないくらい激しい取っ組み合いで、兄ちゃんふたりとわたしがぎゅっと結びついてた頃の、肘を押しつけあって、体じゅうから靴下のにおいをさせて、アームバーやらチョークスリーパーやらを狙ってもがいてた、ああいう自分たちにね。怒りと笑い声、お互い傷つけても、憎んでるのとは正反対の絶妙な力加減。サメだってほとんどただのつくり話で、ぜんぶあのままつづいてくように見えた。ノアはきっと考えてた、がむしゃらに声を送れば、またあの頃が戻ってくるんだって。

それはママもパパも、そうだ。見ればわかった。とぎれない大声、あの興奮。ノアに持ってたのとおなじ期待をディーンにもむけてた。だから、こういうことだ——ナイノアは変わって、ディーンも変わってきて、すぐそばのわたしはかすんだまま。でもわたしだって変わりはじめてた、おなじように。疑いなく。もちろん、だれも気づいてなかった、でもそれはどうでもいい。わたしの内側では、いろんなものが形になってた（たとえば、つまようじで橋をつくる学校の課題。内緒で二箱おおく持ちかえって、トラス構造やスパンについて調べて、できたのは他の子たちよりレンガふたつおおく載せたってつぶれない作品。あるいは学校のサバイバルゲーム。防水シートがちいさなテントになると気づいて、シャツが浄水フィルター代わりに使えると予想した。クラスでいちばんながく持ちこたえた。どの課題も似たような結果で、自分のなにかが強くかたく育ってきてるのがわかった）、望めばなんだって、あれもこれもできるだろうって気がしてた。十分にはっきり望みさえすれば。

でも大事なのはこっからだ。ものごとは勝手に動きはじめた。あの日、またバスケの試合。ディーンはもう一軍でプレイしてて、まだ開幕前かなんかだった。応援席にはわたしたち、ハーフタイムでさえまだ相当さきで、あと一時間もここにたって手を叩いてなきゃいけないのかよ、ってぼやきで頭がいっぱいだった。「トイレ行ってくる」とママに言い残した。こっちを見たのかさえ微妙だった。それでまったくよかった、たっぷり自分だけの時間になればよかった。コートから目がとどかないとこまで来て、トイレのある廊下をそのまま進んだ。非常口、茶色い塗装の古い鉄扉をぎいとひらいて外に出た。駐車場の奥で、タバコのオレンジの火がひらひら動いた。笑い声がかすかにきこえた。

でもそれから、なにか別のものもきこえてきた。唱える声。ちいさい音、わたしは何度も振りかえって音の出どころを知ろうとした。女のひとの声、ぶつ切りになった言葉、はじめは犬の鳴き声にきこえた、でもだんだんとみじかい文章になり、音も力強くなった。そして、呪文のようなくりかえしのあとで、ながい一音になった。歌にも、内臓からの叫びにもきこえた。音が響いて、さらに響きあった。道路を渡ったところ、カフェテリアのような建物からだった。クリーム色に塗られたぶあついレンガ、ずぶとい柱。ひらいたままの鉄扉がきいきいと、重々しい空気を受けとめてた。

なかから漏れてくる光の手前で、見つからないようにたってた。頭上の照明を反射して、カフェテリアの床はゆらいでるように見えた。椅子もテーブルもすべて壁側によけられてた。歳とった女のひとたちが三人、ならんで座ってた。ブランケットの上で足を組んで、砂時計のようなイプを抱えてた。そう、あの楽器、あれを床に打ちつけてた。おおきな空洞の外側をはたいてた、手のひらと甲がかわるがわる見えた。そして部屋のまんなかでは若い子たちが三列にならんで——みんなわたしより年上のようだった——フラを踊ってた。

ふつうの服の、ふつうの子たち。フラの歌声ならきいたことがあった。でもこれはどっかちがってた。ほんもので古めかしい感じ、体ごと飲みこまれそうで、鳥肌がたった。

扉のすぐそばから、なかの練習が終わるまで見てた。クム《先生》はイプを叩く手と歌をとめて、叫ぶこともあった。「ナニ、ヘラを合わせなさい、みんなからずれてる」とか、「ジェシー、カホロの時の腕に力が入ってない」とか。そしてまた歌がはじまった。三列の女の子たちは足を動かし、体のむきを変え、はずんでた。イプを打ちつけ、指ではたき、若くないほうのひとたちは歌ってた。体に入りこんでくる、そう言えば伝わる？ 深く、深く。言いようのないなにかで、体の軸がねじれる。そのままで、見つづけた。ずっと後ろで、バスケの試合時間のカウントダウンがはじまるまで。応援席から勝利の歓声がしてきて、わたしは振りかえり、体育館へと歩きはじめた。ディーンがまた勝ったんだとわかった、でも接戦だったような音。笛がなるまで、どうなるかはらはらするような。


でも、その日のことをすぐによく考えるひまはなかった。つぎの日、男がひとり家にやってきたからだ。ドアを叩く音ではじまった。ノアは部屋から出てこない、でもきこえてたのはたしかだ。

パパがドアをあける。男はなだれこむように入ってくる、パパの顔に着地しそうないきおいで。

「あの子はどこだ？」って、男はきいた。体全体で動いてた。まばたき。かたむいた首。妙なダンスのようにすくめた肩。手は蝶みたいに、体の横で何度もひらいてとじた。全身に弱い電気が流れてるみたいだった。

「あの子に会わせてくれ」男はそう言った。

「ああ、いや」パパは腕を組んで、筋肉がうきあがるのを見せつけた。そうだ、隠れマッチョってやつで、ふつうはパン生地みたいなおじさんの体が、こうすると別人に見えた。

「良くならないんだ」って、男は言った。ノアの居場所を思いだすと、そいつはノアとディーンのベッドルームにむかって歩きだした。パパはそいつの胸に手を置いた。そいつは押しかえそうとさえしなかった。パパの手にもたれかかって、むかい風に逆らうように、歩きつづけようとした。電気ショックのように、はねてゆれつづけた。なかに来ようとするのを、パパの手がとめてた。

「出てきてくれ」男はおおきな声になった。ノアの部屋のドアにむかって叫んでた――出てきてくれ、出てきてくれ、出てきてくれ。口のはしでつばが白い泡になりはじめてた。

パパは体全体でそいつを押し戻しはじめた。入ってきたドアまで押してこうとした。でも、そう、ちょうどその時、ふたりともぴたっと動きをとめた。体をはなして、廊下の奥をじっと見た。

ノアが部屋から出てきてた。髪の毛もまゆ毛もない、顔の皮がぴんと張った韓国人の女のひとが隣にたってた。

「君はまだ――」男は話しはじめた。手のひらを上にあげた、震えてた。「とめられないんだろ、なあ。なおってなんかないんだろ」

そいつはもう一歩ノアにちかづこうとした、でもまたパパがつかんでとめた。「もうすぐ死ぬ」って、そいつは言った。「わかるか?」

そいつはパパを払いのけた。そして出てった、網戸が羽のようにぴしゃりととじた。かすれた声はきこえなくなるまでずっとどなってた。

パパは完全にとまってた。中途半端にかざしたままの手は、なにか大事なことを言おうとしてるかのようだった。防御してるようにも見えた。とにかくなにかの姿勢だった。パパは左手をおろした。「休んだほうがいい、すこし休もう」って言った。ママも出てきてた。

でも、大変なのはそのあとだった。帰ってきたディーンが、あの男のことをきいた。ディーンは、ふたりの部屋に入るとドアをしめた、もちろんわたしもききに行った。古いドアのひんやりした塗装をはさんで、兄ちゃんたちにちかづいた。

「――ジェイシーのやつらに電話してやる、そいつぶっつぶしてやる」って、ディーンはもちかけてた。

「なんのまねだよ。ハワイマフィアにでもなった？」って、ノアは言った。

「本気じゃねえよ」

「ちがうんだ。あのひとはパーキンソンで」

「パーキンソンもロレックスも知らねえ、関係ねえ」ディーンはまくしたてた。「ああやってここに来んのは――」

「神経系の病気だよ」

「おまえどんだけにぶいんだよ。助けてやろうとしてんだ、言葉の説明なんかしてんな」

「ごめん」

兄ちゃんたちは部屋の出口まで来た。ドアから耳の先端に声の震えが伝わってきたから、わかった。

「まあいいよ」って、ディーンは言った。「おれはおまえを守ることになってんだ。おまえはそういう存在なんだろ？」

食べたくないものを無理やり口に入れられたような声だった。もう勘弁してくれ、おれはもうトップのバスケスターになるとこで、みんなおれの話してるだろ、おまえだけじゃない、みたいな。でも部屋でディーンの口から出た言葉はこっち——おまえはそういう存在なんだろ。いきなりこれが真実になったかのように。そうだ、ノアに起きたことなら、みんな見てきた。ノアにしかないものを目にしてきた。こんなおおがかりなことを仕組んだのが、たとえばハワイの神さまじゃなくても、たぶん科学的に新しい、なにかの、よくわからないけど。進化みたいなものだ。

　ディーンがドアをあけて話も終わった。でもわたしはすばやくかちゃりとドアノブがまわるまで気づかなかった。ふたりの足下にひっくりかえらなかったのは、反射的にとびのいたからだ。

　ディーンは鼻で笑った。「見ろよ、ドアに耳つけてたんだろ」

「カウイ」とだけノアは言った。まるで一〇〇万年分、どっと疲れたかのように。

「なにもきこえなかった」って、わたしはこたえた。

「たいしたこと話してねえよ」ディーンはわたしの髪をぐちゃぐちゃにしようと腕をのばした、頭にずんと重みがかかった。部屋から出ると、兄ちゃんたちはもうなにも話さず、お互いからはなれた。ノアはウクレレをつかんでガレージにきえてった。ディーンはリビングに、たぶんテレビでちょうどやってる試合を観に行った。わたしはひとりそこから動かずにいた。感じてた——自分の家なのに——どこにも行くとこがない。

　つぎの週は毎日、レクリエーションセンターに戻った。歌声がして、練習のはじまりに耳をすました。場所はカフェテリアじゃなく、たいていバスケコートだった、どちらにしても、すぐ見つけられた。声に呼ばれてたから。見るのはドアの外から。終わるとこんな感じ——女の子たちがかがんで靴を履く、それぞれ別の友達のグループに急いで戻ってく。クム《先生》たちはジム用バッグの口をあけイプを滑りこませ、演奏で座ってたマットをたたむ。終わると彼女たちも靴を履く。全員がドアから出てくと、つやのある体育館の床が見える、屋根の骨組みに残ってた歌とイプの震えもしずまる。出口と書かれた照明の、振動音だけが低く鳴りつづける。

あの空間のあの空気にあったものがなんであれ、自分が満たされるのがわかった。あそこに行って、耳をすまして、時々ひとり体をゆらした。終わると家に戻って、もっと激しく自分を追いこんだ、つまり教科書をとぶようなペースで進めてった。科学の発展課題では、家のちかくの排水路でオタマジャクシを捕まえた。数学の発展課題も、そう、サイコロの目の出かたや、カードゲームの確率を計算した。授業が終わると、みんなやってきて宿題についてきいた。実験やクイズボウルではいつもわたしのパートナーになろうとした。しかも、これはぜんぶあのカヘナアカデミーでの話だ。

でも、パーキンソンの男がやってきてから、ノアはどこかおかしかった。とつぜん依頼もことわりだした。ノックがきこえるとママとパパがドアまで行って謝った。ごめんなさい、あの子、今日は出てこないんだよ、病気かなんかでさ、って。お金はすべて返した――それが何週間かつづいて――返せるお金もなくなった。ほぼ空っぽの封筒を持ってテーブルにつくと、ふたりはしばらく割り算や引き算をしてた。数字が足されることはなかった。

なにが問題かノアは言おうとしなかった。はっきりとは。単に言えなかっただけだ。

「ひとりにしとくんだ」って、ガレージの入口でこそこそしてるわたしに、パパとママはきびしく言ってきた。ドアの奥からはウクレレの音がした。暗くて複雑な曲ばかり、いちどにいくつものメロディとコードが鳴る日もあった。たった二本の手だなんて思えなかった。時間がたってママとパパがノアをガレージからつれだすと、三人ならんでソファに腰をしずめてた。テレビの青や白が顔に反射してた。ってことは、その裏でわたしやディーンが、ノアの分、余計に家事をこなしたってことだ。ほうき掛け。食器洗い。風呂掃除。「余計なことすんなよ」って、ディーンには言われた。手首に泡をつけて、見あたらないフォークを探してた。

余計なことはしてない、いちどだけだ。ディーンはバスケが終わってシャワーを浴びてた、ママとパパは寝る準備をしてた。ノアはガレージ、でもウクレレは鳴ってなかった。もう何週間も。

ドアから入ってみると、ノアは奥のすみ、狩りや釣りの道具が置いてあるパパのベンチにいた。車の道具とか、いろいろあった。折りたたみ椅子でかがんで、ズボンは膝までさげたままだった。背中がこっちをむいてた。

ゴキブリのようにこっそり歩いた。古い木材のようなにおいだった。ノアは何度も妙な溜息をついてた。なにかをにぎってた。手のなかにしずめるようにして。だからそのままちかづいてかないと見えなかった。ボトルのふたを蹴ってしまったのは、たしか五フィートもはなれてないとこだった。ふたは転がってどっかの暗がりにきえてった。ノアの体ははねあがった。「おい――」とだけ言うと、なにかを覆うために手を動かした。でもわたしのほうが早かった。手のなかみは隠せなかった。

右手にはハンティングナイフ、ながくて、ぶあつくて、歯のようだった。左のふともも、日焼けがとどかない高さのとこに、できたばかりの傷が見えた。涙のように血がしみだしてた。

わたしたちは同時に話しだした。わたしはなにしてたのか知りたかった。兄ちゃんはとにかくわたしに出てってほしかった。でも出てくことにはうんざりしてた。だからかまわず問いつめた、自分でつけた傷なのか、ママとパパを呼びに行くべきなのか。

「そうじゃない」って、兄ちゃんはこたえた。「ぜんぜんちがう。事故なんかじゃない」

「事故じゃないのはわかる」って、わたしは言った。「自分でナイフ持ってるでしょ？」

ナイフが重い音をたててテーブルに落ちた。まるで言葉みたいだった。もう終わった、って伝えてるかのようだった。血はどくどくあふれてきた。兄ちゃんは、ただ見てた。

「なおしなよ」

「できない」

「いまは、ってこと？　それとも、その、ずっと？」

わたしはあふれる血を見てた。兄ちゃんも、いまにもはじけそうな顔で、じっと見つめてた。

「兄ちゃん？」

「新年のやつはあれっきりだった」って、ノアは言った。

それをきいてすべてつながった。なぜいつもドアをしめて客に会ってたか、しかもふたりきりで。なぜパーキンソンの男は戻ってきたか。「兄ちゃん」って、わたしは言った。「あのひとたちみんな――」

「でもなにかはしてた」って、兄ちゃんは言った。「ほとんどいつも感覚はあった、あのひとたちの体のなかには、入ってたんだ。でもいつもあれがやってきた、映像、指令、あのなにか――」ノアは手のひらを頭に打ちつけた。強くいちど。すぐにもういちど。そのつぎはぎゅっと目をとじたまま。まぶたのはしから涙がこぼれてた。わたしが背中に手を置くと、まるで噛みつかれたかのように体を反らした。「出てけよ」って言った。

驚いた、ってのとはすこしちがう。だから、言われた通りにした。

つぎの日、授業のあと、また体育館に行った。前よりさらに暑かった。雲がないせいで、目もあけられない頭痛がずっとつづくような、そんな感じの午後だった。ぱんっと音を吐き出して、バスのブレーキがかかった。体育館に入ってく声、出てく声。入口ちかくの娯楽室でビリヤードをしてるひとたちもいて、玉がはじける高い音が響いた。ドアの外からハーラウ《フラ教室》を見た。

そういうルールだったから、そうした。参加したいってママやパパに頼みはしなかった。こたえはわかってた。外から見てるだけならって、クムたちは言ってくれた、だから来た。クムのひとりワイロア——着古して鼻紙ぐらい薄くなったタンクトップ、はみ出たウニみたいな脇の毛、おでこのできもの、イルカみたいに笑う——が言ってくれた、目で見るだけでもわかることがある。その時、ぜんぶ憶えてやると、心に決めた。

クムたちは準備体操の音楽をはじめた。やさしくやわらかく叩くイプの音。わたしも準備体操をした。なかの子たちとおなじように——アミ、ウエヘ、カホロ、ヘラ、足を踏みだして体をゆらす、雷のように腕を動かすこともあれば、水のこともある。腰を振り、円を描く。背中も、どの手も足も。やりのようにかたくする。こうすると迷いがきえた。昔のハワイの女たちの、かつてのフラのリズム。そういうひとたちの傷ついた、でもしなやかな、ほとんど黒といっていい肌、そういうのを感じた。かたくとじた唇に宿るマナ《ちから》、はだけたままの胸、白人《ハオレ》のドレスは着てない。ラウハラのマットを編んで、タロイモを引きぬいた、かたくにぎった拳。

だから、ママもパパも、たぶんノアほどにはわたしを気にかけてない。だとしても、わたしだってなにかになれたはずだ。わたしはいた。それでも。そこに。

第四章　ディーン、二〇〇一年

カリヒ

　こんなことが書いてあるんだ。ポスターなんだけどな、おれのベッドの反対側の壁に貼ってあったもんだから、起きるといつも目に入って、おれはなによりそいつを信じるようになった。こう書いてあんだよ──毎朝、ガゼルはいちばん速いライオンより速く走る、とにかく食われないために。毎朝、ライオンはいちばん遅いガゼルより速く走る、とにかく食うために。その通り、人間だって世界には二種類がいる。リンカーンハイスクールでまわりのやつらを見てりゃわかる、ボロボロの服を着てぶうぶう言ってんだ、なんでも手に入るプレップスクールのガキどもは人生がどんなもんか知らねえんだ、とかな。でもそのリンカーンのやつらも、文句ばっかで、ただ待ってんだぜ、両手なんか高くあげちゃってな。たちあがって、欲しいものを自分で獲ってくるようなやつはいない、だからあいつらはガゼルだ。おれのなかにはガゼルなんていない。びびって逃げたりしない。いつだってライオンであってライオン以外じゃない。

　でもそうだとしても、三種類目の人間がいるとは思う。種類というか、まあおれの弟のことで、あいつなんて信じたくない、でもたいてい信じちまう。たいていな。おれもサメは見た、でそのあとから、あいつの頭が狂ったように良くなって、年明けに起きたことをききつけると、いろんなやつらが会いに来るようになった。母ちゃんも父ちゃんも、とくに母ちゃんが、アウマクア《祖先の神》がどうとか、アイナ《土地》の古い神がよみがえったとか話してた。そういうのをきくとおれも、おれでさえ、鳥肌がたつことがある。だからまあ、信じちまってるってことだ。あほだと思うぜ――あほだとは思うんだけど――信じちまってる。

でもな、朝よくあるのはこうで、反対側のベッドにノアがいて、色あせた青いシーツの下でよだれたらして寝てやがる。昔はあいつがさきに目をあけて、まだ寝てるおれのとこに来たもんだった。こわい夢を見たとか言うから、おれは安心しろってこたえて、隣にあげてやった。あいつの体はヒバチの炭みたいにかっかしてた。いまはおれひとりで起きて、シリアル食いながら母ちゃんや父ちゃんと笑い話でもしてると、カウイも入ってきて、おれはみんなをげらげら笑わせてゆるんだ顔にさせる、おれひとりでだ。それもノアが起きてくると終わる、そう、いきなりみんなききはじめるんだ、今日はなにがあるのとか、よく寝れたのかとか、カヘナの授業外プログラムこれがいいんじゃないか、とかね。

そりゃ腹もたつだろ。胸んなかで魚がぴちぴちはねまわってたね。

前はこんなふうにやってたんだ――屁をにぎった手をあいつの鼻にかぶせるだろ、そしたらあいつは、やめろマフ《おとこおんな》、とか言ってとびかかってきてさ。そのままレスリングがはじまって、カウイまで巻きこんで、みんなで取っ組み合った。安っぽい日焼けしたオールドネイビーの店のカーペットでも、サンディービーチの坂になった砂浜でもね。でもその頃はまだ相手をつかむだけで終わったんだ。憎しみたっぷりつば吐いたり、喉めがけて肘打ちしたりするのは、まだはじまってなかった。そういうのまでやるようになると、まあ激しかったね。

そうはならない時、週末のカニカピラ《みんなで騒ぐ時》には、おれもノアも傷だらけの緑と赤の折りたたみ椅子で、ウクレレを弾いた。「Big Island Surfing」なんかを歌いながら。そのあいだに母ちゃんはクーラーボックスからスパムムスビを出して、父ちゃんはショウ油味のチキンを網で焼く。そういうのもおれたちだったろ、ノアがあんなうまくなって、ウクレレの弦とネックに載せた指があんだけ速く動くようになるまではな。どうにかついてこうとすると、あいつはもっと速く弾いた。最後には笑って言いやがった、遅くしてやるから見てなよ、ってな。

気に入らねえ。でも駆け足じゃぜったい負けなかった、どんなスポーツでも。勉強や音楽のようにはいかないんだって、あいつもわかってるように見えた。だからおれはボールばっか触ってた、あいつがいてもいなくても、そしたら流れるようにコートを動けるようになって、コートにあるのはぜんぶおれのものになった。他に相手がいない時には、ノアを公園につれてってディフェンスさせたりもした。点をとらせてやって、勝負を途中までつづけてから、最後に差をつけてぶっつぶした。しばらくはあいつも公園についてきた、勝てないってわかってても。

でもそれから、年明けの事件があって、病気や怪我やどうにかしてほしいことがある近所のやつらがあらわれるようになって、あのパーキンソン野郎もやってきて、そういうひとつひとつがノアをすこしずつ――ぽんこつにしてった。なにかが壊れてく、ってのがおれの考えだった。真夜中に目覚めちまうこともあった、なぜかはわからない、でも転がって部屋のまんなかに顔をむけると、きまってノアも目をあけてた。部屋の外にいることもあって、バスルームの薬棚をあさる音がした、たぶんそこにある薬ぜんぶ試そうとしてたんだろ。まだ部屋にいておれの大麻ケースのとこでかがんでることもあった、映画のスパイが爆弾を覗くみたいにね。つぎの日に数えてみると明らかにすくなくなってた。巻きかたを知ってたのかだってあやしいから、大麻をそのまま食ってたのかもしれない。でもだれが見てもどっかやばくなってきてた、ちょっとずつね。あいかわらず学校のやつらはホールでこそこそ話してた、母ちゃんも父ちゃんもほぼはっきりあいつがなんか変だって気づいてた。壊れちまったみたいだって。いまだに校長からメダルをもらって帰ってきてたとしても。

で、ある日、練習が休みで家に早く帰ると、あいつはカウンターにいて母ちゃんの財布をあさってた。なにしてんだってきくと、なんもしてねえってこたえるから、言ってやったんだ、「おまえしっかりしろよ」ってな。はじめあいつは黙りこんだ、だから見まちがいじゃなかった。おれもあいつもそこにたったまま、なんであいつが、あいつの力が、おかしなことになってんのか考えてた。あいつがまわりから望まれるような生きかたをしてないって、おれもあいつ自身もわかってて、それがなぜなのかってね。あいつはようやく口をあけたかと思えば、「そっちだっていつも母ちゃんの金、盗んでるだろ」だってよ。

それは完全には正しくない。ってのはまあ、時々はおれだって盗ってたからさ、でもそれはほんとに大事なことのためにちょこっと借りたってだけだ——おれの稼ぎが遅れちまってローランドに返す額のわずかな足しにするとか、練習のあとにマクドナルドに寄ってみるとかだろ——それにいつもつぎの日には四倍とか五倍にして返せてたんだ、おれとローランドの調子がまた戻りさえすればな。金を盗むために盗むってのと一緒にしてもらっちゃ困る。

おれはノアに言った、「おまえはそんなの要らないだろ」

あいつは肩をすくめた。「おれだってなにかちょっと欲しい時もある、わかるだろ?」って言ってた。「限定のクイックシルバーのサーフショーツとかさ。つまり、店で一本のコーラを買うんだっていい、だれにもねだらずに」

　もちろん、言ってることはわかった。

「それにさ」って、あいつはつづけた。「家の金を稼いでるのはおれだろ。助けてくれってやってくるひとたちからさ。おれがすこしだけもらったっていい気がするんだ。兄ちゃんとはちがう」

「こんなくそみたいなこともうやめろ」って、おれは言った。「しばらくはな」

「ああ、わかったよ」って、あいつは言った。「おれも兄ちゃんみたいに平均Cの成績とって補習送りになるのを見習う、それでいい？」お互いすぐそばにたってた、だからあいつは母ちゃんの財布から手をおろすと、おれを押しのけて部屋に戻ろうとした。でもおれはあいつの胸に手を置いた。

「まともでいろよ。おまえこんなのしたくないだろ」って、おれは言った。

「どけよ」って、あいつは言った。でもおれがきれたのはその言葉にじゃない。口よりもあいつの目がはっきり言ってた。おれはあんたをとことん軽蔑してる。もしこの家族が一本の木だとしたら、おれたちのどこが腐ってるのかは明らかだろ、ってね。

　だからぶったんだ。いきなり顔面をぶっつぶした──おれの拳、あいつの鼻。倒れたら、胸の骨に膝を押しつけて、もっとぼこぼこにしてやるつもりだった。でもあいつはぎゃーぎゃーわめきやがって、母ちゃんがすっとんできた、シャワーかどっかからだと思う。母ちゃんがいることはすっかり忘れてた。タオルにくるまって、浅黒いハワイ人の肌はてかてかしてて、まだ泡がひっついてた。ながい髪は縮れてて、つやがあった。わきでタオルをはさみながらおれをノアから引きはがそうとした。

　母ちゃんがおれを引っぱってさ、やめろとか吠えるたびにな、おまえはあたしのお気に入りじゃないって、あの手からびんびん伝わってきてたんだ——ずーっと何年もさ——だから、後ろをむいて、母ちゃんもぶっちまった。がつんと。学校でも喧嘩を一、二回はしたかもしれない、でもだいたいはもっとガキの頃の話だったし、ノアを火が出るくらいぶつのだってぜったいにやらなかった。うちの家族で、その時おれが母ちゃんにしちまったのとおなじくらいの強さで、だれかがだれかをぶったってことはいちどもなかった。つまりな、おれが母ちゃんをぶった時——骨が皮にあたって肉の感触がはじけた時——おれは自分が醜い別のなにかになっちまったんだってわかった。

でもな、母ちゃんは強いぜ。背中をぴんとのばしてたちあがると、自分の頬っぺたに触りもしないで、きいてきたんだ。「おまえらなにしてんだ？」ってね。だから、あいつをなおしてんだよ、とでもこたえようとした瞬間、母ちゃんの体からタオルがひらりと落ちてった。見たくはなかった、でも見えちまった、だるだるになった腹の皮の跡、毛むくじゃらな股の三角形、それにかがんだらヤギの乳みたいにあれがぶら下がってた。恥ずかしさで腹がよじれたよ。ノアの胸んとこにまたがったままでね。

「どけよ」って、ノアは言った。

「どかねえよ。おまえなにしてるかわかってねえんだよ」って、おれは言った。

「兄ちゃんはわかってんのかよ？」って、ノアは言った。

ふつうは母ちゃんも、おまえたちなんかいなくたっていい、死体のひとつやふたつ隠すとこはあるから、父ちゃんと新しいのをつくりゃあいいんだ、ただなにがあっても今度は娘でなくちゃならない、とかなんとか言うはずだった。なのにこの時は黙ったままだった。

ノアに押されてどいてやったよ。ノアはガレージに行こうとしてとまり、玄関のドアをばたんとしめて出ていきやがった。網戸がゆれて、金具がきしんで、ドアの枠がこつんと鳴った。

「いいよ、わかったよ」って、おれは言った、母ちゃんの目にこたえるようにね。「いいよ、わかった、わかった、わかった、いいよ」それを部屋に入るまでくりかえした。


その夜にはつづきがあった、つぎの朝のことだ。その日、相手チームのとこで試合することになってた、試合の日はゆっくり朝をはじめる、コートでなにするか夢に見ながら、たとえばこんな具合にさ——おれは球をついてコートを攻めあがる、アンドワンのスーパープレイ集みたいにフリースローサークルのてっぺんでとまって、靴底をきゅっと鳴らせば敵チームはどたばた慌てる、ふたりでとめに来たとこで、半端ないクロスオーバーをかます、そいつらの足首はポキンと折れて、そのあほどもをマングースみたいにぬきさって、体をねじってゴールの枠に手をのばす、客に投げキスでもするように指からはなしたボールは、ネットをしゅっとゆらし、腹からの歓声がおれにかえってくる。

でもこの日はちがった。夢なんか見なかった。家でこそこそ隠れて、市バスが来ると朝めしも食わずとび乗って学校に行った。学校はいつもの学校で、教室でもなんかやってたんだとは思う、でもおれだけコインランドリーにでもいるような気分で、教師たちはまぬけな洗濯機の列みたいに、ががらまわりながらやかましかった。

夜になって、ようやく試合がはじまっても、おれはしおれたちんぽこみたいな動きだった——変なとこにパスして、シュートの軌道は弱すぎるか強すぎるかで、ドリブルを自分の膝にぶつけたかと思えば、ボールをとられてとられてとられまくった。流れるような動きはおれ自身、これっぽっちも感じなかった。家族だってひとりも見に来てなかった。そりゃ相手チームのコートだし、母ちゃんも父ちゃんも夜勤とかが入ることもある、でも来てないのはわざとなんじゃないかって、そういう気になっちまった。

試合が終わって、チームでリンカーンに帰る車内、おれは一言も話せなかった。ふつうならニックを膝にのっけて、足でけつをはさんでやって、あの子をマイナバードみたいに笑せてた。でもその日はちがって、おれはじっと考えてた。何度もくりかえしてた。だれにだって悪い試合はある、って。自分の手だけ見ながらさ。でもそうしたところで、これがたったいちどのあやまちってことには、ならないとわかってた。

家に帰ると、母ちゃんと父ちゃんだけがソファに座ってた。母ちゃんの顔には、前の晩にはふくらみはじめてたあざが、そのまま残ってるだろうって思ってた、でも肌は茶色で、腫れてもなかった。父ちゃんはいつもとなんも変わらない頬っぺたにキスして、たちあがるとおれを見た。まああとにしよう、あとだ、説明はしてやる、とでも言ってるみたいだった。おれの横をすりぬけて、冷蔵庫がひらいてしまる音がした。ふたがいきおいよくはじけて、ビール瓶がかたかた鳴った。父ちゃんはそのまま木の床をぎしぎし歩いて部屋を出てった。そのあいだもずっと、母ちゃんの葬式みたいな目は、おれをすりぬけてた。

「悪かった」って、おれは言ったんだ。

母ちゃんは肩をすくめた。「あんなのフライトアテンダントにぶたれたようなもんだ」ってこたえた。「ウォルマートのブラックフライデーのほうがまだきつかった」

「なんであんなことしたのかはわからねえ」

「そんなはずないね。なぜかはわかってるだろ」

それは、その通りだった。何年間も、ああやって思い知るたびに、胸のなかではぶん殴ってた、けど母ちゃんは知ってたのか？　それは自分を殴ってるのと変わらなかったってこともさ。

「あいつがばかだから。なおしてやろうと思ったんだ」

「なおすだなんてね。おまえ、冗談じゃない。自分がどう育ってきたか考えるんだ」

「知るかよ。なんで謝らせてくれねえんだ」

「おまえが謝ってなんかないからさ」そう言うと、母ちゃんはたちあがって、おれが引くまでずっとにらみあってた。


それで、つぎの月曜の夜、セントクリストファーとの試合があって、おれは一五回打って一二回外し、フリースローは四回しくじった。あのボールさばきじゃまるで、妊婦の鯨だった。ホームゲームなのにホームとは思えなかった、ぬき打ちテストでも食らったかのように、客はしんとしてた。残りかすみたいな気合いを震えたたそうともした。でもノアや、母ちゃんや、家族の顔が目にうかぶと、ぼろぼろとぐらつきだした。どうにもならなかった。気持ちが乗らなけりゃ体も動かない、コートのどこにいてもね。

セントクリストファーにはぺしゃんこにつぶされた。残り五分もあるのにベンチ行きだった。はしっこに座って頭からタオルをかぶって、暗いのとくさいのにくるまったままでいた。タオルが目にかかる寸前、天井のそばにスカウトがふたり見えた。カメラとラップトップをしまって、ドアにむかうとこだった。

たぶん、おれを見に来たんじゃないやつらだ。

セントクリストファーに負けたつぎの日は練習がなかった。補習からまっすぐ帰ってテレビで「スポーツセンター」を観てた。ウィンドミルダンクのトップテンとか、フェンス越えのキャッチとか、ホールインワンとか、フックでのノックアウトとか。どの映像も客席は地鳴りのようだった。おれが前に家族を盛りあげてたみたいにさ。

後ろからだれか部屋に入ってきたと思ったら、おれの膝に大麻を隠してたサンドイッチの袋が転がった。ノアの声がした。「これ兄ちゃんの靴箱にあったんだ」って。

あいつはソファの裏にいた、おれは頭をそのまま後ろに倒して、さかさまになったあいつの顔を見た。で、言った。「なんだよ、今度はおれのものをあさってんのか？」

「靴箱よりもっと工夫したほうがいい。それに。もうやめたと思ってた」

おれは頭を前に戻して、ジグザグペーパーにつつまれた甘いにおいのカパロロ《大麻》のかたまりを見た。

「おまえどっかのがん患者をなおしに行くんじゃねえのかよ？　ウクレレで名曲つくってんじゃねえのかよ？」

「もうやめたって言ってたろ」

「やめたよ」嘘じゃなかった。

「くさい屁こいといて、おれのはくさくないって言い張ってるようなもんだろ」

「くさくねえこともあるさ、おまえはどうだ。こんどこいたら嗅いでみな。そういや、だれかさんが盗ってるから数が足りねえな」

「おれは触ってもない。やましいことなんてしてない」

「スポーツセンター」に目を戻した。「ああ、そうだった。もうだれも家に来なくなったしな、だろ？　母ちゃんと父ちゃんに追いかえされたやつらもいる。そういうことだよな」って、おれは言った。そして母ちゃんと父ちゃんの声をまねした。「みんなで決めたんです、あの子をひと助けからちょっと休ませようって。だから、呼ぶまでもう来ないでください」

ほんの一秒だけ、あいつは真剣に驚いてた。でもすぐに涼しい顔に戻った。「ああ。そっちはうれしいだろ。兄ちゃんならだれかにドアをとざすたびに、笑ってられるよな」

「金がないのはうれしくないね」

それはあいつを黙らせた。「スポーツセンター」はタイガー・ウッズの顔になって、そのあとおなじようなやつらがつづいた、すぐあとはヴィジェイ・シン。おい今夜はカントリークラブでハオレ《白人》どもが怒り狂ってるだろ。

すこししてノアが言った。「でもビッグアイランド《ハワイ島》にいた頃よりはましだろ」ほとんど謝ってるような声だった、言いあうのもおしまいにしたそうだった。おかしいのは自分だって認めたのかもしれない。でもおれはとめられなかった。

「まあそうかもしれない。でもおれたちはもうおまえに感謝もなんもしない。母ちゃんと父ちゃんはおまえ頼みだったんだ」

あいつは一気に、かたくつめたくなった。「それがいけない。家族みんなそればっかりだ。おれたちおれたちおれたち。でもこれは母ちゃんや父ちゃんなんかよりもっとおおきい話だろ。家族のことなんかより、おれが家族のためになにかを変えるとか、そういうのよりも、もっともっともっと——」

「家族よりでけえもんなんかねえよ」って、おれは言った。でも、言いながらどこかで、あいつはまちがっちゃいない、あいつがなろうとしてんのはおれたちよりもっとでかいなにかだって、わかってはいた。「おまえはそこがまちがってる」

「でも、ドラッグみたいなのはさ、兄ちゃん」って、ノアは言った。まぬけな犬にでも話すように顔をごしごしこすりながら。「ばかなことはやめるべきだ」

母ちゃんは正しかった。おれは悪いなんて思ってなかった。歯を思いきり殴ってぱんぱんに腫らしてやりたくなった。「いいから黙れよ」って、おれは言った。「ぶっつぶしとくんだった」筋肉はかっと熱くなってた、もう一発ぶん殴らないでいられたのは、あの時の後悔のおかげだ。だから声だけ張りあげた。

「兄ちゃん。ああ、くそ。悪かったよ」って、あいつは言った。

「勝手にしろ」

「こんなふうになるべきじゃない」

「じゃあどういうふうになるべきなんだよ」

「悪かった」って、あいつは言った。声でわかった、ほんとに謝ってた。悪かったって、おれも言えばよかった。あいつの手をぱちんとはたいて、ふざけたまねでもしてやればよかった。前のおれたちに、ただの兄弟に戻ればよかった。ただ、できなかった。おれたちはごちゃごちゃしすぎてた。あいつ自身も。

這いあがるから見とけよ、とでも言っときたかった、おれがどうなるか、五年後、一〇年後まで、目をかっぴらいて見とけよ、「スポーツセンター」にだって出てやる。おおきいことなんかじゃなく、家族のためだけにやってやる。でも、あいつはどっか行っちまってた。せっかくはじまったことを、終わらせはしないで。だから空っぽの部屋につぶやいた。「もう売らねえよ。もうやらねえ」

そのあと一週間はずっと、コーチがやたらときびしかった。試合には負けっぱなしだった。前の日の試合はクアキニに一七点差つけられた。また練習がはじまり、つぎは二、三日後、カヘナアカデミーが相手だった。コーチは言った――おまえらはカヘナにとっちゃ豚箱だ、おまえらのけつを売ってタバコでも買おうとしてる、なめられんのも仕方ねえよ、こんど負けてみな、おまえらの活躍をビデオに撮って世界中に広めてやる。トイレからゴミ箱をふたつ引きずってくると、コートの両はしに置いてまた言った。ゲロ吐くまで追いこめ。だから、おれたちは追いこんだ。タッチラインのあいだを全力で行ったり来たりした、そのうち足はよろめいて、肺の血管はまるで、まるごと火あぶりにされてるようだった。コーチはわめきちらし毎回ストップウォッチを見た、タイムが前の周よりも遅くなったら、あの野郎はもう一周追加しやがった。

アリカは五〇何周目かに動けなくなって、ゴミ箱に腹のなかみをぶちまけた。みんなが見てる前で、胃をぴくぴくさせて足をくねらせながら、おえっと。ゴミ箱の底でぴちゃぴちゃとび散ってた。

「ほら見てみろ、昨日の夜も試合のあとは、おれだってあんなふうにまいってた」って、コーチは言った。アリカのそばにたって、おれたちみんなをぎらぎらにらんで。「おまえらの情けねえ負けっぷりをビデオで観るたびにな、おれはいまのこいつみたいになるんだよ。おまえらなにがどうなっちまってんだ？」って、やつはきいてきた、おれにな。まちがいなく、じいっと見てたせいだ。

おれはこう言いたかった――つぎはどうなるか、わからないんじゃあないですか。

「どうなっちまってんだってきいてんだよ」ってせきたてられた。

ノアの前ならおおきなことが言えた、でもどうやったって良くはなりそうにはなかった。

「なにも」ってこたえた。膝に手をついて、風を吸いこみながら。「おれはなにもどうなってもないですから、コーチ」

練習から帰るとこでJ・ヤマモトストアに寄った。動きまくったのにろくに水も飲めなかったから、脳みそは酔っぱらいと変わらなかった。バスをおりて、アスファルトで焦がされたぬるい雨のもやを突っ切ってくと、店員たちがカートをまっすぐならべて、がちゃがちゃと駐車場を押してった。店の正面のでっかい窓にたって、母ちゃんを見た。仕事に集中してた――緑のエプロンなんかつけて、指さきでレジをつんつんと打ったかと思えば、釣りを渡してさっと手首を返してレジの引き出しをとじた。

品物から客へと目は上下行ったり来たりしてた。ああいう目はよく知ってる。なぜって、学校の申しこみばっかしてた頃によく見てたからだ。いちばんはじめの返事がとどくと、母ちゃんがきんきんした声で言った。カヘナアカデミーからだよ！　ってね。ああいう手紙は思ったより軽いと、みんなにも言わない、さっさと封をちぎって、父ちゃんはおれの肩に手をぎゅっと置く。母ちゃんの目は文字をさっとなぞって、また上をむく、目んなかはじっとり湿ってた。で言った、オーケイ、オーケイってね。

おれが何度もカヘナアカデミーに入ろうとしてるうちに、気づけばノアもカウイもカヘナの生徒になって、おれたちハワイ人のための奨学金までもらってた。でもまあ、その資格があるってのは、ハオレ《白人》の言葉と、無駄な数字だらけのジュースみたいに甘ったるいテストで、証明すりゃいいだけだった。「カタリスト」がなにか、みたいな説明さえできれば、はい合格。だろ。

申し訳ありませんが以下の通りお伝えします。本校の受験倍率は三倍を超えて増加しており。今後のご健闘をお祈りします。またの機会を。

七年生、八年生、九年生って書類を送るたび、返ってくるのはそういう手紙だった。毎年のことだ。すぐに、つぎの年の挑戦ってのが待ってやがった――ぶあつくてぐにゃりと曲がるような問題集と、母ちゃんが鞄に詰めこんだJ・ヤマモトの小麦クラッカー。リッツじゃねえのかよ？ ってきくと、母ちゃんはこう言った。二倍の値段だよ、広告に金を落としてるようなもんだ。だから、J・ヤマモトのクラッカーに古くなったピーナッツバター、授業が終わるとそいつを手にカフェテリアに移動して、練習まで問題をやる。毎朝、リンカーンに行くバスでは、ジェイシーたちが「マンデーナイトフットボール」だとか「テンプテーションアイランド」だとか話してたりする。なのにこっちは、FOILメソッドやら二次方程式やら言ってんだ、あいつらだって、おいそりゃ一体なんだ、ってなるよな。おれだって知らねえ、でもそのなんとかメソッドやら式やらの子どもを妊娠した気分だ、ってこたえた。

カウイとノアは一回目でカヘナに入った。

父ちゃんは毎週空港で夜勤して荷物を運んでた。母ちゃんはJ・ヤマモトで、朝のシフトもあれば夜のシフトもあって、運が良けりゃ両方で、バトゥ《メタンフェタミン》を欲しがる薬中《やくちゅう》みたいに時間外でもいつもやろうとした。夜明けに帰ってきてんのに、手も足もまだこれから働くひとみたいにざわついてた。こんなふうにも言ってたね。ディーン、あんたにはあたしたちが見えないのかい？ って。おれが伝えたかったのはこうだ。あほみたいなテストであんたらが気に入る点数が出なくったってな、知ったこっちゃない。金曜の夜の体育館で客がだれの名前を憶えて帰るか、おれたちのリーグの学校の女の裸のにおいをだれがいちばん知り尽くしてるか、そういうのが肝心だろ。

おれは窓のわき、プロパンガスの棚のそばから動かなかった。客は何人も通りすぎてった。母ちゃんとトリッシュがそのひとたちと話すのもきこえた。みんな地元《ローカル》だってことは、げらげら笑いながら、いとこやばあちゃんがああだこうだっていう、まぬけな話ばかりしてるからわかる。でもハオレが相手だと、だいたいこうなる。アリゾナメモリアルは何時からですか？　ここからシーライフパークまではどうやって行けますか？　母ちゃんもトリッシュもこたえはするけど、本心も伝わってくる。茶色い肌ならだれでも、あんたらのツアーガイドだなんて勘ちがいするんじゃないよ。母ちゃんはさらにそこから何時間もたちっぱなしで、笑ったふりして、カードを受けとって、ステーキにメカジキに高級ビールって、客が欲しがるすべてを、手渡さなくちゃならなかった。

だからきけよ。おまえらみんな。おれはこう言いたいんだ――おれはいつかみんなをこういうのからとおざける。だれもおれたちに指図できないようにする。バスケットボールでな。ノアは特別かもしれねえ、でも金にはならねえ。おれならできる。こっからはじまって、大学、それからプロ、もちろん本気さ。オコレ《けっ》からあふれてとまらないくらい、めっちゃくちゃに稼ぐ。そうずっと感じてた、そいつを実行するつもりだった。

ただその時は、試合ごとにどんどんまずくなってった。週が変わってもおなじだった。試合が終わるだろ、頭んなかはしずかになってぽっかり空白ができる、そこにあの夜が入りこんできやがる。おれがノアと母ちゃんのふたりを、思いっきり傷つけようとしたってことや、冗談じゃなく体のどっかをぽきんと折っちまいたかったってこと、あとになっておれの手の甲はハチの巣穴みたいに、ちっちゃい痛みでぎゅうぎゅうになって、内側からまだじんじんとあふれてくる手前だったたってことが。

でもあの靴箱の一件があって、まあいいかって思うようになった。それで、ジェイシーにテクストを送った。練習はもうこりごりだ、って。かわりにアラモアナパークまでバスで出かけてって、ヒバチレストランをすぎたあたりでぶらぶらしてた。売りさばくために。トイレから古い魚のにおいはするけど、通りからは簡単に見えない、そういうとこだった。だからどこより安全だって思ったんだ。もたれかかるように海が岩に迫ってきてた。芝生を黄色く枯らそうとしてた。そこにけつをおろすと、客が買いに来るまでまだしばらく時間があって、胸がすっかり落ちつきさえした。バスケも、ノアも、なにもなくって、そりゃあほんとにありがたかった。

でも買い手はやってきた。あいつらはいつもおれを見つけだす。他はだめでも、まだここだけでは、おれも錆びついちゃいなかった。

ぎりぎりまで売った。黒い雲のかたまりがコオラウをおりてきて海が灰色っぽくなって、雨がぽつぽつとおれの頭をはたきはじめるまで。ぜんぶ空っぽになるまで売りつづけた。それから帰った。

家の玄関に着くとフライパンの油に肉が触った時のはじけてやぶけるような音がしてた。こんがりしたパン粉のかりかりした金色のにおいで、母ちゃんがチキンカツを揚げてんだってわかった。ほんとはもっと早く帰ってなくちゃいけなかった、だからドアんとこにたって、それっぽい話をでっちあげようとしてた。母ちゃんがドアをあけたのは、そん時だった。

「おまえだと思ったんだ」くたびれた笑顔だった。

おれは肩越しに後ろを見た。道の奥には別に、だれもなにもいなかった。ただ、どうすりゃいいか考える間《ま》が欲しかった。

「ああ。今日は練習がながかった」

「おまえが学校のあと、できたばかりの勉強会に行ってるって、ナイノアが教えてくれた。練習のあとだときついだろ？」

ノアがおれのために言ってくれたんだ、って理解するまで、しばらくかかった。で、おれはうなずいてこたえた。「ああ。でもまあぼちぼちやってるよ」

「そうかい」

靴を脱いでボールを置いた。かたむきすぎた床を、ボールは玄関からベッドルームまで転がってった。ひん曲がった床だ。錆だらけのブリキの屋根。おれたちの前に何年もここにいた喫煙者やまともじゃないやつらがつけてった、黒や黄色のしみがあるキッチンカウンター。そろってチキンを食べようってとこだった。J・ヤマモトの割引ケースに入ってたやつだ。ずっと前に売られてなくなってるはずの肉。だからパン粉なんか使って、ほんとの味を隠そうとしてたんだ。

「ごめんな」って、おれは言った。いきなりね。悪いことを隠しきれなかった子どもみたいに。

母ちゃんはチキンをひっくりかえす手をとめて、まっすぐおれを見た。「もう話したはずだろ。ただ謝りゃいいってもんじゃない」

「もっと良くなれる」

「わかってるから。良くなりな」

「ノアも、だろ、な？　おれだけじゃない」

母ちゃんはカツのトレイにかぶせるペーパータオルをとろうとしてた。「おまえにはいまのあの子を支えてやってほしいんだ。あの子が自分の問題だけを考えていられるように」

妙にしんとしちまった。そんなのくそだろ、あいつを支えろだなんて。とか、言うこともできたかもしれない。でもJ・ヤマモトでの母ちゃんが頭んなかにいた。これ以上やりあうのは良くないって、それだけは感じてた。「一日どうしてた?」

こんなことだって、ほぼいちどもたずねたことがなかった。理由は知らねえ。母ちゃんもそれに気づいてた、なぜってさ、顔がぱっと明るくなってじっくり考えだしたからだ。こたえがくるのに一分はかかった。「あたしの一日ねえ」って、フライパンをトングで叩きながら、ようやく話しはじめた。「ちんぽこばかり相手にしてたさ」

「そうだよな、わかるよ」って、おれも言った。「でもどんなちんぽこだよ? いろんなのがあるだろ、ながい馬みたいなのとか、毛むくじゃらのやぎみたいなのとか、かっかした牛みたいなのとか——」

「でもな」まじめに考えてるかのようにおれはつづけた、あごに手まで当ててさ。「あれは、ほんとは玉のほうなんだ、牛のあれはな」

母ちゃんは声を出して笑った。しかもいい笑いだった、体の知らないとこで爆竹でもはじけたような。

「いったいなんだい、おまえたちは。みんないかれてるね。おまえに話をさせるとろくなことにならない」

「完璧な紳士だろ。もっとよく知りさえすればな」

「完璧な紳士だってんなら、テーブルの準備を手伝ってくれ」銀食器の引き出しを指さしてた。

ディナーがもうすぐだって、ノアとカウイに伝えてくれって頼まれた。ついでにおれのバックパックも部屋に持ってってくれって。そのあいだに母ちゃんは皿とカツを運んできてた、おれは食器をならべて部屋に行った、おれとノアの部屋に。

あいつはいた。頭をさげてウクレレをじっと見てた、でもおれが足を踏み入れると、ウクレレはころげ落ちた。

弾いててもいい、ただもうすぐディナーだぞ、って伝えた。別にもう終わってたから、ってあいつはこたえた。ウクレレを抱えて体をかがめてた、おれはドアノブをにぎりながら、考えてた。そん時はさ、なぜか自分の家で話すのだって、いとこにキスするみたいにこそこそしてたんだ。

「嘘なんて頼んでねえよ。母ちゃんに」

あいつは両腕を後ろにまわして、のけぞった。「知ってる」

まあ思うに、おれたちにできるのはそこまでだった。

そのあとディナーになって、おれとあいつはカウイが話したり母ちゃんが話したりするのを、ひたすらきいてた。話を振られなければね。そういや、母ちゃんはなにかとカウイにばかりきいてた。でもすぐにディナーは終わって、みんなばらばらと好きなとこに散ってった。カウイは部屋での宿題に戻ったし、ノアはウクレレを持ってガレージにきえた。夢中になるとはじまるあの頭がぶっとぶような曲でも、また弾きにいったんだろ。おれは経済学の課題をやろうとした、でも「需給一致価格というのは」とだけ書いて、結局お手あげだった。だから、ソファに行って、「スポーツセンター」を観てたんだ。みんなはもう寝ちまってた。

何時間かそのまま観てて、でもそのうち頭が眠りたがった。そうわかった。だからベッドルームに行った。暗闇を伝ってきたのは、眠ったノアの重みだ。ずっしりと寝息にしずんでるのを感じた。クローゼットにはインフルエンザゲームの時のジョーダンのシューズと、アレン・アイヴァーソンのシクサーズのアウェーのユニフォームがあった。そいつを着てボールを手にとった。表面のぶつぶつが削れてるとこを触った。夜にしても暗すぎた、真夜中すぎみたいだった。脇でボールを支えて、シューズをつかんだ。その格好でリビングに戻ると、母ちゃんの財布があった。

冷蔵庫が震えて低くうなって、奥で氷ががこんと鳴った。そしたら目の前に、母ちゃんの財布が置いてあるのに気づいた。金の留め具がこすれて、下の銀色が見えてた。

おれが持ってた金は、ぜんぶ他のだれかから来た金だった——公園でパカロロ《大麻》を売りつけた名前も知らないやつらからね——でも、結果的には、おれの金になったわけで、こんなふうに感じられるもんはたぶん、他になかった。家族を悩ますあれこれを変えられるかっていうと、これじゃあちょっとすくなすぎた。本気でやろうってんなら道はひとつで、そう、ハオレたちみたいに稼ぐ必要があった、母ちゃんと父ちゃんに買ってやれないものが、もうなくなるまで。ノアなら大統領になれたかもしれない、新たなカフナ《まじない師》、有名な医者とか、そういうのにだってな、でもおれがなれるもんがあるとしたら手に持ったそれ、そうバスケだけだった。そのままドアをとびだして、通りをくだった、まっくらなカリヒをかけぬけた。

あんだけ遅けりゃ公園もしまってる、でも知ったことじゃなかった。バックボードのすみは苔だらけだったし、もっと前に雨のなかシュートを打ってたやつがいたせいで、泥のすじがたれてきてた。ネットはひとつかふたつ破れたとこがあって、ひらいた穴からもつれた糸が垂れ下がってた。

ボールを何回かついて、重く響き渡る音をきいた。風が吹くと、拍手のように木ががさがさゆれた。目をとじて一発目を打とうとした、なんでかは知らない。ねらいをつけて、ボールさえ動きだしゃ、あとはついてくる。足首。ジャンプ。でもな、指からはなれてすぐに、ぜんぜんだめだってわかったんだ。にぶい音で輪っかにあたって、ボールはまわりの金網まではねとばされた。転がり終わるところまで、じっと見てた。

歩いてって、ボールをすくいあげると、もう一回打った、目をあけて。ボールは輪っかをすっとすりぬけて、はねて、またはねて、コートがちょうど終わるところでとまった。細かいステップを踏んで、ボールをすくった。コートの角に切りこんでから、今度はクロスオーバーをかました、くるりとまわって、ディフェンスがいる気分でまるめた背中をゴールの枠にむけた、相手はカヘナだったかもしれないし、おれをとめようなんて気をおこした他のやつらだったかもしれない。でもな、とめられるやつなんていない。後ろにとびながらまわって、打った、高くそして狂いなく。虹の軌道でボールが落ちてくのを見てた。入るってのは、わかりきってた。もう見えてたんだ、ネットをこすって輪っかをぬけるのがね。だからそうならなくちゃいけない、そうならなくちゃ。そう、さっきから言ってる、おれをとめてみろ。

第五章　マリア、二〇〇二年

カリヒ

おまえの声はきこえないけどね、おまえがまだきいてくれてるのはわかってる、いつでも。だから、おまえに伝えることもできる——もしもビッグアイランド《ハワイ島》に残ったままでいたら、まったくこんなことにならなかったんだって、たまにそういう思いになるんだ。神さまたちがまだ生きているあの場所に残ってさえいたら。火の女神ペレはどんなものも寄せつけない力で、くりかえしくりかえし溶岩のなかに土地を生み落とす。空に行き渡る硫黄の空気を吐きだしながら。カマプアアは、ペレの愛を欲しがり、雨と、大群をなす豚のひづめで、かたくなったペレの溶岩を粉々にする。そこを豊かな土にするのさ。ワイメアの草の丘はどこもそういう土だった、谷におりてもね、おまえたちはその土に囲まれて生まれた。それにクウもいる、戦いの神さ、ある時、そのおんなじ土のなかに潜りこんで、夫であり父親であった自分を木につくり変えて、腹をすかした妻と子どもたちのために、くだものを実らせた。それがブレッドルーツのはじまりさ。戦いの神だけど、命の神でもあった。それが時々は、サメになって戻ってくる——

だからそのなかにおまえが混ざってるんじゃないかって思うんだ、おまえのなかにそれが混ざってるんじゃないかともね、ここにある海や土や空気がすべて、神さまたちからつくられてるように。これはあたしがはじめ考えてたことだった――おまえは神さまたちからつくられてて、おまえこそが新しい伝説で、ハワイでぼろぼろになってるすべてを変えることさえできるって。足下のカロ《タロイモ》を粉々にするアスファルト、汚れを海に吐きだす軍の船、毒のようにひろがるハオレ《白人》たちの金、カリフォルニアテキサスユタニューヨーク、しまいにゃ車の渋滞と、浜辺にひしめくホームレスのテントと、どでかい箱のようなチェーン店だけが残って、ほんとはそういうのにならんで残るべきものが、すべてなくなっちまうのさ。おまえならそういうのも倒せるって、あたしは信じてたんだ。

みっともないが、そうはいくはずなかったっていまならわかる。でもことさら信じ切ってた時のことも憶えてるんだ、そう、あれはおまえの父ちゃんとあたしが、おまえがつくった墓を見つけた日だった。

憶えてるかい？　おまえはハイスクールで三年生の教室にいたね、でも歳だけで言えば二年生になったばかりで、あいかわらず校長の優等生リストに名前があってサイエンスクラブの部長でまるでハワイの歴史をまるごと飲みこんだみたいにウクレレを弾いてた。いいことだったさ、そのどれもがね。でも本心じゃあ、おまえがこなしてたことはどれもこれも誇らしく思ってはいたけど、それでも、とくにあたしのなかには、まちがいなんじゃないかって気持ちが残ってたんだ。年明けの事件があってから良くないほうにばかりおまえの背中を押してたんじゃないかってね、おまえの力をうわさにきいてうちのドアを叩いたひとたちを、あのどんぞこで空っぽになったひとたちを、なおしてやろうなんておまえをあてにしてね。そうだ。って、あたしは考えちまったんだ、こうすりゃいい、おまえはまずあのひとたちからはじめて、じきにもっとおおきなことをする、ってね。

それにそうだ、あたしたちにも得があった。あの入ってきたありあまるくらいの金は、あたしたちがなにより欲しかった――なくちゃならなかった――ものだった。悪かったと思う。

ああいうねがいにこたえるのをやめた時、おまえはあたしたちからもっとおくにとじこもっちまった。おまえについてわからないことだらけになって、元通りのおまえが戻ってくることはなかったって、いまでも思ってる。これもあの墓の日があってからわかりはじめたんだ。

あの墓は憶えてるかい？　あたしは憶えてる。学校が終わる時間にあのひともあたしも家にそろってる珍しい日だった。家を出たおまえが戻ってこないと気づいたんだ。

「いつも歩く道を歩いてるだけだよ」と、カウイは言ってた。あたしたちにきかれて、肩をすくめてたね。

遅くなってた。帰ってきてほしかった。だからあたしたちもおなじ道を辿ったんだ。角を曲がって、家の前の通りを渡ると、茶色い歩道がくたびれた生垣までぽつぽつとつづいてて、そのさきはひらけた土地だった。あぶくのういた水は水路に誘われるがままに左に流れていって、奥にはハリケーン用のフェンス、その正面には埃っぽい自動車修理屋の裏庭と工業製品の倉庫があった。道ぞいは、ツナのにおいがぷんぷんしてて、とおくに見える木のしげみまで一直線だった。道のわきだった、歩きながら、つぎつぎならぶように石が積まれてるのが見えたんだ、行けば行くほど新しそうなかたまりが置かれてた。ただね、積まれてるのは石ばかりじゃなかったんだ――とんがってたり、光ってたりしたのは、自転車の歯車や車のエンジンパーツや使いものにならないパイプの角だった。とっくに草に覆われてるのもあった。

「なんだいありゃ？」って、父ちゃんにきいたよ。あのひとはひとつのかたまりのそばでかがんだ。

「墓みたいに見えるけどな」って、あのひとはこたえた。まあそうだろうねって、あたしもわかってた。

「オージー」って、あたしは言った。

「あいつはここにいるよ。どこかにな」って、あのひとは言った。

あのひとは道の終わりの森に顔をむけた。倉庫やらがたちならぶあたりから薄く切断される金属の音がしたよ。鉄の荷台ががしゃんと土にあたる音もね。

あたしたちは道を進んだ。墓と墓はきっちりおなじだけあいだが空いてた、すねくらいの高さの石や、くず鉄のかたまりのあいだがね。森に着く手前のいちばん最後のやつのてっぺんには、プラスチックのロボットが半分埋められてた、カヘナでおまえが驚くほどよくできた科学の授業のひとつでこしらえたやつだった。日に焼けた青をしてた、生きものにかじられたあともついてた。

あたしは腰を曲げてロボットに触った。「ナイノアのだ」って、あのひとに言った。ロボットの腕の裏に茶色くかたまった血がこびりついてるように見えた。積まれた石からはほとんど石のにおいしかしなかったけど、その下からは、かすかに、古い湿った革と腐りかけの綿のにおいがした。

「他のも何個か、さっきまでのやつな、ありゃ家のガレージにあったものだよ、そう思う」って、あのひとは言った。「あいつの最初の自転車の歯車もあったからな」

森に足を踏み入れるぎりぎり手前のとこまで来てた。頭んなかはぐらんぐらんしはじめた。入ってみると、思ってたほどは暗くなくて、どの木も低く垂れ下がって、ところどころ陽が漏れてきてた。歩けば歩くほど、さっきのめまいはおおきくなって、頭蓋骨から背骨を一段ずつ伝って、喉、それから胸に辿り着いた。両目に霧がかかって、ぼやけて、もういちどかっぴらいた時には、あたしはあのひとの手をひっつかんでた。気持ち悪さがあふれだして、流されてっちまうかのようだった。

あたしたちはたちどまった。森の反対側に空き地があって、おまえはそこにいたんだ。草むらにぺったり尻をつけて、肘をのっけた膝は引きつってたね。足首と足首のあいだで手の指が空気とじゃれるように動いてた。学校でお迎えを待ってる姿にも見えたよ。

「あぁよかった」って、あのひとは言った。「たぶんここに戻ってきてひとりで遊んでんだろって思ってたんだ」

あたしはやめろって言った。あのひとに通じるはずがなかったけどね。

「いいや、大丈夫さ。昔ああだった仲間をすこしは知ってるぜ。言ったたっけな、ジョンジョンがあいつの犬でしようとしたこと——」

「オージー、黙れってんだよ」

空は大騒ぎだった。木と木の隙間から黒い影がゆれながら落ちてきて、はばたいて大まわりして、おまえのすぐ横の地面に突きささった。羽がふわふわとうかんでた。影はたちあがって——フクロウだってわかった——おまえにすりよった。二、三回ぎこちなく体をふくらませてから、おまえの足下に崩れおちた。あおむけでね。あたしたちは見てたんだ、そいつの胸がふくれて、しぼむのを。だんだんゆっくりになって、もっとゆっくりになってくのを。

おまえは目をとじると、そいつに両手を置いた。

「あいつ」って、あのひとは言った。

フクロウの呼吸はまた遅くなって、さらに遅くなった。あまりにも紙っぺらのように軽かった。おまえの顔はひきつって、しわがよった。あごのふちを汗が伝った。あたしのなかで、めまいは波のように打ち寄せた。体の重みがなくなった。あたしは空にいた、腕を叩きつけてた、ただし腕じゃなくなってた、ひものような筋肉と高くひらいた羽の翼に変わってたのさ。空にびゅんととびだすと、どこもかしこも真っ青で、ごつごつしたコオラウの尾根だけがずっと下でちっぽけに見えた。空気だけの世界さ、金色の陽の光でふちどられてた、それであたしは太陽めがけて舞いあがったんだ、最速のエレベーターにでも乗ってるかのようにね、ふくらんで、ひろがった、目で見てたなにもかもがぱんっと、重さのない泡のようにはじけとんだ。

森のなかに戻って、あのひとの横にたってたよ。ゆりかごのようなおまえの手のなかで、フクロウは息をとめたとこだった。膝をついたまま、おまえは羽をつかんでそいつの体を持ちあげ、また草むらのなかへと思いきりなげつけた。足が一本、曲がるはずのないむきにぺしゃんとねじれてた。

「くそ!」いちどおまえはそう叫んだ、震えてしゃがれた声、少年の声そのものだった。両手で自分の頭をつかんで、地面にむかっておうおう泣いてた。

「やめろ」って、あのひとは言って、隠れてたとこからいきなりよろめきでた、あたしがとめるひまもなく。「やめろ」って。

おまえは音に振りかえった、鼻水たらして顔を真っ赤にしてた。あのひとがずんずんむかってくと、おまえはもがくようにあとずさりした。

「触らないでくれ」おまえはそう警告したね。だからあのひとはかがみかけたままとまった。おまえを持ちあげようと両手をのばしてた。あたしたちも目が合った、すぐに逸らすと、あたしはフクロウを見てしまったけど。へたりきって汚れた羽のかたまりから翼がひとつ突きでてて、風が通りぬけると毛のまとまりがふわりとゆれた。これっぽっちも悲しくはなかった、悲しむ覚悟はしてあったのにさ。かわりについさっき感じて見てたものが尾を引いて、あたしを満たしてた、あのまっ金金《きんきん》の、あのひとっとびがね。

「おまえが無事か、たしかめようとしただけだ」って、あのひとは言った。

おまえはたちあがって、フクロウのとこに行った。

「ナイノア」って、あたしは言った。おまえがちっぽけに、なにかで自分を責めてるように見えたからさ。黒茶色の髪は、あのいつもの横のとこが、おまえの兄ちゃんよりみじかかったね。おまえは白いポロシャツと紺の制服ズボンのまま、体を抱えるように右腕をまわして、だらりとした左の二の腕をつかんでた。「平気かい？」

「平気にきまってる」って、おまえは言った。スコップが目に入ったのはそん時だ。ガレージから持ってきたにちがいなかった。おまえは足下のそいつをぐいとつかむと、土を掘りはじめた。

「手が必要か？」って、あのひとはきいた。

「手なんか出せないよ」って、おまえは言った。

だからあのひとはあたしんとこに戻ってきた。掘り終えるまで、そこで見てるのはやめた。いいことだとは思えなかった。

森を出たとこであたしたちはたってた。積まれた石のそばでね。

「あそこでなにか感じたかい？」

「とんでるような気がした。太陽に突っこむかとさえ思った」

あたしの頭は、あたしが感じて見てたことに、やっとのことで追いつきはじめた。「あんた、なんてことだ、いつからあの子はああやって見てきたんだろう？　ああいうことをしてきたんだろう？」墓がいくつあるのか数えたいくらいだった、そうすりゃどのくらいたくさんの生きものを、おまえが見送ってきたのか見当がつくからさ。何度おまえが試して、しくじって、それでもどうにかしようとしてきたのか。あたしたちがいないとこで、他にもどれだけたくさんものを見て感じて、結局くりかえし壁にぶちあたってきたのか。あたしたちがこういうことの手助けをできるとか、おまえをなるべきものに導けるとかいうこと自体、とことんまぬけな考えだったんだ。家のなかであたしたちがおまえにしてもらってきたことも、おまえに押しつけてきたどんぞこのご近所さんたちのことも、おまえについて勝手にでっちあげてあたしたちがぺらぺら話してきた物語もね。

「見つかるものはなんでも使うんだ」っておまえは言った。「石が足りない時は」

あたしたちが考えこんでるうちに、おまえは後ろから追いついてきてた。もっと言いたいことがあったんだろう、あたしたちがきいても、きかなくても、関係なかった。おまえは話しつづけた。あたしたちがじっと見てた墓にむかってスコップを振りながらね。「これは犬の墓だ」って、おまえは言った。「ポイドッグのなにかだ、どんな種類かはわからないけど」

水路ぞいをぶらぶらしてたら見つけたんだっておまえは言ってた。すべていったん休みにして、小石で水切りしてた時にね。車にひかれてた。水路のそばをずっしりと震えて走る輸送トラックとか、どでかい工事車両とか、そういうのに。ぶつかってから、引きずられて、ばらばらになって、空き地に置かれてた。あたしもべったり地面に残ったジャムのようなはらわたのすじなら想像できた。

なおそうとしたんだ、っておまえは言った。そいつに手を置くと、はじめておまえは肝心なことを感じた――そいつの体のなか、引きちぎられたすべての部分をね。パズルのようだった、だからただ部品を元に戻せばよかった。でもひとつのとこだけやろうとすると、別のとこが死にはじめる。死にはじめたとこをやろうとすれば、なおしたばかりのとこがぼろぼろと崩れだす。こんな調子で、結局しくじった。「最後にはおれも犬になってたんだ」って、おまえは言った。そして震えだした。「そのまぶしく光る地面を走ってたんだ。前足で泥をたったと蹴って、体ははずむ筋肉の玉になってた。うれしくてあほになった気分で、よくわかんないんだけどな……走って走って走って、でもぜんぶ弱く、弱々しくなって、結局は……真っ暗闇に流れてった」

おまえはそいつをここに埋めて、時々は見にやってきたんだ。いつでも気分が良くなる、軽くなるって、そう言ってた。もういちど、犬になって、走ってるみたいだったって。

あたしたちも、あそこでまったくおなじことを、感じてたってわけさ。あとになってから、あの土地はフェンスで囲われて、フェンスは壁になって、壁はまた新しい建物になって、セメントを貯めてなにかつくりだす場所になって、墓はきえてしまったよ、土台のさらに下のどこかにね。でもあの日のまま、あたしの頭には残ってる。

犬につづいて、いろんな生きものたちがやってきたって、おまえは教えてくれた。群れてるのも、はぐれてるのもいて、冷却水の毒にやられてたり、車にあたって死にかけてたり、腫瘍に吸いつくされてたりするようなのが、最期に転がりこんできて、おまえを待ってたってことを。終わりの火花を散らすためにね。

「なんてことだい」

「どうすりゃいいかはわからない。しくじってばっかだ」

あのひとはおまえの肩に手を置いた。「いや、そうじゃない」

「どういうこと?」って、おまえはきいた。

「ずっと幸せな気分にはなるだろう、ちがうか？　終わるちょうどその時は。どうあれ、おれはそう感じる」

でも、おまえは首を横に振った。「いろんなものをなおしはじめなきゃいけない」

「すべてなおさなきゃいけない」って、おまえは言いかえた。

サメのことがあってから毎晩ずっと、あのひととあたしは、これからどうなるんだってそわしてたんだ。おまえがどうなっちまうのか。おまえにとっては、すべてほんとにでかいことなんだって、あたしたちはあの墓の日にはじめてほんとに知ったんだと思う。もしもおまえがあたしたちじゃなくて、神さまにちかいんなら——おまえが新しいなにかで、この島々をつくりかえることになってて、子どものちいさな体のなかを大昔の王さまみたいなのが動きまわってんなら——そういうことならもちろん、おまえの力すべてを引き出す役目なんて、あたしにできるはずなかったんだ。あたしの母親としての時間ってのは、あのフクロウがぜえぜえ吐いてった息とおなじだった、あっというまにおまえはあたしなんかの愛を、優しく下に置いてたたんで、子ども時代の土に埋めてった。そして前に進んでった。

草むらに尻をつきながら、おまえの父ちゃんに寄っかかったのを思いだすよ。水路の水に影が差しはじめてた、でももっとさきを見りゃ、ホノルルの明かりがまたたいてたね。最期に羽ばたいたフクロウのかがやくあの感じはさ、まだあたしとともにある。目で見たもんはとっくに真っ暗なほうへと流れてったけどね。

第二部

昇る

第六章　ディーン、二〇〇四年

スポケーン

　おれの考えじゃな、いちばんはじめのハワイ人がハワイ人になる前、まだフィジィだかトンガだかどっかで、そこらじゅうにいまくる王さまのやつらと戦争ばっかしてたような時代にだ、もっとも強いだれかひとりが星空を見あげりゃ自分たちのものになりそうな未来の地図が見えた。背中を痛めながら、四〇フィートの大波を越えるためのカヌーと、風でげんこつみたいにふくらむ帆をつくって、古い島に晴れておさらばした。あばよ古い王さまあばよ古い神さまあばよ古い法律あばよ古い権力あばよ古い境界線ってね。塩がこびりついたタトゥーの下の筋肉で海の夜をのりこえてくうちに、白い月の光が照らす新天地ハワイが見えたのさ、でそいつらはこう言ったんだ――これ。これはおれたちのだ。おれたちみんなのもの、もうどこまでも。

　スポケーン初日の夜、まさにおれがそれだった。冗談じゃなく、ずっと前に生きた王さまたちのことをずっしりと感じたのさ、あいつらがこのおれの胸にいるみたいに、あいつらの歌がおれの血のなかを駆けめぐってるみたいに。そばにいるのだって見えた、目はとじるまでもなかった。おれたちはおんなじだった、おれとあいつらはな――おれはハワイとメインランドをへだてるでっかい空をとびこえたんだ。メインランドの街明かりが網のようにずっとひろがるのを飛行機の窓から見おろしてさ、高層ビルもハイウェイもただひたすらつづいてた、金や白がずっとね。おれにとっちゃそういうのが、最初のハワイ人たちを導いた星みたいなもんで、おれが手にするものの在り処を指し示してくれてたんだ。スポケーン着の夜行シャトルから足を踏みだして、きれいな芝生と新しいレンガの建物の正面にたって、アメリカじゅうの新人バスケプレイヤーのトップのひとりだってことで、コーチ陣がおれに挨拶しようとしてるのが目に入った時、おれはこう思ったんだ――ぜんぶおれのもんだ、こっからはぜんぶな。おれがキングだ、見てやがれ。

それまでハワイじゃ、おれにノアを信じてほしいってみんなのぞんでた、あいつをおおきく育ててやれってね。おれの仕事はまるで子守さ、おれは二番のままあいつにゴールテープを切らせてやってばかりいた。

こんなことまで打ち明けるのは良くねえ、でもな、おれに二番は似合わねえだろ。

それになんのためだよ？　見返りもあることはあったが、母ちゃんも父ちゃんもまだ月の終わりには痛いほど金を求めてた。あの辺の島じゃあどこだっておなじさ。ああいうのからぬけ出すためにはただひとつ、他のやつらが金を払うしかなくなるくらい、すごくなりゃいいんだ。たっぷり払わせるんだ。それをすりゃいいんだってようやくわかったのが、スポケーンにやってきた時だった。

はじまりは、そうだ、二〇〇四年の秋だ。バスケがすべてだった。キャプテンたちがオフシーズンの練習メニューを仕切ってて、おれたちはみんなアリーナにいて、陸上競技のコースになってる二階で、壁スクワット、そしてウィンドスプリント、それからウェイトルームに戻った。こんなとこ見たことあるかって、まわりのやつらはきいてきた。そりゃ、きれいな観客席がならんでならんでならびまくってて、ファンが何千人来たって入れたし、ウェイトルームの設備は最高級なマシンだらけで、パワーラックは塗装されたばかりだったけどな。ハワイの島から来た田舎者は、こういうのを珍しがれってことかよ。でも、まあ、たしかにそうだ、でもそりゃ島のせいなんかじゃなくて、リンカーンハイスクールのせいだった。あんな器具を見たことあったのは、カヘナか、他のおぼっちゃんプレップスクールで試合した時だけだったね。だから、ああ、見たことはあった、でも、いちどもおれのものじゃなかった。

ホールも研究室も広場も、どれも毎年塗りなおされてるように見えたし、こぎれいなちいさい本屋にだって、くそみたいに高い本がならんでたんだ。でもちかって言えるのはな、ロッカールームを覗くと、大学のなかはどこもかしこもミルクみたいに真っ白だったってことさ。歩道で茶色い肌のやつらを見かけた時なんかはさ、ふうよかった、おれしか残ってないような気がしてたんだ、って思っちまったほどだ。

で、授業はどうだったかって？　なんに登録したのかも知らなかったさ、まじめにな。チームの事務係のだれかが履修はやっといてくれて、宿題がありゃ手伝ってもらえた。チューターが見つかるってチームのやつらが一週目にこっそり教えてくれた、うまくいけば二年の女の子で、でかい目でつまようじみたいなジーンズを履いて首からクロスさげてるような、そんな子が。助けてくれるぜ。おれたちのことならよくわかってるからな、って言ってた。そいつはほんとうだった。数字と言葉だけ書きうつしてりゃよくって、嘘じゃねえ、仮におれの脳みそがまだあったんだとしても、あの子の肘のくぼみだとか、鼻に散らばるそばかすだとかを見てた。大学は最高だった。

でもバスケになれば、激しくやりあった。毎日、いつでも。ハワイでずっとやってたのよりも一〇倍はきびしい一五人でのせりあいだった。磨かれた木の床にたむたむたむってひたすらボールをついて、シューズの底を最高の音でこすりつけた。一対一、二対二、二対一。中距離からはねて打つのも、振りむいて打つのも、弧を描いて打つのも、競いあって練習した。でも、それまでにないレベルだった。チームメイトはみんな、リンカーンでおれが相手にしてたどんなやつよりも、ずっとめちゃくちゃに速くて強くて賢くて、もうガキじゃなくて大人としてプレイしてるんだってのが、一年目に感じたことだった。どいつもこいつも一歩分、一インチ上をとんだ、おれがやることの二回に一回はとめられるか奪われるかで、おれのまわりの空気だけしずんでやわらかくなってくようだった。

もっとでかく。もっと強く速く。ならなくちゃだめだった。

練習が終わると四、五人でカフェテリアに行って、プラスチックのサポーターでアイスパックを膝に巻きつけたまま、ぐちゃっとしたビーフブロッコリーの皿をじいっと見てた。食欲なんかきえ失せてたのさ、燃えかすだったんだ、さっきまでつづいてたコーチの闘牛場みたいなしごきのおかげでね。ダイニングホールの聖堂っぽい天井には、焼けた肉の脂ぎったにおいが充満してて、テーブルの上はひんやりしてて、頭んなかはフリフリチキンみたいにかっかしてた。そのせいでぼーっとなっちまったよ、もちろん神さまみたいにしらふではあった。

「おれ目をあけたまま寝てたわ」って、グラントは言った。

「寝てたな」って、ディショーンは言った。「見てたよ。おれは、小便を漏らさないようにだけしてる。こんなのつけてどうやって小便しろってんだよな?」アイスパックつきの膝をゆらして見せた。「こうやって膝冷やせって言われんだぜ、そのうちオムツ履けって言われるんじゃねえか」

「おまえ、なんだ、水不足かなんかかよ?」って、グラントがきいた。ディショーンが飲むのに使ってたXLサイズのカップをあごで指してた。「こいつ、いつも飲んでんだよ、でも朝一はダイエットコーラなんだぜ」こいつらふたりはルームメイトだった。ストックトン生まれで白人なのに黒人のまねしてるのがグラント。ＬＡ生まれがディショーン。

「カフェインが要るんだ」って、ディショーンは言った、まるで謝るかのように。

「だったらコーヒーだろ、まぬけ」って、グラントは言った。

「母ちゃんみたいな味がする」って、ディショーンはこたえた。

「おいおい」って、グラントは言った。「ちょっと休ませてくれよ、なあ」

「学期中ずっと休んでるだろ」って、ディショーンは言った。「歴史のクラスとかいろいろ。こっちは経営数学でそれどころじゃねえ。中間試験は二日後なんだぜ、これって勉強したほうがいい？　おれの脳みそ、とじこもって大麻吸ってたあとみたいなんだよ」

「風船みたいなんだろ、な？　首から上がうかんでる感じだろ」って、グラントは言った。

「ああ」ディショーンはこたえた。

「グラントの頭はいつもそんなだろ」って、おれは言った。「教室の後ろで糊でも食ってるガキだった、まちがいないね」

「でかい耳した小学生の時な」って、ディショーンもつづいた。「目にうかぶよ」

「小学校なんかじゃねえよ」って、おれはこたえた。「先週のことを言ってんだ」

ディショーンもグラントもげらげら笑った。吠えるように。テーブルに突っぷして。他のやつらと一緒に。

これだったよ――あの感じだ。またなにかに潜りこんでくような、仲間になったような。コートで血を流しあうのも、すりつぶしあうのも、一緒になってやった。あいつらが言う、いいぞ、つぎはもっと強くパスをよこせ、ここに突きさせ、って言葉だったり、おれがとんでいくつもシュートを決めた時の、それだよ、もう一回やれ、いつもだ、みたいな声だ——信じてくれてるってわかった。おれがどんなもんで、どうなってくかを見ててくれた。

家はどうなってたかって？　学期のはじめから、母ちゃんと父ちゃんには電話してた。だいたい寮で、寝床があるロフトの下に押しこんだソファに座りながらね。ソファはアボカド色のチェック模様でところどころタバコで焦げてた、反対の壁にはちいさい冷蔵庫が置いてあった。ペンがこすれる音はルームメイトのプライスからで、手書きで宿題をしてた——ラップトップなんて持ってなかった、おれみたいにね、たぶん大学でコンピューターがないのはおれたちふたりぐらいのもんだった、自分がどっから来たのか忘れるなって、休みなく言われてる気分だった——おれはみんなと話した、母ちゃん、父ちゃん、ノア、カウイ、ひとりずつね。

「まあ、なんだ、天気はどうだ？」って、父ちゃんにはきいた、毎回ね、おれの冷えきったけつを笑いものにするのが好きだってわかってたからさ、で父ちゃんはこうこたえた。「よう、最高だねぇ、おれと母ちゃんとカウイとノアで先週末はビーチでさあ、朝はすかっと晴れて夜には雨が降った、まあ完璧ってやつだ。シェイブアイスみてえなおまえのとこはどうだ？　柱をなめりゃ舌がくっつくってのはもう試したのか？」そんで、笑いながらこうつづけた。「ないないない。調子はどんなか教えろよ」

そのあと、父ちゃんはどうでもいいことを話して、母ちゃんにかわる、母ちゃんもおなじことを言う、でもぴったり合わせたように、どっちもたいして話さないうちに、こう切りだす。あんたの弟がこっちでどうしてるか、見たほうがいいよ。いつもだぜ、電話すりゃ、かならずそうなったんだ、おれがなにしてようとね。教師たちもノアになにすりゃいいんだか困ってる、カヘナの発展クラスじゃ、化学でもハワイ語でも大学準備の微積分でも涼しい顔しながら燃えるいきおいでこなしてる、SAT満点とかってホノルルアドバイザーが記事にしてからは、いろんな大学からぶあつい封筒やイーメイルや電話が押し寄せて、もう大学で授業受ければって誘われてもいる。って、延々つづいた。たぶんスタンフォードに行くことなるって、言ってた。

電話のこういうとこは気に食わなかった。あいつがどうしてるかは知りたかったけど、知りたくなかった。とくにあいつが、カフナ《まじない師》みたいなことをやってやりまくってるってのはさ。でも、それでも、母ちゃんがおれに話すと、たいていノアがなんかの賞をもらうんだとか、特別クラスがどうとか、そんなのばっかだった、逆にノアのそうじゃないとこについてはだんまりだ、まだだれもよくわかってないようなとこについてはね。「あの子の内側がどうなってんのか、覗いてみたくなることもあるくらいさ」って、母ちゃんは言ってた。「あの子からなにかきいてないかい？」

はじめの何回かは、これをやられた――あいつのことをおれにきくってのをね、まるでおれとあいつが裏で話してるかのように、たぶんふつうの兄弟ならやるようにさ――ああ母ちゃんもあいつがどうなってるかわかってないんだって、おれは思った。

一回はぴしゃりと言ってやった。「なあ、おれはあいつのことなんて信じてないぜ。みんなとちがってな」「信じることなんてないだろ」って言いかえされた。「おまえは自分の目で見たことにふたをするのかい？」「なにが起きて、なにが起きなかった、とか言っててんじゃねえんだよ。でもな、じゃあ、おれ自身がなにも感じないのはどういうことだ？　神さまってのがいるんだとして、どうしておれたちみんなのなかにはいねえんだよ？」

「そんな話をどこできいたんだ？　ハオレ《白人》たちがそう言ってるのかい？　そんなふうに話したことなかったろ」

「ほんものを見てなかったって気づいただけだ。全額の奨学金だぜ、母ちゃん。ここに来たやつらはとっととNBAのドラフトに進む。毎年な。でも、たぶん、がっぽり入ったチェックを目の前に持ってくまで、母ちゃんはきちっと見ようとしないんだよ」

「ききたいのは、ノアがおまえに話したのかどうかってことだよ」って、母ちゃんは言った。そこで、おしまいにしてやった。あんたらが感じてるようには、おれはもう感じてないはずさ、なぜっておれだけが世界がどうまわってるか、注意を払ってるからな。ってとこまで、ほんとは言ってやりたかった。

「母ちゃん、ノアはなんも変なことは言ってねえよ」嘘じゃなかった。おれとあいつが電話で話したって――母ちゃんと父ちゃんが無理やりあいつにかわろうとしたのだって、きこえてた――こんなもんさ。よう、どうしてる、別に、なんか学校に新しい研究室ができたってきいたぜ、ああ、兄ちゃん仲間と遠征に行くんだろ、ああ、いいな、こっちは雨なんだ、くそだろ、ビーチ行きてえな、おまえ変わったことねえのか、ない、おれもだよ。

　でも気をつけな――いつだって間《ま》がある。間があるから、あいつのなかでだれにも言わねえなにかが起きてるって、わかった。でもな、おれがいるとこから、あいつがいるとこまで、とび越えてくってことはいちどもできなかった。なぜかは知らねえ。いまのおれがそこにいりゃあ、ひょいっと一分もかからずあいつのとこに行ってやるのにな。マフ《おとこおんな》みてえに湿っぽい言葉をかけてやったり、電話越しのハグなんかをしてやらなきゃいけなくてもな。いま、時間を戻してくれたら、ちゃちゃっと、そうしてやるんだ。

ああやって家族と電話してると、たいてい最後に出るのがカウイだった。母ちゃんが裏でなんかしてたのはまちがいない、兄ちゃんと話すまでプリンスクヒオモールには行けないよ、みたいにね。でも、正直言うと、あいつと話してるのがいちばん楽しかった。だれよりもたくさん驚かされたんだ。

あいつがこうきいてきた時のことはよく憶えてる、そう。「ふたりがノアのことをいきなりききまくってくるのって、あった?」ってね。

「ああ」って、おれはこたえた。「毎回だよ!　なんでいつもあれするんだろな?」

「兄ちゃん、ほんと、わたしがここにいるの憶えてんのって時もある。あたしもカヘナの校長リストに入ったってきいてる?　全米優等生協会のことは?」まだ、たしか、歳は一四とかそのくらいだった。すげえな、って言いかけた、なぜってとっくに家なんか出ちまってるような口ぶりだったからだ。住宅ローンの利率とかを比べて、ワイングラスとスウドク片手にニューヨークシティでの会議にそなえて荷物リストに線を引く音まで、きこえてきそうだった、おれにいろいろ話してるあいだもね。

「どうかな。きいたと思うぜ」

「嘘つかなくていい」

「フラはどうなんだよ?」って、おれはきいた。どんな話でもよかった、一分くらい腹をたてなくて済むならね。

「フラはいいよ」って、あいつはこたえた。「パフォーマンスグループに入っててさ。先週はアラモアナでもやった、つぎはヒルトンで公演がある。お金までもらってんだよ、ハラウ《フラ教室》に返すんだけどね」

「ほぼハオレ《白人》のために踊ってるようにきこえるぜ。それでいいのか?」

「なに言ってんの、ふざけんなよ、兄ちゃん。あのひとたちだって、いまの兄ちゃんの顔よりは茶色いから。そっちの寒さはどう、兄ちゃんもハオレになってきたんじゃない?」

「なってねえよ」これは嘘だった。

「それにぜったいスターバックスも、課題やってくれる一年生のブラジリアンワックスした女の子たちも用意されてんだろ」

笑っちまった。「おい、ハオレのフラはただのジョークだろ」って、おれはこたえた。あいつもおれも正しかったし、おれたちはそれを知ってもいたんだけどな。いま考えてめちゃくちゃおかしいのはさ、お互いのことならよくわかるのに、それに腹をたててたってとこだ。

「みんな口をひらけば、ただのジョークって言う。ちがう? まともに話してる時でもさ」

「落ちつけよ。おれを殺しそうな声だ」でもあいつがためこんでるものなら知ってた。飢え。怒り。

ノアの話題でさえ、ちょろっと出てくるだけでもひりつくもんがあった。おれたちふたりが持ってて、ふたりだけに通じる感じ、わかるか? カウイはたいていおれのことも嫌ってたんだぜ、文句は言えねえ、とくにもっとあとになって、スポケーンであれこれだめになって、あいつはあいつで、サンディエゴの大学に行きはじめると、ますますおれのことが気に食わなくなった。でもな、電話でふたりきりになればしばらくは、うぬぼれた話をしあったり、お互いほめあったりしたんだ、他のどんなやつもおれたちにはしてくれなかったことだ。それにだ、海に出た最初のカヌーがおれで、家のためにできるかもしれねえって思ったことをするうちにずたぼろになっても、カウイとノアがすぐについてくるってのは、わかってた。

あの最初の年、そう、おれは顔をあげて、コートで仲間と張りあうようになってった。でも、まだロウンの控えでしかなかった、先発のシューティングガードで、試合がきつくなるとみんなが頼るやつだ。二年目のシーズンがはじまる頃には、あいつの代わりなんかじゃなくなるよう、できることはぜんぶやった、ウェイトルームに行くとか、階段を走るとか、ボックスジャンプするとか。練習じゃなくても常に足首に重りを巻いた、歩くと、じかに足とすれて皮がかちかちにかたまった。寝るのも起きるのもほぼコートの上だった、ウェイトルームの器具にまたがって血を流して、汗かいて、つば吐いたんだ。磨かれたコートの床にシューズがこすれてきゅっきゅと鳴った、流れて、しずんで、うかんだ、おれも、ボールもね。でもだれも、チームも、コーチも、だれひとりとして、おれがなんなのか知らないままだった。

そんで、ある夜のことだ、ホームゲームがあって、ハワイアンナイトって呼ばれてた、っていうのはファンひとりひとりにスタンドで首にかけるためのプラスチックのレイが配られたからで、おまけにラムパンチとパイナップルとくそみたいなカルアピッグが安く買えたからだ。ウォームアップしようとアリーナに一歩入って、スタンドにいるどっかで会ったようなやつらがさ、オンラインで買った安いポリエステルのアロハで、麦わら帽をかぶって、あほみたいな飲みものを手に持ってるのが見えると、そのハオレたちの喉を一発ずつ殴ってやりたくなった。

これはようく憶えてる、まるでいまこの瞬間もその試合でプレイしつづけてるかのように。このあと起きたことが、おれの体と頭んなかじゃいまでも起きつづけてるかのようにね。思いだすたびにこうなる。あの夜、あそこで相手にしたのはデューク大だった、シーズン序盤、おれたちがどんなもんか見せつけてやるためのとびきり大事な試合だった。だけど、ハーフタイムには二〇点差をつけられて、しずみかけてた。

入場口にならんで、後半のウォームアップにとびだしてく時だ、おれになにかが起きた。たぶん、音声装置からイズの歌が流れてたからで、たぶん、そこらじゅうにアロハの柄が見えたからだ、それにたぶん、安売りのしょぼいカルアポークのにおいが、ほんものの味をおれの口によみがえらせたからで、たぶん、スタンドにほんもののハワイ人がいたからだ――スポケーンには思ったよりたくさんいた――あるいはたぶん、単におれのなかにあったものが顔を見せはじめたからだ、おれがどこからやってきて、なにが起ころうとしてんのかを、その夜理解したって理由でね。

わからないんだ。空気にはなにかあった。緑でみずみずしくてふくらむようななにかが。それにちかってもいい、島のにおいがしてた、おれがチビだった、まだ谷にいた頃の、雨が降ったあとのシダ植物だったり、黒い砂のビーチのしょっぱい霧なんかのさ。頭で声が鳴って、歌ってるみたいだった。胸ではあの王さまを感じてた、大昔の、でっかいやつらを。

コートに戻ると、どこもおれだらけだった、いちどにいろんなとこにいた。他のやつらはおれが突っ走るフリーウェイの出口サインみたいなもんだった。あいつらのまぬけな指からボールを突きおとして、ドリブルでゆさぶって、ブリッツを仕掛けた、とんでからのフックシュート、やわらかくうかせるシュート、スリーポイントも宇宙くらい深いとこから打った。打つそばから入った。湖に小石を放りなげるように。コーチが怒ってたのは、思うに、ほぼパスしなかったからだ、時間の半分はコートのはしからはしに動いてた、だから味方も敵もみんなたちどまって見てるだけだった、嘘じゃねえ。アリーナ全体が言ってたね、あいつまた来たぜって。

終わりのブザーが響く、一〇点差をつけて勝つ、コートんなかで胸をぶつけあうかたまりの、どまんなかにおれ。会場まるごと歓声と騒音で破裂する、チームのやつらはみんなお互いをどついて、顔めがけて叫ぶ、そこなら仲間たちの熱と唾を感じられる、そう、おれたちは勝った。あとになって、みんながロッカーからきえ失せると、おれはひとりでキャンパスをうろつきはじめた。汚い雪に、びちょびちょのレンガの壁、島から来たあの感じはまだおれんなかにあった。血のように皮膚の下を流れてた。空気は冷えきってたのに、頭からは湯気がぽっぽと噴きだして、吐くそばから息が白く凍った。

あのあともおれは、コートでのスピードをゆるめなかった。そしていろんなことが変わりはじめた、だれがおれを知ってて、だれが知らないかってこともね。家に電話をしてもそう、母ちゃんも父ちゃんもおれのことをべらべら話しまくるようになった。母ちゃんはJ・ヤマモトストアじゃみんなあたしの顔を見るなりおまえのことをきいてくるんだとか言ってたし、地元テレビ局が全試合追うようになったともきいた。ハワイ出身のおまえが、ほらいまじゃ大学なんかにいて、島でもたくさんのひとがプレイオフやらトーナメントやらとっくに大騒ぎしてんだ、ドラフトでおまえがどこに行くのかってね、父ちゃんも空港での仕事中だれかに背中を叩かれて、昨日の夜のあんたの息子のダブルダブル、ありゃなんだい、ええ？　とか話しかけられたんだ、ってね。その頃、ハワイアンナイトにつづく試合ではいつも、胸であのでかい感覚をぎゅっとにぎりしめてた、あの夜ハーフタイムに目覚めた、嵐みたいなあれをね、それにさ——ノアんなかにあるものとはおなじじゃなくてもな？——こっちのだってばかでかくって、カリヒのぼろ家からみんなをひっぱりあげて、まとめてもっといいとこに移してやれるくらいには力強いんだって、おれは知ってたのさ。

第七章　カウイ、二〇〇七年

サンディエゴ

真っ黒な水路の入口が、はじめてヴァンと会った場所だった。細くカットしたコカインを差しだして、すこし欲しいかってきいてきたのが彼女だった。ハイになることだけが目的のハウスパーティ、乗りこんできたキャンパスセーフティ、逃亡、まだ酸欠状態だったのは、わたしもヴァンもヴァンの友達もおなじだった。走りきって、歩道でわたしを見つけたヴァンは、あんたがステレオでかけてるやつ知ってるよ、って話しかけてきた。友達にふりむくと、この子いけててさ、ジェダイ・マインド・トリックスきいてんだよ！　って言った。そのなかのひとり、カトリーナが笑うと、濡れた歯のまぶしい白が唇のピアスに反射した。女ふたりはどっちも白人《ハオレ》で、もうひとりの男はベトナムの子だった。そいつはズボンからあれをむきだしにして、こっちに背をむけると植えこみにびちゃびちゃと放水した。パーティでしつこく話しかけてきた男の顔にぶっかけてほしかった、ってカトリーナは言った。むしろ喜んじゃうよ、ってヴァンは返した。うん、じゃあおおきいほうで、ってカトリーナはつづけた。わたしはそこで仲間だとわかった。まだ名乗ってもなかったのに。

「カウイ？」名前を伝えるとヴァンはくりかえした。ヴァンはまちがいない女だった。まっすぐな毛先のシヨートカット、けだるげな、でもすぐに火がつきそうな目。「カウイ火山、怒れるハワイ人」とか言ってきた。わたしは思わず笑った。ゲット「レイ」ド《むらむらする》――わかる？　サーフィンする？　フルーツ最高でしょわたしなんて他のはだめになった、いつか行ってみたい、なんでこっち来ちゃったの。みたいな言葉ではなかったのも、すこしは関係してたはず。ヴァンの腕も太かった、そう、わたしのように、でもヴァンの場合、ちょっと動かすと筋肉がうきあがった。カトリーナのほうは、肌が真っ白で、髪は黒くてぼさぼさだった。棒みたいに細くて、ハンガーにニルヴァーナのTシャツを吊るしただけに見えた。おしっこしてたのはハオだ。ずんぐりしたベトナム人の胴体にヨット用の服、全身をゆらして水分を散らしながら、ビールパーティにはカテーテルつけてかなきゃなとふざけてた。「でもさ、ほんとに」って、ハオはつづけた。「きいたことあんだよ、ハワイって。島のどっかでは遊びで白人狩りしたりすんだろ？」

「ああ小学校までね」

「この子、最高だ」ヴァンはだれにともなく言った。わたしはまだビール四杯分ふらついてた。このひとたちとどうやってパーティを逃げだしたのかさえ、ほんとに記憶になかった。あの空間のざわめき、犬の息みたいな熱気、うってかわってしずかな夜、シーツで頭を覆ったかと思うくらい。そしていまはここ。トラックだって飲みこむおおきな水路の入口、そのコンクリートの側壁の上。頭の上の大通りを車が通りすぎてく。ハワイから三〇〇〇マイル、だれも兄ちゃんを知らない。奇跡の子の妹なんて、にどと呼ばれなくて済むとこ。そしてコカインがあるとこ、ヴァンの電話の裏、ばれないように。

「やったことない？」ヴァンはきいてきた。

「びびらなくていいよ」カトリーナはそう言って、やってみせた。すばやく指につけ鼻から吸いあげる。たったまま限界まで空気を飲みこもうとする姿は、深い海から顔を出した瞬間のようだった。壁に背中をつけて、体は空にむかって反りかえった、手も足もまっすぐのびきってた。頭のてっぺんをコンクリートに打ちつけながらゆれてた。

ヴァンはもういちどカットすると、そのまま黙ってた。ハオは「そっち？　こっち？」って言った。きかれてるんだと気づいた。わたしはヴァンがつくった粉のかたまりを鼻から吸った。一気に頭まで血がかけのぼり、破裂して光になった。幸福感が体のあちこちを突きさした。友情の感覚、みたいなものだったと思う。愛情。それにも、ちかかった。

隣のカトリーナの声がどこかとおくからきこえた。「穴いこう。水路の穴入ってみよう。さ、ほら」牙みたいに歯をむいた笑いかた。だれかの笑い声。

「水路」そうくりかえしたのは、わたしだったか、ヴァンだったか？　「余裕だね」

気づいたらそこにいた。街の底、おおきくひらいた穴のなか、暗闇をはねまわって大声を出した。水路の側面、どこまでもつづく鉄のでっぱりに触りながら、ぴちゃぴちゃ音をたててぬかるみを進んだ。曲がり角はすぐそこ、進めば明かりが見える、って想像してた。でも水路はますます暗くなって、バッテリーや古い洗濯物のにおいがしてきた。ないものが見えてしまうくらい黒くて、まばたきすると赤や青の球体がくるくるまわった。すぐそばの壁をひっかく乾いた音、一瞬の動き、もっと暗いほうへと生きものが駆けだした。ずっとなにかが目の前にある感じがした。セメントの壁。ナイフのようにするどくほつれた金網。でも平気だ。私の脈打つ体がそう言った。わたしたちならいきおいで頭から突っ切っていける、この頑丈な手足と、わきたつ力で。機関車。わたしたちがいつの間にか姿を変えたこの列車はなんだ？　轟音でわたしをハワイから運びさってく。あの時も、いまも。そしてそう、探してたのはこれだ――サンディエゴ、まちがいない。島にはおわかれだ、神さまとか、ナイノアをめぐるうわさにも。

その年、みんなで何度もおなじことをした。毎回、水路の出口は見つからなかった、でも入口には戻ってこれた。


大学ではエンジニアだった、というか、まあ、そうなるために勉強してた。本が何冊もあって、しかもドアストッパーになるぶあつさで、一ページまるごと数式みたいな内容だ。バックパックにしまうと背骨までめりこんだ。タイトルはどれも深遠で、そう、セクシーだった――「工学熱力学の基礎」みたいな。居場所はきまって研究室だった。木張りの壁。使いこまれたガラスのビーカー。よく使う物理式の一覧表、表面がめくれた古いものが、壁や机のすみに貼ってあった。そして男たち。いつでも、どこにいっても男がいた。どのクラスも、テディベアや木のぼりトカゲみたいな体の男たちばかりだった。口をあければ長々と自説を語って、知識を見せつけあうやつら。エンジニアリング、ひとによって感じかたはちがうと思うけど、たいていわたしにとって、それは女三人が男二〇人に囲まれてる場所のことだった。そこには背中を竿のようにのばして入ってく。最高にいやな女になれ。そう頭で唱えた。そうふるまった。

時々は、クラスの残りの女子ふたりとならんで座った――サラとリンジー――でも一緒にいると、そうしないとやってけないからかたまってるんだって気がしてきた。つづかない会話を何度かしたあとだったか？ふたりは明らかに白人で――アイダホとかノースダコタとか、そんな感じだった――茶色いひとの横に座った経験すらないと、きかなくてもわかった。つまり、結局は、わたしひとりってこと。でも別に、それでよかった。授業がはじまって最初の二、三週間はその子たちとグループワークをした。つるまなくなると、男たちとグループを組むようになった。

憶えてる限りでは、グループワークってのはこんな感じ――自分自身の声に酔ってあそこをかたくしてたのがフィリップで、いつもクラス最速で解答案を発表するタイプのやつだった。こいつが提出用紙にためいなくこたえを書きこみまくってるあいだ、残りのわたしたちはおなじテーブルにただ座ってた。わたしは宿題すべて自力でこなした――じゃなきゃ自分がすべて理解してるかどうかすらわからなかった――だから、あいつとわたしはいつも衝突した。そういう時、ナイノアを思いだした。あの頃、なにを話してもノアはこたえを持ってて、わたしが言おうとすることはすべてブルドーザーのようにさらってった。だから電話はいつだって、お互いまとった鎧の隙間をねらう、嫌味で無意味な言葉の往復になるしかなかった。

グループワークに当てはめればこんな場面のことだ――「摩擦係数がちがってる」とわたしが言う。プレストンとエドがため息をつく。そこでフィリップが出てくる。

「いや、ちがってない」って、やつは言う。

「見なよ」って、わたしは返し、数式をはじめから書きなおしながら、やつが最終的に導きだした速度の値じゃ、与えられた状況ではまったく役にたたないと力説した。

議論してわたしが正しいとわかった場合、フィリップは、君の最初の言いかたが不正確で、そう、僕が意味してたのはこれじゃなかったんだ、とか。つまり数式の解きかたが正確じゃなかっただけで、結論はまちがってない、みたいなことを言った。「前の君の計算だって順序がちがってただろう」

時々は、やつをしつこく追いつめて、わたしが正しいと認めさせることもできた。でもそうなると、結局こう切りかえしてきた。「冷静になれよ」銃をむけられたひとのように両手をあげて。「過剰反応だ」そこでプレストンかエドが肩をすくめる。わたしにはうなずいてるようにも見えて、こいつらの頭からおならをぶっかけてやりたくなった。

「Call of Duty 4の発売、今週末だろ」距離を縮めようと、プレストンが話しかけてきたこともある。おなじグループの別の男子だったかもしれない。グレゴリー、だったか？　とにかく大事なのは、だれだったかってことじゃない。だれだろうと、あいつらは好きな時にそういうことを話したりできる、ってことだ。しかもおなじにおいがしたりもする。犬になめられて一晩放置されたチーズのにおいがね。

ため息をついた。「なに？　Call of Duty 4って」

一秒の沈黙。部屋から出てって戻ってこなきゃいいのにという、あいつらみんなの心の声。

「おれはぜったいに買うね」プレストンはつづけた。「今夜のうちからベストバイの列にならんどくんだ」

「みんなそうだろ」フィリップは言った。興奮で爆発しそうな声で。

ふたたび沈黙。椅子を引きずり、あいつらはすこしちいさくかたまって、わたしだけが輪の外になった。

わたしにとっては別に、勝手にしろよ、ガキども、くらいのことだった。でもエドにとってはちがった。エドは勇敢だった。男たちが身がまえるなか、ひとりタイミングを計ってた。こっちにやってくると隣の席に座った。壊れそうなあご、フルーツパンチのように赤い唇。「カウイ」って、エドは言った。鏡を見て何度も練習したかのような声だった。身を乗りだすと、こう言ってうなずいた。「おれもCall of Duty 買わないんだ」

「そうなのエド。だからってわたしとやれるとか思ってないよね」

こんな日がよくあった。図書館のかたすみで、わたしは教科書のひとつから顔をあげる。かすかなにおい。古くなったかびくさい紙、木工用接着剤、ひんやりとした鉄。睡眠不足で肌はべたべたしてて、本の読みすぎで目のまわりはくすんでた。ほんとにながいあいだフラを踊ってないことに気づく。

ここにはフラなんてないと考えてた、でも実際にはあった。サンディエゴにはハワイからたくさんのひとたちが来てた。たぶん、太平洋をはさんでもっとも島にちかい場所だ。いちど探しに行って、ちゃんと見つかった。大学のクラブで、ハワイの子ばかりだった。日差しが気持ちいい時期には中庭で踊ってたし、仲間に入れてもらうのはたやすかったはず。わたしも評判をきいたことある高校名の毛玉だらけのパーカー、その下にあるハーフのハワイ人、日本とポルトガルとトンガの混血、スペイン系韓国人たちの茶色い肌。マイナバードのような笑い声。いやほんとにさ、今夜つくるムスビの材料ゲットしたんだ、とか、最新のジェイク・シマブクロは頭おかしいって、きいたでしょ、ねえ、とか。寮の部屋は裸足、夜はボチャ《お風呂》、もちろん、とかいう話。その他にも、わたしの骨までしみついてると言っていいものばかり。なのに、その時はなぜか、まちがってるように感じた。

ナイノアのこと、ディーンのこと、そしてもう関わりたくない伝説のことを、あの子たちは知ってるとわかってた。あの子たちのひとりになって、一緒にフラを踊るとする、でもそのあとなにが起きる？　睡眠薬のように、昔のハワイの生活がまたわたしのなかに滑りこむ。クラブの正式なメンバーと認められるまで、ずっとわたしにまとわりつく。またわたしは兄ちゃんの影、妹の形をした影になる。

でも、そこでクライミングにであった。よくあるしつこいパンケーキのにおいがするダイニングホールで、ヴァンがカトリーナに言った。「賭けてもいい、この子はのぼれる。じゃない？」カトリーナは「やってみよう」とこたえた。

ヴァンの友達が安く買った車を持ってた。壊れかけの日本製のセダンで何年前のかは知りようもなかった。バンパーはダクトテープとはりがねで車体にくっついてた。シートベルトはどれも切りとられたか、引きちぎられたか、のこぎりでとりのぞかれたか、燃え落ちたかしてた。ラジオは感電死しそうな音だった。シートに張られた素材は、そう、かすかに脇くさかった。でもシート四つとクライミング用具を運べるおおきなトランクがあれば十分だった。それにヴァンの友達は共用の鍵をその辺に放りだしてたから、宝探しのように、見つけだせばいつでも運転できた。もちろん、車が撤去されずに駐車場に残ってれば。

車はまだあった。わたしたちは北にむかった。金色にかがやくカリフォルニアの早朝だった。ハワイでやるように窓をおろすと、ハオ以外みんなの髪が風のリズムに合わせて踊った。尖って渦を巻いたハオの髪は、激しく動くにはみじかくてかたすぎた。車はずっと左車線を走った。広告の看板と、有刺鉄線で囲まれた土地と、退屈な無限コピーのようなショッピングモールのセメントの白さが、視界に入ってはきえてった。セージのしげみがある、マッチ棒のように茶色い丘がつづいてた。ヴァンはウインカーを点けて五号線をおりた。ぐるりとまわり車体がかたむくと、お腹に重みを感じた。ずっと九〇フィート以上で走ってたことにはじめて気がついた。

タールで舗装された道路のひび、ピンクゴールドにかすんだ夜明け、トゲの生えたなめらかなヤシの木、茶色で平らななにもない長方形の区画。二回まちがった道を行ったあと、ひらきかけの金網を通りぬけた。

口から泡をとばして、ピットブルが吠えた。喉の玉までとびだすいきおいだった。

　ふざけあうカトリーナとハオは世界一まぬけな姉弟のようだった。ラジオから流れるボーイズグループの曲に合わせてハオがあれを触ってたとカトリーナが言った。触ってたんじゃない、ダンスの練習してたんだとハオが返した。そこでまたふたりはこっちをむいた。フラの手ぶりだったから、なにも言えなかった。

「もうすぐ着くの？」って、ヴァンに呼びかけた。

「はいはい、待ってな」って、返ってきた。道は急に穴だらけになり車内は上下にゆれた。タイヤに踏まれた砂利がとび散った。「はい、ここ」ヴァンは歌うように言った。ハンドルをいきおいよく右に切って、ブレーキを踏むと車は滑ってとまった。舞いあがった砂埃がきえると、筒型の穀物貯蔵庫、なにかの化学物質がクリーム状にしみだした縦長のタンク、骨に似たクレーンのアームとその裏に隠れたはしごが、ぼんやりとわたしたちの目の前にうかんだ。カラスのちいさな群れが枯れた声をあげながらリボンのようにとんでった。

　みんなでそのなかに入った。エレベーターで一階まで行くと、釘のついた鉄骨や、照明の光線、巨大なパイプのつなぎ目とかがあちこちに見えた。まんなかの通路からは、電車の座席のように、ものをカートで運び入れるためのレールがのびてた。驚いたのは、どこか神聖な雰囲気だったことだ。

　はじめに足を踏みだしたのはわたしとヴァンだった。ハオとカトリーナはまだ後ろにいた。ヴァンは音をたてずに、思いきり空気を吸いこもうとした。いちどかすかに、驚くような声を漏らした。あかるい顔だった。わたしはオーケイと言った。そのオーケイは、クライミングとかエレベーターのことじゃなかった。でもヴァンにはそう伝えなかった。その瞬間その場所で起きてたようなことを、わたしがどれだけ求めてたかは、ヴァンに話さなかった。いろいろな斜面、ぎりぎりの足場、なだらかな角《かど》、そして、にぎってしがみつきのぼってくための無数の岩。

「ここのことしか考えられないこともある」って、ヴァンは言った。ハオとカトリーナが追いついてくると、ふたりにむかってうなずいた。「ここは最高だから」と言った。「ついてこれるか試そう」

「ジーンズのお尻、下から見たらどんな感じか教えて」とわたしは言った。

ヴァンは笑った。そしてお互いを見つめた。マッチ棒をとりだし、ケースにあてて、こすって火をつけるとする。顕微鏡を使えば、ひとつになった火がマッチの先端にとびうつるところまで見えるはず。その時のわたしたちは、ちょうどそんな感じだった。

わたしたちはのぼりだした。はじめはヴァンとならんで鉄の柱をまっすぐのぼった。盛りあがったり突きでたりしたポイントをつかんで、靴のゴム底をかぎ爪のように使った。踊るように姿勢を変え、体を引きあげて、ふたり一緒に進んだ。途中からは四ヶ所にわかれて、それぞれうなり声を出し、壁を鳴らして上を目指した。大昔に死んだ鉄の巨人。手をのばしたさきには、そいつの脇腹。そいつの心臓があった。わたしは三人にちかづいてった。みんなで這いあがってきたこのどう呼べばいいのかすらわからない巨大なかたまりを、まるで秘密の神様を共有するみたいに、三人にもすぐそばで感じててほしかった。

ママとパパと話すのは電話だった、でも好きじゃなかった。常に二つの場所に引き裂かれたような、そんな感じだった。ここにもあそこにもわたしはいて、どちらも自分の場所じゃなかった。でも、どうしてもどちらか選べと言われたら、ハワイにはしないだろうと思いはじめてた。あの太陽も、砂浜も、海水も、わたしからぽろぽろと剝がれ落ちてくような感覚だった。

「ハオレ《白人》の国はどうだ？」パパはよくそうきいてきた。わたしが電話に出た時の決まり文句だった。

「シャワーしないひとたちばっか。食べ物はまずい」って、わたしは言った。

電話のむこうでいきおいよく笑い声があがった。頬のしわまで目にうかぶような音だった。「だろう！」って、パパはこたえた。「そうなんだよ。メインランド《本土》のやつら、けつまでにおうハオレども。で、どうだ、いまもキャンパス走ってたりするのか？」

気にしてくれてどうも、パパ、と思った。ほんのすこしだろうけど。

「してるよ」と言った。「それと週末は銀行強盗もやりはじめた」

「そのことを言ってんだよ」って、パパは返した――わたしにも、そばにいるママにもきこえるように。

「どんどんやってやれ、あいつら請求書ばかり送ってきやがるんだ」

わたしだって奨学金にサインした、パパだけじゃない、と口から出かかった。まわりにはなにも借りてない子もいた。借りてるひとだって、保証された将来があるかのように使いきった。新しいラップトップ、レストランでの夕食、アパートはアパートでも、そう、まるで北欧美人みたいに素敵なキャビネットがあるような部屋。こっちはスキャンしたページと磁気テープをはいで図書館から盗んだ本でどうにかやってた。マックの一ドルメニューを共用の小型冷蔵庫に入るだけ買いこんで週の半分を過ごして、残りは深夜にインスタントのサイミンをすすって耐えた。自分がどんな家からやってきたのかは忘れなかった。学期ごとの学費の支払いだけでも、パパとママのこめかみに銃を突きつけてる気分だった。もちろん自分のこめかみにも。

唇を嚙んだ。歯の芯まで痛みが伝わるくらい強く。「わかってる、パパ、それだけはほんと、わかってる」

「最近はな」パパはつづけた。「どいつもこいつもひとから金を吸いつくそうとばかりしてるように見える、だろ？　つまりな、あるものがすこしでも高く売れそうだって目をつけたら、かならず、やつらは値段をつりあげる」

「それで、そっちは元気？　パパとママはまだいろいろしてんの？」

「なにをだ、セックスのことか？　ああ、いまだにはあはあ言ってやってるさ。そうそう、ちょうど昨日の夜も――」

「パパ――」

「いや、ほんとだ、昨日の夜だってオズマニバーのハッピーアワーに行ってな、ベイビー、駐車場ならだれも見てないぜ、って――」

「パパ！　電話切るよ。ほんとに」

パパはしばらく笑いつづけた。「ただの冗談だろ！　おい、そっちは堅物ばっかりか。こっちはちゃんとやってるよ、カウイ。ちゃんとな。まあ。けつもおろさず働いてるさ。楽園でやってくのは楽じゃないってやつだ。それがこっちの暮らしだ」

そのまま一分くらいは会話がつづいた。こっちのこと、地元のひとたちのこと、パパが空港で見かけたわたしの高校の知り合いのこと。警備員してたとか、チケット受付にいたとか、フライトアテンダントになってたみたいなことをきいた。受けたい研修プログラムがあるんだとも教えてくれた。機体の整備士を目指すらしい。「あいつらみんなすげえんだ。海兵隊とかそういうやつらだ。はなから軍隊行っときゃよかったな」

「六年とか、それくらいのあいだ、スキンヘッドのハオレたちにどなられつづけることになったとしても？

パパ、しっかりしてよ」

「でもよ、いろんなとこ行けるだろ。役だつことを身につけてな、わかるだろ。結局、あそこならいろいろ覚えられる」

「そう、自分以外の茶色い肌したひとたちを撃てる方法とかね」

「わかった、わかった。負けたよ、大学に半年や一年行けばなんだってわかるようになんだな、そうだ、そうそう。アイラブユー。ママにかわるぜ」

電話が手渡される音がした。

「なんとかやってるみたいだね」って、ママは言った。一応、質問だった。

「もちろん」とこたえた。「先週はヴァンたちとすごいとこにクライミングに行った」

「クライミング」と返ってきた。「遊ぶためにそこにいるんじゃないって、憶えてんだろうね」

「パパからもまったくおなじこと言われた。なんでここにいるのかはわかってる」

ママは咳ばらいした。「で、授業はどうだい？」

「きつい。でもエンジニアリングは好きだから」

「よかったよ。勉強しているのが、なんだ、アメリカの漫画の歴史とかではないなら、まだいいよ」

「わかってる」

「ちゃんと寝てんのかい？　食べ物は？」

お金がある時はね、って言いたかった。でもはじめからこの会話がどこにむかうのかはわかってた。わたしの口から出ることはどうでもいい。だから黙ってた。迂回なしで本題に辿り着けるように。

「ノアとは話してるかい?」って、ママはきいた。ほらはじまった。思ってたよりも早く。

「そうだね、まあ」

「どうしてる?」

「話したばっかじゃないの?」

「そう。でもほら、親には言わないことだってあるだろ」

わたしだってそうだよ、ママ、って言いたかった。真夜中のストリップクラブの人混みだって、どんな感じかもうわかってた。わたしとヴァンとハオとカトリーナがそこにいること自体、冗談のようだったけど、場所に惹きつけられもした。赤い照明、汗、尖ったビート。酔っぱらったり、大麻や粉でふらふらになったりして、感覚のない足でつまづかないように、暗い時間の路上を歩いたこともたくさんあった。ママは知ってたんだろうか。落ちたら助からない高さを、ロープも使わずに、体に空と死を背負って這いあがったのもいちどじゃないって。

「安心していいよ。わたしたちは大丈夫」

「だといいんだけど。あんたがそっちでやっていけるよう、こっちじゃたくさんのことをしてきたんだ、忘れんじゃないよ」

そう釘を刺さずにはいられなかった、ってこと? こんなくそみたいな話、兄ちゃんたちにはいちどだってしてなかった。わたしだけだ。好きなだけ可能性を試して生きてる兄ちゃんたちとはちがう、わたしは堂々と夢を見ることが認められてないかのようだった。「わかってるって、ママ」

「みんなに会いたいよ」

わたしもだ、って返した——本心だった。でもその時感じてた会いたいって気持ちは、想像してたのとはちがってた。もっと表面的な感じ。一瞬ごとにうすれてくような感覚だった。

第八章　ナイノア、二〇〇八年
ポートランド

一目でその家だとわかった。警察の車が二台とまってなくても、わかったと思う。おなじような家がつづいてた。そっくりな場所ばっかだった――シーツをカーテンにした窓に、隙間にゴミくずが詰まった板張りの壁、そしてぼさぼさの芝生の上の油っぽいエンジンパーツ。

「立派に手入れしてあんじゃん」ギアをパーキングに入れながら、エリンが言った。ヘッドライトを一段さげると、新しい青のゴム手袋を箱から引き出した。おれは車の後ろにまわり、道具を用意した。エリンは玄関に行き、警官にちかづき、けだるそうな声で話しかけて、部屋のなかの頭に傷を負った被害者たちのことをききだしてた。

ラジオのわめき声、あとは無音。ポーチの奥の警官はうなずくと、つまさきでドアをあけた。「ひとりはリビングの暖炉のそば」と話しかけてきた。「もうひとりはキッチン、最後まで抵抗したようだ」

エリンはきしむ段差をあがり、ドアから入ってった。腐った紙おむつのようなプラスチック臭。つつみこむ熱気。おれはすぐ後ろを歩いた。

室内の照明はくすんでた。木の床には何年分もの穴や裂け目。天井のふちは神殿のようなデザイン、カバーのない電球。うす汚れた分割式ソファのそばにひとりめの患者。骨と真っ青な皮膚。警官が体に覆いかぶさり、腕を突きたて心臓マッサージをしてた。

エリンがそばにかがんだ。警官はわかったように手を引いた。そのますぐに洗いに行きたそうだった。

「もうひとりは?」患者の胸を押しながら、エリンがきいた。警官はあごでキッチンを指した。おれは壁のすぐ後ろ、ひどいにおいがするほうにむかった。くすぶる冷蔵庫に猫が小便したようなくささだった。コンロの上の壁が焦げてた。爆撃のあとを連想した。床には調理器具とゴミ袋と残飯。部屋の片すみ、冷蔵庫のあたりで、三人目の警官が灰色っぽいロープを引いて、薬物中毒の男をスツールにおろしてた。

男には息があった。溺れて引きあげられたかのように激しく、呼吸してた。根元で絡まったながいあごひげと乾いた血がこびりついた顔から、空気が漏れてた。

「なんの騒ぎだよ」ってつぶやいてた。

おれは驚いて警官を見た。「生きてるようです」

「それも困っている」って警官はこたえた。鼻が赤く腫れてた。殴られたようだった。警官はシャツの襟をつかんで男をむりやり座らせた。

「他にも問題が?」

「ローンに、子供のこと、そして君の質問だ」おれにそこにいて欲しくなさそうだった。「リビングにいるこいつの仲間を診てやったほうがいい」

そうきこえた時にはもう、キッチンを出て、最初の部屋に戻ってた。今度は床のバットが目に入った。汗が黒くしみこんだグリップテープ。先端にはピンク色の血と髪の毛。部屋じゅうに拳のおおきさのハンバーガーのつつみ紙。部屋の奥で空《から》の本棚が倒れかかってた。エリンの手には電極のパッド、殴られた男の処置をしてた。床に背をつけたまま、左脚は不自然にねじれて高い位置で横に倒れてた。目はひらいてなかった、唇は真っ青だった。

「ねえ、捜査官さん、こっち手伝ってくれる？」って、エリンがおれに言った。パッドはまだ手にあった。やることはわかってた。おれは膝をついた。鼓動はなかった。首も、手首も、脈打つ気配すらなかった。

「除細動器は使えない、心臓が動いてない」って、おれは言った。汗と尿のにおい。脇までまくったかたいシャツの袖。ジェルのかたまりが、男の脇腹と胸に貼りついてた。

「動いてた」パッドを置きながらエリンは言った。「さっきまでは」

「とまったんだ」

「わかってる」

「気道は？」

「うるさい。わかってる。バットでやられたんだ」

「薬かもしれない」って、おれは言った。「もういちどやろう」指を隙間なくのばし、手のひらで胸の中心を突いた。奥の尖った骨まではつぶさない。出血してしまうから。男の体——はじめはそいつ自身の、ひとりの男の体でしかなかった。でも胸を押しつづけてると、おれの目と歯が締めつけられた。男の体内すべてが動きだし、声をあげて酸素をとりこんでた。まるで脳を細めて見てるような感覚だった。そいつを外から見ながら、そいつのなかで感じてもいた。皮膚の表面、皮膚の下のバターみたいな脂肪のかたまり。血液にちがいない液体が、ながい道を吹きぬけるように、とまってはまたすばやく動きだした。すべては、ただ感覚だった。目で見たわけじゃなかった。さらに奥深くでうごめく感覚もあって、わきたつような欲求がもっともはっきり伝わってきた。体が必死に元に戻ろうとしてた。でもそれでさえ、来たと思ったらすぐにきえた。他とごちゃまぜになって区別できなかった。感じた色もあった。黄色い、どろどろした憎しみが薬物からどっとあふれだし、血管をうねるように流れた。それから、するどい真っ赤な怒りの記憶が、雷雲のように頭蓋骨を突きぬけてった。おれ自身、何度も経験したことのある色だった——そのあいだも、まちがいなく自分の手で、男の胸を押して、空っぽの体に血を送ろうとしてた。膝をついて前のめりになり、手のひらを胸骨に置く。体全体で押したらはねかえりを待つ。ワントゥースリーフォーファイブシックス、もっと、もっと、もっと。すでに折れた脇腹から、水がはじけるような音が時計のように鳴りつづけた。あの火花が見えた。もはや心臓マッサージですらなく、おれはただ探ってた、いつもとおなじように、探りあて、感じて、理解しようとしてた。この傷がなんなのか、そして男の体がどうあるべきなのか。もう、あれがはじまってるはずだった——

エリンは呪文のように名前を呼びつづけてた。指さきをおれの肩のすじにひっかけてた。おれをゆすってるのに気づいた。男から手をはなした瞬間の、おれの顔はひどかったはずだ。

「はじめてから五分、いくらあなたがスーパーヒーローでも」って、エリンは言った。「変わらない。搬送しなきゃ」

おれの息は乱れてた。エリンもおなじだった。つめたい汗が膜のように、背中と胸にひろがってた。反対に中毒患者の体はしずかだった。なにもかも終わってた、そのはずだった。警官はおれたちが体からあとずさりするのを見てた。一瞬の沈黙、そこにいるだれもが状況を理解した。

「搬送で」エリンがくりかえした。

エリンは一旦そこをはなれ、ストレッチャーを運んできた。警官ひとりの手を借りて、段差にぶつけながら駆けあがった。明かりを反射した金具が、そのたびにおおきな音をたてた。ストレッチャーに乗せるまで、おれは心臓マッサージをやめなかった。くだりは車輪を引いて進み、おおきくひらいた後部ドアから救急車に運び入れた。エリンも足をかけて乗りこみ、ドアの片方をしめようとした。その時だった。男がゆっくりと体をあげ、エリンがはめたプラスチックの酸素用マスクを吐きだした。「なんだ、おい、なんだ」って、言葉を発した。

おれたちはかたまった。エリンはひらいてるドアに手をかけようとしてた。おれはもうひとつのドアを固定してた。むっくり起きあがった体を、ドアの外からじっと見るしかなかった。その距離でも、黄色がかった青あざがきえてるのがわかった。しわも目立たなくなって、髪は濃くなってた。まるで五〇年分、若がえったみたいに。一言で言えば、ぴんぴんして見えた。やつは背中をまるめると上半身をおおきくゆらして、膝の上の真っ白いシーツに、波のようにうねるゲロを吐いた。

男の口はゆるみきってた。吐きだしたかたまりを見おろしてから、おれたちを見あげ、手首で口をぬぐった。そしてまた膝に視線を落とした。シーツが三角に盛りあがり、てっぺんはこぶのようにふくらんでた。

「おい、たってんだよ、どうなってんだろ」って、男は言った。

勤務時間は終わってた。それでもこいつを搬送する必要があるのか、もうわからなくなった。どの数値もいきなり正常に戻ってたし、報告すべき不調もきえてた。説明は無理だった、こっちが精神科に送られるような話だ。でも警官にあずけるのはもっとまずそうだった。もうひとりの中毒患者を後部座席に乗せて、あとはデスクに戻って報告書を書くだけ、それ以外なにもやる気はないのがわかった。だから目覚めた男のほうは、警察ひとりと一緒に病院に運び、ＥＲのスタッフに起こったことを伝えた。「死んでないのならふつうに順番待ちで」とスタッフは言い、エリンは「ああよかった」と返した。待合室の椅子に座ると、男はだれか通りすぎるたびに、タバコあるかいと話しかけた。しまいには、女性のナースが「いい加減、黙ってください」って言いながら、窓口の奥にある机からタバコを一本つまみ、犬にごほうびをやるように男の手のひらに置いた。救急車へと戻る途中で、ゆっくりまばたきする警官と目が合った。鼻には紫のあざ。まだ帰れないと悟った顔だった。書類にサインして、おれたちは急いでそこからたち去った。

待機所に帰るとエリンは救急車を掃除した。思いきりおおきな音をたてて車内をチェックするあいだ、一言も話しかけてこなかった。テープの束や医療用ハサミ、気管チューブのセットをなげるように出し入れしてた。静電気、ジッパーのあけしめ、ベルクロが剝がれる音。本心は伝わってきた。またかよ、と思った、だからとりあえず待った。車体に寄りかかって、ひらいた後部ドアで身を隠しながら、エリンがホースをぎこちなく前後に動かし、ぶあつい毛布を引きずりながらたたみ終えるまで、ただ音をきいてた。

「ちょっと座るけど」顔を見合わせてるつもりで、おれは言葉をかけた。「グラノーラバーでもさっと食べようか」

エリンはドアの横から顔を出しておれを見た。「好きにして」手首をこっちに差しだしてそう言った。「いつもみたいに」

「コーヒーくらいどうかな。疲れた顔してる」

「そっちもね」

「そうでもない」

「さすが、忘れてた、無敵のヒーローだったっけ」

「なにかいやなことしたか？」いつもおれのほうがこうやって折れる。エリンはふたつ年上だ。

「中毒患者の心臓はとまってた」ドアのせいでまた、顔は見えなかった。バックルを締める音だけ、ひっそりした朝のガレージに響いた。一分ちかく、完全にふたりきりだった。救命士たちは、資格持ちもふつうのやつらも、ロッカーやキッチンにいた。「あのバイカーを救いだした時も、太腿動脈が危なかった。低血糖のアル中だって、インスリンを打てなかったよね。でも、どちらもあなたがいて」おれは腕を組んで待った。へたにとめないほうがましだった。きいてると妙に愉快になってくることもあって、怒りをぶちまけられるのは悪くなかった。エリンはおれを理屈屋のガリ勉だとか、うぬぼれた優等生とか呼びながら、態度がなってない、偉そうに説明するのもどうにかしろ、わたしのほうがここはながい、忘れるな、ってまくしたてた。

終わると車から外に出てきた。

「口を出さずにはいられないんでしょ」

「自分が正しい時だけだ」

「また出たよ」ようやく目が合った。頬には熱がたまり、喉はうねり脈打ってた。目にはあざのようなくまができてた。「とっとと医学部にでも行っちゃってよ、すっきりするから」そう言うと、待機所の横の出入り口に歩いてった。そのさきの大部屋にはシャワーがあって、毎回そいつで、一日に触れたすべての患者の汚れをこすり落とした。

「エリン、なんで回復したかはおれだってわからない」彼女にとどくようおおきな声で、嘘をついた。「死にかけてたんだ。なんでああなったのかなんてわからない」

エリンは足をとめた。振りかえりはしなかった。

「でも君は正しい手順で処置した。心臓マッサージもしてた」

「隠してる。なにかしたのはあなた」

おれは振りかえって救急車を見た。そこでのにおいと叫びと体液にまみれた時間を思いかえしてた。なにかしたって、エリン？　おれだって、まだよくわかってなかった。たしかに、傷ついた患者の体に触れると、そいつは本来こうじゃなきゃいけない、ってのが思いうかんだ。そしたら、心臓がどくどく動きだしたり、骨がつながったり、神経に信号が流れだしたりした。あの中毒患者だって体は元に戻りたがってた、それは感じた。でもあとは、ただあいつの体が勝手にやったことだ。血と脳にたまった大量の薬を外に追い出したんだ。

「ふつうに仕事してただけだよ。手順通りに」

電極パッドを手にしたのはミスだったことくらい、エリンも気づいてた。そういう目をしてた。ミスを見られて、自覚してもいたから、パニックになってた。「君はきちんとやってた」って、言葉をつづけた。「だれにきかれてもそうこたえるさ」

こっちに背をむけたままだった、でもおおきく息を吐くのだけはわかった。

「まあいい」って、エリンは言った。

「寝たほうがいい」って、おれは言った。

「黙れ」って言いかえされた。それでも、すこし気持ちがほぐれたのは、伝わってきた。

その夜のことが頭からきえなかった。猫の小便が焦げたような麻薬部屋のにおい。男たちの憎しみと怒りが充満した室内の空気。まとわりつく死と荒廃。頭のさらに深いとこでは、おれ自身の力がわかってきて、震えてもいた。家に着いて、冷蔵庫のドアをあけてみても、調味料と食べかけのマカロニチーズくらいしかなかった。吐き気は胃にひっついてた。冷蔵庫のドアをしめた。部屋のすみの中古テレビにたてかけた、生物や解剖学や化学の教科書が目に入った。

部屋に帰るまでは、自分がしたことに興奮して、ずっと皮膚の下がざわついてた。でも部屋のまんなかにたってみると、全身が空っぽになって、なんの力もわかなかった。水の底にいる気分だった、いつもより重い足を一歩ずつ動かして、ベッドに行こうとした。どうにか服を脱いで、そのまま倒れこむと、全身でマットレスのやわらかさを受けとめて、暗闇に落ちてった。

目があいて、かなり寝てたんだとわかった。尖った朝の空気が、ぶあつい昼の空気に変わってた。窓からの日差しは、もうかげりはじめてた。時計を見ると三時半。ベッドわきのテーブルには、証明写真のシートがあった。白黒でうつってたのは、ちいさなカメラの前でブーケみたいに身を寄せあう、おれとカディージャと彼女の六歳の娘、リカだった。もうだるさはなかった。でも体の奥はまだ落ちつかなかった。夜のことはうすれず残ってた。上半身を起こすと、なにも変わらない部屋の様子が視界に入ってきて、ひとり興奮してるのが物たりなくなってきた。瓶に詰めて孤独に眺めているような感じだった。だから、出かけずにはいられなかった。

　シャワーを浴びて服を着て、カディージャのオフィスにむかうバスにとび乗った。

「外にいるって？」歩道から電話をかけると、カディージャはそう言った。

「すこしでいいから。おりてきて」

　ガラスと鉄の建物。光沢があって、平凡だけど目立ってた。三階まで吹きぬけになったロビーを通って、歩いてくるのが見えた。カディージャ。たばねたボリュームあるアフロが、首の後ろで玉のようにはずんでた。嫌味ない賢さがあふれた目。なめらかな生地が広い腕を覆ってひらひらゆれてた。ふくらはぎに筋をうかべて、ヒールを鳴らしながらちかづいてきた。むきあうおれのまぬけな笑顔を想像するといい。一瞬すべて忘れて見とれてた。

　出会ったのは五ヶ月前だった。むこうは友達の誕生日を祝うためにバーに来てた。こっちは仕事の男友達ふたりとなんとなく遊びに来てた。そのあと会うようにはなった、でも午後早くに飲んだり、週のまんなかにランチしたり、いつも妙なタイミングだった。家に招かれて、リカを見てはじめて、理由がわかった。それでもおれたちは終わらなかった、どうにかして、つづけてた。オフィスにいきなり顔を出してもおかしくないくらいの時間を過ごしてきた、そうおれは思ってた。

「どうした？」ってきかれた。

　迷惑そうな視線くらいは覚悟してた。収支や複利の計算で忙しいはずだった。でも、おれを見る目は、心からうれしそうだった。「仕事、たいへんだろうとは思ったんだけど」とおれが言うと、首を横に振った。

「今日は社内パーティ。四半期がまた好調だったから」

「セロリだけ残った野菜スティック。ストアブランドのドリンクに、コンビニのワイン、ちいさいキッチンの横にはテープで貼った風船」

笑ってくれた。「どうしてわかるの？」

肩をすくめてこたえた。「会計士事務所だから」

「いまからピクショナリーがはじまる」

「ワイン、すこし持ってこられる？」

五分後には、ハンドバッグで安い赤ワインをつつみこんで、通りをノースパークブロックスにむかってた。すこし前の平和集会のあとがあちこちに残ってた。かたくてひらたいとこを見れば、だいたい燃え尽きたろうそくが貼りついてた。銅像やベンチの足には、段ボールのボードがたてかけられたままだった。「Study《もう戦争》 War No More《を学んではならない》」とか書いてあった。おおきなボードは、公園に住むホームレスたちが、マットレス代わりに使ってた。

「この場所、苦手なんだ」って、カディージャはためらいながら言った。

「ここのどこかだめなのさ？」おどけてそうこたえながら、彼女に伝えようとしてた興奮が、くだらないものに思えてきそうで怖くなった。「ごめん。場所は決めてなかった。会えればって、それしか考えてなかった」

本心でそう思えることがうれしかった。はじめて会った時、おれたちはまわりとはちがうペースで歳とってた。生きるなかで背負いこんだもののせいで速く歳をとらされてた——カディージャの場合それはリカで、とても若い頃に生んだ。おれにとってそれは、駆けぬけるように卒業してきた学校と、いまのこの仕事だった——だから、そういう生きかたを知ってるだれかに出会えるってだけで最高だったし、それぞれの状況に引き戻されるまでのほんのすこしの時間、一緒になにかしていられれば、他になにもいらなかった。

「望み通り」白い歯を見せて、両腕をひろげながら、カディージャは言った。「ついてきた。さあなにがあったの、フローレスさん。急ぎめでおねがいね」

「わかった」銅像の土台、カディージャの横にすばやく腰をおろして話しはじめた。「おれにはすごい力があるんだけど、気づいてた？」

彼女の舌さきが上の歯に触れた。笑顔はそのままだった。「そういうことね、まだ言ってない秘密があって、ってやつでしょう。いいよ、つづけて」

「まあ、ややこしい話じゃないんだ」そう返しながら、つぎになにを話せばいいか迷ってた。「ワインがあったほうがいい」ワインオープナーは持ってきてなかった。かわりに指でコルクをしずめて、ボトルのまま一口ずつ飲んだ。

「他のひとには見えないものとつながってる」って、おれは言った。彼女の背中に手を置いて、こっちの腰にもたれかかるよう引き寄せた。「きいてみて」そう耳にささやいた。

しばらく黙ってた。カディージャにも鳥の声がきこえはじめた。ここに着くまで何ブロックも、おれには街のざわめきよりもおおきくきこえてた。そういう力だった。鳥の声を強められはしない、だから「きいてみて」とくりかえした。そうすると、木々のなかの声がもっと明るくはっきりときこえた。

「鳥たちは仲間を探してるようにきこえるだろ。でももっとよくきくと——ほんとはだれもはぐれてなんかない」

カディージャはすこしも動かなかった。目をとじてた。ふたりできいてた。鳥たちの声が、楽しげにはずんでた。かすかに、でもそこらじゅうから、降ったばかりの雨で濡れた木の皮のにおいがした。

カディージャはもうしばらくきいてから、目をあけておれを見た。「これってあなたらしいね。動物のこと」

肩をすくめた。「かもしれない」

寄り添ったまま、姿勢はなおさなかった。「ほんとに思うんだ。軽率だって言われるかもしれないけど、あなたのそういうとこをはじめて見た時——たしかね、二回目のデートとかで、あのレストランの外にいた子犬と、ひどく酔っぱらってエレベーターを探してた全身黄色の女のひと、憶えてる？——あの時、なにしたか。かがんで、子犬に軽く触れただけ。でも狂ったように暴れてた子犬が、あなたのそばでは急におとなしくなった。薬でも与えられたみたいに。それを見て、このひとならリカともうまくいく、ってわかった」

「犬にやさしくしただけで、あの子とうまくいくって？　それは、軽率だ」

カディージャは笑った。「リカには秘密」

おれはワインボトルのネックをにぎったまま、歩道を指さして「ねえあれ」と言った。視線のさき、水はけの悪い湿った土の上に、おおきなぬかるみができてた。そのなかで無数のアリが、こぶのようなかたまりをつくってた。生きる本能にこたえようとして、においと感触だけを頼りに、一匹一匹がつながってた。水を通さないあつさとかたさを持った一枚の布になって、流れにまかせて漂ってた。何匹かは溺れてた。座ってそれを語りながら、ぬるくなったコルク味のワインを口にふくんだ。舌にちいさな破片が残った。ふたりとも破片は地面に吐きだした。アリの話はとまらなかった。もしもひとがほんのすこしでもああいう強さで、あの船みたいなかたまりになれたら、世界はどんなふうに変わるだろう――

「わかった」って、カディージャは言った。首を横に振ってた。笑ってはいた。「もう大丈夫。生物とかエコの話とは思ってなかったから」

ずっと話しつづけてたことに気づいて、急に恥ずかしくなった。「ごめん。そういうつもりじゃ――」

「黙って。一瞬でいいから」顔をかたむけて身を乗りだしてきた。唇が重なった。一回どころじゃない。キスが終わると、飲みかけのワインは石の段に残して、湿った春の森をふたりでさまよった。あの場所に座って、何度も何度も体をくっつけてるあいだ、おれたちからはなにか出てたんじゃないか。その、なんであれそいつが、道とかビルに反響して、そこらじゅうにひろがってた。おれたちはそのなかを歩いた。腕を絡めて、獣みたいにじゃれあってると、まるで新しい骨が生えてきて、ふたりの脇腹をつないでるような、そんな気さえしてた。

第九章　カウイ、二〇〇八年
サンディエゴ

夏休みはもうすぐだった。すこしも待ちどおしくなかった。

ハワイではこんな感じだった。ディーンがその辺を歩けば、まわりがシャカやフィストバンプをしてきて、高校生の女たちはビーチパーティに誘おうとぎゃーぎゃー騒いでた。一日中ごろごろしたって、ママもパパもなんも言わなかった。一年のうちたった二、三ヶ月、仲間たちとボールをかごに入れる遊びで、外すよりおおく入れさえすればよかった。ノアのほうも、帰ってくれば部屋があって——自動的に、わたしがソファに追い出された——たいていそこに引きこもるか、じゃなきゃ、そう、昔とおなじようにガレージに居座った。じゃなきゃ、あとはどっか行って、宇宙の法則を好き勝手にねじ曲げる練習でもしてたはずだ。

夏、わたしがハワイに戻っても、待ってるのはモールやファストフードやホテルではたらく日々だった。それだって運がよければの話だったし。クライミングも。エンジニアの夢も。ヴァンも。ぜんぶ海の反対側に置いてくことを意味した。

「帰ってきな」と、ママは電話で言ってた。

「それでなにしろって？」

「してもらいたいことは、山ほどある」

時々わからなくなった、喧嘩がわたしを呼ぶのか、わたしが喧嘩を呼ぶのか。家族だとなおさら。

「ラナイ掃いたり、パパのビール買いに行ったり、食料品を袋に詰めたりするってこと？」荒だてなくてもよかったかもしれない。でも、扱いがちがった。「わたしじゃなくてもいいよね。いまだってだれかがやってるんだし」

「なにも考えずにぺらぺら喋って、え？　そんなふうに話す子はうちにはいない」

「そんな、ってどんなよ？　えらそう？　後ろめたくなさそう？　お金だったら、こっちのほうが稼げる。使う額もすくない。毎月小切手送ってもいいよ、そうしてほしいなら」

「お金は関係ない」

「ねえ。ハワイだよ？　弁護士みたいな給料、稼いでないでしょ？　そしたらなんだってどっかでお金に関係あるの」

ほんとはなにを言いたいのか、わかってた。見えてたはず、ちがう？　メインランドがわたしになにをしようとしてたか。なにを与えようとしてたか。空みたいに広い土地。チャンス。赤く燃えて燃えて燃えあがる酸素。

「何人か父ちゃんの友達と話したんだ。カイルやネイト——あのひとたち、憶えてるかい？」

まったくわからなかった。「もちろん」ってこたえた。

「エンジニアの仕事もいくつかあるってことだ。ふたりともパールハーバーのほうで仕事してる、どっちかは工業地帯のソーラーエネルギーの会社だ」

そこでわたし、ってわけだ。もちろん、いい話ではあった。ここでやれそうな仕事に比べれば、ましだった。学期は終わりかけてたし。冗談じゃなく、サンディエゴじゅう探しても、仕事なんてあるはずなかった。オフィスには就職コンサルタントやアドバイザーがうじゃうじゃいた。もらえる名刺はパートタイムのみ採用ってのばかりだった。

「お礼言っといて。でも大丈夫。ここでどうにかできる。もう行く時間。勉強。テスト週間だから」

でも、ハオとカトリーナとヴァンとの終わりが来たのは、いつだったか。言葉をかけあう場面とかが、ふつうならあってよかった。夏休み直前で、つぎに会うのは何ヶ月もあと。朝晩歯をみがくのとおなじように、お互いが日常の一部になってた。だから、いきなりずっと会わなくなると、もうおなじ四人には戻れない気さえした。なのに、だれもほんとなにも言わなかった。みんな転がるようにぬけ出てった。わたしとヴァン、カトリーナとハオが、ふたつならんだ山みたいにかたまって、デニムのほつれも髪の毛も絡みあって、熱のこもったあくびをしてる、そういう時間から。まわりのテーブルとカウンターには、ふたりずつ分けあったビールの缶、油がそばかすみたいにとび散ったピザの箱、四本の歯ブラシとテレビのリモコン。年度末のパーティに行って、そのあとのパーティも終わって、帰ったとこだった。部屋じゅう、お互いの体にも、おなじにおいがしみこんでた。これから乗る電車も車もばらばらだった。ハグだけして、またねと言ってわかれた。ヴァンは実家に、ハオは実家に、カトリーナは実家に。わたしだけが、夏のサンディエゴの病むような気候のなかにとり残された。それは黄色く、時にはオレンジに燃えて、ただただ暑苦しい。

残るために必要なものはわかってた。こっちの学生は毎年夏のあいだ、お金を払って別の生活を借りる。

六週間ニースの語学学校に通ったり、オアハカでボランティアという名の休暇を楽しんだり、スチューデントユニオンのビラで素晴らしい未知の体験とか宣伝されてるとこに行ったりする。それすらないひとは？大学内の仕事だったり。キャンパスのそばに三人で家を借りたり。なにもないひとにも、短期間収まる場所は用意されてた。わたしみたいに。

そういう夏があるんだと学んだ——だいたいなんでも耐えられる。日々やることさえあれば。

ひとつめ。朝、二、三回のスヌーズで目をあける。買ってから洗濯してない青いシーツの上で体を起こす。順調ならいきおいでランニングウェアに着替え、玄関を駆けおりて、張りつくような朝露のなか、たっぷり何周も走る。湿ったシャツ越しに、全身で酸素を吸いこむ。なにか口に入れるずっと前にこれをする。ノンシュガーのシリアルにミルク、フルーツをすこし、それが食事。シャワーで汚れを落としてあたたまったら、最初のデスクワークの仕事に歩いてむかう。走り疲れてうずく足を一歩一歩前に出す。

ふたつめ。タイトすぎる服か、胸がひらきすぎる服か選ぶ。だいたい、やぼったくなるか、子供っぽくなるかのどっちかだ。とにかく、学内のオフィスの仕事では、ちゃんとしたものを着てなくちゃならない。エレベーターやロビー、廊下。地味な色で線が彫ってあるまるい木のボタンがついたようなのがいい。書類がならんだ棚から必要なものを引き出し、ショートカットキーを使ってデータを迷いなく打ちこむ。イーメイルを書きながら、一緒になったひとたちとお喋りする——女はあとひとりだけ、ハオレの三年生で、二五分に一回タバコ休憩をとるひとだ。そのひとは席に戻るとまずフェイクレザーだけど本物っぽい手触りのポーチを膝に載せる。つつみ紙をはいでガムをつまみ、折り曲げて舌に置く。トイレのハンドソープからしてくるのとおなじ、つんとしたシトラスのにおい。それが済むと、そのブラウスどこの、とか、イヤリングどこの、とかきいてくる。こっちが仕方なくつけてるネックレスのことも。延々そんな話がつづく。

みっつめ。火木土はバスでロマネスクに行って、夜担当のサーバーをする。四時間、客の注文を憶えて、メモして、確認して、キッチンとテーブルを往復する。その日の特別メニュー、アレルギーの注意点、ワインリストを記憶して、ピンと張った白シャツを着て尻に食いこむ黒ズボンを履く。そうすればチップがもらえるから。わたしみたいなティタ《頑丈な》な体でも。

何月何日かは忘れて何週間も過ごす。追うのは曜日。どの仕事場か。夜は時々、退屈なルームメイトとならんでソファに座る。その子はフューチャートロリーワイフオブアメリカ《リッチなおじさんと結婚するアメリカ女》を地で行くようなタイプで、ハオレだった。どうしてもうずうずする夜にはクライミングシューズを持って、つぶれたホームセンターや立入り禁止の工場地帯に行く。そしてレンガの柱や壁をただのぼってのぼってのぼる。ひびやでっぱりやへこみに足のさきを突きさす。コイン一枚の薄さに指をかけて、体すべてを支える。恐怖が息に混じる。

でもたいていは、にぶい雑音がずっとつづいてるような時間だった。変わらない予定、太陽がのぼってしずんで、こんにちはさよなら。弱い力でなんとか光らされてる電球みたいな毎日。

ヴァンがいれば、と考えた。電球もはじけるくらい熱くかがやくのに。ヴァンがいれば、いつだって笑って話せることがある。ふたりでなにかつくって、新しい経験をすれば、まさか想像すらしなかったことでも、これこそ求めてたことだって思えてくるはずだった。ヴァンがいれば。ヴァンがいれば。

ノアがいちど、電話してきたのもその夏だった。バス停からロマネスクに歩いてるとこだった。

「まちがい？」電話をとって、そうきいた。

「おい」

「冗談。電話に驚いただけ」

「ああ、そうだよな。おれもだ」

変な感じだった。「そっか。夜のバイト行くとこ、みじかくしてね」

「バイトで料理すんのか?」

何度目だよ。「テーブル担当だって、兄ちゃん」忘れっぽいとか、頭が悪いとか、そういうことじゃなかった。ただ関心がないから憶えてられなかった。自分のこと、自分がしてること以外、頭にはなかった。

「そんなんだからなんも言いたくないんだよ、意味ないから。どうしてる?」

「別に」

「それ言うために電話してきたの? よかった、ありがとう、兄ちゃん。こんな電話ならいつでも――」

「学校に戻ってきた時、スカイラーの手がどうなってたか、憶えてるか? 年が明けたあと?」

声に気になるとこがあった。ヴァンも時々こういう声になった。わたしもそうなることがあった、血管にうまく薬がなじんだ時なんかに。すべてがひろがってく感じ。スカイラーの手の映像が頭にとびこんできた。あいつの吹っとんだ手を、じかに見たわけじゃなかった。ただ、救急治療室で布をはがすと、ありえないことが起きてたときいた――なめらかすぎる皮膚。ゆがみひとつない指。でもすこし変で、銅像の少女みたいな手だったって、ディーンからはきいた――みんな言ってたんだ、きれいすぎるって。

「彫刻みたいだったよ」と言って、兄ちゃんは笑った。でもすぐにかたくしずかな声に戻った。「おれの力だったなんて、おまえは思ってないよな?」

自分で自分を触るみたいに、ひとりでもなりたつ電話だった。バイトが始まる時間になって二分くらいいたってた。「兄ちゃん、わたし——」

「いつもおまえだけは仕方なく合わせてるような顔してた。ディーンは信じてた。もちろん父ちゃんも母ちゃんも。三人は見てたんだよ……他にもいろいろな。でもおまえは信じてなかったよな？」

「なんでそんなことときくの？」

「こっちでもおなじことがつづいてる。救急車で患者のそばにいる時、ぎりぎりでまだ生きてるみたいなひとたちだ——見えてくるんだよ、光とか、糸とか、人間の体のもとみたいなのがさ。ウクレレ弾いてるのとよく似てるんだ。声がして、コード鳴らして、弦が震える。いまはひとの体でそれができる。骨と心臓と肺を、歌わせられる」

さすがに笑った。「ごめん。笑うとこじゃないんだけど、ただ兄ちゃん——ちょっといかれたひとみたいだ——」

「薬中《やくちゅう》の男がいたんだ——」声が重なった。でも、いかれたひと、という言葉だけははっきり響いた。

「兄ちゃん。いいから——」

「いや、わかった。おまえが正しい」

「救急車にいる時間をすくなくしたほうがいいんじゃない。休みとるかなんかして」

ノアは咳ばらいした。「そんなことできると思うか？」

「兄ちゃんにできないことはないでしょ」

「それはできない。おまえはできるさ、おれはできない」

こういうとこにはうんざりしてた。ひとりだけ苦しんでるかのようなふるまい。ほんとはみんな、兄ちゃんの家族であることの重荷を背負いこんでた。おれの力で将来なにをなしとげようか、みたいな話も勝手にやっててほしかった。こっちは、時計を見れば明らかに遅刻で、つまりクビになっても仕方ない。それは家に持って帰るはずのチップの束がきえてなくなることを意味した。夏のあいだ唯一のまともな稼ぎのはずだった、冗談じゃなく。

「ほんとに。行かなきゃ。時間だから、グルテンがどうのこうのあほらしい注文にうなずいて、来る客みんなのお友達を演じる、四時間もね。さっき笑ったのは気にしないで、兄ちゃん。謝るから」

「わかってる。気にしてない」

「またきくから、約束する」最後、なぜか悪いことをしたような気になった。なにかこぼれ落ちてく感じがした。

「わかってる。わかってるよ」

バイバイと言って電話を切った。

もっとあとで試したことがある。ノアとディーンに同時に電話をかけて、グループ通話をする。こういうことにはむいてなかった——すぐ義務になった。でもちょっとすると、ノアはいなくなったし、話せてた時だって、いていないようなものだった。まだひとりだけ、あの海でサメに囲まれて、漂ってたんじゃないだろうか。そんな姿なら目にうかんだ。波と、潮と、神さまみたいなのが、兄ちゃんを引っぱりながら渦巻いてた。わたしだっておなじ水のなかにいた、そう言いたかった。みんな兄ちゃんのことは見うしなわなかった。わたしのことはだれも見てなかった。

でもすぐに夏休みは終わった。みんな戻ってきた。ヴァンにハオにカトリーナ。はなれてた二ヶ月半、まるでなにも起こらなかったような気がしたのは、ほんとになにも起こらなかったからだ。秋学期がはじまって一週間もたってなかったと思う、ヴァンがわたしを誘った──ひとを選ぶ感じのパーティがあって、チケットもある、行ってみたいかって。

「ただ、わたしがチケット持ってるわけじゃないの」

どういうことか教えてくれた。「つれてかなくちゃならない男たちがいる。チケットはそいつらが持ってる」

むかったのはコナーの家だった。板壁の塗装はところどころ剝げて、窓からコロナビールの看板がのぞいてた。玄関先のソファはつぶれて色あせてた。ラクロスの棒が電気のメーターにたてかけてあった。

「嘘だよね」って、わたしは言った。

ヴァンは肩をすくめた。「チケットはここにある。それにコナーは水泳選手みたいな体だよ」

ヴァンは階段のひとつ上にたってた。目の前の尻をこっちまで痛くなるくらい思いきりひっぱたいてやった。彼女の筋肉、わたしの手。それ以上、話すことはなかった。

ラモナでの豪華なパーティだった。入口には巨大な白いテントが張ってあって、ぼんやり黄金にかがやく玉のような照明がとり囲み、クリーム色のシーツが敷きつめられてた。華やかさが逃げ場を失くして充満してた。しわができはじめたくらいの歳のハオレばかりで、だいたい金利かニューヨーカーの最新号の話をしてた。わたしたちは青々とした芝生にたってた。どうみても会場でいちばん若いふたり組だった。法律をやぶってるようにさえ見えた。

ヴァンはワンショルダーのなめらかな黒いトップスに、金色のボタンの真っ白なショーツを合わせてた。わたしは青いドレスで、こいつはちいさすぎる気もしたし、妙にゆるい部分もあった。

しばらく一緒にいたあとわかれて行動した。わたしはショーンという男と崖のほうに行った。足の下、とおくまでつづく谷に生えているのはメスキートとブーゲンビリアに見えた。三〇年代って感じの古いトラックがはなれたとこにわざとらしくとめてあった。荷台に積まれた樽もそれっぽくかたむいてた。ひどいインチキに見えたし、映画のセットっぽくもあった。コオロギが湿った高い声で鳴きあってた。草を踏む音もきこえた。

「なにか言うつもりですよね」って、ショーンに言った。「そしてこの場がさらにひどい雰囲気になる」

「え？」

「わからないですか？」

ショーンは笑った。「まったくわからないよ、カウイ」歯は積もったばかりの雪の色。肌は浅黒かった。羽織ったシャツをぬぐまで、筋肉のふくらみや血管のすじには気づかなかった。元は体操選手で、スポーツマーケティングを勉強するために大学に入ったらしい――嘘だろって言いたくなった。おなじ言葉しか返してこないようなやつだったから。きみサイコーだよ、とか、これからどうしようか、とか。なにひとつ知らなかった。工具袋に話しかけてるのと変わらなかった。

「でも、ワインはおいしいよ」ようやくショーンがつづけた。

「わからないです。どれもおなじ味だから」

「あぁ」

「ビールなら死ぬほど飲みたい。ほんと死ぬほど」

ショーンは笑顔に変わった。「まあね。そういえば――コナーが話してたんだけど、エンジニアリング勉強してるって」

「はい」

「難しそうだね」

「はい」

「エンジナード《エンジニアおたく》。きいたことある？　昔よくエンジニアをそう呼んでたんだ。もちろん、全員がおたくってことじゃない。きみなんかはちがう、ぜったい。ただ――」

「わかってます」ショーンの右の二の腕をなでた、ただそうしたかったから――たぶん、つやがあってはちきれそうで、ハワイの子たちを連想させる深い茶色をしてたから。このくらいなら平気だと思った。飲めるワインの量も想像してみた。わたしが飲もうとして飲める量より、おおいはずだった。

「チアーズ」って、わたしは言った。ワイングラスを口元にかたむけて飲みこんだ。

飲みながら、視界に入るものがあった。顔をそっちにむけて目を凝らした。おなじ崖の上、反対側からヴァンのおおきな声が響いてきた。コナーと話してるとこだった。こまかい言葉まではききとれなかった。でもやつの重心が前に移るのが見えた。胸をむきだしにして迫ってた。自分の家みたいに堂々と。でもヴァンにそれをしても無駄だった。じっとしてるはずがなく、ひとくちでグラスを空にした。ワインを口にためてまっすぐ見つめかえすと、顔めがけていきおいよく吐きだした。グラスをちかくのカクテルテーブルに置き、テントに戻った。

わたしはヴァンを追いかけた。「ここにいて」と、ショーンに言った。「でも、あいつのとこ行ってもいいです。こっちのことは気にしないで」

テントのなかはもっと暑かった。頭上でおおきな生きものが寝てるみたいだった。それにくさかった。どこからか、脇にも似たにおいがしてきた。どのひとも興奮した声で話してた。スナックがあるテーブルのそばでヴァンを見つけた。クラッカーにチーズを重ねてほおばってた。別のグラスワインをにぎってた。

「ワイン、あっちでぶちまけてたでしょ。コナーの顔に」

ヴァンは笑った。「ワイン飲むと乱暴になるんだと思う」

クラッカーとチーズをまた口のなかに押しこんでた。「ここに来て正解だった?」と、ヴァンはきいた。

「もっと変わったことしたかったんなら、街にだってあったんじゃない? ダウンダウンのスウィングダンスクラブとか?」と、わたしはこたえた。

「わたしが踊りそう? あなたと」

「いまはそう見える」

ヴァンは肩をすくめて、飽きずに音をたててクラッカーサンドを食べつづけた。「そのうち学校も終わるよ、たぶん思ってるよりずっと早く。一気に終わる。ふつうは大人の女になって社会に出る――ヒール履いて、いくつも銀行口座つくって。まあ知らないけどさ」

「本気で言ってる?」と、わたしはきいた。「ショーンと話しても衝突実験のマネキンを相手にしてるのと変わらなかった。だったらわたし学校に残って、もっといい学位とるよ」

「でも腕はすごかったでしょ、ねえ?」

今度はわたしが笑った。「だよね？　舐めてもいいくらい。なんならこすりつけてもいいよ、自分の――あれ、乳製品、避けなくていいの？」ヴァンがチーズを口に運びつづけてるのに気づいて、たずねた。唇にクラッカーのかすがついてた。ワインをすすってもとれなかった。

「カウイ」くたびれた声で言った。「いいからこの残念な食べ物、すこしは手伝って、早くグラスも持ってきて」

四五分後、トイレにいた。ヴァンは、みぞおちを殴られたひとのように、腰を曲げて下をむいてた。わたしは彼女のショーツの後ろファスナーをさげようとしてた。

「急いでよ」って、ヴァンは言った。

「やってるけど、生地にひっかかってる」

ヴァンは体を震わせた。わたしの手を払った。個室にむかってあとずさりしはじめた。「最悪だ」って言った。「このままトイレに出す。ショーツの上から。もうやだ、体じゅうくそまみれになる」

「いいから手伝わせて」

ヴァンはまた体を折り曲げた。まぶたは隙間なくとじてた。「急いでよ！」

一瞬、目が合った。パニックでゆがんだ顔。個室の奥まで引きさがった。体勢は変えず、苦しそうに息してた。持って一〇秒くらいだとわかった。ファスナーに指をのばしてた。食いしばった歯がのぞいた。体をゆらしてねじると、ふくらはぎにすじがうかんだ。わたしも個室に入りドアをいきおいよくしめ、片足をバルブ――ミニチュアの消火栓みたいなあの妙な鉄のとこ――に置いた。ファスナーの引手をつかんでおろそうとした。親指に刺すような痛みが走った、それでも動かなかった。ヴァンがうなり声をあげた。「出かかってる、頭が。カウイ、体じゅうひどいことになる、間に合わない――」わたしはウエストバンドをつかみ、かけられる体重をすべてかけた。どこか破れる音がして、布がすねまでずり落ちた。ヴァンは腰を打ちつけるように便器に座った。たまってたマグマが噴きだした。わたしは思わずのけぞり、肘をドアにぶつけた。

「ねえおねがいだから――」って言おうとした。でも逃げ場はなかった。ヴァンがまた低くうなり全身から力をぬいた。下から水っぽい音がした。腕をひらいて壁の両側に押しつけて、ぜえぜえ呼吸してた。食べ物が体から流れだす音は終わらない気さえした。ショーツをおろしたまま、ヴァンの足をつかんだ手は動かせなかった。鼻をつまみたかったし、はなれたかった。でも、できずに終わった。ヴァンは震えて笑いだした。息のつまるような空気は、個室の外にも漏れでてた。

「信じられない」窒息しそうな声でヴァンが言った。「タバコ吸わないんだけど、いまだけは吸っていいんじゃないかって気持ち」へらへらしてた。わたしもおなじだった。

「チーズどうだった？」ってきいた。涙がこぼれそうだった。においのせいなのか笑いのせいなのか、よくわからなかった。「後悔してない？」

「してない」って、ヴァンは言った。膝に腕をまわしてうなだれてた。「まったくしてない。まあ、けつはやばいにおいだけど。気づくひといないよ」わたしはショーツから手をはなしたちあがった。ヴァンのまるまった背中が見えた。背骨がなだらかに盛りあがってた。呼吸が乱れてた。ショーツは足首まで落ちて床にひろがってた。生地は裂けて、ファスナーの線は曲がってた。とつぜん、トレイの入口のドアがぎいとひらいて、ハイヒールのかたい音が響き渡った。そのだれかは奥に来ないでとまった。出てくのがヒールの音でわかった。一瞬、パーティのざわめきがきこえて、ドアがしまると静けさが戻ってきた。

「ほんとそう」ヴァンは拭きながら言った。「死ぬ気で逃げたほうがいい」

わたしたちだって出てかなきゃいけなかった。「ファスナー戻るか試させて」って、わたしは言った。もういちどかがんで前のめりになると、わたしの左膝が――しみのような青茶色のあざがついたわたしの暗い肌が――ヴァンのすねにぴたりとくっついた。そのまま動かさなかった。ヴァンは拭き終わってた。ショーツの金具をひねるように動かしても無駄で、諦めるしかなかった。ワインの酔いがまわってきて、何杯分が体内にあるのか思いだした。力《りき》んだせいで頭がうずいてた。ゆれる頭蓋骨を重みにまかせてヴァンの肩に置いた。それから鎖骨のくぼみにうずめた。そのまま動きをとめた。息の音、わたしの頭、ヴァンの首。頭をすこしだけあげると、耳が触れあった。首も。ヴァンの首は汗ばんでた。さらに頭をあげた、どこへ動かせばいいかはわかってた。唇が頬の産毛をなでて、ヴァンの口に着地した。

上唇に細かい汗のつぶが見えた。ヴァンはわずかに口をあけて、わたしもあけて、お互い押しつけあった。ヴァンの唇は思ってたよりもずっとやわらかく、ずっと異質だった。一瞬、湿った舌の感触もあった。ぶあつくて、唾であたたかかった。息が混ざるのもわかった。顔全体がひりひりした。唇はつながったまま。さらに強く押しつけた。そしてはなれた。

駐車場からつづく土の道は、縦にならんで歩いた。夕方の空は紫がかってた。追いこしてこうとする黄色いヘッドライトに親指をかざした。裸足になって、後ろむきに歩いてた。そうすれば、わたしたちを乗せなかったやつらの顔も見えた。そのうち、真横で一台の車がきいと音をたててとまった。

歳とった灰色の髪の夫婦だった。首の皮はたるみ、しわとしみがあった。女のひとの顔は馬みたいに細ながくて、明るすぎる口紅のせいで、唇はつくりもののようだった。ハンドルをにぎる男のひとの腕は、青いゴルフシャツの袖のところまで、筋肉がなくしわくちゃだった。でもやさしく微笑んで、若くて貧乏だった頃を思いだすとか言ってた。最後まで送ってくれるつもりのようだった。

わたしたちが乗りこむと、車はきしみながら土の上を動きだして、舗装された道路にむかった。

トイレを出てからたいした会話はなかった。ヴァンの感触が残ってた。完璧なまるみ、やわらかさ、口紅の貼りつくような質感。いまでもよみがえるし、いつまでも憶えてたい。だれだってそうだ、永遠に話しつづけられることがある。それと結びついた映画とか歌とかも。でもなにより最高なのは、自分が求めるのとおなじくらい自分を求めるひとに、ようやく、たとえつかのまでも会えて、血が渦を巻いて胸から噴きだしそうになる瞬間だ。

ヴァンは足のむきを変えた。革のシートがこすれる音がした。ふとももの横に手が投げ出されてた。わたしも手をのばして、指に指を重ねた。爪の薄皮はなめらかだった。まるで夢のように軽かった。ヴァンの手がわたしの手をつつみこんだ。指の一本一本を絡めた。

「カウイ」ヴァンは言った。まるでなにかを見つけたかのように。

土と芝生の道と、まっすぐのびるかたいアスファルトの境目で、車はおおきくはずんだ。ウィンカーを何度も点滅させて、フリーウェイに合流した。お互いに触れつづけた。わたしとヴァン。家に着くまでずっと。

第一〇章　ディーン、二〇〇八年
スポケーン

朝六時、明かりは点いてる、おれたちはベルトコンベアで手を動かす、ひたすら積む。どこも段ボールだらけで、鉄のトレイとシュート《降下台》のあいだをがたがた動いてく、下には歯車とゴムのベルトがあって、震える音、かたいものが落ちる音、かたいものがぶつかる音が、いくつも重なって響く。八時間もこんなとこで、積んで、積んで、積みまくる。残さずベルトから担ぎあげて、ひらいたトラックのけつに放りこんでく。じゃなきゃ、奥に引っこんだ持ち場で、フォークリフトやらゴロつきのカートで荷物が載ったパレットを運んで、たったたったっと段ボールを重ねて、まっすぐ早く積みあげる。

荷物積み、それがおれだった、そう、でもな、配達の仕事ができるよう訓練はしてた、ちょっとはましな稼ぎになって、こっからぬけ出せるんじゃないかって思ってた、だから、たまに横に乗っては、配達がどんなもんか見せてもらってた。たしか、四月だ。当然、はじめおれが乗ってったルートのひとつは、まっすぐ大学に行くやつで、つい口に出ちまった。「あそこは行かねえ」って。カールが運転してた。「おまえなに言ってんだ?」

あいつがそう言うと、あいつの欠けた歯がのぞいた、いつもがさがさの唇のすみ、右っかわの奥にね。いつ見ても海賊みたいな肌で、ひげなんて何日も何日も生やしっぱなしだった。ハオレだってのに、けつまで禿げあがったぼろぼろの野郎だった。隣でついてった最初の日、あいつは嚙みタバコの残りを空いた7UPの缶にぺっと吐きだして、やばい青い目でこう言ったんだ、「おまえなにもんだ？」

なにがだよ。

「黒人みてえだなって思ったが、でもちげえ。目は中国人だし、髪は昔知ってた女に似てる。ユダヤ人だった、たぶんね」

いきなり顔をぶっつぶすのはまずい気がして、「ハワイ系フィリピン人」とだけこたえた。ハワイ以外の、いろんなとこでみんなに言ってきたようにね。

それからまた一緒に乗ってくことがあって、カールはもうおれが何者か忘れてた。と思う。ふたりで大学に行った、おれはまだ配達トラックの助手席にいた。学生会館の裏がおれたちの駐車場所で、配達もすべてそこで済むことになってた。カールはとっととトラックのけつにまわりこんでたけど、おれは通りすぎる学生に知り合いが混じってんじゃねえかって、いつまでもきょろきょろしてた。もしもおれを知ってたら大問題だった。

「これぜんぶ積むの手伝えよ」トラックの後ろからカールが叫んだ。「ふたりいりゃふつうもっと速いんだ」

たぶん一分くらい、そこでちょっとかがむとか、床に座りこむとか、まるくなるとか、できることを考えた、でも六フィート五インチの体だ、どこに隠れたってかならず見えちまう。そもそも、こそこそすんのは気に食わない、だから学生みたいなのが歩いてきそうになったら、とにかくだれとも目を合わさないようにした。でもな、配達のトラックなんてだれひとり見ちゃいない——おれが学生だった時もまず見なかった——だから、おれ自身それまでいちばん透明だったと思う。おれもとびだしてカールのところにまわりこんだ。

「よう、来たよ」

「このガキゃ参加賞ねらってんだね」って、カールは言った、準備したハンドカートに重い箱から順に積みながら。はげ頭は汗できらきらしてた。

「前はいつも学生会館にいたんだ。夜中のスナックとかそういうやつだよ。今日までこうやって戻ってきたことなくってさ」

「はいはい。おまえの話ならぜんぶ知ってるさ、スーパースター。みんな知ってる。でもよ、いまこうしてちゃんと戻ってきたんじゃねえか」あいつはトラックの後ろのいちばんでかい箱をあごで指した。「あいつ持ちあげな」

おれたちはカートを転がして会館に入ってった、カールはトップの配達員になる方法をあれこれ話してた――GPSが教える道順にはかならずしたがえ、GPSはいつも正しい、なにがあっても入口に最短のところにとめろ、ハザードだけ点けて荷物をおろせ、そして、いつもいつもいつもトラックのけつはロックしろ、配達する前にな。速度守ってルートを早くこなせばこなすほど、勤務評価でたくさんボーナスもらえるぜ、みたいなことを。

カートを押してどうにか積荷場のちいさな坂をのぼった。あいつは話しつづけてた。ぎゅっと結んだ段ボールの束、横のゴミ箱はあふれててミルクがぽつぽつと落ちてた、そんなとこを進みながら、あいつはずっと話してた。荷物用エレベーターに乗って、がしゃがしゃきいきいと、二階まであがった、でも話は終わらなかった。ようやく郵便室に着いた、働いてるほとんどが学生アルバイトだ、そりゃあ当然、最後の試合からは二年たっててもな、受付の女も男も、おれがおれだって完全に気づいてた。

まるくて地味なジェインってやつは、頬っぺたのメイクがだまになってて、首にはほくろがあった。で、色が落ちだしたピンクの毛の野郎は、尖った鼻で、片方の耳にふたつぶあついイヤリングをはめてた。ああ、わかるさ、こういうのが起きる時はさ、いまだにね。ふたりそろって目が上をむく、ただの配達員だろって感じでおれを見る、で一瞬目が泳いで、あいつらの顔が、ねえディーン・フローレスじゃん？　って言う。野郎のほうも、にたっとしてた。シフトが終わった瞬間みんなに言うぜ、って顔だった。なあ今日、郵便室にだれが来たと思う、いや、だから郵便室だよ、配達にさ、ってな。心底うれしそうにね、なぜっておれがしょっぱなからシューティングガードで出はじめた頃、あいつはただのハオレのまぬけ学生だったのに、いまはこうなってるからだ。そんなことさせねえよ。

「おれの顔になんかついてるか？」

まぬけの笑顔は床にむいた。びびってるのがわかった。「なんですか？」ってこたえてた。まるで、きこえてなかったかのようにね。

もっと言ってやるとこだった、でもそん時、カールはぎゅっとしかめ面をして、まるでレーズンみたいな顔になってた。「坊主」って、あいつは言った。「最後の荷物持ってこい」

それでも、まぬけを上からにらんでやった、もう一分だけな、だから野郎もなにがなんなのか飲みこめた。おれはまた角を曲がって、さっき入ってきた郵便室のドアんとこに戻った、残ってた何箱かを拾いあげると、また持ってった。カールの視線はずっと感じてた、だから出てくまでおれがやるべきこと以外、なにもしなかった。

「おまえ見習いの二回目でくびになりてえのか？」って、カールはきいてきた。トラックに戻ってた。エンジンはうなって、段ボールの布っぽいにおいと、コーヒーのにおいが充満してた。

首を横に振った、でも謝りはしなかった。

「知り合いか？」

「いや」

「困ることになるさ、おまえこのルートやるんだろ？」腹をたてた時の顔をしてた、父ちゃんみたいに見える顔だ。

「まあさきに行こう」とだけこたえた。「時間がもったいない」


どうしてこうなったかって。

あほどもに世界をまわさせてそのままにしとけるかってんだよ。

このくそみたいなことは簡単な話で、おれぐらいのばかじゃなきゃ、どんなやつにだってやってくるのが見えたはずさ。おれのものだった二年目のシーズン、トーナメントじゃチームがあとから出てって、ベストフォーまで残った、おれも得点は一位で、アシストは三位だった、ダブルダブルもシャワーで小便するくらいにちょろかったんだ。こんなシーズンがあれば、おれが何者か自分でもわからないはずはないよな？

こう言えばわかるかな、おれんなかでちょろっとはじまったパーティがどんどんでっかくなって、あちこちばらけてた話が伝説になる、時を超えた伝説ってやつになって、最後は真っ暗になって終わったんだ。レゲエでさ、大麻をまわせとか歌ってて、リビングルームがベース音でずーんとゆれて一年の女の子の尻とおれの尻とみんながひっつきあった。その頃ビーチがやたらと恋しくなって、アロハってやつをとり戻したくなってた。どうにかやろうとすれば、そこらじゅうにビーチはあって、季節外れのスポケーンだろうと、ちょこっとたくさんのビールがあって、茶色い肌のやつらが何人かいて、気持ちいいビートがかかって、ホットパンツにだるんとひらいた胸元の女の子がいれば、こと足りた。春学期と夏の成績はまあなんとかなるくらいだった。いまならよくわかるね、あんなのをつづけられるやつはいない、ながくはもたない。もっと慎重になりはじめるべきだったのはいつだったか、それもよく憶えてる。サマーリーグがはじまって、コートでいつものマングースみたいにやろうとして、流れにどっぷりつかるはずなのに、かわりにシロップみたいにもったりにぶい感覚があった。でもまだ二〇歳だ、そんなことあるか？　島の愛みたいなのだけじゃ、やれることとも限られてた。すくなくともおれは。練習でもコーチと言いあいになって、あいつはいつもああしろこうしろうるせえくせに、言ってくることの半分はまちがってた、ロウンやグラントやディショーンでさえまちがってた。それで、なにがあったかは知らない、でもすぐにだれもおれに話しかけてこなくなった、おれも話しかけなくなった。てめえのくそはてめえで片づけろ。まぬけ。のろま。重いんだよ。かみそりだったろ。するどくって、ぴっかぴかにまぶしかった。つぶれて、切れなくなっちまうまではね。

それで。ただの配達員をしてる。朝六時のやつらが列になって出てく、おれも見習いで乗ってく日が増えてくる。おまえも独りだちすんじゃねえのか、ってボスが言いはじめる。積荷係の手伝いもしなくていい、まあ時々ちょっとだけでいい、好きなようにトラックの後ろに積んでくれ、ってね。実際積んでみると、はじめの何週間かはカパカヒさ《めちゃくちゃ》、ちかくの住所に持ってく重い箱をずっと奥に押しこんじまったり、木枠の積みかたを一からしくじって腰をぐいと曲げて手をのばさなきゃならなくなったり、そんな調子だ。でもつかむのさ、コツってのをね。無理だよってみんな思うだろ、でもおれはやる。それに、カールのやつ、大学でのあれをほんとにだれかにばらしたにちがいない、なぜって、おれがあっちの方向に行くことが、もうなかったからだ。でもまあ結局、あっちはあいつのルートだ。

段ボールってのはもさっとしてて、抱えるとまるで可愛がってやらなきゃいけないペットみたいな指ざわりだ。配達トラックのけつに足を置くと、ぐわんとゆれてあえぐような声をたてる、なかに入れば入ったで、あのかたむきだったり、角《かど》だったり、日が昇った時のきらんとした銀色だったりがある、そうやっておれは配達した。配達したんだ。

仕事が終わるとよく、おれとエディとカークとで、駐車場の奥の車のトランクに腰かけて飲んだ。これから野球かなんか観に行くみたいにね、でもただシフトが終わって一息ついてるだけだった、ほんの一分さ。他のやつらもこれから町の外れのどこかちっちぇえ家に帰るとこで、エディの車の後ろにぎゅっと入ってきたりもした、駐車場のほんと奥なんだぜ、トランクのビールをかちんと鳴らしてったよ。

「今日の試合、行くやついるのか?」って、エディはきいた。

しーんとなっちまった。

「そうか」って、エディはつづけた。おれのことは見ないままでね。「わりぃ」子どもにいたずらでもしそうなきたねぇ口ひげに、りすみたいな頬っぺただった。みんなとおなじように、エディもビールの缶を顔にちかづけた。何人かはビールをがたがたと片づけだした、家族んとこに帰るんだ。くつろいででちびちび飲んでるやつらを残してね、まるでバーにでもいて、新しく注文しなくていいようにわざと長引かせて、居座って音楽でもきいてるかのようなやつらをさ。

第一一章　ナイノア、二〇〇八年

ポートランド

肺がつぶれた一七歳の女の子は酸素を吸いこめず死ぬのを待ってた。おれが救った。左肘からさきが切断しかかってた工事現場の男は血液量が減ってショック状態だった。おれがつなぎとめた。湿気がぬけない春の終わりのつめたい公園は、灰色のアル中だらけだった。低体温症で頭をやられて服を脱いでたり、酔いと寒さのせいで夢のなかだったり。どの心臓も必死で動いてた。だらりとした体の芯の温度は三二度以下だった。ベンチの下で胎児みたいに眠ってたんだ。でもいちばん体温が低かった患者ですら、おれが死なせなかった。痔でも、勘ちがいの心筋梗塞でも、胃腸炎でも呼び出された。もちろん、いかれたひとが路上でわめきちらしてる、一〇代どうしの殴りあいで負けた、みたいなことでも。何度も、何度も。毎日、毎時間。惰性で玄関さきにたって、症状はたいしたことなくても、胸がむずむずするとか、なにか気分が良くないとかいう訴えだけでも、とりあえずはだれもが患者で、原因をいちいち探るのが仕事だった。ただほんとにやばいのが来た時、おれもエリンも待ちのぞんでた、とは口が裂けても言えなかったけど、新しい血と叫びの現場にたつと、おれたちの肺と心臓と頭が興奮してうなり声をあげた。そういうのにあたるたび、おれはどんどんうまくなった。生と死の国境のもっともっと先まで踏みこんでった。

仕事にはすべて注いだ。救急車に乗りながら胸のなかで渦まいてた焦りや迷いや真実は、とうとう日常にまではみ出して、おれの気をひきつけた――ちょっとでいい、あとちょっとでいいからこっちむけ、って休みなく言われてる気分だった。カディージャとリカのとこにいって小学校の課題を手伝ってても、おれのアパートにとどく請求書の封をあけてててもゴミを出しててても買いものしてても洗濯してても、カディージャとムービーナイトの日でも、夜ひとりでジムに行く日でも、なにもかも、つぎに救急車に乗って瀕死の体に駆けつけるまでの、ひまつぶしくらいにしか思えなくなってた。

何週間もこうやってすぎてった。勤務がすんなりいくことはなかった。無意味な仕事、出動すら必要ない呼び出しが延々つづいたかと思えば、ほんものの事故のずっと厄介な通報が入る。真っ白なスーパーのデリの奥のミートスライサーに巻きこまれた指。家のはしごからころげ落ちたがん患者のただでさえ脆い上腕の複雑骨折。低速の自転車と自動車との接触――

自分のこと、力のことがだんだんわかってくると、そういうよくある外傷は、なおせるただのケガになった。ここそこやったってなおった。患者の傷があとかたもなくきえはじめるのを、救急車が病院に着くのに合わせて遅くする、そしたら奇跡には見えなかった。血まみれの服をめくり、報告よりずっと軽い傷に驚いた救急医なら、数えちゃいないけど山ほどいるはずだ。

しばらくはエリンも無言だった。でも結局ある日、仕事終わりに、待機所へ戻るとこで呼びとめられた。

「だれかに言わなくちゃ」エリンの息からはコーラの甘い香りがした。長時間勤務明けの肥料みたいな体臭は、おれたちふたりからした。

「言うってなにを？」

「喧嘩売んな。わたしたちのこんなのつづけらんないだろ」

「わたしたちって？」

いつものように、あごがぴくりと動いた。「あんただよ」

「教えてくれよ。おれたちがだれになにを言わなくちゃいけないんだ？」待機所の掃除係が、ポップコーンボールみたいな巨大な医療ゴミの袋をつぎつぎ回収容器に放りなげてくのが見えてた。

「患者になにかしてんだろ」

「なにかって？」

「なおしてるやつだよ、わかんないけど」

「つまりだれかにこういうのか、ナイノアはなにかしてる、わかんないけど、って？」

エリンは両手をポケットに突っこんで、首を横に振った。

きっちり働いた直後だった、頭のなかはまだ荒れ狂ってたし、酸欠のするどい痛みで破裂しそうだった。察してくれ、おれがなんなのか知ろうとすんな、ほっとけよ。

「なにかしてるのは知ってる」

「働いてるだけだよ」

「それが問題だろ」

「はあ？」

「文字通り受けとんな。ただきいてんの」――ちいさく咳をしてつづけた――「ここにいるのが最善かって？」

「わたしたちがいるのは街のいちばんクソみたいな場所のひとつ。なにかの助けになってるのかだっていまだに怪しい――」

「エリン――」

「はっきり言えよ」

「こんなとこで待機してんな。あんたがいるべきなのは、わかんないけど、戦地の病院とか――あぁ――カルカッタとか。何千人も。何百万人もいるとこだよ」

「おれはキリストじゃない」エリンの首元の金色のチェーンと細い十字架なら、勤務交代の時に何度も見てた。春には額に灰がついてた。

「そんなこと話してない」

「ここで仕事してたい」

「ここで仕事してたいひとなんていない。他に行けるとこがないだけ。みんなその場しのぎで働いてる。考えてみなよ――」

「ほんとに救えるひとのことを。だろ、わかってる。さっきもきいた。人生相談、感謝する。とてもためになるよ。仕事以外の目標がテレビドラマを一気見することしかないだれかさんの言葉はね」

おでこのしわ、あごのゆがみ、こっちをむいたから表情が見えてた。二本奥の通りあたりに焦点を合わせてた。風に吹きとばされたビニール袋。草だけのひび割れた灰色の空き地。「そう。よかった」とだけ、エリンは言った。

おれのなかでは、これまで触れてきた生きものと、ひとが、嵐のようにごちゃまぜになってた。だから、そう、歩道にたって、コンクリートの上で、柔軟剤の香りがする空気を肺に吸いこんで、エリンと話してるのもおれだったけど、カリヒの墓で見つけたあのフクロウの、緑色――飢えて眠って糞して翔んで翔んで息して飢えて生んで生んで翔んで狩って息して翔んで――と赤色――闘って闘って奪って翔んで恐れて――だけで生きてたあいつの、必死にふくらんではしぼむ脇腹だって、おれだった。ってことは、ポートランドの早朝勤務で治療した、公園に行くとこで倒れた婆さんだっておれで、つまりあのひとの青い一瞬一瞬――四〇年間いつもシーツにくるまって目を覚ますとあのひとが横にいたのよ――も、オレンジとピンクと茶色の感触――あの子を胸に抱いてゆするのよお乳飲んで寝てるんだから――も、悔やんでも悔やんでもずっときえないあのひと自身の白い痛みだって、おれだった。そういうのが急流のように、他のたくさんの命のもっとおおきな渦にとりこまれてった。おれの体のなかですべて同時に存在してた。患者だってひとり残らず。頭蓋骨に棲みついて出てかなかった、おれのなかを波のように行ったり来たりしてた。とつぜんやけに強く感じるようになったのは、ここでの二、三ヶ月がすぎて、そう、あの薬中《やくちゅう》に触れた夜からだ。おれたちをつくってるものの正体に気づけば気づくほど、よりはっきりおれのなかに、おれが触れたものを感じるようになった。叫び声をあげたまま、負った傷を来る日も来る日も来る日も来る日も来る日も、見せつけてきた。

「これがどんな感じか、わかったようなふりするな」

エリンは両手をかざした。「まずいこと言ったなら謝る」そう言うと、くるりと後ろを振りかえって、歩いてった。「じゃ、また」

そのままたってたかった。そのまま、言われたことを考えてたかった。でもそれを見たらエリンは、ああ気にしてるな、と悟るだろ、だから財布と電話、その他いろいろをロッカーからとりだすとアパートにむかって歩きはじめた。必要があれば途中でバスに乗ってもよかった、でもまずは考えてたかった。

もっとすごいことしろ、ってエリンはせきたてた、おれの家族だっていつもそう、おれ自身も、そうしたかった。でもできなかった。そうなれなかった。来られるところまでは来た。でもまだ知らなきゃいけないことがある、まちがいなく。新しいどこかに進めなかったのは、おれがなりはじめてたなにかに、まだなりきってはなかったからだ。ただ、もしも、これからの経験でもっといろいろ求められれば、おれだってそれにこたえることが――

そう頭でくりかえしてた。歩行者信号はほぼ無視して、賑やかな大通りも前のめりで突っ切った。あるものに、目を奪われるまで。ビルとビルの隙間の狭い路地だった。一〇〇フィートくらい行ったとこに、死んだラブラドールが、まるでゆがんだ石の板のように横たわってた。

どうしてこうなったのかはわからなかった。でも生きてないとわかった。首から足のつけ根までかたくなってるのが伝わってきた。ぴくりとも動かない表面は凍りついた斜面のようだった。手を置いても、かすかな紫と暗い青の他は、なにも感じなかった。かなり前に死んでた。でも内側をすみずみまで探ってみた。骨がするどく砕けたあとを見つけたのは頭のとこだ、頭はついてたけど踏みつぶされてた、たぶん車のタイヤみたいなもので。目をとじたままおれのすべてを注ぎこんだ、でも無駄だとわかってた。この体は、これまでの体とはちがう、きこうとしてない、なおるとこまで手探りで導こうとするおれの声を、食いつくように待ちかまえてない。ふいによみがえった、エリンが言ったこと、家族がそれとなく伝えようとしたこと、おれがなるべきもの。そうして自分をもっとおおきくねじ曲げた。姿を見せろ、一瞬でいいから、つなぎとめてやるから、って命に言いきかせようとした。おれの頭でなにかはじけ、不快感がひろがった。そのままふんばってはいた、でも背中から炎が噴きだしそうだった、背中をねじるような痛みが走った。おまえは元通りになりたいんだって、どうやって頭にわからせればいい。頭自体失くしてて、なんの返事もしないやつが相手だとしたら。

おれはさらに深く潜った。自分を忘れてた。真っ黒だった、どうにかきっかけをつくれるか、試しては、失敗した。湖の底に叫んでるのと変わらなかった。さらに強く押した、全身もがいて求めたのは反応、生きたいっていう反応だった。もう一回ここを命ある場所にしていいかい、戻ってくるんだろ。息をおおきく吸いこんで、すこしまぶたをひらいてみた。変わらない灰色の路面とセメントの壁、でも目に焼きついた犬のなかの模様が、景色に重なってた。脇と首と股には沼みたいな冷や汗。また集中して、まぶたをとじると、すべてゆがんだ。

火花だった、犬の内側で動きつづけてた。弱い電気が流れてて、まだ生きてるって言えそうなのはこれだけだった。とにかくそこになにかあった、ほんのすこし前まで空っぽだったそいつのなかに。火花を意識でつつみこむ、傷にそって運んでく——頭蓋骨の破片、ぐちゃぐちゃにつぶれた歯とあご——もっと、もっと力をこめて。電気は明るく燃えあがって、またしぼんだ。意識のなかの犬が黒く戻りかけると、頭全体が痛んだ。気づいたら歯ぎしりしてた、鼻の奥ではじけるような音が鳴ってた。意地でもはなさなかった、意地でも、ようやく戻ってきた魂のきれはしだ。おれの両手はまだそこ、目の前のどこかにあって、こいつの体を抱えてるはずだった。かろやかに歩いて、しなやかに曲がって、空っぽの腹を抱えて、黒ずんだゴミ箱の隙間でも、とまりたてのあたたかい車の下でも、どこでも駆けぬけた足。おなじ足で、震える体を支えて、そこらじゅうで糞してたんだろ。ゴミやねずみや子猫をつついて、叩いて、ぶん殴ってたんだ。こいつの体は、喜びも、恐怖も、時間も、ぜんぶ味わってきた。あったものは元に戻せる。火花はちょろちょろ流れる光になって、しまいには洪水になった。停電から目覚めた都市みたいに、明かりが体内にひろがった。

まぶたをあけた。傷のない犬の頭があった。温度が戻った毛の下で、ゆっくり呼吸してた。陽のあたる玄関のブーツみたいに、あたたかく、かたそうな皮膚だった。犬はたちあがると全身を震わせ首をおおきく左右に振った。耳が傷ひとつない顔にあたってぱちぱちと音をたてた。おれを路地に残して、駆けだしてった。

おい、って呼びかけたかった。ここにいろよ、家まで来いよ。でもひろがる疲れに追いつけず、思わず尻をついて体を地面に投げ出した。そして目をとじた。

目が覚めると、脇腹と鎖骨と膝にぴったりくっついた路面がつめたかった。唇は砂まみれだった。ちょうど犬がいたとこで眠ってた。でも太陽はとっくにビルに隠れてた、路地は冷えきってた。膝だちで気持ちを落ちつけた。体はいつまでも震えた。

あそこまで死にかけの命は、救ったことがなかった。ひとでも、生きものでも。死ってのは、思ってた通りに見えた。しんとした無の暗闇。そんなとこから、命の光を引っぱりだした。

アスファルトにかがんで、モルタルとレンガのひび割れた壁に寄りかかった。鳥の群れが曇り空を横切った。どっかのキッチンから夕方の油のにおいがした。路地のずっとさきでは、ぶかぶかの服を着た少年たちがたむろしてた。配達のトラックがブザーを鳴らしながらこっちにむかってバックしてた。ポケットの電話が明るくなって震えた。カディージャからのメッセージだった。

ディナーでも？

脳みそはうるさく暴れまわってた、底なしにだるかった、でも返事を送った、たぶん早すぎるくらいすぐ

――ああ、家？

またすぐに返信が来た――誘ってない、お腹すいてるならディナーでも食べたら？　アハハ。

「なんだよ」口に出してつぶやいた。でもすぐに、つぎのメッセージが来た――冗談。いまから会おうか？

やめろよ、って返した――まずシャワー浴びて、ウクレレ持って、すぐ行く、とも送った。

ってことで、カディージャの家を目指した。ふとももは痙攣してた、肩はハチの巣のようにぽろぽろと崩れそうだった。


リカがドアをあけてくれた。テレビがついてた。お喋りするぬいぐるみの動物たち。数字の10の絵文字、ゆれながらカウントダウンをはじめた。団地みたいな建物の前に、両側から派手な色の人形が出てきた。

「ママがカレーつくってる」リカはそう言って、またスクリーンを見た。ふたりがけのソファのはしに、学校の鞄がかけてあった。

「勉強、しなくてもいいのか？」

「いいの」キッチンからカディージャの声がした。「一日中、ああしろこうしろって言われてたから。すこし自由時間」

「自由なテレビ時間ってことか」

「そういうこと」カディージャが声をはりあげた。「こっちきて手伝ってくれる？」

「ひとりで大丈夫そうだけど」

なにか言いたげに、鼻で笑う音だけがキッチンから返ってきた。

「ママ、困ってそうだよ」リカが言った。画面を見たままだった。

「そうは言ってないよ」

「そっか。困ってるのはナイノアのほうだね」

リカの髪をくしゃくしゃにした。リカはぶつぶつ言って逃げようとした。「わかるのかよ、いろいろ。六歳さん」そして、おれはキッチンに入った。

いつものカディージャがいた。かたそうな頬、ぎらぎらした瞳。細かいつくりのアラブ風のイヤリングが、浅黒い首のそばでゆれてた。アフロをひとつにたばねた普段通りの髪型だった。上は白いVネックだけ、下は黒い仕事着のズボン、ぶあついふとももものまわりの生地がぴんと張ってた。カレーの味見をしてた、カレーが挑発してくるんだ、とでも愚痴りたそうだった。

「どんな感じ？」

「カレーがいまいち」そう言って、こっちを振りむいた瞬間、言葉がとまった。「なんなの、ノア」

「なにって？」

「ぼろぼろに見える。言ってほしくないだろうけど、でもほんとに」

「どうも。そのズボンだと太って見えるよ、お互い正直にってことなら」

カディージャは笑った。「ごめん。でも、ノア、あなたマラソン走って、そのあいだタバコだけ食べてたってような顔してるから」両手で笑顔を覆ってた。「なに言ってるんだろう、わたし」リビングではテレビの声が延々つづいてた。人形はどんどんやってきて、象の形をした巨大ロボットまで出てきてた。雨はなんでできてる、みたいな会話だった。

「なにぼーっとしてるの？」って、カディージャがきいた。いつの間にかむこうの画面に見入ってた。横にたつカディージャの肩の感触。頬っぺたのようになめらかであたたかかった。

「今日、犬がいた」って、話そうとした。「そいつ――」カディージャはおれの腹に手を置いた。心配そうに両眉をあげてた。すべていちどに打ち明けたかった。でも昔おれのことを知ったひとたちの顔が頭にうかんだ――近所のやつらはうわさをきくと、みんないきなりおれが必要だとか言いはじめた。父ちゃんと母ちゃんはちょっとした金を稼ぐようになった。

首を振った。「いいんだ。ほんとは言うほど大変じゃない。たいてい、ピーナツバターを食べたアレルギーの子どもとか、木に引っかかった猫とか、陪審員をやりたくなくて心臓発作のふりをするひととかばかりだから」

そっけない、調子を合わせたほほえみがかえってきた。「わたしでよければ。話ならきける」

「わかってる」でも、あとはなにも言わなかった。

ディナーが終わるといつも、リカはシャワーとベッドから逃げるためにあれこれ仕掛けてきた。その日は賢くて、おれが持ってきたウクレレのことをたずねて、なにか弾いてくれと言った。

「音を出すには遅すぎる」って、リカにはこたえた。「やりたくないことがあるから、弾かせたいんだろ」

「ウクレレ」って、リカは言った。呪文のようにくりかえした。ことわると、つぎは大声で叫んだ。たちあがって顔をこわばらせても、リカは椅子から駆けだしてウクレレを奪った。ひどい音を鳴らしはじめた。一五〇〇ドル、いやもっとかもしれない、スタンフォードの卒業記念に、父ちゃんと母ちゃんがくれた。そんな金どうしたのか知らなかった。どんなこたえを想像しても、胸がちぎれそうだった、だから弾きたくない日も弾いた。そうすると、サメや、墓や、あのふたりが期待してたことをいろいろ、思いだすことになった。おれはかたい顔のまま動いた。リカはみじかい廊下を走って、自分の部屋のすみに逃げこんだ。そこでまた弦を弾《はじ》こうとした。でもすぐに追いついた。

「よこすんだ」

「もうわたしのだよ」妙なかまえだった。さかさまに持って、指はフレットから外れてた。鳴らそうとした弦に触ることとさえ難しかった。「わたし世界一のウクレレ弾きなの。わたしのほうがずっと上手よ」

また鳴らそうとしたところで、さっととりあげた。そのまま、片腕で抱えた。リカは手をのばした、おれは体を曲げてとおざけた。待って、っておれは言った。すこし待ってくれ。指で和音を鳴らし、すぐにペグをまわした。「ぶつけると音が狂う」ちょうどカディージャも部屋の入口にたったのを、背中越しに感じた。いつもの気配、バニラの香り。

ふたりとも、おれがウクレレを持つと、自然と耳をすました。カディージャが好きでいてくれる理由のひとつだ、わかってた。家に行くと、よく音楽をつくった、夕食のあとや、リカが寝たあとのリビング、ふたりきりで、シーグラムをジンジャーエールで割って飲みながらの時も、しらふの時ももちろんあった。とにかく、ウクレレをとりだして、弾いて、合わせて歌った、それなりにうまく、あたたかいハチミツのように。おれにとってても大事なことだった、ふたりのためにそういう存在でいられるってのは。

何曲か歌った、その場のノリで、「Guava Jelly」そして「Leaving on a Jet Plane」、コードチェンジのたびにいちばんの音を鳴らそうとした。和音にさらに音を足して、ずっと響かせるつもりで弾いてると、おれも楽しかった。リカは「Somewhere over the Rainbow」をききたがって、おれはそれにはもう飽きたとこたえて、かわりに「Bring Me Your Cup」をアレンジして歌った。終わるとすぐに「Stir It Up」をつづける、やるじゃねえか、ってボブ・マーリーに言わせるぐらいの、しゃがれた叫び声で。ふたりにとってもおれにとっても、いちばんすっとするラストだった。最後のコードが鳴りやむと、リカに言った――もう十分だ、たっぷりやったろ、ほら、ママとシャワーに行きな。

「なんでいつもわたし？」ってリカは言った。「そっちはシャワーしないくせに」

「時々ママと浴びてるさ」にやけてカディージャを見ると、顔がひきつってた。おれはいくつか和音を鳴らした。「そしたら赤ちゃんができる」

「シャワーでってこと？」リカはきいた。

「ちがう。いや、そういうこともある。いいから。大人になったら教えてあげる」カディージャはこたえた。

「明日、教えてやるよ。絵も描いてね」おれは言った。

「やった」

「ナイノア」

「さあシャワーだろ」ってリカに言った。ほとんど笑いながら。一歩さがって部屋を出ると、トイレにむかった。一瞬、真っ暗な廊下にたって、闇のなかのドア枠を手で探った。

こういう夜が何回あった？ おれたちはぜったい壊れないなんて、そういうあほな考えをいつまで信じてた？ でも現在ってのは厄介だ。捕まえておこうとしても無駄で、いつだって終わってから眺めることしかできない。とおくはなれちまえば、こういう特別な記憶も、窓のむこうの夕空にある星のきらめきと変わらない。

そして九月が来た。おれは夜六時から朝六時のシフトに移った。呼び出しを受けたのは午前〇時をまわってからだった。三六週の妊婦、予定日前の出血、車で病院に運ばれてるとこで事故にあった。

「すばらしいじゃない」出動指令の声がやんで、受信器の雑音もきこえなくなると、エリンがつぶやいた。おれたちだけの車内、エリンがスイッチを押してサイレンを鳴らした。「やばそうな感じ」

「切迫早産と、ハイスピードでの打撲だけだよな。それのどこがやばい？」

「待機所に帰ったら。冷水器をあんたのけつにぶっ刺してやるから、思いださせて。そのあとで、出産がやばいかやばくないか話そう」

「冷水器なら前にやったことある。マイクにきくといい」

「最悪。黙って運転してろ」

車を進めると雨がおかしなリズムで降りだした。どしゃ降り、小雨、またどしゃ降り。フリーウェイはもう渋滞になってた。現場の四分の一マイル手前からは、道がすんなり空かなくなって車を出て歩くしかなかった。なんとか到着すると、事故車は道の進行方向に逆らってとまってた。アコーディオンのようにぺしゃんこで、エアバックが水ぶくれのようにはみ出してた、ガラスは散らばってかがやいてた。すべて雨水に浸ってた。ずっとおおきなトラックは、道の反対側に横滑りしてた。最初の車に比べれば、フロントもほぼ無傷だった。トラックの運転手は分離帯に寄りかかって座ってた。胸の下で足をまるめて、話しかける警官になにかつぶやいてた。おれたちは前に踏みだして、いくつもの車のヘッドライトを全身に浴びた。音がきえたような妙にしずかな夜だった。ジャケットに落ちる雨水、トラックの荷台から漂う松の木くずのにおい、ピンクとオレンジの花のような警察の警告灯。おれたちは事故車にちかづいた。

妊婦が見えた。でも、正確に思いだそうとしても、いまだにうまくいかない。どんな姿勢でいたか、ほんとに息があったかどうか、どこまでが車体でどこまでが布で、どこからが体だったか。鼻につんとくる消化液、動脈からどくどく流れでる血液、ほぼ真っ黒な血、燃える鉄と機械のむかむかするようなにおい。とにかく引き出せはした、襟をつかんで、ストレッチャーを体の下に滑りこませた。車の座席にも、コンクリートにも、真っ白なシーツにも、体のなかみがこぼれだしてた。

エリンは小声で妊婦に話しかけ、おれはその体に手を当てた。血の出どころを見つけたかった。むきだしの、爪でかいたような傷が、顔にも首にもあった。シャツは裂けて、胸がはだけてた。ようやく感覚が伝わってきて、体内に命がありはしたけど、山火事のまんなかにとり残されたような命だった。見えたのはただ、漏れでた赤い内臓、ぼろぼろにちぎれたオレンジ色の血管、皮膚の下の肉、ねじれた背骨、それから青い火花のような体の奥の子ども。これから生まれようっていう生気は、もうきえかけてた。

救急車の後部座席、妊婦に両手をあてたまま、事故現場から一ブロックの半分もはなれてないところで、おれはエリンに車をとめろって叫んだ。

「ふざけてんの?」エリンが顔をむけて言った。ハンドルは動かしたまま、とまった車のあいだをゆっくりジグザグで進んでた。おれの目をじっと見ながら。

「病院につれてったら、子どもが死ぬ」

「やめろ」

「病院のやつらは母親と子どものどっちかを選ぶことになる。どっちを選ぶかは、わかるだろ」

「それがあのひとたちの仕事だから」

「おれならもっとちゃんとできる」

「できない」

「ふたりともここにいさせる。だれにもなにも選ばせない」

エリンは首を横に振った。

「エリン。おれをわかってるだろ」言えるのはそこまでだった。自分のことはおれでさえわからなかった。それでもなにかもっとおおきな存在のふりをするしかなかった。エリンと一緒に目にしてきたたくさんのむごい場面のことを、考えずにはいられなかった。救急車はふらふらと道路わきでとまった。エリンは両方の手のひらを目に押しつけた。ファックファックファックファックって言ってた。それしか言葉にならなかったんだと思う。ビルの横に張りついたまま、窓に反射したランプだけが赤、青、赤って忙しくまわってた。

「三分だけ」エリンは言った。ハンドルを殴った。「きっかりね、わかった?」

また内側を探った。赤ん坊の生気はさらにとおざかった。母親もおなじだった。燃えてすらない、溶岩が流れてるだけ、シロップのようにゆっくり、ふつふつ音をたてながら。震えは手を伝ってきた。火花は、生きたいっていうねがいは、見つからなかった。すべて崩れる一歩手前、抱えきれるような量じゃない、命がふたつ未練なくとびたとうとしてたのが、うっすら感じとれた。

意識をもういちど母親の体内に潜りこませた。火花を探しまわると、前に見たのとおなじようなやつが、あることはあった、でもきえかけてた。ふたつ見つけようとした、母親と赤ん坊を、それでふたつ一気に、無理やりつれ戻すことができるはずだった、あの路地の犬にやったみたいに。でもそれ以上は、なにも起こらなかった――音ひとつたたなかった。脳みそがぎゅっと締めつけられて、腰の下が破れて、ふとももがあたたかいシーツにつつまれる感覚があった。あとになって、漏らしてたと気づいた、錆びたような色だったのは、腎臓がつぶれたせいだ、そのくらい力《りき》んで、手元の命を、また動かそうとしてた。それなのに、母親のなかで、光るものはなにもなかった。

「あとすこし」おれは嘘をついた。

「時間がない」エリンはどなった。「出発する」

一瞬。火がついた気がした、そのあとまた、とおい雷のような光を見た、体のすみにぽつんと。力すべてをそこに注いだ。母親の命と、全身で取っ組み合えるように。耐えろ、なおれ。どうなおればいいのか、想像しながら――まず深く裂けたとこ、そしてもげたとこ、すべてつなげる、それから血小板血栓とフィブリン血栓、かたまれ、かたまれ、かたまれ、つぎは赤ん坊に酸素、心臓と脳を刺激しろ、おれには感じとれない声と鼓動が、また戻ってくるように、それからまた傷、つながれ、つながれ――光がとだえた。

「待てって、わかったから、待ってくれよ、おねがいだ、ひどいだろ。まだなんだ」そう言ってた。「ひどい。まだだ」車が動きはじめたのは、はっきりとはわからなかった。サイレンは悲鳴のようだった。母親の外に出てた。おれに戻ってた。母親の体を見おろして、訓練通りの蘇生法を試した。他はもうなにもできなかった。

病院に着いた時点で、流れてくるのはどす黒い静脈の血だった。いきおいはなくなってた。肌は灰色だった。子宮の壁はふくらんだままだった、なかにはもう泣かない子どもがいた。どの蘇生法を試しても――除細動器も、心臓マッサージも、人工呼吸も――母親の体はつめたく、だらりとしたまま、ぴくりとも反応しなかった。ＥＲの入口で急ブレーキをかけた。救急車のドアをあけた。覗いた瞬間、エリンは声をあげて泣きだした。鉛色になった妊婦の肌にやられたんだ、まちがいない。そのあいだにも、ナースがつぎつぎと救急車に駆け寄って、がちゃがちゃ音をたてながら、あれこれ引っぱって、しゃがれた大声をかけあってた。おれたちのすぐそばで。そして妊婦の体を運んでった。どこであれ、明らかに、そこが最後の場所になるはずだった。

第一二章　カウイ、二〇〇八年
インディアンクリーク

その年の秋、大地がわたしたちの家だった。ずっと昔、都市くらいおおきな氷河で削られた岩山がならんでて、そのすみでクライミングした。つまさきと指さきで、尖った石のかけらにしがみついて、血管に似た岩の裂け目に体を滑りこませた、まっすぐそびえたつ石灰岩や花崗岩や玄武岩の崖で。どこから見あげても、脳のひだのように雷が走る空があった。おなじ世界でいちばんはじめに生きたひとたちを感じた。ショショニ族が何世代にも渡って暮らした地面はまだそこ、わたしたちのテントの下にあったってこと、わかる？　雪の山頂から流れてくるひんやりした空気は、かつてカイオワ族の人々が吸いこんだ空気でもあって、おなじものがわたしたちの体を通過してるってこと。

ヴァン、ハオ、カトリーナと一緒に、ふらりとスミスロックにでも行って度胸試しをしてみたかった。オーストラリアのトーテムポール、メキシコのエルポルテロチコでも。ヨセミテのサラテウォール、スペインのエルチョロでもいい。のぼればのぼるほど、深くしみこんでった。わたしの皮膚のなかまで。

それに、もっといいことだってあった。のぼりまくった日の夜は、濡れた犬のにおいがするテントに倒れこむと、そのまま眠りの暗い海に落ちていけた。夢に出てきたあれは、ハワイの神さまのはずだ。女たち、火山のようにおおきくて、とおくにいた。ゆたかな土のように黒い肌。イルカに似た体は、肉厚で、なめらかで、うっとりするほど筋肉質だった。髪はもつれて、地面のちかくでは森になった。木のつるなのか、巻き毛の束なのか、もうわからなくなって、目の色なんて白以外、金にも青にも緑にも見えたし、もくもくと煙がわいてた。女たちが地面に触れると、地面が体に溶けこんだ。皮膚と大地が一枚になって、どこからどこまでがどっちなのか、見分けがつかなかった。

ちょうどそこで、現実のわたしが踊りだしたんだと思う。まあ、すくなくとも、ヴァンからはそうきかされた。わたしがこの夢を見るたび。見はじめた頃はとくにしつこく。深く入りこんでた、って言ってた——あおむけで眠ったまま、でも寝袋は腰まで剝いで、テントのなかでフラを踊ってたらしい。肘をかためて、きっかり四五度で指さきを突きだして、時おり体の前の空間をさらうように手を動かした。アミの腰つきだったか、じゃなきゃ、ウエへの膝だったかもしれない。思わずかがんで縮んだ、ってヴァンは言ってた、そうしないと踊りにぶんなぐられるとこだったらしい。

どんな夢だったかきかれた。女たちのことは説明しようがない——あほらしくきこえたはずだ——でも、ぼんやり伝えても伝わらなそうだった。引っぱられてく、ちょうど波で沖にさらわれて、ぶあつい水の流れで、名もない場所へと運ばれてくような、そんな感じだったから。

もう前みたいにはインディアンクリークのことを考えられない、わたしたちがそこでしたことのせいだ。終わりのきっかけだった、いまならわかる。秋休みの旅行。朝日を浴びると銅のようにかがやくインディアンクリークの砂岩。コインのような強いにおい、はなれた湖から漂ってくる。ハオとカトリーナもいた、でもクライミングではいつものペアになった、それがますますふつうになってた。ハオとカトリーナ。わたしとヴァン。わたし、ヴァン。会話するみたいにのぼった。ヴァンはしなやかで正確。疲れを知らなかった。わたしは力強くて派手だった――おおきく手足を振って、指先だけでぶら下がった。技の見せあい、ヴァンはわたしに反応して、わたしはヴァンに反応した。挑発しあってもいた。もちろんお互いを認めてはいたけど。ふたりで、なりたかった自分たちになってってた。それをした瞬間に、ああこれをしたかったんだって思うような経験を、一緒につくってった。

「もっと流れるように進まなきゃ」ヴァンはそう呼びかけてきた。岩の隙間に指を突っこんで、力まかせに進んでるわたしに。「流れに乗る。挑む必要なんてほぼない、挑むのはきついとこだけでいい」そう言われて思った、流れになんか乗りたくない時もある。ああいう裂け目は特に、わたしにとってまだ戦場だった。どんなちいさいひびでさえ手がかりにした。背中の筋肉が一面ぴんと張りつめた。そしたら、ぎゅっとにぎって、息をとめて、歯を食いしばって、引きあげるだけ。ヴァンはわたしの頭の上、ロープがぐにゃりとした蛇のように細く見えるくらいさきにいた。膝を限界までひらいて、片方の足でバランスをとって、無駄なくカムを打ってた。こっちはフラが専門なんだ、ビッチ、とでも言いかえしたかった。ほんとにそう言うと、ヴァンは笑って、ああそう？　ってこたえた。お互いのことは、よくわかってた。

ようやくのぼるのに慣れてくると、期待通り恐怖も感じられた。クリークでの二日目、まっすぐな割れ目を五〇フィートまであがったとこで、足を踏みはずした。空をしずんでくのは船酔いに似てた、わたしと地面のあいだでロープは力なくゆれてた。落ちるしかなかった、ぐらついた金具ふたつのおかげでどうにかロープはとまり、宙づりになった。ちょうどヴァンの頭の真上で。そのふたつまで外れてたら、背骨が砕けてたと思う。しばらく言葉が出なかった、わたしもヴァンも。そう、そのままぶら下がってるしかなかった。震えは腹の底から来てた。

「あのへたくそたちもつれてくるべきだった」って、ヴァンは言った。つめたく見くだすように。

「こっちのほうがいい。なにが起きてもいい」

そういうのを求めてた。たとえばわたしとヴァン――どういう関係なのかわからない、でもわからないってこと自体に惹きつけられた。白黒つけないでいることに。クライミングもおなじだった。飽きずに何度も、大惨事の手前で遊びつづけた。わかりきった結果ってやつは、キャンパスなんかをうろうろしてるあいだに、わたしたちをわかりきった人間にしてしまう。でしょ？　教室にもどぼどぼ流れこんでた。大学でのはじめの何学期かで、わたしは一から生まれ変わってった、どの授業でも優等生のひとりになろうと、夢中で世界の仕組みを理解しようとした――脳みそでなにかつくる、そのための科学を。ビルも橋もエンジンも、その気になればつくることができた。自分の内側にあるものを、もう疑わなくなった。

ちがったのはヴァンとのことだけ。ワイン騒ぎから一ヶ月半すぎても、震えるほどヴァンを求めてた。わたしたちの寮の部屋は圧力鍋のようだった――ペンやノートやリモコンを渡そうとして、手がちょっとぶつかったり、こすれたり、ロフトのベッドにあがろうとしてすれちがったりするみたいなことでも。

この旅行の前の週、ヴァンはシャワーから戻ってくると、部屋のドアをしめて、タオルを落とした。わたしはベッドの上で、足を組んで静力学と動力学の教科書を読んでた。ヘッドフォンからはティーアイの曲が流れてた――「Paper Trail」がリリースされたばかりだった――このことは忘れない、なぜって「Whatever You Like」をきけば、いまだってかならずあの瞬間に引き戻される、ヴァンの体に。ミントと花、白い石鹸の香りでさえ、そう。体それ自体が気になってたわけじゃ全然ない。表面の姿形じゃない。大事なのは、体のまといかただった——緊張と緩み、偏ってて、かたかった。いくつか目にうかぶ。ほとんど手入れされてない、毛が根っこみたいに絡まった股。肘から手首まで図太い腕。クライマーの筋肉にうきでるおおきな血管。しなやかな首。ヴァンが裸で目の前にたってた。内臓がきりきりとねじれた。ヴァンはかがんで、チェストから下着を引き出すと、きれいになったばかりの肌の上を転がすように履いた。

水溶液に二つ以上の薬が混ざってれば、どんなのでも溶媒と溶質にわかれる。あたり前だ。こういうことばっか勉強してた、でしょ？　仕事をするのは溶質のほう、酸性の反応を引きおこす。ヴァンとの場合わたしが溶媒だって、思ったことがあった。けど、もう冗談にならなかった。溶かされるのがどんな感じか、もうだいたいわかってた。

そこからのクリークだった。わたしたちのテントの上には、こぼれてきそうな深夜の星空があった。わたしとヴァンがおなじテントで、キャンプファイヤーをはさんで、カトリーナとハオのテントがあった。ばか話がかすかにきこえてきた。ふたりはずっと話してた、でも兄と妹って感じだった。寝袋のなかにいるヴァンが、わたしを見た。

「今夜もまたフラ踊るの？」

「うるさい」

「そんな怒んないでよ。あれ好きだから」

わたしは肩をすくめた。それ以外、返しようがなかった。「自分ではどうこうできない」

「なんだってそんなもんなんじゃない？」

わたしは疑うような顔をした。「へえ、哲学なんて似あわないと思うけど」

「まじめに言ってる」

「わたしもだよ」にやけてこたえた。

そしてヴァンは身を乗りだして、わたしの頬にキスをした。ヨーロッパでおやすみってするくらい、軽く。ふたりとも、日焼けどめと、塩と、キャンプファイヤーのにおいにまみれてた。丸二日のぼりまくった皮膚は垢だらけだった。それでも、唇の感触はすべてを通りぬけてとどいた。やわらかくて、知らない驚きだった。

ヴァンは体を元に戻して、こっちは見ずに寝袋のジッパーを足入れのさきまでおろした。わたしもゆっくりおなじことをした。ヴァンの寝袋に腕をのばすと、手のひらで肩にまず触れて、それから全身をなでおろした。顔は見ないように、後ろの空間だけを見るようにした。テントの角、カトリーナとハオのランプの明かりが透けてるあたり。体のなだらかな線を手でなぞった。腰のとこまで。ヴァンはわたしの手首をにぎった。そしてシャツの下に引き入れると、わたしの手はヴァンのお腹に着地した。ヴァンは息を吐いて、さらに上に手を誘導しながら、逃げるように体をぴくりとさせた。あたたかい、ちいさな丘のような胸があった。かたくなった乳首は、わたしの二本の指のあいだでころげまわった。ヴァンはまた息を吐いた。自分の指をウェストのゴムのさらに奥、下着のなかへと突っこんで、こすりはじめた。

「つづけて」顔を赤くして、目をとじたまま、ヴァンはそう言った。もうひとつの手はまだわたしの手を覆ってて、乳首の上で動いてた。わたしもまねした。ヴァンがしてることを鏡に映したように、わたしも手を下着のなか、そのいちばん下までしずめた。頭がゆれて熱かった。お腹もだ。ふたりおなじリズムで、相手と自分の両方をなでた。わたしはすべてヴァンでもあって、ヴァンはすべてわたしでもあった。あの場所。あの瞬間。わたしの内側でかたまってたものが、一気にほどけた。

その夜、寝ながらフラを踊ったかは、わからない。夢で音楽は鳴らなかった。でも夢で感じたことは憶えてる。わたしは地面の下の苗で、上へ上へと突きでようとしてた。ひからびた筋肉だった。暗い土のなかをねじれながら進んで、雨と太陽が待つ地上に、どうにか顔を出した。

意味はわかった。あとになってだけど。

第一三章　ナイノア、二〇〇八年

ポートランド

　おれなら、野菜売り場にいる。げんこつのようなブロッコリーの山と、磨かれた瘤《こぶ》のような黄、赤、オレンジ、緑のパプリカの山に紛れてる。そこにたってたって、別のとこにいたって、たいしたちがいはない。どこにいようがあれはやってきた。カディージャの部屋にいた時もいきなりはじまった。リカに読みきかせをしてたか、冗談を言ってたか、とにかくリビングだった。バスでも襲ってきた、ジムに行く途中だった。部屋を真っ暗にして動かないでいても、突きさすような痛みがつづいた。カディージャは手をのばして首を揉んでくれた。あれが、おれをわしづかみにして、放そうとしなかった。妊婦の体。細くって、でも必死だったお腹の赤ん坊。そのすべてがきえてった、あの瞬間が。

　失敗したってことだ。そのせいで母親と娘を死なせた。おれがあほすぎて、自分の限界に気づかなかったからだ。あの時のふたりをけし去ったってことは、それまでずっとつづいてきたものをぶった切ったってことだ――思い出になんの意味がある？　夫は妻の記憶にキスできるのか？　子どものふくらみを憶えてたって、それをなでることができるのか？　赤ん坊の記憶はまだ、お腹を蹴るのかよ？　――それに、もちろんそうだ、それから起こるはずだったこと、寝れない赤ん坊との夜、学校で遊んで、ながい休みは国立公園にでも行ってありふれた写真を撮ったりする、そういうのをすべて、おれは奪いさった。父親になるとこだった男のこれから、孫を持つとこだったひとたちが手にするはずのもの、あの子にはもう決してやってくることがない恋人、怒り、笑い話、何年もの未来、そこでつくりあげたかもしれないもの——歌や物語や、テクストメッセージの言葉だってそうだ。そのすべてをおれが奪った。

引き換えに与えられたのは休暇だった。怪しいとこがあったからじゃない——まったく怪しまれなかった、エリンが言うはずないと思ってたことを言ってくれて、おれを問い詰める声はあがらなかった——あの事故のあと、何時間も、何日たっても、おれはおれじゃいられなかったからだ。好きなだけ休むといい、ってボスから言われた。最低でも一ヶ月、わかってた。でも一ヶ月すぎても、おれは変わらなかった。なんとかアパートからは出られた、職場まで辿り着くのはまちがいなく無理だった。

カディージャがしてたのはこんなことだ。全身鏡の前にたってイヤリングをつける、垂れ下がるデザインのやつを外して、シンプルなXのやつに変える、それからまた垂れ下がるやつに戻す。そして「変じゃないかな？」ってきいてくる。

「変ってなにが？」

カディージャは手をおろして、黙っておれのことを見る。「きいてなかったの」

「いや、きいてた」ってこたえて、どうにか、きいてたことにしてもらおうとする。なにかしら身に着けて、カディージャはまた話しはじめる。そこで、おれがあらたまって言う。「今日は待機所に戻る」

「Xのほうが好き？　十字架に見えるのは、ちょっとね。クリスチャンだって勘ちがいされたくないから」って、カディージャはつづける。そして言う——「それと、いい考えだとは思えない」

「クリスチャンが？」

「待機所に戻ることが」手でおれの頬に触れ、おれの目を覗きこんだ。その時は、おおげさだって思った。でもいまならわかる、あれはとことん正直にふるまってたんだ。そういうのを、おれはぜったいにできなかった、あの時も、いまだって。「時間が必要だよ」

「みんなはおれが必要なんだ」って、たいていはこたえた。「おれ自身に必要なものなんてどうでもいい」

でも行くことはなかった。ある寝過ごした朝、テーブルに行ってリカの隣に座った。水玉ソックスの浅黒い足を、蹴るようにゆらしてた。シリアルの箱の裏面をじっと見つめたまま、両手でオレンジジュースのグラスをにぎってた。いつも通り学校に行く日だった。

「どうしてそんなしずかなの？」

「つぎになにがあるか考えてる」

「学校行くよ」

「そのあとさ。おれ自身のことだよ」

「家に帰って、悲しくしてるんでしょ、ね？」

おれは笑顔をつくった。「まあそんな感じだ」

「いま大変なのよ、ってママからきいた。ママからきいたの、いますっごく大変なんだって、りかい、しようとしてるんだって」最後のとこは腹の奥から言おうとしてた。でも、まぬけな声になってた。どこかでおどけてもいた。ほんとならすんなり受けとれたはずだ。でも、冗談ってのはもう、なめらかに話せなくなった外国語みたいなものだった。その時おれは、なんとかいちばん簡単な名詞と動詞だけで返事しようとしてた——言うべきことが、どこかにあるはずだった、あとほんのすこし手をのばせば。
「ママの言う通りだ」絞りだせたのはそれだけだった、結局はね。

とにかく仕事には戻らなかった、かといって、もう眠れなかった、だから待機所に行って無線を盗み、アパートに持ち帰った。一日中、かかってくる通報をきいてた。意識レベルの低下や、バイタルの状態、つまらない出動命令と、飽き飽きした救急隊員、大惨事になった現場の説明。だれかの失敗をききたかった。おれみたいにしくじるのを。首の固定にまごつく、みたいな、管を声帯に引っかけるとか、瞳孔を確認し忘れるとか。目には色がいくつもうかんだ。カリヒのフクロウたちの、あの脈打つ体の金と緑と銀、あの——狩って狩って翔んで食って糞して食って寝て隠れて狩って翔んで翔んで。毒にやられた犬たちの、紫と茶色の——引いて引いて立って嚙んで吸って吠えて鳴いて吸って飲んで飲んで飲んで固まって行って行って行って。それに、患者たちもいた。中毒になったやつらの血管で渦まく毒の黄色。車ではねられる直前に、あるひと食べた最後のディナー、ベッドから出られない朝、そういう記憶の深い青。つぎからつぎからつぎからつぎからつぎへと、目にうかんできた。

「ねえ」って、カディージャは言った。おれは驚いて、彼女のほうをむいた。ちょうどアパートのリビングにたって、無線を耳に押しつけてたとこだった。「ねえ、ナイノア」

「なに?」ってこたえた。それから目が合った。カディージャが舐めるようにおれを見かえして、部屋全体を視界に入れた瞬間、おれのくすんだ焦げあとのような黒目と、ひび割れのような真っ赤な充血が、おれ自身にも見える気がした。何日も剃ってない、喉元と頰のうっとうしいひげにも気づいた。垢がたまった脇と足は鼻につんときた。クラッカーやリコリス菓子の破れた袋が散らばってて、飲みかけの水が入ったパイントグラスが四つ置いたままだった。部屋のにおいは——濡れた牛とコーンチップスってとこだった。かなりの時間がたってたことにようやく、とつぜん気づかされた。いきなり老けた気がした。何日たってたかはわからなかった、来る日も来る日もこんな調子だった。

カディージャが流れるような足どりでちかづいてきた。おれの首の裏に手を滑らせると、親指を耳の前にくっつけた。「ナイノア」ってまた呼んだ。起きろ、とでも言ってるみたいに。おれは反対の耳のそばで無線をにぎったままだった。カディージャはそっちに手をのばすと、おれの肘の下をやわらかくつつんだ。

腕を引きはなした。「やめてくれ」そしてまた無線を耳に押しあてた。同時に、雑音が噴きだして、落ちついた声がコールサインでこたえ、通報のあった自転車と車の衝突に駆けつけることを伝えた。第三頸椎損傷の可能性あり。

「ナイノア」って、カディージャは言った。おれがどう顔を逸らしてもふさぐように正面にたって、また無線に手をのばしてきた。今度はしっかりにぎられた、振りほどこうとしても引き戻された、無線は手から滑り落ちて、独楽のようにくるくるとまわり、音をたてて床に落ちた。カディージャは熊みたいにしがみついた。鎖骨に顔をうずめた。

「ごめんなさい」って言われた。「ごめんなさい、ごめんなさい、ごめんなさい」って。おれに動く気がないってわかると——もたれかかることも、抱きしめかえすことも、逃げることもしなかった——カディージャは顔をあげて、涙をぬぐった。「ここからつれだすことならできる。そうしていい?」

手をいきおいよく突きだして、まとわりつく腕を無理やりどけた。カディージャがあとずさりすると、おれは彼女の右の二の腕をつかみ、つぶすように力をこめた。「君になにができる？」さらに強くにぎった、おれが何者なのか、もうわからなくなったはずだ、すっかりね。もっとかたくにぎった、熱さと重さを想像して、壊れた血圧計みたいに、限界までにぎりたかった、腕の静脈も毛細血管もはじけとぶまで。締めつけることで、おれの内面すべてをカディージャに伝えたかった。そうすればカディージャもわかる。でも、無理な話だ。「できることなんてない」

カディージャは腕を引きぬいた。するどい目で、頭をかすかにかたむけて、おれをにらみつけた。ふたり一緒にため息をつくと、ナイフのさきみたいな目つきが、角がとれた石に変わって、涙がたまると、まるでぬかるみに見えてきた。いちどあふれだすと、いつまでも頬を伝って流れてた。もうぬぐうこともしないで、ただおれを見てた。そして背筋をのばした。

「こんなこともうしないで、じゃなきゃ私はいなくなる」でも、その言葉がカディージャの口をはなれる前にもう、お互いわかってた。なぜって、その行為も、自分自身も、ひどい過ちだったと悔やんでるのが見てとれただろうし、おれのなかの暴力の気配は、どこかにすっとんでた。

「ナイノア」カディージャはもういちど呼んだ。「助けたい。そうしてもいい？」

でもこたえなかった。また色がつぎつぎやってきて、きえてった――走って走って翔んで食べて逃げて食べて寝て走って翔んでわたしのあの子はどこ夫はここわたしの体はストレッチャーの上で死んでくわ――妊婦と赤ん坊、そしておれが壊したすべて、カディージャ、いくらあんたでも、おれが感じてるようにはこれを感じることはできない。おれはあんたが渡ってこれない暗い海の孤島にいる。おれは黙ったままでいた。

カディージャは暗い顔になった。ずっと怒ってた、そりゃそうだ、でもそれすらなくなった。震えながら一歩一歩さがって、部屋のドアをあけて、出てく時にまたゆっくりしめた。おれは隙間がなくなるとすぐ、ドアまで駆け寄って、その安っぽい、とげのように粗い表面にもたれかかった。裏側でたちどまった彼女を感じてた。そしておれからはなれ、歩道をくだって、通りに出てくのも。

たったまま夜になった。部屋はどんどんつめたく、薄暗くなった。ランプを点けてまわって、部屋が明るくなるにしたがって、リビングの様子もはっきり見えてきた。ずたぼろのソファに、ゴミくずになった手紙の山。ミルクかごを積みあげただけの本棚、そしてその横に、ウクレレがあった。

実家のガレージでは何年もそうしてた。スタンフォードでいちばんつらかった時はとくによくやった。カディージャの家でもくりかえしてきた。おなじように、また音楽に手をのばした。ウクレレのケースをあけて、コアの木でできたボディのふちをなぞった。リビングの明かりを反射して、色あざやかにかがやいてた。あけ放ったままの窓、暴れるようにとびまわる蛾の群れ、でももう十月の空気だった。

何通りか音階を弾いて、手の甲とつけねを慣らして、弦をあたため、鳴りをたしかめた。いつもリビングルームを盛りあげてきた曲からはじめた、つまり「Creep」や「As My Guitar Gently Weeps」そして「Aloha 'Oe」、でもオロマナがカバーした「Kanaka Wai Wai」ってのがあって、それはたびたび戻りたくなる曲だった。家にいた頃におじさんから習った、ウクレレソロでの弾きかたでね。指をだらんとさせてから、弦を弾《はじ》く力を強めてく、すこし歌ってさえみる、歌にはまったくむいてない喉、それでも歌うべき時があるとすれば、いまだって思った。本物のハワイアンの歌い手の、ゆったりした伴奏と深くて悲しくもある声を、頭のなかで再生した。弦を震わせ、それをまねようとした。目にうかんだのは、熱帯雨林の断片。それは、おれたちのとこにもやってきてた。はるかとおくの崖から、谷を通って、倉庫を仕切る柵のとこまで、ずっとつづいてた。雨がなきゃ水がほとんど流れない谷、でも雨になると轟音が響いた。夕暮れ時のコオラウ山脈にかかる、ピンク色の雲。夕食に合わせて、いちばんいい気温になった。子供たちみんながテーブルについて、親たちが食べろと急かすのもきかずに、屁をこいて冗談を言いあった。サンディービーチも思いだした、波がたちあがって、なにもかも飲みこむガラスのように青い縞模様の壁になった。ずっしりとコンクリートのように重かった、でもおれとディーンだけは深く潜って、息をとめた。おれたちの肌は日に焼かれ、茶色かった。押し寄せる海がなにをしても、自分たちの手と足で受けとめた。勝負を無理やり長引かせようと、ディーンが足首をぐいとつかむのは、そういう時だった。溺れるとこだった。海の記憶はサメとも切りはなせない。ごつい鼻さきが、ふたつに裂けて、牙だらけの恐ろしい穴になる。でも、そのあとで、おれをつつみこむやわらかい口の感触があった。水中を縫うように泳ぐサメの体、うっとりするような筋肉。音を奏でてると、そんなことばかり思いだした。記憶はそのうち呼び声に変わった。でも声ですらなく、胸骨の奥深くでうずく衝動だった。薬のようにひろがって、おれの心を、ぐいぐい、つかんで引っぱった。

家だ。帰ってこい。

その曲は、終わらなかった。

第一四章　ディーン、二〇〇八年

スポケーン

その日いきなりノアから電話があった。かけるなら決めとくのがふつうだった、カウイが母ちゃんの言いつけ通り、時々電話で集まるってのをしてた頃はね——おまえたちはそっちでつながらなくちゃいけない、嘘じゃないよ、メインランドはおまえたちをばらばらにしようとするんだ、ってやつだ。でも、そういう電話だってほとんど、どっちが博士っぽい言葉で話せるか、ノアとカウイとで競いあってるだけだった。半分はスピーカーに切りかえて、おれを忘れてあいつらがべらべら喋ってるのをききながら、足の爪掃除かなんかしてた。

でも大学でのことがまずくなると、前よりたくさんノアはかけてくるようになった。なんのためか、はじめはよくわからなかった。バスケのことも、これからどうするかも、なんもきいてこねえからさ、他のやつらとはちがってね。ただ自分の一日がどうだったとか語りだしたんだ。

カウイがいたら言いだしにくいことなんかも話してた。仕事とか女とかそういうのをね。思うにカディージャを気に入ってるなんてのも、おれがいちばんにきいてた。かけてくるなりこう言ったんだ。兄ちゃん、ふたりの家に寄ったらリカはすっぽんぽんで玄関まで走ってきたんだ、バスルームから逃げまわってたんだ。

とか。救急車で一日中、病んでぼろぼろになったひとたちのそばにいてもさ、あの家はおれの胸をローマンキャンドルみたいにぱっと明るくしてくれるんだ。とかね。それから、ハワイにいたガキの頃のこと。MMAのチャンピオン気分で取っ組み合ってたとか、鼻くそ食う魚くさい変な奴がいたとか、そいつらにキャンディを無理やり差しださせて、ふたりで山分けにしたとか、共犯だとか、そんな話ばっかだった。

こんなのがしばらくつづいてから、今度は口をはさんだり、いろいろきいてきたりするようになった。おれの将来なんか、だれもとっくに話題にしなくなってからだ。まだ人生でやれることがある。バスケだけじゃない。みたいなことをね。おれはこうこたえた。おまえはわかってない、バスケがないんなら、おれもない。

そしたら、あいつは言った。じゃあ、また勝てる日が来る。壁をひとつ越えれば。ツキがまわってくる。練習チームでやりつづければいい。だってよ。

あいつの言葉をどう受けとりゃいいのか、よくわかんなかった。いくらかうかれたよ、でも十分じゃなかった。ほんとはさ、あいつの口から正しいこと、ほんとにききたいことがあふれてくるたび、余計におれは逆らいたくなった。まるでまだ喧嘩してるみたいだった——あいつがいい弟になろうとすれば、こっちからはねのけた。コーチにもチームにもすっきりした気持ちにはなれないし、バスケ自体おもしろくなくなってた、そういうのもこんがらがって、おれはぜんぶ燃えちまえばいいって思ってた、そんでその通りになった、ちりになるまでね、試合から外されてチームをやめるってなった時にさ。

それでも、ノアはしつこかった。あいつは電話をよこしつづけた。カウイがみんなで通話するのを押しつけてこなくなってからもさ。ほぼなんも言えねえ時もあって、あいつが喋りつづけた、でもおれたちはまだしっくりこなかった、おなじ線でつながってても、ほんのすこしのあいだでさえ。

その日のノアの電話は、いまでもやりなおしてえって思うんだ。すべきことってやつを、おれはしなかった。

「どうした？」って、出るなりあいつにきいた。

ノアはしょっぱなから黙りこんだ。「なにも。電話でもしようかと思って」そうノアは言った。

おい、なんだよ、って思ったね。またあれか。そん時も「スポーツセンター」をつけた、でもずっとホッケーのハイライトで、ハオレ《白人》の野郎どもが壁に頭をぶつけあって、どっかの母親と父親が子どもを肩にのっけて、ビールやらなにやら片手に血を吐くいきおいで応援してた。

「兄ちゃんはなにしてる？」

「いや、がん患者でもなおしながら、どうやってけつから核エネルギーを出すか考えてんだ。おまえは？」

「わからない」ノアは深く息を吐いてた、湿った息だった。

「おい、おまえ泣いてたりすんのか？」ってきいた。ああそうだ、ってノアはこたえた、妙な言いかたでね。まるで空気に話しかけてるみたいに、おれじゃなくて、相手はだれでもいいって感じだった。「よう、ノア。なんなんだよ？」

「ただ、しくじったんだ」

「しくじった」って、おれは返した。「ある子を別の子の名前で呼んじまった、みたいなのか。そんなのおれも昔あったよ、おまえも――」

「すぐそこにあって、でもきえた。あとすこしだった。でもやらなけりゃよかった」って、ノアは言った。

なんなんだ、って返した。なぜって、あいつの言葉がこれっぽっちもわからなかったからさ。そしたらノアはこう話した。車の事故があって、一台に妊婦が乗ってて、病院に着く前に死んだんだ、助けようとしたのに。赤ん坊と一緒に。

「おまえやれることはすべてしたんだろ」って、おれは言った、そこにいたわけじゃない、でも弟のことならわかるだろ。

「年明けのあれ憶えてる？」

「そりゃ、な」

「あれがはじまりだって思ってた。それからどうなるか知ってる気になってた」

「ノア」って呼んだ、でも返事はなかった。無音でもなくて、ただなんか冷《ひ》え冷《び》えした感じだった。冷蔵庫から、かけてたのかもしれない。

「おれってなんだと思う？」

「おまえがなんだって？　お利口さん、だろおまえは」

「いや、意味わかるだろ」

「おまえの正体ってことか」

「それだ」って、あいつは言った。

「おまえおれになんて言ってほしいんだ？　やるべきことをやってんじゃねえのか？　カリヒにいた時みたいに、いろんなひとをなおしてんだろ。そういうことなんじゃねえのか？　じゃなきゃ、あれか、ものすげえカフナ《まじない師》の帝王にでもなるってことか、母ちゃんが考えてるようにさ」

「みんなまちがってたんだとしたら？　そもそもおれなんかじゃないんだとしたら？」って、あいつはきいた。

「なにがだよ？」

「兄ちゃん自身はなにも感じたことないのかよ？　島に、家にいた頃でも。スポケーンに行ってからでも」

またそいつをきかれると、冗談じゃなく、あの感じがおれのなかにわいてきた。そん時は、あの感じだってわからなかった、でもいまならわかる。びびってたってのが正直なとこさ。もしイエスなんてこたえちまえば。信じてたって認めちまえば。ぜんぶほんとだったってことになる。家にいる母ちゃんや父ちゃんやみんなが考えてたノアのことも、ついでにおれのことも。昔みたいにぶくぶくと腹が煮えたってきた。「くそ、ノア、知らねえよ。お利口ちゃんが勝手に考えりゃいいだろ」

いやな空気の電話になった。引いてるふうだった、そう感じた。「ごめん」って、あいつは言った。「こんなつもりじゃなかったんだ。ただ感じるものがあって。おれだけのことじゃないと思うんだ。帰って突きとめなくちゃいけない」

なにも言わなかった。だからあいつが間《ま》を埋めた。「運命ってあるのかな？」

首をちょっとかしげると、大学で最後に買ったバスケシューズが見えた。ユニフォームに合うように特注でつくった。「なんだそれ。正しいとこへ正しい時に行けば、あとはぜんぶ決められた通りってか？」シューズはほとんど新品だった、部屋のすみで古い雑誌に埋まってる。鼻で笑った。「そんなのもう信じねえよ」

ノアは咳をして、喉の詰まりをとった。よくわざとらしくやるあれだ。「そうこたえると思ってた」

なあ、いまもう一回かけてこいよ、まちがわずにやってやるって。あのガキみたいなおれじゃなくて、ちゃんとした男になってきいてやるよ。あん時は、準備できてなかったってだけさ。準備しとくべきだったんだ。

もう一回、電話してこいよ。

「話せてよかったよ、兄ちゃん」って、あいつは言った。そんで、電話を切ったんだ。

第一五章　ナイノア、二〇〇八年

カリヒ

家に着いて最初の二、三日は、父ちゃんも母ちゃんも、おれの言うことを信じる。休みが欲しかった。休暇だから、すぐポートランドに戻る。むなしい夕食を一緒にとって、薄っぺらい冗談ばかり交わす。そんなふうにならら、カディージャとリカとの暮らしについても嘘をつけるし、あのふたりもおじさんたち、いとこたち、それぞれの島で暮らすハナイ《血はつながらない》の家族たちのことを話せる。場をつなぐための、うわさやどうでもいいニュースを。カツ、テリヤキ、サイミン、ジッピーズのチリ、シェイブアイス、レナーズベイカリー、それにおきまりのポケとポイもならんだ。真っ昼間、青く晴れてて、ふたりが仕事でいなければ、ホノルルのコンクリートの上を好きなように歩く。不協和音、あわただしいチャイナタウンの露店、カカアコのホームレス街のしずかな怒り、ワイキキの磨かれた金持ち用の売り物。帰ってきた、でも帰ってきてなかった。

カディージャは電話をよこす。何度もしつこく。おれは電話をとらない。今度は母ちゃんに電話がくる、そういうとこは賢い、したたかで、ぬけ目ない。何週間かすぎると電話もすくなくなる、でもとまることはない。

観光客みたいに島のあちこちに行く。アリゾナメモリアル、シーライフパーク、ハレイワ、アロハスタジアムの蚤の市。人混みを歩きまわって、知らない知りたくもない顔を、つぎつぎ頭のなかで弾きとばして、ぶつかりあう欲望と存在から生まれるリズムを感じるために。そして、おれ自身なんの借りもない場所として、ハワイのことを考えてみるために。いままでにないくらい一気に日焼けして、昔の茶色い肌に戻る。あとはなにも変わらない。

三週間がすぎた頃、トイレを出るとこで母ちゃんに呼びとめられる。息に歯磨きのつめたさと味が残ってる。「あのひとと話しなさい」って、言われる。カディージャのことだ。

「無理だ。わかるはずない」

「わかろうとしてくれてる」

おれは肩をすくめる。

「ねえ」と母ちゃんはつづける。「ここに戻ってから、昔の場所をたずねまわってんでしょう、知ってるさ。子どもの頃みたいに感じるのかい？」

「なんの頃だって？」

「もっとちいさかった頃」

「憶えてない」

「憶えてないって、なにを？」

「ちいさいってのがどんな感じか」

一瞬、間《ま》が空いて、あほなこと言って、とでも思われてるのがはっきりわかる。もし別の状況で、おれじゃないどっちかが相手だったら――ディーンか、カウイだったら――母ちゃんは言うはずだ。しゃきっとしろ、おおげさだよ。思いきりつめたいずぶとい声で。でも母ちゃんは動きをとめて、おれの顔を見る、カディージャがしたみたいに、ただ母ちゃんにはもっとおおきくて、もっとしつこくて動じないなにかがある。まるで、いまのおれも見透かしてて、それだけじゃなく、昔ここにいた過去のおれ、ここで一緒に、何年間も暮らしたガキのことまで、わかりきってるかのような。「どうした?」

それ以上なにも言ってこない。おれも言わない。最初は。でも、結局、すべてこぼれるように出てく。救急車のなかで自分自身にむきあって、なにができるようになったか。ひとの命の仕組みをすべて解き明かすとこまで、どれくらいちかづけたか。でも同時に、患者を、あのひとたちの弱さを、恨めしく思いはじめたこと。そんな愚かで、つけあがってたおれのせいで、ある母親と子どもの命が無駄になったこと。そしてカディージャとリカを置いてきたってことも。

「これが嫌なんだ。おれのなかにあるものが、嫌だ」

「おまえのなかにあるもの。おまえのなかにあるのは、与えられた力だよ」

「別のだれかに与えられるべきだった」さらにおおきな声になる。「そうやって喜べるんだから、たぶん、母ちゃんとこに行くべきだったんだ」

その顔に、今度はかたむいた笑顔がうかぶ。視線はおれから外さない。「いいかい、あたしは何年も前にこの場所から出ていけたんだ、あんたの父ちゃんに会ってからでもね。本土にだって行けたんだ。あんたたち三人の子《こ》ケイキ《ども》とおなじようにね。成績だってとびきりよかった」

「じゃあなんで――」

「とめるんじゃない、ノア、まだだよ。本土へは行った。サンフランシスコ、シカゴ、ニューヨークを旅した。ここにはなにかある、ハワイにはね、ああいう贅沢で有名なところでの暮らしよりも、もっとおおきいなにかが。そういうのが夜の戦士《ナイトマーチャーズ》たちを目覚めさせた。おまえを海から引きあげて、おまえのもとで死ぬことになる生きものたちを送ってきた。おまえに力を与えたのは、そういうなにかさ」

「神さま」

母ちゃんは肩をすくめる。「そういう呼びかたでもいい」

「昔、いろんな話してくれたろ。はるか昔の祖先てのが、頭の上で、雲のなかに漂ってて、肝心な時は生きものになってやってきて、おれの運命を導くってやつ。ああいうのはまったく感じない」

「どういう決まりになってるかなんて知らない。いいかい。そいつを肩からおろしてやれるんなら、してやる、ノア。おまえを必要としてるとこも、ひとも、多すぎるんだろ」母ちゃんは話すにつれて、自信満々になってくように見える。「でもね、おまえならまだ必要とされる人間のままでいられるって、そう思うよ」

「ほんとにきいてくれてたのかよ。もうあんなのはしたくないんだ」

さっきのかたむいた笑顔に戻ってる。だれかがおれの後ろでつぶやいたジョークに反応してるみたいに。

「もう終わりってことだね。それでもいい。でも教えな。ポートランドでそれが起きたあと、どこだって行けたはずだろ。どうしてここに戻ってきた?」

「タダ飯」おれは言う、ぶっきらぼうに。「家もタダ」

母ちゃんは首を横に振る。ほんとは知ってる。言葉で伝えるまでもなかった。「しっくりきたってだけだ。こうしなくちゃいけない気がした」

「その感じは。なにかが語りかけてるってことさ、ノア。だからきくんだ」母ちゃんは一瞬、おれを抱きしめる。「帰ってきてくれてうれしいよ」

そう、だからおれはきく。しっかりと。島にいてもコンクリートからは距離をとる。公園や谷や海を見つける。日が昇る時間、しずむ時間、ひとけのない自然に入って、緑と青と金色の歌がそこらじゅうで鳴りはじめるのを待つ。勝手に山にひらかれた道、なにもない砂地、十代の頃に知ったいろんな隠《かく》れ処《が》、大麻を終わりの終わりまで吸いきるための場所。お互いの体で遊んで、度胸試しする、そのために若者たちが行くようなところ。歩いて、バスに乗って、ヒッチハイクして、島じゅうを動きまわる。それが起きるまで。

こんな朝がある。おれは風がやってくる方角にいる。マカプウ岬からタイドプールに行く途中のどこか、急な山道だ。切れはしのような砂浜があって、真夜中の色をした海へとつづいてる。水に入ると、流れはおれをもっと深くへ引きこむ。波のうねりは、脇の下で渦になり、震える上半身をゆらす。水のなかはきれいで透きとおってる。

おおきな力で引っぱられてた、ここに来い、水に入れ、っていう呼び声そのものが引力だ。そのさきで待ってるものを知るまで、ながくはかからない。

日が昇ったとこだ、ムチのようにしなる影が四つ、水のなかに見える。まっすぐおれにむかってきてる。ゆるやかな液体のような動きになって、距離を縮めてくる。サメだ。一瞬、恐怖につらぬかれる。ここにいちゃだめだ。ここにいちゃだめだ。まだ時間はある。でも、もう逃げないと決めてる自分もいる。そっちの自分が抵抗する。水に一歩、しずかに踏みこむ。サメは円を描きはじめる。

サメは時計まわりで泳ぎつづける、オグロメジロザメ、目の前を通るたびに、体の部分をひとつひとつ言葉にしてみる。鼻、胸びれ、背すじ、尾びれ。鼻、胸びれ、背すじ、尾びれ。ゆったりとぐるぐるまわる。ほとんど体をゆらさない。やつらの目がおれの目をとらえる、怯えと興奮で腹があふれそうになる。

手を差しだす、泳ぐ一匹一匹に触れるとこまで、サメの輪もちかづいてくる。やつらの体は氷のようにつめたくてなめらかで、残忍さを秘めてぶあつい。指さきで触れると、そこでなにかが花ひらいて、腕までさかのぼる、救急車のなかで感じてたのとおなじ感覚の回路を伝ってくる。ただ今度は、なにかの内側を覗いてるわけじゃない。自分の外側を見てる――ワイピオバレー。あそこを流れる川。それから、緑色に丸々とふくらんだタロイモの茎の沼地。谷底にうじゃうじゃと生えてる。そこにおれの家族がいる。他の家族に混ざって。海辺の砂の上だったり、川のそばだったり、木々のなかにたってたりする。おれたちの体は影になり、ゆがんで、沼地に、川に、入江に、きえてく。まるでおれたち自身も、おなじ水からできてるかのように。体をたたきつけて流れに乗る、ちょうどサメたちがしてる体の動きで。あらゆるものが他のものに溶けてく。そのすべてがおれのなかにも流れてく、おれもそのなかへと流れてく。

おれは目をひらく、サメはきえてる。

おれしかいない、胸まで海につかって、うかんでる。つめたい水、あたたかい朝日、でもどこに行かなくちゃならないかも知ってる。もちろん、このすべてがはじまったところ、あの谷だ。

第一六章　マリア、二〇〇八年

カリヒ

　仮にあたしたちをどうにでもできる力を持つものが神さまだとする、そしたらこの世にはわんさかそういうのがいる。ひとがみずから選ぶのもいれば、避けようにも避けられないのもいる。ひとが祈る《pray》のもいれば、ひとを食いもの《prey》にするのだっている。夢が神さまになることもあるし、過去がなることも、悪夢がなることだって、ある。歳とってわかるのさ、知りつくすことなんかできないくらい、神さまだらけだって。でもね、そのぜんぶをよく見とかなくちゃいけない、さもなくば、あたしはそいつらに使われちまうか、気づかないうちにそいつらを失っちまう。

　金《かね》だってそう――あたしのばあちゃんのばあちゃんのばあちゃん、カナカ・マオリ《ハワイ人》のその女にとっては、どっかとおくのハオレ《白人》男の姿が印刷された紙なんか、なんの意味もなかった。なにもたらさなかった。なくちゃならなかったのは土からの食べ物、土からの住処、土からの薬、つながりのなかに自分の居場所を感じとること。与えられるもの、耕さなくちゃならないもの。でも、とおくの港から船が腹に新しい神さまを積んでやってきた、一息でじくじくした水ぶくれや、親も孫も焦がす熱をまきちらしちまうようなやつだ、ライフルの形をした指と、嘘のとり決めをささやく声の持ち主さ。その神さまの名前は金《かね》だった、そいつこそが、ひとを食いものにする神だった。あれこれよこせと言ってきて、旧約聖書さえちびらせちまう力で、ひとに手をかけるようなやつさ。

　ひとはやがて、そいつに祈るよう変えられてった。のぞもうと、こばもうと。おまえの父ちゃんも、あたしも、いまだってそいつに祈りをささげてる。

　言語だってそう。オレロ・ハワイ《ハワイ語》、それは書かれることなく、ひとつの口から別の口へとただ伝わってった、文字の数だって、そのあとすぐにうなり声をあげて迫ってきたイングリッシュ《英語》に比べりゃ、ずっとすくなかった。でもね、ずっとおおくのハワイのマナ《ちから》がそいつにはこめられてたんだ。よそものの舌がぺらぺら語りだしたどんなものよりおおくね。ポノ《PONO》、癒しのことば、力のことば——気持ち、つながり、物、昔といまとこれから、合わさる千の祈り、英語に置き換えれりゃ八三の言いかたになる（正しさ、道徳、繁栄、卓越、財産、慎重、源泉、運、必要、希望、とか、とか）ことば——それが禁じられたらどうなる？　あたしたちの言語、オレロ・ハワイは禁じられた、だからあたしたちの神さまはいなくなった、祈りもきえてなくなった、考えも、島そのものも。

　おまえもそうだ、あたしの息子。おまえは神さまじゃない、でもそうなるかもしれないものなら、おまえのなかで動いてる。前にあったものをよみがえらせる？　それとも新しいものをつくる？　そんなのは知らない。

　でもね。ぼろぼろの希望を抱えて、おまえがポートランドから戻ってきた時、手伝えることはすべてした。自分に感じられないものを導くってのは厄介さ、いまのハワイじゃそれこそ何日もなにも感じないで過ごすことがある。でもおまえがそばにいると、なにかがあった。奥に引っこんではいるけど、感じるものが。まぶしくって、あたたかくって、うずうずしてる、でも感じる、まるで百万の力を底に隠した海の、やわらかなうねりのように。

そう、だから、谷に行くようおまえにすすめた、ほんとうだ。おまえが感じてたものを、あたしも信じたんだ、それにしたがえば、もしかしたらおまえのなかのなにかが引き出されるんじゃないかって信じたんだ。わかるかい？　希望だって神になれる。それだって、祈りをささげるべきものなのさ。

第一七章　ナイノア、二〇〇八年
ワイピオバレー

出発して二日、まだ歩いてる。呼ぶ声はまだ感じてる。引っぱられてく。毎日、おおきくなってく。おれがいるのはここ、ビッグアイランド《ハワイ島》、ワイピオのつぎのふたつめの谷、ワイマヌバレーをぬけて進んでる。なにか見つかるんじゃないかって、ずっとそんな気がしてる、もうひとつ道を曲がったとこに、ならんだハラの木のすぐ裏に、山道の砂が混ざった泥のなかに。蚊や蠅の群れがおれの肌をくすぐる、はたくといっせいに散らばる。

太陽はずっと隠れたまま、空に塗りたくったような灰色の雲は、とぶように通りすぎてく。風が強く吹いて、木のしげみがこすれて音をたてる。尾根までもうすこし、ほぼだれも来ないとこから、さらに上にいる。ワイマヌのこっち側の斜面から、下の谷までは、名前すらない。壊れた、無謀な道だって言われてる。霧と泥に踏みこんで、ナタを振るう。歩いては、切り倒す、進めば見えてくるってわかってる、おれがなんになるべきなのか、ようやく知ることになる。

薄暗くなると、他のだれかの気配も感じる。何時間も草木を倒しまくってた、汗を吸ったシャツをはためかせながら、踏みつけて切ってをくりかえしてると、枝が重なるうっそうとした森をぬけて、ひらけた場所に出る。朝から通りぬけてきた空間すべてをひとまとめにしたよりも、さらにでかいとこだ。火のついたキャンプ用コンロの、鉄に卵がこびりついたようなにおいがする。五〇フィートはなれたとこに小屋が見える。苔だらけの壁板、錆まみれで葉と枝につつまれたブリキの屋根。こっちに窓はついてない。でも、つぶやくような声はきこえる。だから、空き地をまっすぐ進む。

かなりちかづいたら、小屋の正面にまわりこむ。きちんとした見た目をしてる。公園管理や歩道整備や救命救急の避難所として使われてたことがあるかもしれない。表の壁はところどころ崩れてる。戦地の家みたいにごっそりなにもないとこもある。おおきな穴から壁のなかの部屋まで覗ける。あったかくて、乾いてそうだ。木の床は腐りかけてる、でもやわらかいのはたしかだ。

青白い蛍光灯の光が穴からこぼれる。もっとはっきり声がする。ヨーロッパのどっかの言葉。光があふれてきて、おれの顔にあたる。手をかざして、白い光の破裂から目を隠す。

「イエス、オーケイ、ハロー」男の声だ。ひどくなまってる。小屋のなかからだ。「ナタでどうするつもりだ。こっちに来るなよ」

「山道まで声がきこえたんです」って、おれは言う。謝るような声で。でも光は目から外れない。おれはドアに歩みよる。

「来るな」って、男が言う。その通りにする。

男ともうひとりとのあいだで、小声ですばやく言葉が交わされる。高くて穏やかなのは、女の声にきこえる。

「入れてはもらえませんか？　まる二日、土の上でしか寝てません。とても疲れてます」

ひそひそとやりとりがつづく。

「なにか話せないのか？」

「なにを話すんです？」

「どこから来たか、どの道を進んでるか、そういうことだ」

おおきく息を吐く。手で光をさえぎったまま。「この土地の者です。ホノカアで育ちました」

「それで——」

「ワイピオから山道を歩いてきました。ワイマルを出るあたりから森が深くなりました。仕方なく木をなぎ倒しながら進んで、ここに着きました」

ふたりはまたささやきあう——おれは待たない、気にもしない、壁の穴のひとつからナタをなげ入れる。そいつが重そうな音をたて床に落ちると、会話がとまる。「よければ一晩あずかってくれてもいいです」

刃物を持ってなければ、なかにいるそのふたりも安心する。光がぐるりと動いて顔から外れる、おれは玄関にちかづいて入ることができる。はだかの壁。不気味な曇りガラス。ちいさな木のテーブル、そこに座る男と女。

ひどいかびのにおいの上から、ふたりのにおいもする。生きものの、陽にあたった生ゴミの山のような、レモンの皮と、古いコーヒーと、酢が混ざったにおい。ハオレ《白人》どもが、って頭にうかぶ。ディーンがここにいたらそう言ったはずだ。兄ちゃんはいつだって、白人たちをローカル《地元のひと》の目で見てた——絶望的に頭が足りない、さえない、汚いやつら、っていうふうに——いくら型通りの見方を避けてたって、目《ま》のあたりにすることはある。黒い絡まった髪を後ろで切り株みたいにたばねて、下の毛みたいなひげが喉元を覆った男。入学したての子どもみたいに、前かがみでテーブルにいる。そして女の金色の髪。少年のようにみじかいショートヘア、口まわりにかかってる。ささやくと、ゆがんだ歯ならびが見える。ふたりともどちらかと言えばアスリートっぽくて、顔はピアスだらけだ——耳、男はまぶた、女は鼻と唇——目のまわりには青黒い寝不足のあとがうきでてる。

ちいさな鉄の拳にしか見えないキャンプ用のコンロから、しゅーしゅーと音が出てる。でこぼこの鉄の皿と食器がまわりに転がってる。おれはテーブルを指す——ふたりはうなずく、おれは座る。バックパックから解放される。同時に疲れが全身にひろがる。まぶたは重い、組んだ腕のなかに頭をしずめるような姿勢で、しばらくとまる。眠らないようにする。

「ひょっとして、食べ物は持ってるか?」って、男にきかれる。

頭をあげる、どうこたえたもんか。当然、おれだって食べる、まだなにも食べてない、食べ物ならここにあって、すぐにでも食べたほうがいい。バックパックをあけて、服のかたまりを引き出すと、ちいさな器が見つかる。食べ物ならそれに詰めてきた——マカロニチーズの袋とツナ缶がいくつか、あとは飴が入った虹色のちいさなしわくちゃの袋——ふたをあけて、すべてテーブルの上に落とす。

「ノーノーノー」女は言う。笑いながら。「いくらか分けてもらえばいいです。そんなにいらない」

「あって困ることはないですよ」ツナ缶をひとつ差しだす。男は肩をすくめ、テーブルのはしに寄せる。そして三人で座ったまま、鍋から湯気が噴きだすのを見る。

ようやく、男が話をする。パスタの熱とツナの香りが、すべて胃袋に収まったあとで。食べてるあいだは、自分たちのことをほとんど話さなかった。かわりに山道のことばかり話した。ふたりが出発したのはおれの数日前。谷をつぎつぎ越えてポロロにぬけるつもりだった。でも山道のずっと上を目指した日、足場はひどくなり、道ですらなくなる、進めば死が待ってるとこだった。ふたりはドイツ人で、あと一週間半、島で過ごしたら、メインランドをすこしかじる程度に旅して、のんびりミュンヘンに帰る。女のほう、サスキアは、話してるうちに口が軽くなる。ずっと火山が見たかったらしい。ハワイでの子ども時代はどうだったかってきいてくる。口をおおきくあけて、脇をかきながら話す女だ。金色の髪、でも一目見て、カディージャを思いだした。似てるとこがあるわけじゃない、ルーカスにとってサスキアが、どういう存在かを感じたからだ。まるで空気中に見えない糸が張りめぐらされてて、ふたりをつないでるようだった。たちあがって、いまにも崩れそうな棚に皿を運ぶとか、息ぬきに外へ出るとか、そういう時も相手を気にかけてる。そこに、前のおれにはあったものを見た。カディージャとリカ。記憶がごろごろと落ちてきて、積み重なる、おれは閉店まぎわの埃っぽいバーにいて、カディージャとビリヤードをしてる。台を覆うように前かがみになって、口をすこしあけて集中する姿をじっと見つめる。キューをやわらかくつつんでる指は、また別の日にリカの目からまつ毛を払いおとしたのとおなじ指だ。公園でピクニックをしてならんで帰るとこだった、サンドウィッチのターキーのにおい、午後の日差しにつつまれてぼうっとしてた。

こういうのがもっと起きる気はしてた。あのふたりの不在が、おれのなかに残りつづけて、皮膚の下の塩分みたいに、いちばん来てほしくない時に、毛穴から噴きだして目をひりひりとさせるだろうって。

「あっちになにかいるんだ」ルーカスがとつぜん声を出して、おれを記憶から引き戻す。

「なにか？」

サスキアはルーカスに、ドイツ語を使っておだやかに話す。ルーカスはいたずらっぽくこたえる。一オクターブ高い声で。「この土地はふつうじゃない」こっちをむいてサスキアが言う。「ひとなのか、動物なのか、他のものなのか、それはわからない」体をかたむけて、頭をルーカスの肩に置く。「信じてる宗教はない」おれにむかってそうつづける。「でも、ここはそういう場所だって、わたしたちは言いあってる」

体の奥がとつぜん妙に陽気になる。ここが特別な場所だって、このひとたちも感じてるんだとしたら。「イエス。ここにはなにかあるんだ――」って、話しだすと、言葉が加速しすぎて、考えるひまもなく口をはなれてく。ここでなにを感じるか、たまってた考えすべてを吐きだす。落ちつきが戻ってくると、ちょうどこう話してるとこだ。「――世界中を良くすることができるかもしれないし、できないかもしれない。ふさわしい人間が使うならだけど」

ふたりは笑ってる。でも怪訝そうにもしてる。わからないな、とでも言いたげに、眉をつりあげてしわを寄せてる。ここまでつづいてたやりとりが、急に冷めた感じになる。「待って」おれは言う。だれもなにもしてないのに。「いいものがある」バックパックに手を突っこんで虹色の飴をとりだす。袋をゆっくり裂いて、それぞれに差しだす。そしてまた振りかえり、バックパックからウクレレをとりだして、ケースをあける。「おれたちの曲を、ひとつでもきいたことあるかい?」

しつこく飴の袋を差しだすと、ふたりとも受けとる。ルーカスは一口しゃぶって顔をゆがめる。ルーカスがなにか言うと、サスキアは手のひらにゆっくりと吐きだして、あなたもそうしろ、というしぐさをする。飴は窓の割れ目にやさしく放りこまれ、夜の暗闇にきえてく。

「歌ならきける」と、サスキアは言う。「でもこれはもういらない」――飴の袋を指しながら――「ぜったいに」

おれは笑う。「ただの飴だよ。ドイツには飴がないのか？」

サスキアはバックパックからきれいな包装のチョコレートバーをとりだす。アルミホイルを剝いて、黒いかたまりを割ると、かけらをおれたちに手渡す。

「どうぞ。おかえし」

「それじゃ、曲を弾いてくれ」って、ルーカスが言う。かがやいた目で。「この場所のことも、教えてくれるか？」

弦に手をちかづける。すべてを感じながら。夜の戦士《ナイトマーチャーズ》たちから、この瞬間にいたるまでの、すべてを。口のなかにあるものが、舌にあたると、それは花のようにひらく。暗く、甘く、かすかに苦く。


朝が来る。目があくと小屋のすみにいる。寝袋の湿気にすっぽりつつまれてる。夜が明けてみると、部屋はもっとひどい。木造の部分はどこも黒ずんでる。壁や床の板から水分が逃げてくのがわかる。もくもくと蒸気をあげて腐ってく。天井の骨組みもたわんで、垂れてきてる。空っぽの鳥の巣がいくつか残ったままだ。寝る前まで座ってたテーブル、その時は頑丈に見えた、でもほんとは脚が傷んでて、表面はゆがんで色落ちしてる。天井は朽ちてちいさく穴ができてるとこもある。屋根の上の雲がとぎれると、その穴から白い光が斜めに射しこんできて、壁や床に散らばる。

たちあがって、テーブルにちかづく。緑色のプラスチックのボウルがある。オートミールがたっぷり入ってる。手をかざすと、かすかな熱気がのぼってくる。とっておいてくれたんだ、つい顔がゆるむ、でもスプーンはない。きしむ椅子に座って、木の葉の乾いた音に耳をすます。指でボウルのなかみをすくうと、ポイでも食べてるかのように、全身がざわめいてまた動きだす。

あの妊婦の体に置いた手をはなした瞬間から、まわりとのつながりが――現実の世界とも、話したり、そばで暮らしたりしてるひとたちとも――ぷつりと感じられなくなってた。どこにいても、ひとであふれた部屋でも、ひとのいない歩道でも、救急車に乗ってても、家でカディージャに背中をつけて寝てても、この指と足のさきをすぎると、おれじゃなかった。だれかとなにかを分けあうことも、与えることも、受けとることも、もうなくなった。ひとりで、いままでおれを通りぬけてった生きものの、そしてひとの、声と、記憶と、魂に、絡めとられてた。でもいま、朝になってみると、声はきえた。かわりに光と、ぐいぐい引かれる感触と、強い欲求がある。声じゃないなにか、それがさあ輪に入れ、って誘ってくる――おれは帰ってきた。

昼になる、朝からどこをどう歩いてきたか、なにも憶えてない。楽じゃなかったのはわかる。足を前に出して山道をのぼっておりて、しげみをたたき切って、サスキアとルーカスが一日前に挑んだ道も通ってきたはずだ、そうだと気づく余裕もないままに。汗だくで乾ききってても、とまらない。とまれないのは、谷が目の前にひろがってるからだ、ようこそとでも言われてるかのように。木の枝はひっかいてこない、それどころか逆をむく、泥は足のとこだけかたまる、蚊もたかってこない、道を空けてくれる。一歩進むごとに、おおきく、軽く、体がはずんでく。

おれはここにいる。頭でそう唱える。宣言なんかじゃなく、自分自身をささげるつもりで。ここにずっと前からいるべきだった。島にとどまって、もっともっとよくきいてなきゃいけなかった。メインランドでいくつもの壊れた体をなおそうとしてた頃、ひとりきりで一体なにをやりとげるつもりだった？　患者がどれだけやってきても、この場所のようにはおおくを教えてくれなかった――ここではとびかかるように、むこうからつながってくる。姿を明かしてくれる。おれがあれこれ試さなくても。つまり、皮膚の細胞が汗に溶けて土と混ざるってのは、細胞がおれの体から土へと落ちるってことで、それが霧になって木をつつむと、木はそれを飲むだろ、それで陽の光が射せば、また空気に戻ってく。そうやって、草や木が呼吸して、吐いたその息が、おれが吸う息になる。まさにそうやって、この島々のとてもたくさんのひとたちは、かつておでこを押しつけあって挨拶しながら、おなじ息を吸ってた。ひとりの人間のようにかたまって。

目の前で道がわかれる。太い道から逸れたほうに、木が生えてない場所があって、そっちにむかう。ならんだ木々をすりぬける。バックパックが枝にぶつかっても、進む、押しわけてでも。空から谷を見おろしてみたい。海も。あの木のない場所のほんのすこしさき。見渡しのいい崖まではくだりで、そこにたつと、どれだけのぼってきたかがよくわかる。ワイマヌにワイピオ、とおくてばかでかい、でもすぐそばで触れることもできる。さざ波がたつ入江は、緑の裂け目にそっておおきな曲線を描いてる。

谷底から見たら、はるか上にいる。へりにたって、じっと覗いてみる、でもその時、おれの下で地面が動く。一瞬、空気のように軽くなる、とんでるかのように。すぐに、腹のなかがぐんと速くなる。草がゆがんで、風が打ちつける、なにかが肩をつかみ、引きちぎろうとする。背中は熱く、ねじれる、はじける、口をおおきくあけたまま体はぐるりとまわる、それから、空が見える。それか、ずっと下の海、なにかがぽきりと折れる、ふとももかもしれない、おれはまわってまわる、また軽くなって、空気が吹きつける、おい待てって、おい――

第三部

壊れる

第一八章　カウイ、二〇〇八年
サンディエゴ

クリークでヴァンとのあれがあってから、新しい線路を突っ走る高速列車みたいに、わたしは動いてた。グループワークをやらせるエンジニアリングの教授たちには伝えるようにした、グループには入りたくないって――男、男、男、で、いつだってそう、発言しようとするたびに闘う羽目になった――だったら、ぜんぶひとりでやるよ、四時間とか、かかったとしても、ね？　すべて課題をこなして、どんな厄介な授業でも上位一パーセントに入った。

キャンパスから逃げられないような時は、わたしとヴァン（そしてハオとカトリーナ）で、夜中によくビルをのぼった。背中をくっつけて寮の部屋の床に座ってることもあった、そう、ノートに文字を書きなぐって、課題の章をマーカー片手に読んでるような日には。肩甲骨がこすれあうのも、手ならいいのにってねがってしまうような感触だった。でも、クリークでしたとこまでは戻らなかった。それはまるで、とびこみ台の上で、自分たちを飲みこみ冷やしてくれるはずの水面を覗きながら、とびこまないでいるのに似てた。クリークのあれよりはずっと手前、でもなにもないのとはちがった。あれを考えるだけで、ぽっと熱くなる気がした。ぜんぶ欲しいって、せがんでしまいそうになるのを、どうにかこらえてた。

ある夜、ママから電話がある。ノアのことだ、まあもちろんだけど。ただ今回は、様子が変だ。

「いないってどういうこと？」知ってたのは、仕事で事故みたいなのがあったってとこまでだった。ノアの前でだれかが死んだ、それがたぶんノアのミスだった、だから落ちつくための時間と場所が必要で、ハワイに戻った。でも、安全なはずだ、ちがう？　家ってそういう場所だから。

ママはノアのビッグアイランド《ハワイ島》への旅について教えてくれる。ただの徒歩旅行って感じだ。ひとのいない神聖な場所まで歩いてく、ホノカアのそばの谷のあたりで。

「あの子はあそこに呼ばれたんだ」

「呼ばれた？」でたらめはもうこりごりだ、と思う。

「アウマクア《祖先の神》だよ。帰ってきてから、あの子はずっと感じてたんだ。谷に行かなくちゃならないって」

「いま、兄ちゃんを探してるの？」

「あたしたちは今日の便でとんでく。ディーンもすぐに来る。郡でも捜索救助隊をむかわせてくれてる」

「わたしも帰る」

「だめだよ。あんたは学校に残るんだ」

「でもディーンは帰ってくるって言ってたでしょ」

ためいきがきこえる。あほだねえ、とでも言いたげだ。「カウイ、あの子はもう学校に行ってないよ」

「はあ」自分の声からあらゆる感情がきえる。「まただよ、あんただけが特別やらせてもらってるんだ、とでも言われてる気がする」

「言葉に気をつけるんだ」

「わたしがなにしたいかわかってるでしょ、なのに無理やり逆をさせようとしてる」

「あんたがいまいるとこにいられるのはすべて、メインランドも、大学も。自力で叶えたってのとはちがう」

「自力にきまってんでしょ。これだけは」

さあはじまる、って思う。さあ来い、大声か、冷ややかな怒りか、あるいは両方か。でも、ママはこれまででいちばん奇妙なことを言う。あとになってもまだ、このすべてが終わってからも、考えつづけることになる言葉を。

「あぁ、カウイ。あたしには、あんたがわかる。あたしはあんただったからね。そこにいなさい。ここに来てどうなる、学期は終わっちゃいないいんだろ？」

「わかんない」でも考えようとすればするほど、ママが正しい気がしてくる。一学期分、余計に時間をかけて、行かなかった授業をとりなおす、しかも最小被害で済めばの話だ。ってことは、五桁の借金がさらに加わる。それは痛い。わたしはなんとかやれる。でもハワイはどうなるか、わかりきってる――ノアは谷から戻ってくる、たぶん、虹色のおならをしながら空とぶユニコーンみたいなのにまたがって。それで、家にまた奇跡の雨を降らす。新しい物語、洪水のような寄付金、新しい黄金時代の幕あけ。もしわたしがそこにいたら、また見物人でしかなくなる、良くてもね、ちがう？　兄ちゃんのことは心配してなかった。

その瞬間、思わずほっとする。おおきく、心から。家には帰らない。わたしは必要じゃない。良かった、良かった、良かった。こういうのって、くそみたいな妹だろうか？

みんなの望みだ、わたしだけのじゃない、って自分に言いきかせる。それに実際、わたしだけがそうしたいんだとしても、なにが悪い？　勉強に戻ろう。本と授業だけの日々。ヴァンともまじめなまま、どこでどうとびこむかは、やきもきしてればいい。誘うのがわたしからでも、あっちからでも。

だけど、あの日の電話がどうにかなって、あらゆるものを変える、ぜったいにそうだ。呪いみたいなもの。すべてはストップする。ヴァンは部屋に帰ってこなくなって、電話しても出なくなる。どうでもいい必修の授業をひとつ、一緒にとると約束してた、キリストとか十字軍とか、そういうのだ。そこに行けば会えるし、最近どうよ、とかきけるって思うのがふつうだよね？　でも教室にはいない。携帯から一通メッセージを送って、それで終わり。

欲求で体がむずむずする、眠りは浅い。体に残るあの指の感触。笑う体のゆれ。重なりあって、かたくも、やわらかくもなるわたしたち。むきだしの崖をのぼってくわたしに叫ぶ、しゃがれた声。のぼれ、のぼれ、のぼれ。朝まで、そういうのがわたしのなかをめぐる、なんとか寝れる四時間ずっと。構造設計の最近の課題ではへまをする。七〇パーセント。どうにか平均。

君らしくない、そう教授はテストにコメントしてくる。

ハオとカトリーナと話す時、ヴァンのことをきく。ふたりは肩をすくめて、最近あの子の態度は変だって言う。ふたりにも話してこようとしないみたいだ。ママの電話から二日後、学生会館の前で待ってみる。ふつうならヴァンがコーヒーを買いにやってくる時間。連絡用のコルクボードの正面、部屋の角のふたりがけの椅子で身を縮める。ほら、合わせたようにすぐヴァンがやってくる、おおきな肩にバックパックをだらりと背負って。ネイビーのパーカー、無地だ。おおきな、でも気だるそうな足どり、肩までの髪はもつれたまま、とかしてもない。コーヒーに口をつけはなすと、突きでたちいさい前歯がのぞく。ちかくまで来るのを待って、たちあがる。

ヴァンはとまる。「カウイ」

「ねえ」

「どうしてる?」目を横に逸らして。「授業があってさ」

怒らないほうがいい、よね? わかってる。やさしい言葉を見つけよう。でも、心は折れそうもない。

「うそつき」

ヴァンは顔をしかめる。「なにが?」

「なんかあるんでしょ」

「授業があるんだよ」って、もういちど言う。そのまま歩いてこうとする。すぐにはなにも言えなくて、ただ後ろをついてく、ビルを出て、駐車場に入るまで。

スケーターがやかましく通りすぎる。タイヤが荒れた舗装の上を転がってく。ちいさくなるまでふたりで見る。ジーンズがずれて、白い綿の下着がマフィンのようにはみ出してる。財布のあとが、粗い線でポケットに残ってる。世界一の選手がそこにいるかのように、目で追いかける、言葉も交わさずに。

「なんで部屋に来なくなった?」

「ちょっと距離が欲しかった」コーヒーをすする。何度もしてきたしぐさ、そのたびにヴァンの体を流れる液体を想像してきた――ピンクのあたたかい口を一まわりして、そばかすがある首を下へ、胸に入ると、へその裏あたりでひろがる。でもいまは、飲みものを飲んでても、それは、こっちを見ないでしてる平凡な行為だ。

「兄がいなくなった。谷に出かけてって、戻ってこない」これを言う理由はわからない、ただヴァンがもっとちかくに来るかもしれない。ほんのちょっとでも。「その、食べ物がどれくらいあるのかも、地図とかいろいろ持ってるのかも、知らない」

ヴァンはポケットに手を突っこむ。ジーンズの生地が食いこんで、血がとまった皮膚の色になる。「心配だね」って、ヴァンは言う。「家族の話なんてちゃんと、してなかったんじゃない？　お兄さん、ウクレレ弾いてたよね」とつづける。「それは憶えてる」

「弾いてる」わたしは言う。「ヴァン、ねえ、そんなのどうでもいい」

「心配だね」とくりかえす。「なにしたらいいかな」こっちにちかづいてくる、ほらね？　こわばった手をぎこちなくひらいてハグしてこようとする姿は、おえっとくる。

「やめて」

ヴァンは空いてる手で自分の首を揉みはじめる。

思う、どうせなら言葉にしようって、ね？　繊細な人間じゃないし、ふりは無理だ、とくにヴァンが相手だと。「勝手になかったことにすんなよ、ワイン祭りの帰りの車でのあれとか。テントで一緒にいたのも。寮の部屋でのことも」

ヴァンをじっと見る。今度はどう来るだろう。まだ首を揉んでる、と思ったら縁石にマグを置く。髪を結ぶ。かがんで、またコーヒーを手にとる。「ワイン祭りは酔ってただけ。なに考えてたかもわからない。たいしたことじゃないよ。コナーがくそ野郎で、顔につば吐きかけて――」言いながら笑いだす。「そのあとはぜんぶ――ただ――いまは男なんてどうでもいい。でも、だから同性愛者なんだ、って話でもない」

で、わたしは考える――ふたりがそうだって話なのか？　その他大勢の女子たちもいる寮の、部屋や廊下でくっついて、つんとしたにおいの夜を過ごす。ビール四杯でふらつきながら、でもいつも一緒によろめきながら歩く。そうだ。だれかをネタに冗談言ったり、ヘッドフォンやお菓子を分けあったり、テレビの前でお互いの肩に寄りかかったり。それにロッククライミング、山の道。どっちかがさきに岩をのぼって、下にロープを垂らす。のぼって、のぼる。おおきな落下もある、もちろん。終わると、シャワーしてヴァンは裸で出てくる、いつだっておなじ部屋で、ためらいなく服を着る。相手の体に吸い寄せられる、何度も何度も、クリークでの時も、飢えにまかせてまっすぐとびこんだ。四六時中、ヴァンの体のこととか、セックスや肉体の仕組みなんかについてばかり、考えてたわけじゃない、ね？　言いたいのは、ヴァンを見ると、なにかがまぶしくはじけるってことだ。なにもかもいきなり、あのじらされるような、希望しかないぬくもりに覆われる。お互いさまだ。同性愛者？　ただの文字、音のかたまり、チェックボックスじゃん。わたしがなんだろうと、そんなのには収まらない。

「わたしはちがう」

「ねえ、カウイ」ヴァンは憐れむように笑う。「大丈夫だよ」

「あんたこそ大丈夫だよ。ほんとさ、わたしが男としてきたくそみたいなこと見るべきだね。わたしよりわたしを知ってる気にならないで」

「かもね」ヴァンは手を差しだして、途中でとめる。「ごめん。こういうのもぜんぶ、もっと前にやめときゃよかった。わかんないけど。気持ちよかった、たぶんカウイだから、でもちがう――わたしはそういうんじゃない」

全身が凍る。腕をなでながら、顔をかすかに逸らす。「ファック」と言う。ただ一言だけ。

「カウイ」って、ヴァンは呼ぶ。そのつづきも最後まできこえる、ヴァンが声に出したわけじゃないけど、ね——カウイ、もうやめて。カウイ、あわれすぎるから。カウイ、愛とか話しださないで。他のだれかと話せばいい。わたしとあなたじゃ世界が終わる、その反対じゃない。カウイ、ちゃんとして。そのぜんぶがきこえる。ヴァンの口が動いてさえなくても。

「きいて」って、ヴァンは言う。見たことない顔をしてる。悲しげな、それで——それで——

そうか。同情されてんのか？

内臓が一直線になりかける。漏らすか、吐くか、それか両方、やらかしそうだ。行かなきゃ。むきを変えて進む。一歩。もう一歩。走るな、そう自分に言う。走るな、でも行け。

「ねえ」ヴァンは声を張りあげる。「待って、とまって」

でもわたしはとまらないし、声も出さないし、振りむきもしない。ただ進む。襲いかかるようにながい影をなげかけるミッション様式のアーチを通りすぎる。口を縦にあけたようなガラス張りの建物の入口も。中庭も、砂の地面も、階段も。ある一日が、ずっと胸にひっかかるだろうってわかることが、たまにある。朝の空気は、この季節にしてはおかしいくらい、冷《ひ》え冷《び》えしてる。

第一九章　ディーン、二〇〇八年
スポケーン

一一時すぎのクラブってのはビートがやたらと激しくてね、耳はぼやけてくるし体はばかみたいにかたむいちまう、ショット六杯も飲んだせいだ、たぶんな。おれとあいつらはバーカウンターにいて、反対側にはレストランがあってスポーツチャンネルがついてて、まんなかはミラーボールとちいさなステージとダンスフロア。店自体がおれどこなんだろって悩んでるようなとこだろ、バーなのかクラブなのかレストランなのか。薄暗いダンスフロアで腰をすりつけあってる二、三組のカップルをよけながら、サーバーは動きまわってる。

でもスピーカーから出てくる音はすごくて、トラヴィスもおれも、ビリーと仲間たちも、ハッピーアワーの終わりから二倍の速さで飲みまくってる。そうすりゃもう、おれだってダンスフロアで腰をぐりぐり動かしちゃうね、中東だか、どこだか予想もつかない血が混ざった女を相手にさ、ライオンみたいな髪で、目なんか究極にとろんとしてる子さ。話してるあいだも、まぶたはずっととじそうになってて、かけられた言葉がなになんてことは、だれも気にしちゃいねえ。

ほぼずっとけつをぴたりとくっつけたままでいる、お互いポケットの小銭がじゃらじゃらわかるくらいに。縦に振って、滑らせて、横にゆすって、はなしたら、またはじめから。トイレでじょぼじょぼと放水する。

サインみたいな落書きで埋めつくされた黄緑の壁。そっからバーカウンターに戻ってトラヴィスたちとショットをぐいっと空にして、音楽の上からつぶれた声でわめきあう。なぜかさっきよりやかましくなってやがるんだ。またダンスフロアに戻ったら、すぐあいつらに耳打ちする、ちょっと用事、ってな。あの子の両手はおれの後ろのポケットに突っこんだままで、指のつけねがけつにあたる、でドアにむかう、口をまるくあけたあの子の仲間も、バーカウンターのふちに反射するピンクのぎらぎらした光も、そこに置いてく。

タクシーで家に帰る。玄関のドアのどうでもいい手紙を蹴散らして、テレビのまわりに昨日の皿が置きっぱなしの真っ暗なリビングルームも通りぬけて、まっすぐベッドルームに入る。

首のつけねをなめまわすと、あの子はかすかに笑う、こんなふうに言ってね。「あんたやばい、やばいって、こんなのおかしいし、あたし、いままで——」

「知らねえよ。おまえははじめてかもしれねえ、でもおれはいつもしてる」

また笑ってやがる。さっきとちがうのは、おれたちの体が壁にぴたっとくっついてて、ズボンは足までずり落ちてるってとこだ。下着を剥いじまうかわりに手を突っこんでがさごそお互いのを探る。それからマットレスの上、シーツを足に絡ませながら、片方のくるぶしをおれの肩に乗せてやると、むこうももう片方の足をみずから引っぱりあげて、おれを招き入れる。おれたちはゆれるリズムになる、入って出る、何度も、何度も、何度も、何度も、何度もね。

朝になっても一緒にいる。その時、破裂するいきおいで電話が鳴る。早すぎるだろ、母ちゃんだ、くそ。転がって電話にこたえてても、ゆうべの子の手はおれの脇腹んとこでぐったりしたままだ。

「早くに悪いね」

「まあ軽く腕たてしてたとこだ」

「おまえの声、具合悪いのかい？」

「ああ、すこしな、そう」

「ああ、そういうことなら、電話することになっちまって悪いね」

「かけなおすか？」

「無理なんだ」


あと何度か電話をかけることになって、それも済むと、ちょっと待てば、飛行機会社が遺族割引なんてのをしてくれる。それで雲の上、そいつもほぼおしまい、ってのもさ、下をむきゃオアフが見えるのさ、夜のホノルルがね。笑えてくる、昔はでけえ街だなんて考えてたんだ、建物も、そうさ、十階より高けりゃなんかとんでもねえもんだと思ってたし、街灯とか大通りとか、そういうのもね。でもいま見るとちっぽけで、真夜中の水面と腹をすかした谷は黒々《くろぐろ》してて、そのはしに明かりがちいさくまとまってるだけだ。ちっともおおきくなんて見えないんだ、ＬＡとかシアトルとか、あるいはポートランドだっていい、ああいうどこまでもぎらぎらしてて、まぶしいとこしかない場所に比べたらさ。

ハワイになんかいたくないね。最後に帰った時も最悪だった――大学のチームから放りだされたすぐあとだ、奨学金も打ちきられてた――出くわすのは知り合いばかりで、そういうやつらが憶えてるのは、新聞やローカルテレビ局が伝えた大学やトーナメントでのこと、ハワイの若者が全米で大暴れみたいな話ばかりだった。あれこれの試合でおれがどうしたみたいなのも、顔も知らねえやつらのほうがよく記憶してた、それこそ、あれはクロスオーバーだ、いやふわっとしたレイアップだ、そうじゃない後ろにはねながら打ったシュートだ、とかそんなことまで。どいつもこいつもおなじことをききやがって、何度もあほみたいにこたえなくちゃならなかった——ああ、あの試合は憶えてる、いや、もうプレイしてないんだ、スポケーンじゃあんまうまくいかなくなってさ、ああ、家族はぼちぼちやってる。

　でまたこうやって戻ってきてる。母ちゃんが電話で言ってたのはノアがビッグアイランド《ハワイ島》の山を歩いてていなくなったってことだ。ながいひとり旅で、いろいろ歩きまわるとか、そんなことだった。母ちゃんによれば、あいつはなんか見たとか、そいつを突きとめに行くとか話してた、どこへかは言って、いつまでかは言わなかった、出かけて一週間、また一週間とすぎて、連絡もなくて、母ちゃんは警察に行った。

　おれの横の席の女は離陸してからずっと座ってる。ハオレ《白人》んなかのハオレだ——妙な白いニットジャケットにストレッチのきいたカーキのパンツ、たるんだしわの胸元にとび散ったそばかす、あほみたいにそそりたった鼻、農園かどっかから来ましたってようなアクセント。ハワイの陽を浴びてちりちりに焦げてる姿がすぐに目にうかぶ。ワイキキのビーチぞいのくだらねえバーのどっかでマイタイでも飲まされてさ。

　女はおれを見る。「はじめてなんです」とか言ってくる。

「まったくそうは見えないですね」

「家に帰るのは楽しみですか？」

「ええそりゃあ」

「ひとつききたいんですが」そう言って、体ごとこっちをむいておれを見る。目を二回ぱちくりする。「バスケットボール、なさってますか？」

またこの質問かよ。いつもだ。

頭の上の指示灯から音が鳴る。みんな背もたれに寄りかかる。外の空気がこすれてうなる、機体はかたむき、地面めがけてしずんでく。


空港へはキモおじさんが来てくれる、暗い疲れきった顔で、このまま葬式につれてくって言われても不思議じゃない。トラックの荷台にカバンをなげいれ、おじさん家にむかって走りだす。からっぽのビッグアイランド――真っ暗で道路は狭い。ひたすらつづくのぼり坂にそって、ただっ広《ぴろ》いすかすかの空間があって、ところどころ町の明かりが窮屈そうにかたまってる。おじさんはボブ・マーリーの曲をかけながらハンドルをにぎる、そんな調子で、窓がきしむほかはずっと黙ったまま進む。ヘッドライトに照らされた島自身が、車のなかのおれたちにとびかかってくる。

あるところでおじさんは音を落として、ノアの話をはじめる。あいつがどんだけぼろぼろでカリヒに戻ってきたか、知る限りを教えてくれる。ちょうど、電話であいつがぼろぼろだったのと一緒だ、あいつが乗った救急車で妊婦が死んじまったあとの、あの電話で。思うになんか見てたんだ、母ちゃんたちとオアフにいるあいだにね、ビッグアイランドに帰りてえって思わされちまうなにかを。戻ってきたあいつは、おじさんにも他のオハナ《家族》にも会いに来なかった、だからだれも起きたことをきっちりわかっちゃいない。出かけて電話もよこさず何日もたちすぎて、ようやく母ちゃんが９１１に通報したってことだけさ。

ずっとみんな谷で探してる。危ないのは、ワイピオでもワイマヌでさえもあいつは見つかってないからで、つまりみんなあいつがワイマヌを越えてったって考えてる。だとしたら厄介だ、そっからは冗談にならないとこだから。山道はどんどんひどくなって、そこらじゅう荒れに荒れた生きものと、隠れた崖と、さきがないつぶれた脇道だらけだ、探しはじめて三日、谷をひとつひとつできるだけ速くのぼっておりて、ワイマヌまでまわりこむためにはゾディアックボートに乗りこむ、ヘリコプターとか、郡の捜索救助隊とか、そんなのまで出てる。

おじさんはそれでも、おれに会えてよかったって言う。こんなにでかかったことは忘れてたって。それからラジオの音を元に戻して、フロントグラスからまっすぐ前を見てる。番組でレゲエの曲がかかってて、「ボトムレスピッツ《底なしの穴》」やら「プレッシャードロップス《頭からつぶされろ》」やら「ライジングアップ《這いあがれ》」やら歌ってる。がつんとやられるね——ジャマイカみたいな島のほうがたぶん、物事のありようってのをこの国の半分のやつらより、ずっとよく知ってんだ。ノアと電話で話したことばっか考えちまう——とまらねえんだ——おれたちの声、その下にあるなにか、おじさんは運転しつづける。

「おまえようやく戻ってきやがった」って、父ちゃんは言う、おじさんの家に着くなりね。二、三時間前に谷から引きあげてきてた。あっちは真っ暗になる、自分のけつですら触れなくなる、いつだって雲が月を覆っちまうんだからなおさらだ。だから戻ってこなくちゃならなかった。最後にこっちに来た時に比べて、父ちゃんの体は変わった、父ちゃんにしてはちょっと太りすぎだ、衰えたフットボール選手の見た目になってきてる、ベルトのバックルからはみ出したぶあつい肉のかたまりなんかがね。口ひげは生やしっぱなしで、見覚えのない顔の傷やしわがある。

「だれだよやっと帰ってきたのはよ」なんて言われると、つい思っちまうんだ、くそ、父ちゃんだ、いつもの調子だ。待ってくれてたんだろ、でもさすがに探し疲れてる、いらだってもいる。

「長旅だったよ」

「何年かかった？」

「あほだろ、父ちゃん」

「トゥリー《tree》」指をみっつ折りながら父ちゃんは言う。「トゥリーイヤーズだろ」

「スポケーンならいつ来てもよかったんだぜ」

「その辺に金が転がってるような言いかただな」

「こっちも空っぽさ。こんなフライトのせいでカードは限度額いっぱいだよ。あと一年は働いて返済しねえとな」

「いや、でもな。おまえみてえなやつなら他でなんか見つけられるさ」

「ないね」おれたちはラナイで、手すりに寄っかかってる。目の前の地面はくだり坂で、そのさきでは林ががさがさとゆれてて、さらに行くと崖があって海だ。どっかのトラックがうなりながら、ハイウェイをがたがたと走ってく。「ハオレならたっぷりいる」

父ちゃんの両頬がにんまりとゆるむ。「だろうな、おまえまだ夜にシャワーしてんのか、なあ？」

「たまにな」

「あいつらは何日もシャワーしねえってきいたぜ。気がむいたら流すだけなんだってな。しかも朝にね」

「おれのルームメイトのひとりはやたらとくせえ足をしてる。腐ったミルクとかそういうにおいだ」

ようやく父ちゃんも口をあけて大笑いする。「あほのハオレども。でもおまえもシャワーしねえんだろ、なあ？　朝浴びてんだ、そうだろ」

「なあ」って、父ちゃんはつづける。「おまえも靴のまま家入るんだろ？　ファニーパックだって買ったはずさ」

とまらない。つぎつぎ出てくるのさ、父ちゃんがハオレたちに抱いてる妄想ってのがね――脂っぽい顔に、きっちりした発音、ライスに入れるバター、急かされっぱなしの生活。もうおまえもあいつらの仲間だって、言ってくる。

「フリスビーは好きだろ。仲間とフリースビーなげあってんだろ」

「父ちゃん」――すっかり入っちまってる。

「サンダル履いてんだろ、なあ？　テヴァは持ってきたのか？　日焼けどめは？　おまえ――」頭を手すりにのっけて、冗談じゃなく女の子みたいにきゃっきゃと笑ってんだ。いつもこういう甲高い、あほくさい笑いかたで、まわりにも伝染《うつ》ってとまらなくなる、おれだって笑うはずのとこだ、でも、笑わない、父ちゃんが笑うのをただ見てる、ちょっと平気だとは思えなくてね、なんかおかしい。


死の季節が来てる、でもつぎの日になっても、それだけは言わない。スポケーンじゃもうはじまってる、葉っぱが一セントコインみたいにぱらぱらと木から落ちてきて、手の甲が血だらけになるほど寒いはずだ。そりゃハワイにはスポケーンのような季節はない、でもどっちにしろ、ノアに一年のこんな時期と一緒になってもらっちゃ困る。こうして山道にいると、おれたちだってみんな冷えきって、くたくたになる。場所はワイマヌの外れで、山道をあがって谷から出てくとこだ。他と変わらないきつい坂、といっても、ほぼ道ですらなくて、木やしげみがごちゃごちゃと生えてるなかを、泥水がちょろちょろと流れてるだけだ。

郡の捜索救助のやつらにも同行してもらってて、そのうちふたりは真っ青なユニフォームを着こんで、器具や地図や発炎筒がついた金具だらけのバックパックを背負ってる。それに犬もいる、犬がいちばん前にたって、くんくん嗅ぎながらおれたちを引っぱってく。

父ちゃんとキモおじさんと残りのやつらはあとからひっついてく、おれもぴったりならんで歩く、足首まで泥にはまって、歯までへろへろになって、前が見えないとこはほぼびびりながら進む、ノアの死体にでくわすんじゃないかってね。

そうやって、なぎ倒しては、歩いて、またなぎ倒す、顔にあたる枝は押しかえす、葉っぱのふちはちくちくと服にこすれる、足はぬかるみにびちゃりとはまる。坂はもっと坂になって、足で体を押しあげて前のめりで進まなくちゃならなくなる、まともに足をつくことすらできなくなって、一歩踏みだしても滑っちまえば、ますます泥に埋まる。熟れすぎたグァバのにおい、そいつが馬のくそみたいな泥のにおいと混ざって、つめたい風に乗ってくる。一日中、雲は谷の奥へと流されてく、いまはもう黒々としてきて雲というよりは脳みそのように見える。捜索救助隊も足をとめて、犬を座らせる。どうなるかはみんなわかってる。

「かなり暗くなってきた、雨も降ってきそうだ」って、やつらのひとりが言う。ハオレの女、髪はげんこつみたいなポニーテイル、青い野球帽を目深にかぶってる。「今日は打ち切りにしようと思う」

「ふざけんなよ」って、おれは言う。「明かりならあんだろ。ヘッドランプつけてんだろ」

父ちゃんもたったままだ。下のまぶたにくっきりとひびみたいなしわができてる。木にもたれかかって、ながいため息をついてる。ふとももに置いた手を見ると、ぶるぶる震えてるのがわかる、電気が流れてるみたいにね。こんなのを目にすると、また考えちまう——なにかがおかしい。

キモおじさんは帽子を脱いで、ふさふさの黒い髪を指でかきあげてる。灰色のシャツは胸が汗でおおきく暗くにじんでる。だれだってけつをおろしたいはずさ、でも場所がない、なぜってどこも泥か、ただの狭い山道だからだ。

「全員をヘリで運んでもらうためには、確実に谷底まで戻る必要がある」って、救助隊のあの女が言う。「それにポマイを朝まで走らせることはできない」女はジャーマンシェパードの体の横をぱちんと二回はたく。

雨も降りだす。はじめは唾の玉が吹きかかるくらい、でもだんだん強くなって粒のおおきな小雨に変わる。

「おれは残る」

「みんな谷をおりるんだ」って、父ちゃんは言う。もたれかかってた木から背中をはなしてたつ。

「あいつはまだあっちにいる。雨だから休みましょうだなんて、あいつは言ってられねえ」

「戻らなくちゃならない」って、救助隊の女が言う。犬のむきを変える。すぐそばの男、おなじ救助隊で、日本人のくせにやたらとでかい警察みたいな野郎も、むきを変えて、下に何歩か進む。

「おれはこのくそみたいな山道で寝る」でもあいつらはおれの言葉に背中をむけてる、おれ以外みんな山道を引きかえそうとしてる。おれの弟か、その死体を――いや、弟を――ひとり置きざりにして。この嵐でどうなるか、気にもしてない。

「びびりやがって」だれもきいちゃいない。

ベースキャンプに着く頃には、灰色のどしゃぶりに変わる、日差しもすっかり雲に飲みこまれた。ならんだ木の陰にテントがかたまってる。さらに奥には湖と、うっそうとしたしげみがある。

ゾディアックボートをワイピオバレーまで回そうって父ちゃんとおじさんは話してる、そうすりゃここからぬけ出して他にもいろいろと器具を持ってこられる。隊のやつらはテントのそばで群れて話しこんでやがる、だからおれだけぽつんとたってる、アイアンウッドの木の下、落ちてくる雨に濡れながら。

ノアは死んじまったんじゃねえかって、真剣に考えはじめる。そうするとあいつに謝りたいことばっかうかぶんだ。転ばせたり、押したり、家のいろんなものを武器にしてぶっ叩いたり、ちいさい頃だぜ。マナ《ちから》が宿ってんのはおれなんだって、何度もあいつにわからせてやろうとしたことも。そんなはずないってのはおれもあいつもわかってたのにな。大学に哲学の授業があって、そこでは教授みたいなのが力がどうのこうの話してた。だれもがフォースとパワーがおなじもんだって考えてる、でもほんとはパワーをもたねえやつがフォースを使うんだとか言ってた。おれとノアに重ねあわせて、こう言いたくなる。おれの人生でずっと頼ってきたのは、フォースだ。その結果、おれはどうなってる？

隊のヘリがあいつらをつれにとんでくる。地面にちかづくと、プロペラが空気をぶった切って一回一回、胸にずしんとくる、衝撃は体を突きぬけて、目から出てく、たぶん、三〇〇フィートくらいはなれてるのに。機体は黄と赤の縞模様で、ブラックホークとかそういう映画に出てくるのとはちがって、ちっこい、羽のないカブトムシに似てる。音はでかい。空を叩き割っちまいそうだ、低く金属音も鳴ってる。そこらじゅうの草が倒れて、さきがはためいてる。隊のやつらと犬が頭をかがめて走りだす、ジャケットも風と雨に踊ってる、先頭の女、ノアを探すのを中止するとかほざいてたあいつは、頭に帽子を押さえつけてる。あいつも、後ろの男も、笑っちまうくらい頭をさげて、泥棒みたいにこそこそ走ってる。あいつらがヘリに乗りこむと、プロペラはもっと速くもっとばかでかい音でまわりだす、草地をもみくちゃにして、みんなそろって宙にうかんで、ゆれながら谷の外へときえてく。

第二〇章　マリア、二〇〇八年

カリヒ

あたしもオージーも一週間前にカリヒに戻ってこなくちゃならなかった。ビッグアイランド《ハワイ島》をはなれて、あたしたちのなにもない暮らしに戻ったのさ。そうはしたくなかった、あたしのあの子がまだ生きてるって知ってたから、あの谷のどこかでね、だからあの子が戻ってきた時には、いてやれるようにしたかった。でもなにもかも失っちまうことになる——仕事も、あのあわれな錆だらけの借家も、ぼろ車も——もしもビッグアイランドにあと一日でも残ったとしたらね。だからダッフルバッグもスーツケースもまたぱんぱんにして、キモの家を出て砂利の上にたったんだ、朝早くから鳥がなにやらお喋りしてた、涼しいバニラ色の空だった。

「おれたちであの子を見つけるさ」って、キモは言った。谷での眠れない夜のせいで、白目まで茶色くなってきてた、オージーと一緒に草や木を切り倒して、踏みつけてきたんだ。

「ああ」って、オージーは言った。「見つける、どういう結果でもな」

「おい、頼むぜ」って、キモはこたえた。肉厚の手のひらをオージーの肩に置いてた。

「わかるだろ、だめかもしれねえ。たぶん、あいつは死んじまってる、だろ？　たぶん、谷のどっかにまるご吸いこまれちまってんだ」

「おい。そんなふうになんなって」

「それか、たぶん」オージーのいつものあれだ——顔をがっちりかためてるのがわかった、吹きだしちまわないようにね——「もしあいつが死んじまってんなら、また試せるってもんじゃねえか」そこでにんまりして、手をのばして、あたしの尻を突っつく。「もう一回ナイノアをつくるってのをな、だろベイビー？」

　そこで、あのひとはけっけと笑いだした。

「この下品な、エロ犬が」って、あたしは言った、一緒に笑いながらね。「つぎいつやれるかってことしか、考えてないんだろ」

「仕方ねえだろ」って言いながら、あのひとはにやにやしてた。「おい、ほんとちょっとでいいから、なか行こうぜ、マリア。おう、キモ、五分だけここで待っててくれよ」

「あんたね！」って言った。でもみんな笑いを抑えられなかった。みんな。

　そうやってげらげら話しながら、あたしたちはキモにトラックで運んでもらって、農園の丘も、かたむいた森も、ワイメアの谷の裏っかわも通りすぎて、爪のようなビーチも、サウスコハラの黒くて脆い溶岩の地表も置きざりにした。でもいつかはとまらなくちゃならない、そりゃそうだ、エンジン音がとどろく空港のコンクリートでね、そこまで来ちまうと自分たちの息子を捨ててくんだって気持ちにならないはずない。飛行機がうかんで、あたしたちは雲のそばで弧を描く。ホノルルに戻ってきても、そこは空っぽでもう気楽には暮らせない気がする別のホノルルさ。もうどんなものになにを盗られたってよかった、あたしたちにはほとんどなにも残ってなかったからさ。

あたしはまだここにいる、って自分に思いださせるんだ。あたしはまだここにいて、あの子もここにいる。まちがいなく。

何日も、なんの知らせもこない。ディーンとキモとあと何人かがまだ探してるってこと以外は。で、あたしはこうして、また別のシフトをこなしてバスを停車場に運ぶ。がらんとしたぬけ殻になったでかい車体をゆらして、夜の道を弾丸のように走らせる。一日でいちばんほっとする時間さ。暗闇を走るのがよくて、シートも運転台も明かりをけしとくんだ、そうすりゃメーターの光だけになる。この手で操るこいつのずっしりした重みはどこか心地よかった。

パリハイウェイを半分までくだってきた、もうすぐヌウアヌの出口だ、木と木の隙間、コオラウ山の急な斜面のさらにむこう側から、ホノルルの景色がひろがってくる。黄と赤の街明かりが、ぼんやり夜にうかびあがる。

バスのヘッドライトが言うように正面を照らす、アスファルトがあって、さらにアスファルトがつづく、それからガードレール、その時、ハイウェイの路面にひとの影がうかぶ。男だ。身をかがめてる、ほとんど素っ裸で、尻とボト《あそこ》にマロ《腰布》だけは巻いてる。でも靴は履かず足も胸もむきだしの、暗い暗い肌の、男だ。頭にはレイ《花輪》ポー、輪っかから葉っぱが突きでてる、妙にかしげた首、暗い影につつまれた両目。

ブレーキを踏んでホーンを鳴らす。そいつはたったままだ。体ごとよろけて震えてる、ちらついて見える、まるで荒れた天気の日にテレビがついたりきえたりするように。そいつは前にジャンプして、バスのフロントから一〇フィートのとこまで来る。胸に塩がかたまってる、手のひらは紫のあざになってる、最近じゃ見なくなったけど、ロープをぎゅっとにぎればこういう傷になる。ブレーキの足を踏んばる、ひどいきしみとゆれ、体がうきあがって投げ出されそうになるのを、シートベルトが食いとめる。引きつるようにバスがとまる。

なにも感じなかった、轢いてなんかない、なにも感じなかった。ヘッドライトはなにもない路面を照らしてる。

なんてこった。

バスをわきに寄せてハザートのボタンを押す。ライトは点滅をくりかえす。ブレーキから空気が漏れる、ぷしゅっーとね。ドアレバーを引くと、フロントドアがぎしぎしと羽をたたむかのようひらく。鉄の段差を一歩ずつおりて、ぶあつい夜の空気へと出てく。バスの顔にはなんのかたまりもひっついてない、へこみも、べったりとした血も、つぶれた体もない。

バスの後ろも見る、残りがあるはずだ、もし男をぺしゃんこにしちまったんなら。そこにはさっき見たまんまのあいつがいて、路面がはねかえした薄い月明りを背に、影がくっきりうかんでる。でも男はまたちらついて、ゆれて、ゆがんだ、と思った瞬間、ただの豚になる、尻を突きだした、毛むくじゃらで、泥だらけの豚に。そいつはきいきいやかましく鳴いたりうなったりしながらハイウェイを出て、道の外のしげみにきえてく。

ヘッドライトがちかづいてくる。車が一台、あたしと路肩にとめたバスの横を吹きぬけてく。しばらくそこにたって待つ、凍りついた背骨には溶けてくれって、かたまったままの脈拍には、さらっと流れてくれってねがいながら。思いだす、ずっと昔のあの夜の感じだ、オージーとあたしが谷まで行ってあれをして、夜の戦士たち《ナイトマーチャーズ》が出てきた時のこと。目の前の男が、あのなかのひとりだとは思わない、でもわかる、おなじとこから来てる。生きものの世界の果ての果て、人間には辿りつけやしないとこ。頭の骨にずっしりと、眠気がのしかかる、睡眠不足と、一日のルートを走りきった気だるさで、すぐにでもぼうっと夢を見はじめるほどさ。そのままそこにいる、何分たったかなんて、わからない。

ゆっくり家にむかってる。にぶいような、頭がぼけたような感じがする。もしあたしが見たものが、ほんとにあたしが見たものだったら、どうして今日あれが起きたんだろう、オバケなんて最後に見たのは何年も前だし、ここはビッグアイランドから何百マイルもはなれてる。オージーはどう言うだろう、あたしはどう伝えればいい――あのひとはあたしよりもっとなにも信じない、他のひとたちと一緒だ――それに、どうにか言葉にしたとする、そしたらあれが半分狂った夢なんかじゃなくって、ほんとに起きたことになる。気づいてるさ、あたしもそうなってほしいと思っちまってる。

バスを車庫にとどけて、がたがたうるさいあたしたちのジープチェロキーをカリヒの家へと走らせる頃には、もう暗くなりようがないほど真っ暗だ。玄関の前に車をとめて、正面のドアを押しあけて家に入る。電気はぜんぶ点いたまま、テレビも映ったまま、でもオージーがいないのはすぐわかる。

もちろんそうだ。

ホノカアでのノア探しから戻ってすぐ、それがはじまった。あのひとはやけに早く起きるようになって――二時や三時だ、朝のね――家を歩いてぬけ出すようになった。どこへかはわからない。家を出て、何時間もしてから戻ってくる。床をきしませてベッドルームに入ってくる、山道も引きつれてね――玄関を入ったとこに葉っぱ、じめじめした土のにおい、肌にひっついたシダ。膝をぱきんと鳴らして、ベッドのすみに腰をおろすと、たいていそのまま動かない、すすり泣いて体がひくひく動くのだけが伝わってくる。

このことは、まだあのひと自身と話してない。理由はわからない。あのひとの夜歩きの秘密はあたしたちの仲であっても、気安く話すべきじゃないって感じるんだ、まるであたしたちがふたりでなってきたものの重みすべてが、プライバシーとかいう名前の細い糸、たった二、三本の糸にのしかかってるかのようにね。だとしても、そうだ、あのひとはナイノアが死んだって信じきってる。あたしはあの子がまだ生きてるって知ってる。あのひとにも、それとなくは話してるけど、面とむかってではない。だからあのひとは、歩きまわって悲しんでる、ひとりぼっちで。そういうとこは、ぜったいにあたしには見せない。いつだって笑ってるか、気を揉んでくたくたになって働いて、眉間にしわを寄せてるかだけど、ぼろぼろの歯をむきだしにして悲しむってのはない。

こんなふうにも頭にうかんだよ、だしぬけにね――ああ、男たちってのは。どうしていつだって傷ついたのを胸んなかに引きとめて、魂のひっそりとした片すみに飲みこんじまうんだろう、力こぶみたいにぎゅっとかためてさ？　ナイノアもそうしてた――いまもそうしてる――ああやって谷に引きこもってさ、でもその前だって、電話をすりゃ自分をとざして、平らな声と簡単な言葉で、ポートランドじゃぜんぶ順調だ、また交通事故とＤＶの一日だ、とかなんとか言ってたろ、でもあの子がウクレレを弾くのを見りゃ、いまにも心臓が破裂しそうなんだってのがわかった。ディーンだってそう、ぺらぺら喋り倒して、どんなことも冗談にしちまう、平気な顔で余計な返事はしない、でも目ん玉を見りゃあきらきらしてる、バスケットボールの記憶がいつだってかがやいてるのさ。あの一回目のあと、もうあたしを殴ったりしなかった――家で暴れるってことさえなかった――でも、だとしても、あの子が自分を見うしなうことのある人間になっちまったってのが、いつも頭のどっかにはある。で、今度は自分の夫さ。いつもは冗談ばかりだよ、当然ね。つきあいはじめた頃は、そこがなにより好きだったんだ。冗談言って、くすくす笑って、そのくすくすがあたしの肺にまで伝染《うつ》ると、結局ふたり泣くまで笑ったのさ。だんだんわかってきたんだ、この世の傷にむかってあのひとが最初に建てる壁が、笑いなんだってね。ああして歩きまわってるのは、その壁が粉々に砕けたあとに来る反応なのさ。

でもいま、あたしはここにいて、あのひともここにいる、きいとしまるドアを背にして、たってる。あのひとのまぶたは重くて、目は血走ってる、文句なしの頬っぺただけは、まだ張りがあってまるい。着てるシャツは胸にぴったり張りついてる、かたいレンガみたいな腹でコットンは盛りあがってる、あのひとの体んなかで、結婚後もゆっくりと、でもとまらずに、おっきく育ってってるとこだ、色あせた古いジーンズは両膝が破れかけてる。太陽の熱を吸った暗い茶色の肌はつややかなままだ、真夜中だろうと関係ない。スリッパから足をぬいて、生やしたままの薄い口ひげを手でぬぐってる。

「どこ行ってた?」

「外だ」って、あのひとはこたえる。「外、外、外。外だよ……」声は遠のいていく。あたしを通りすぎてキッチンに歩いてく。キッチンまでついていくと、言ってやりたいことが、自分の顔までかっとわきあがってくるのを感じる。

「あたしに話しなよ、すこしはさ? もう話すつもりもないってことかい」

あのひとは頭を冷蔵庫に突っこんでる。耳にさえとどいてないみたいだ、冷蔵庫のドアのてっぺんに引っかけた指をドラムのように打ちつけてる。

　何秒そのままで、じっと冷蔵庫を覗いてたかなんて、知ったこっちゃない。ひんやりした空気が漏れて部屋中にひろがってく、まちがいなくそう感じる。でもあのひとはたってる、ドアをあけたまま、指でどこどこやりつづけてる、こんなじっくり冷蔵庫を見るあほはいないだろってくらい、ずっと。「そこにはなにもないだろ」って、あたしは言う。ミルクの容器、いつも――いつ見ても――残り三分の一のとこだ。一週間はかけて使うしなびたレタス、ぺらぺらのプラスチック皿にはフリフリチキン、二日前からオージーがしゃぶってるせいで皮は色あせて黒ずんでる、袋半分の人参。六本パックのビール瓶、残りひとつ、プラスチックの輪っかが首んとこに引っかかってる、まるでだれかが一日の最後にしとめた獲物のように。それからケチャップ、マヨネーズ、卵四個、その他のあれこれ、なにからなにまで使いかけさ。

「ここにはずっとなんもねえんだよ、なあ」って、ようやくあのひとは言う。「ちっちぇえチキンだけなんだ」って、フリフリチキンの食べかけを指さして言う。「ちっちぇえチキン。ちっちぇえチキンちっちぇえチキン。ちっちぇえくそみたいなちっちぇえチキンだよＳＨＩＴ《くそ》」って、最後のとこなんかほとんど「Ｅ」の音にきこえるくらいにね。「ＳＨＥＴ」。口元でチキンくそチキンくそってぶつぶつ言ってるのさ。かろうじてきこえる声で。まじめそのものの顔で。もっと勉強しときゃよかったって後悔してる授業の、テスト一枚目に見入ってるって感じでね。

　あのひとは腹をひっかいてる、シャツの袖が手首にたまってる。爪で髪をむしるような音をたてて、キッチンの壁を見てる。待つだけさ。あのひとは言いたいことに辿り着くまで、時間がかかることがある。スポーツや釣り旅行やヒロ・ハッティにあったシャツのひどい色とか、ワイキキのすぐそばに住んでる昔の仲間に会いに行って、カラカウアアベニューでどんだけたくさんの旅行客を目にしちまったかとかね、そういうのを話してからいきなり、おまえをこんなに愛してるんだとか、夜おれたちの枕にひろがるおまえの髪が恋しいよ、とかなんとか、言いだすことがあった。

でもそうはならない。あのひとは首を横に振ってる、言葉にしたくないなにかを思いだしてる。もうはっきりわかる——あのひとは壊れかけてる、あのひとんなかで。あのひとはいなくなっちまう。

「おまえあれきいたか?」広間のほうにくるりと振りかえる。あたしの後ろにはベッドルームの長四角の入口があって、天井のファンがきりきりきりとリズムよくまわってる。「歌、みたいだろ」そう言われると、あたしの頭にちらつくものがある。さっきあたしが見たもの、それが目の前の夫に重なるような気がしてくる。してくるのさ、パリハイウェイのあいつが残してったのとおんなじにおいがね——湿ったシダ、むくむくと育つ土、種があって茶色くて香ばしい土だ、雨のあとの芝生、刈り入れの季節の畑。そういうのが、オージーからしてくる。

「ねえ」

あのひとは広間を出てこうとする、ああ? とだけ言ってね、肩越しにさ。

「あんた、とまりな」

あのひとは暗いベッドルームにきえてく、あたしもついてって、入口でたちどまる。あのひとは、真っ暗なベッドに腰かけてる。

「どこ行ってたんだよ?」できるだけやさしい声できく。

あのひとはシャツをめくり頭から脱ごうとしてる。

「歩いてたんだ」唇が動いてるのが薄いシャツ越しに見える。「ずっとむこうまで、水と一緒にな。ずっと上だよ。雲にむかってな、パリの崖のほうに」

「あっちに行けば行くほど、こっちよりでけえ家ばっかだろ、なあ？　おまえとおれで二階建てのを買って、上の広いラナイで朝日をおがむってことになってたよな。朝日をおがむって。憶えてるか？　日が昇ってきたぞ、ラナイから見るぞって？」

そういうのがあたしたちの夢だった。この島にやってくるひとたちのように、ゆったり休むために出かけてく。寒くてきびしい街の冬のためにとっておくようなやつさ、ちかいうちに手がとどくはずの、青と金のいやされるほど美しいなにか――自分たちの家のラナイにたって、高い丘から緑にかがやく島の尾根を眺めて、そのあとで海も眺める。

「ああいう家に住めるはずなかったよな」って、あのひとは言う。「ノーノーノー、チキンのくそだ、おれたちにゃチキンのくそしかねえ」――シャツを首から引っこぬいて、クローゼットのドアになげつける――「クローゼット、ちいせえベッド、このくさくって、古くて、ぼろぼろのチキンのくそみてえな家しかねえんだ。こうしてこのまま死ぬだけだ」

さっきドアから入ってきてからこの瞬間までで、あのひとのいまの声がいちばんでかい。また焦点がさだまってきてる。漂ってたにおいもさっと散ってく。膝に置いたあのひとの手は震えてる。あたしは膝をついて、その手をぎゅっとつかむ。こっちを見てはこない。あたしは膝をちかづけて、あのひとをぎゅっと抱きしめる。あのひとのあごの下にあたしの肩をすっぽり収める、あのひとは胸をしゃくりあげて泣いてる。もう一回ひくっとなる。すぐにでも教えてやろうかって思う、バスから見たものを、どんだけあたしが前むきになってるかを。いまだに感じてるのさ、これとあれはつながってるって。こんな夜にあのひとはどこにむかって歩いてた？　あたしたちにちかづいてこようとしてたのはなんだった？

「そばにいてくれよ」って、オージーに言う。「おねがいだ、あんた、ねえ。あたしのそばにいてくれ。そばに」そうくりかえす、あのひとがきいてた音楽みたいに、そしてそれがまだ、あのひとの頭でずっと鳴りつづけてるかのように。

第二一章　ディーン、二〇〇八年

ワイピオバレー

四週間ってのが、すぎちまった時間だ、そう、つまりスポケーンじゃおれにはなんの仕事も残ってない、すぐにおれの分の家賃を払う金だってなくなる、でも知らねえよ。のぼっておりてワイピオのむこう側まで行く、ワイマヌまで行って、そのさきにも行く。冗談じゃなく、もう山道ぜんぶ駆け足だ、今朝なんか夜明けにはじめた、谷の入口あたりでいちばん早起きのサーファーたちが海を横切ってる頃には、てっぺんから反対側にぬけてた、ジグザグの山道をね、おれの足はピストンみたいに動くんだ。下をむけば緑の谷がすっぽり視界に収まる、打ち寄せる波のすじが何本も見える、つぎからつぎへと、砂と石にぴしゃりとあたって、こするようにしてまた戻ってく。

まだノアを探してる、捜索救助隊のやつらや、家族や、友達が来るのをやめてからも、ひとりっきりでね。キモおじさんやその仲間が来てくれることはある、でもおれが速すぎるから、みんな何時間も遅れるんだ。

ハワイを出てってからはほぼずっと、ノアがなんだろうと気にはならなかった、なぜっておれはぜんぶバスケットボールだったからね。でもそっちでしくじったいま、おれにどんな価値が残ってる？　荷物を扱う会社でビール代を稼いでたとこで、なにが待ってる？　でも父ちゃんと母ちゃんがオアフに戻らなきゃいけなくなって、さもなきゃ仕事もなくなるって話で、まだノアも見つかってなかった——そんな時、ふたりはキモおじさん家《ち》の裏のラナイにたってたんだ、むくんだ顔で、眠ってない赤い目をしてた。黙ってたのは、だれかがなんか言えばただ泣いて終わるからだった——スポケーンのくだらねえ仕事も、きたねえ小部屋も、どうでもよくなった、まだみんなおれが必要だったんだ。だからここにいる。これならまだやってられる。で、そのあと、おれがどうなろうと、知ったこっちゃない。

動きつづけるんだ。ワイピオのとさかも越えて、そのあとに待つ一三の窪地もぜんぶ突っ切る、川はひんやりした空気を吐きだした。川を渡る時は、突きささるような岩のふくらみを足の裏で感じて、泥には足首までずっぽりはまる、豚みたいなにおいだ、でもとにかく動く。足を速めさえする。ワイマヌの果てまで行かなくちゃならない、そっからまた探しはじめる。

　何マイルもの斜面、ワイマヌを谷底にむかってくだる、冬にハイクしようっていうまぬけなツーリストをのぞけば、だれもいない。ハラの木、灰色の砂、冷蔵庫くらいでかい黒くてまるい岩。海のそばじゃ、ハオレ《白人》どもがあぐらでもかいてんだろ、あるいはきたねえ湖とか、けつまできりっと冷やす滝まで入りこんでるかもしれない。いつだって首を振るしかねえな。ハワイへようこそ、あほどもが、こっちの空っぽの谷には、じめっとした岩と、くそみたいなキャンプ飯があるんだよ。

　さらに何マイルも行く。今度はワイマヌの反対側をのぼる、ぴったり予定通りにね。パワーバーを口に突っこんでかみ砕く、あごが耳のなかでざくざくと鳴る。山道でもこのあたりはもう探しまくった、だからほぼ走りぬけるだけでいい。バックパックの外でナタがはためく、ジーンズはぎゅぎゅぎゅと綿の音をたてる。バスケの足首はまだ頑丈だ。やってみてわかった。それに、かなりやせたはずだ、捜索をはじめてからずっと走るか歩くかで、飯はろくに食ってない。カルビに白飯ってのじゃなくなった。あほみたいに軽い、またマングースみたいに動いてる、手のひらにボールがあるような気がする。

　でもあるとこで、おれは速度をゆるめる。山道のまだ来てなかったとこ。谷の裏っかわ、滝のそばならじっくり見たし、古いキャンプ場も、海ぞいの道も探した。あいつが迷いこんだかもしれない細いわき道だって、何日もかけて調べた、生えたばかりのしげみを切りひらいて、かたい草とか重い葉っぱをばりばり踏みつぶして。昨日なんて壊れかけのぼろい小屋も見つかった、州立公園のやつらとかそういうのが残してったのだと思う。壁も天井もたわんだ床も穴だらけだった。あいつはいなかった、だれの気配もなかった、でもそのさきまでは行けずに、引きかえさなくちゃならなかった。

　またそこまでやってくると、なにかにぐいぐい引っぱられる気がしてくる。流れに乗るあの感じ、バスケのコートでマングースになってた頃のあれだ。まわりすべてがひん曲がって視界の外にきえてってひとつのものだけを追う、おれの体が他のやつらのあいだを動いてるんじゃなくて、木と木のあいだを動いてるってとこだけがちがう。葉っぱが勝手によけてくれる、土はおれに吸いついたり足首に絡んできたりしない、むしろ支えてくれる、一歩一歩足を押しかえしてくれる、つたも草も、冗談じゃなく、はしからのけぞってくんだ、そうやってまったく新しい道ができる、土と虫と緑のどまんなかにね。

　そのさきはなにもない。途中でとまれなかったかのように、草も木もぎりぎりのとこまで生えてる。崖の手前にはひび割れた土と泥のかたまりがあって、えぐりとられた岩も落ちてる。崩れたてに見える。急な崖とでも言えるのは、はじめの三〇フィートまでで、そこでまた土がえぐれて、あとは一〇〇〇フィート下でざぶざぶと打ちつける波まで、なにもない。

急な崖がぷつりととぎれる場所の手前に、妙なふくらみが見える、なにかが土から上に突きでてる。すこしして、ようやくわかる——片方のハイキングブーツだ。ひとりじゃ、そこまでおりてくのは無理だ。斜面がきつすぎる。海にぽちゃん、で終わるに決まってる。でもちかくのちいさい木に、足なら引っ掛けられそうだ、馬に乗るのと変わらない、ただし上下さかさまでね。足をかためて、頭を崖にむけてゆらす、めまいがやってくる、まるでシロップのように。宙づりになれば、ブーツに手がとどく、粉々になった土も、草のきれはしも、まっすぐ落っこちてく、崖の下にね。手をブーツにかけたら、体ごと引きあげる。崖からはなれて座る。ブーツのなかには植物と泥と、そう、まあそうだろ、乾いた血の茶色いしみがある、足首からかかとにかけて。

片方の膝をつく。手にあるそいつをじっと見る、これがこたえってわけだ。崖をまた見おろす。ブーツを引っこぬいた地面から、今度は色のついた布がはみ出てる。ブーツをやさしく置いて、また木に足をまわして、さかさまになって、布に手をのばす。いちどつかむだけじゃ、そいつはぬけない。だからぎゅっとにぎって、土から引き出して、たぐり寄せて、いきおいで引っこぬく、泥がふたのようにういて、ずれて、崖の下に落っこちてく。割れる音、風を切る音がする。もういちどだけ強く引くと、バックパックが出てくる。オレンジと赤、みんなで探しはじめた頃に、母ちゃんと父ちゃんが捜索救助隊に伝えてた通りだ。そいつを抱き寄せる、引っぱりまくったせいで、腕のすみずみまで熱くて痛い。それから顔を上に戻す。ひっくりかえってたから、頭にきらきらと星が舞ってる。

足を組んでバックパックを膝に置く。ところどころ布が破れてる。まんなかのふたをあけると、食いもんの、トレイルバーとかそういうやつの袋が、陽を浴びたナイフの刃みたいにかがやいて外にふんわりとびだす。他には泥のついた服がすこし、キャンプ用コンロの部品、コードみたいなのが詰まったナイロンの袋が二、三個ある、手でかきまわすとあいつのウクレレも見つかる。ソフトケースに入ってる、でもジップをおろせば、きれいなほんもののウクレレだ。

赤ん坊のようにそいつを置く。血がかたまったブーツの横にね。その後ろ、もっと下を見れば、波がつぎつぎ打ち寄せて、岩壁にあたって、砕け散ってく。

「戻ってたのか？」って、キモおじさんはきいてくる、つぎの朝になっておじさん家《ち》の部屋から出てく時にね。

なんも言えない、声にできない。ただ首を横に振る。

「おぅ」っておじさんは言う。大まじめな顔でおれを見てる。「おぅ、ディーン、なにがあった、なあ？」

震えちまう。とめられねえ、電気が全身をかけぬけてく、ジムで目いっぱいメニューをこなしたあとに来るあれのように、残業のあとさらに残業してから煙草と酒にしびれて、さあはしゃぐぞって時のように。ただこいつがふつうじゃないのは、なんだか物悲しくなるってことだ、つまりやってきてはどっかいっちまうのに、やってくるたびにおれをずたずたにする、だからおれは手をのばしてカウンターに触って、こう言おうとする。ノアになにがあったかわかったと思うんだ。でも言葉が出てこない。

どうして震えがとまらねえんだ？

部屋に戻って、ブーツと、バックパックと、ウクレレを持ってきて、テーブルに置く。かさぶたみたいな土がぱらぱらと落ちる。

「オーケイ」って、おじさんは言う。そしてたっぷり息を吐く。「オーケイ」

しばらくなにかを待つような感じになる、おじさんはじっと考えてる、それから言う。「何人か呼ばなくちゃならねえ、体をとりに行くんだ。おまえの親父たちもな」

「だめだ」

「だめだ？」

「もう体はねえよ。地滑りがあったとこだけ残ってる、崖ごと崩れ落ちてった。あとはなんもねえ」

「どういう意味だよ。なにもってのは？　なんかはあるはずだろ。そっちまでおりてみたのか、ああ？　落ちてった底の底まで？」

「なんもねえんだよ。ブーツとバックパックが埋まってたとこの下にはさ」

「でもおまえが――」

もうなにもするつもりはない、って伝える。ひとつもね。もうひとつもこんなことはしなくていい。ここにいるあいだずっと。はじめからいままで、どいつもこいつも自分が抱えたなにかに帰ってくって時に、おれだけは谷にほとんど毎日いて、泥とかくそとかムカデとかにどっぷり浸かりながら這いあがって、ワイピオからどこまでもつづく湿って光をはねかえすアスファルトの道も辿ってった、そっちじゃこんなものばかり目にした。へこんだガードレイル、下の森にはぶっつぶれて黒ずんだ自動車のフレーム、酔っ払いが道を外れて流れ星になって死んでったあとさ、車体だけ残されて木に囲まれて腐ってやがるんだ、そこにいたのはおれだけだ、まだ探してたおれだけ。ぜんぶ無駄だった。

サメどもがおれたちにノアを運んできた時のことだ、ボートじゃおれがいちばんに手をのばした。そんなこと滅多に話さねえけどな。サメがやってくると、みんなあほみたいにしんとした、乗組員たちは手すりから身を乗りだして見てたのさ、先頭のサメがノアを船の横へと小突いてって、嚙みつくでもなく、ぼこぼこにするでもなく、おれたちのすぐそばにあいつを置いてこうとするのをね。それから船長とロープをもった手下たちが、浮輪であいつを引きあげて、サメのやつらはまた潜ってった、暗い暗い暗い影になって、最後は深い海に溶けてった。おれはそこにいたんだ。乗組員のやつらと父ちゃんがノアを手すりの内側へと引っぱって、おれは熊がやるみたいにぎゅっと弟を抱きしめてると、母ちゃんがぱっとあらわれて、おれたちふたりに体あたりした。おれたち三人みんながつぶれるようないきおいでね、昼に食べたマスタードとポテトチップスとフルーツパンチのにおいがしたよ、とびはねる心臓をお互いの体に押しつけた、腕も足もぐっちゃぐちゃで、おれと母ちゃんとノアの、どっからどこまでがだれなのか、わからないくらいだった。

長男はおれのはずだった、でもあの日からは毎日あいつのほうが速く成長してたようなもんだ、最後はこっちが弟だった。で、おれがいまここにいて、あいつの血がついた最後の布切れをつかんでる。おじさんはそばにたって、うるんだ目玉を光らせて震わせながらおれを見てる。

「母ちゃんと父ちゃんに電話するんだろ」って、おじさんは言う。

「するよ」ってこたえる。おじさんは噓だろってような目で見てくる、賢い男さ。

「おれのやりかたでやらせてくれ。おれがあいつを見つけた、おじさんじゃねえ」

「わかってるよ」

「わかってないね」

おじさんはなにか言いかけて、やめる。おれをそこに残して、ふらりとラナイに歩いてって、それでもとまらず、庭にまで出てく、両手で頭を抱えたまま、まるでながい距離を走りきって、どうにか息しようとしてるみたいに。おれはサイドテーブルに行く、おじさん家《ち》にはまだ電話がある、おれは受話器を耳に押しつける、どれくらいかわからないくらい、ながくね。

父ちゃんの番号を押して。受話器を置く。

母ちゃんの番号を押して。受話器を置く。

もう一回、母ちゃんの番号を押してく。最後の数字を押そうとして、指をとめて、受話器を置く。

またおじさんが入ってくる。今度はリビングルームのむこうからおれを見てる。

「だれも出ねえよ、おじさん」テーブルからたちあがり、靴を手にとって、玄関に行く。

「どこ行くんだ？」

「外だよ」

おじさんは腕を組む。

「戻ってからでもかけられる。ふたりはいつも遅くまで起きてるよ」

「おれのトラック乗ってこうとか思うなよ」って、おじさんは言う。「昼飯のあと、また事務所に戻るんだ」

肩越しに手を振る。「いいよ、助けてくれて感謝する、おじさん」表のドアから出て、前へ進んで、坂をのぼって、ハイウェイんとこで親指をたてる。ヒロにむかって歩きながら、で十五分くらいすると、車が一台、前の路肩に寄ってとまってくれる。運転手は歳とったハパ《ハーフ》の日本人だ、庭で働いてたってような服を着てる、どこ行くんだってきいてくる。

「ここ以外ならどこでも」

「目的地がなきゃつれてけねえだろ」

いや、ないんだ、もうない。そう言いかけて、言葉にはしないでおく。「なら、ヒロで。助かります」

ヒロに着くと、ベイフロントのあたりをぶらついて海と防波堤を眺める。水はどこも灰色でくすんでる、ちょうど嵐のあとのワイピオバレーって感じだ、ただこっちの海辺はながくなだらかに曲がってて、すみには貨物船や遊覧船がいる、港のあたりにね。さらにさきを見れば、ココナッツアイランドがあってホテルがならんでる。頭の上の木々も目に入る、尖った葉っぱがだるそうにかさかさとゆれてる。ベイフロントの道ぞいはちっこい古びた店ばかりさ、手書きの看板とかそういうやつだ。はじめに見つけたバーに入ってみる。かなりでかいのに、どこにもひとなんかほぼいやしねえ。カウンターにどんと腰かけて、ビールを注文する。こいつはするする飲める、喉が二、三回きんと締めつけられる。

おかわりを頼むと、バーテンダーの野郎は言う。「落ちつけよ、ハワイ人」

「おいおいおい、そもそも運転しねえんだ、好きにさせたらどうだよ」

「まあ落ちつけよ」

「うるせえよ。なにも起きねえよ。おまえの息子みたいにしてるからさ、いねえだろうけどな」

「息子は三人だ、どいつも家からは追い出したよ。だからな——」

笑っちゃうね。「ならがっかりはさせねえからさ」

「そう言ってたよ、あいつらも」

おれは手をあげる、勘弁してくれって感じに、するとあいつはカウンターのメッキを磨きに歩いてく。そこでおれもひらめく、こんな安っぽくてくだらねえ店だ、カウンターのとこだってプラスチックだろ、メッキですらぜんぶにせものだ。そう言っちまいそうになるが、そこまでばかじゃねえ。あいつの息子だって、おなじことを言ったはずだしな。

ビールをもうすこし飲むうちに、何人か客がやってきて、カウンターの反対側に座る。工事現場帰りって感じだ。なぜって、めちゃくちゃ黄色いシャツを着てる、それに酒をいくつか頼もうとしてひとりが腕をあげると、くっきり日焼けの線が見える。おれは飲みつづける、あいつらは嫁がどうだこうだとぼやいて、海辺のそばだといい魚が釣れねえとかわめいてる。しばらくしても飽きずにまだやってる――あいつはなんでもかんでも変えたがる、おれのシャツだとか髪型だとか、日曜日にフットボールを観るのだってな。

あいつらのひとりがおれを見る。で、またかたまってごちゃごちゃ話しだす。

席をたって、あいつらの椅子んとこまで行き、野郎の肩に手を置く。ちいさい耳、肉団子みたいな頬っぺた、オキナワ風っていうような無精ひげ。

「よお、マフ《おとこおんな》。てめえらにやけてなにこっち見てんだよ?」

そいつは肩をすぼめておれの手から逃げる。

「おいきいてんのか、なあ?」

「うせな」ってそいつは言う。酒と仲間たちを見たままだ。

「おい」って、おれはつづける。「ちょっと前おれのこと見てたよな、電話番号でもききてえってような顔でさ。おともだちでもつくりたそうにしてたじゃねえか?」

別のひとり、おれのそばに座ってるやつが、おおきく息を吐く。まるで床で眠ろうとしてる犬みたいだ。

か？」

「おまえもうべろべろだ。帰れよ」

それからバーテンダーにも言う。「よお、ジェリー、こいつ追い出しちまったほうがいいんじゃねえの

「あんたらのワイフ、ほんもののくそ女みてえだよな」って、おれは言う。「二、三分くれりゃあさ。ぜんぶ叩きなおしてきてやるよ。足のさきっぽまでさあ」

そいつらは吹きだす、バーテンダーの笑い声もきこえる気がする、最後にこう言われるまでね。「おいおまえ、もう金を払って、どっかの壁に小便でもしに行けよ」

ポケットの金をわしづかみにしてとりだす。ぜんぶ一ドル札さ、足りるはずないのはわかってる、だからカウンターの上にばらまくと、ヤギの玉でもしゃぶってろって言い残して、昼さがりの道にとびだす。

なにかまちがってるよな。自分がどこにいるかもよくわからない。おひさまは頭をかち割ろうとしてる、足は頭の言うことをきかない。とおくに白い石の休憩所が見える、バス停のそばのまあるいやつだ。体をそこまで運ぼうとして、ちかくに足をむける的《まと》がなにかないか探す。街灯だ、交差点のとこにある、だからそこまで歩いてって、鉄の柱をにぎりながら、信号が変わるのを待つ。手を離せばさ、そのまま地球から落ちてっちまいそうなんだ。

歩道の信号が点く、でもだれかがおれの肩をつかんで、おれの体をぐいとひねる。バーにいた、あの工事現場のまぬけだ。こいつはおれのあごめがけて拳を振る、目が真っ白に破裂する、縁石に思いきり尻餅をつく。でもぺしゃんこにはならねえ。まる休憩でもするかのように、そのまま座ってる。まぬけはおれを覗くようにしてたつ。

「さっきの調子はどうしたよ、なあ?」

「まだたっぷり――」って言いかけて、やめとく理由もわかってるさ。おれはたちあがると、やつの喉を殴りかえす。やつからはぅーって声が漏れる、だれかを殴ったらみんなこういうのをききたいんだ。まぬけはよろよろあとずさりする、膝のふらつきはどう見てもニワトリだ、でも倒れはしない。

すっかりいい気分さ、すべてぶっ壊してやりてえ。

だからまぬけがまたむかってくると、おれは両手をおろす、さあ殴れってね。その通り来る、真っ黒に砕けて、また頭に火花が散る、よろめいてまっさかさまだ、肩甲骨が歩道にぶちあたる。目をあけると、地面に寝てる、空があって、それから草、吸い殻、ビニールの袋、あいつのブーツ、それはこっちにちかづいてくる。後ろの道路を車が行くのがきこえる。また二発、ぶん殴られる。コンクリートで、頭蓋骨がぱっかり割れた気がして、いろんなとこがにぶく疼いてる。目玉のなかで赤い点々がとびまわってる。

だれかが叫んで、タイヤがきいと鳴ってとまる。いろんな声がごちゃごちゃ響いたあとで、あのまぬけが道路のだれかに「車に戻りな」って言う。こっちからはなにも見えない、と思う。「ただ従弟と歩いてただけなんだ。そしたらこいつ倒れてさ」

ほぼずっと空だけ見つめてる、時々、灰色の切れ目から青がのぞく。でも、ほらまた影がおれを隠す。たってるのはあのまぬけ、顔を覗いてやがる。「もうへらへらしてらんねえよな、なあ?」って、やつは言う。ぷしゅっとあけたてのビールみたいな息だ。

「どうも」痛みがだんだんはっきりしてくる、おでこが一〇インチくらいぶあつくなった気がするのは、こぶでもできてるせいだろ。舌は、すっかりくたばった鯨って感じだ。「これでいい」って、おれは言う。

「いかれ野郎が」って言いながら、やつもどこかにきえて、また空だけが見える。目をつむる。だれかがやってきて助けようかとかきいてくる、また別の声がして――女の声だ――こんなことを言ってる。「ベイフロントのそば、バス停のところです。はい。喧嘩だと思います。血をたくさん流してます」

ひとつめの声がまた、助けるかってきいてくる。目はあけない、きいてるだけだ。

救急車がやってきても、どこにもつれてかれやしない、傷と打撲と腫れだけだ、脳みそだって残ってる。そのまま道のはしで、あいつらはぜんぶの傷にふたをする、腫れたとこにはかたく凍ったジェルパックを渡してくる、自分でも信じられねえのはさ、おれがつぎのバスに乗ろうとしてるってことだ。車内にあがって、ぼろぼろの顔を見せる、でも運転手はぴくりとも動かない。席はどこも空いてる。おれは夕日が見える列に座って、曲がったヘッドレストに頭を置く。吸い殻のにおい、シートで体をくねらせるたびにきしむ古いビニールカバー。車内の明かりも下をむいてやがる。バスはヒロを出てく。

第二二章　カウイ、二〇〇八年
サンディエゴ

　おねがいだ、この冬のことは忘れさせてほしい。まず一二月、ぶざまな学期の終わり。わたしとヴァンは、寮の部屋にいても他人同然で、最低限必要な言葉をかけあうだけ、返答も一言、それでなんとかやってた。お互い、相手がいない時間だけをねらって、部屋に戻る。あの狭いとこにふたり押しこまれるような状況はいつだって、喉を締めつけられるのに似てた、わかるでしょ？　だから全力でリズムをずらした。どっちかがいればどっちかが出てったし、ふたりそろうのは明かりがきえたあとだけで、おなじ空間も寝てさえいればどうにかなった。ベクトル解析や物理学Ⅲの期末試験、それと資料は、まるでギロチンみたいに、血がしみこんだ首切り台の上で震えながら待ちかまえてた。

　そんな地獄のどまんなかで、ママが電話してきた。すべて終わってた。ノアはいなかった。ディーンが地滑りのあとを見つけた。高い崖のふちが、ノアの命も乗せて、ごっそり海へときえてったってきいた。バックパックとぼろぼろのブーツ、他はなにもなかった。ママとも、パパとも、ディーンとも話した。こんな世界おかしいよ、とかだれも言ったりしなかった。沈黙がたくさんあった。みんな息することに集中してた。ひとつ呼吸して、またつぎをする、みたいに。わたしは毎日、課題のなかの用語や記号をまとめようとした。

自分がなにかになるためのこういう作業は、いちばん得意なはずだった。でもそのあいだに、自分のそばにずっとあると信じてたものが、つぎつぎきえてった。ヴァンはいない。ノアはいない。授業はもうすぐなくなる。とめられない。

でもなんとかやり過ごした、最後にはね。そのすべてを。

そこからの冬休みだ。ディーンはスポケーンに戻って、いつまでいるかは本人もわからない。その期間、わたしがとんで帰るためのお金は家にない。というか、お金はないような、あるような、つまりクレジットカードでならもう一枚チケットをとることはできたはず。でも、クライミング旅行とくだらない学校のあれこれで上限すれすれだった。それにこの季節のハワイ便は殺人的に高い、サンディエゴからでさえ。だから、くそみたいな休みになる。はじまりはまた、どうにかねじこんでもらったロマネスクでのシフト。だけど、いいこともある――シフトの初日、それは寮にいられる最後の日でもある、その日にクリスティって名前のウェイトレスに会う。このひとはホステルの受付もしてる。これから大学に入るカリフォルニアに狂ったヨーロッパの子たちにアメリカを旅させる、ってようなとこだ。普段からすぐそばに住んでる貧乏学生のための場所じゃない。でも、多めに払って、休みの終わりまでベッドひとつ貸してもらうことになる。ホステルのオーナーが質問してきても、素通りすれば大丈夫だって教えてくれる。ほとんどの日は、平日の昼間からバスに乗ってビーチに行く。霧が晴れてから、震えるようなつめたい日差しがキスしてくれるのを待つ。じゃなきゃ、どこも行かずに、ホステルのヨーロッパ人から喉が焦げるような酒をめぐんでもらう。目が痛くなるくらいの金髪で、アメリカならなんでもいいって喜べる子たちだ。食べるのはサイミンや、有名ブランドをまねた激安シリアル、それと冷蔵庫にある食べかけの一ドルメニュー。ロマネスクで残りものをとっておいてくれる見習いも、ひとりいる。ほらわたしを見るといい。ママも、パパも。がむしゃらな生きかたなら自然に身についた。貧乏のふちで何年も、ふたりと暮らしてたらそうなる。

クリスマスの日、また電話で話す。家族とはますますきつくなる。わたしもむこうも、自分だけの言語で死と悲しみを語りながら、翻訳されて伝わる回路がない。それにおかしいのは、前と比べてパパと話す時間が減ってるってことだ——いつかけても、いろんな理由でパパは出られない。変だ、そうでしょ？ 電話の時間は、だれも勝ちかたを知らないボードゲームに変わる。負けかただけははっきりしてる——ノアのことを話題にすればいい。だから、最高に奇妙な話題についての会話になる。ミルクの値段。バスの運転の仕事でママが担当する新しいルートと、道の混み具合。どういう靴を履けば、ロマネスクで時間めいっぱいテーブルをさばいたあとでも、膝にセメントが詰まった感じがしなくなるか、とか。ホステルがどういうとこかも教える。

終始こんな調子、でも電話はする。クリスマスも変わらず。

「ダウンタウンピザです、ご用件は？」と声がする。

「ああ、パパ」

「パパはとり扱っておりません、ターキーピザならございます。限定ですよ、クリスマスですから」

「たしか場所はハワイなので」って、わたしは言う。「パイナップルものせられますか？」

「パイナップル！」パパは言う。「そういうくそは違法です」

「くだらないおやじのジョークもね」わたしは言う。笑うことは笑う。

わたしの言葉のつぎに、沈黙がきて、ようやくパパの声がしても、ほとんど、ささやきにさえならない。

息が混じって、早口で、内容はわからない。

「パパ、どうしたの？」

声はまだ呼びかけてる。電話越しでも空気がゆれる。はっきりそう感じる、高いとこからおりてきて耳が張りつめるのに似てる。パパは電話のそばからきえる。

「パパ――」

「ああ、おまえか」今度はママの声。

「ママ、どうしたの？」

「どうもしない」

「パパのことだよ」

「あのひとは、そう、玄関で客と話してる」

手をにぎるように、吐き気がぎゅっとかたまる。明らかに嘘だ。「ママ」

「休みはどうだい？」ときいてくる。「そっちで無事にやってるかい？」

前にもあった、でも今日は問いつめる気にならない、ちがう？　とりあえず流す。「そうだね、たぶん。

ほっとしてはいる、またシフト終わるまで耐えられたから、客の皿につばも吐かずに」

ママは笑う。「いいかい。おまえがどう感じてるかはわかる。でも自分からとおくはなれるんだ。仕事に行く、そしたら想像してみる、クローゼットに引っ掛けるのは、バックパックや、着替えなんかじゃなくて、おまえ自身だって。それはおまえ自身で、シフトが終わるまでそこにとじこめておく」

「生き残りかたなら知ってる」

「ならいい。あたしは時間がかかった。ながい時間がね」

「まあ、それに。こういうのもあと二、三週間だから、そうすればまた学校もはじまる」

「あんたはついてるよ」

ほらねえ、って頭にうかぶ。またこれだよ。

「クリスマスはそういうのやめない？　わたし——だれもこっちにいないんだよ、ママ。わたしだけ」

「そうだね。こっちもずっと楽にならない、カウイ」

「知ってる」

この沈黙。明らかに、話の流れからいくと、ノアについてきいてくるとこだ。こんなことになる前は毎回そうだった、でも、もうきくべきことはない。知らなきゃいけないことはすべて、わたしたちはもう知ってしまった。


電話が終わる。そのあいだにも、サンディエゴでの日常が重くのしかかってきて、頭にあるすべてがつぶれて粉々になる。ホステル。ロマネスクでの二連続シフト。ホステル。うんざりするような霧の朝、そしてテーブルでの注文。ホステル。時間をかたまりに切り分けて、それぞれの場所で、生きのびるためだけに使う。まずシフトを、そしてしずかで孤独な隙間の時間を。メインランドのクリスマスとそのあとの大騒ぎは、すべてかっさらう大波のようで、気づくともうニューイヤーだ。閉店までロマネスクで仕事して、最終のバスで帰宅、ってなる、わかる？　通りを歩くひとたちとすれちがう——しわだらけのカクテルドレス、ゆるんではためくネクタイ。みんなラストオーダーに滑りこもうと道を急いでる。やらしいひと、おかしいひと、いっちゃってるひと。帰ると、ホステルのテレビでは、いろんな色の電飾と花火、振りかえる一〇〇の場面みたいな映像が流れてる。疑問でしかない——わたしなにしてんだ？　ヴァンやノアのせい、それとも自分のせい？　すこし前までは人生の殻をぶちやぶって、そのどまんなか、幸せがまぶしくかがやく中心地を見つけた気になってた。でも一瞬で砕け散ったみたいだ。

どうか、この冬だけは記憶からけしてくれ。すべてけし去って。頼むから。って言いながら時間がたつ。まあ、そんなもんだ。学期が再開する。ヴァンも帰ってくる。

ふたりそろって寮に戻った夜、部屋はひっそりしてる。わたしもヴァンもヘッドフォンをつけて、ラップトップの画面をにらんでる。年末をくりかえしてるだけ、そうでしょ？　背中をむけあって窓のそばの自分の机に座る、相手の存在がないふりをする。ヴァンが火をつけたキャンドルからは、タールとスパイスのにおいがする。肩に触れてくるまるめた手の感触がはっとよみがえって、他は考えられなくなりそうになる。これはなんだろう、期待すべきなのか。オーケイ、オーケイ、オーケイって胸でくりかえしながら、わたしとヴァンとのあいだでなにかやわらいでく気がしてくる。そしてヘッドフォンをずらして、後ろをむく。

ヴァンの目はわたしをとらえてる——まつ毛はながくて、かろやかだ。よく寝てるように見える。顔にあったしわはあとかたもない。なんてことだろう、これだけでやられそうだ。座ったまま体を真横にむける。

「調子どう？」わたしはきく。

「お兄さん、亡くなったの？」ヴァンもきく。

自分でも驚くくらい速く、こたえが口から出る。「そう。死んだ」

言葉がその場に漂う。

「そう」わたしは手を銃の形にしてヴァンが首にかけたヘッドフォンを指さす。ハチドリがシロップで溺れてるような音が漏れてくる。「この歌、きいたことある？　好きなはず」わたしが首を横に振ると、ヴァンはヘッドフォンを外す。それをわたしの耳にかぶせる。

Commonの「Drivin' Me Wild」きいたことはある。でも言わない、はずむようなスネアと、コモンがくりだす言葉に重なるリリィの高くなめらかな声から、耳は外さない。頭をゆらしてみたりもする、椅子からもっと身を乗りだせば、ヴァンと空気を共有することになる、でしょ？　目をとじる――目はいらない。においがあるし、ヘッドフォンが音楽で頭をくるんでる。それだけでいい。曲が終わると、「いい曲だね」って伝える。

「アルバムで持ってる」とヴァンは言う。「ひとつ前のは憶えてる？」

「うん」

わたしたちは授業の課題に戻る。ペンで書きなぐって、キーボードを叩いて、教科書のページをめくる。どっちもヘッドフォンは耳に戻さない。終わるとたちあがって、ロフトベッドの下のちいさな冷蔵庫に行く。カフェテリアからこっそり持ってきたミルクをとりだして、安くまとめ買いしたシリアルの残りにかける。そして足を組んで、カーペットのまんなかに座る。

口に入れたシリアルをかみ砕いてると、ヴァンも机をはなれ、そばに来て座る。ボウルに頭をかたむける。わたしはボウルを手渡す。ヴァンも一口食べ、こっちに戻す。ボウルを受けとると、指が触れあう。またスプーンですくって、かみ砕いて、飲みこむ、それから手渡す。ヴァンは両手をまるめて受けとる、また一口食べ、戻す。セラミックの上でスプーンはかたい音をたてる。またすくって、スプーンを自分の唇につけると、ヴァンの味も残ってる。ぬくもりも。香りも。ミルク、シリアル、ヴァン、そのぜんぶを飲みこむ。祈りの儀式のように。

「平気?」ヴァンはきく。

「平気」とこたえる。

ノアが死んだ感覚はなかった、まったく。予想してた感じかたとはちがって、重くも激しくもなかった。いまこの瞬間までは。限界までたちあがった波が地面ごとわたしを飲みこむように、それはやってくる。どうしよう。兄ちゃんは帰ってこない。ぜったいにもう。あの天才ぶったいらつく電話も、もうかかってこない。ソファでくすくす笑いあって本を読んだハナバタ《子供時代》を記憶してるあの体が、失われた。いつかみんなであの頃に戻るとか、そのまねごとをするとか、それ以上におおきくて豊かななにかを、想像することもできない。ママとパパのかがやく自慢のたねもきえた――そもそもわたしの役じゃない、燃えたぎらせるんじゃなくて、あったためるくらいならできるかもしれないけど。もうない、もうない、もうない。いつかわたしもいなくなって。愛するみんなもいなくなる。なにも残らない。

打ちのめされてかたまる。ボウルまで落としそうになって、ヴァンが手をのばしてつかむ。手が重なる。

「あ」とだけ言う。ヴァンにはきこえてないかもしれない。手はそのままにしといてほしい。強く、しっかり。

のぞんだ通りになる。

気持ちってのは落ちつくもんだ。空白も、他のものとおなじように、自分の一部になる。それに溺れてるひまもない。やるべきことにしがみつく。前の学期のどんぞこから這いあがる。熱力学はクラスで一位。ハオとカトリーナとヴァンと、たまに室内で集まってクライミングもする。週末らしい週末は、何週間かすぎてやってくる。日がしずんでから、ビーチバイクで出かける、四人そろって。頬とまゆ毛に霧がまとわりつく。脈拍のように道の振動がハンドルから伝わる。けらけら笑って、おたけびをあげて、口笛を吹いて進む。さっきまで鎖につながれてたかのように。たしかこんな話だった——ヴァンがコカインの小袋を調達してくる、カトリーナの部屋でパーティ前のビールを飲む、ひとづてにきいたハウスパーティにビーチバイクで行こうってことになる。ハウスパーティでの数時間はまともじゃない。地響きみたいな音楽、窮屈な家のすみずみからあがるしゃがれた笑い声。わたしはずっとふわふわしてる。

知らないひとだらけの家、知ってるひともちらほらいる。つまり顔だけは知ってる。顔は知ってても、なに考えてるかは——わたしにはわからない——こういうパーティに群がるやつらにはおなじとこがあって、みんな正しい距離で、正しい服着て、正しい写真を撮りたがる。今夜はパーフェクトだ、とか言いながら満足できずに、また出かけてく。あきずに、何度も。

そういうひとたちにぶつかりながら、自分たちの場所を探す。家のなかでも、外でも。肘と尻をすりつけながら踊って、バックパックに入れてきたものを飲んで、ひとかたまりでよろめいて裏口から出てく。

なんとなく四人でカトリーナの部屋にむかう気がしてた。映画でも観ながら、ビールをさらに飲んで、どこまで自分たちを痛めつけられるか試すはずだった。でも、呼んでおいた車が迎えに来ると、わたしたちだけを残してあの子たちは帰る。ってことはヴァンとふたりきりだ、オーケイ、頭は酒でぐるぐるまわってる。ワイン祭りとトイレのあとのヴァンの態度——わたしがヴァンに感じてるようには、ヴァンは感じてないって言ったこと——それはなにかのまちがいだったのかもしれない。いまから起きることが、ほんとのわたしたちなんじゃないか。そう、わたしが出てくる、すこしずつ。兄ちゃんの死がどんな嵐をつれてこようと、もういい。

ヴァンの手をとる。にぎりかえされて驚く。

「あったかい手」ヴァンは言う。酔いにゆらされたまま。

で、どっちが言いだしたのか、ふたりで決めたのか、とにかくハウスパーティに戻ることになる。ふたりで。

家に入ると、におってくる——ミントと、タバコの吸い殻。切ったばかりのライム、スチームビール。玄関にはひとが詰まってて、みんなに見られてる気がするのは、わたしたちがだれで、手をつないでるのがどういうことか、ぜんぶばれてるからかもしれない。でも気にしない、オーケイ？　腕を組んだまま、またダンスフロアに行く。それからキッチン。樹脂のカウンターにはトルティーヤチップス、裂けた袋から水たまりのようにこぼれてる。シンクの後ろからショットグラスをとりだして、ウォッカをこっそり一本ずつ持ってく。でもわたしは飲まない——さっきはブロウ《吸うやつ》があった。残りかすは洗面台の上だ。また踊りに行く。お互いのふとももを両足ではさむ。それから階段をきしませてのぼってく、壁にも、手すりにも、体をぶつけながら。三、四人がおりてきても上に突き進む。廊下、ひとのいないベッドルーム、マットレスと途中までめくれたシーツと毛布。まんなかはどう見ても濡れてる。

わたしたちはたったまま部屋をじっと見る。ぐるりと壁も見まわす。展望台にでもいるような感じで。

「最後にショット飲もう」ヴァンは言う。「感覚ないよ。わたしなんも感じない」って笑ってる。自分の指で頬、そして唇をつついてく。触れると唇はへこんで、しわとふくらみがはっきり見える。どれだけピンク色をしてるかもわかる。わたしも笑って、ヴァンの頬をつつく。薄明りが、青白いヴァンの皮膚を背景に、茶色いわたしの指を照らす。かがんで、ヴァンの唇をなめる。ひび割れててしょっぱい、ゆがんでて、においもある。それでもすこしだけ口をあけて、ヴァンはわたしを受け入れる。わたしたちの口は、相手の水分でうるおう。しっかりと味わう、そして思う——この感じは、いつまでも憶えてるはず。

「んん」ヴァンは言う。

わたしの頭は重い。酷使しすぎたつけがまわってきてる。ヴァンにもたせかけるけど、まだふらついてるせいで、壁にむかって倒れてく。体の絡みあったところをすべて感じとる。おなじだ。奥深くまで。

一瞬、ヴァンも乗ってくる。でもすぐに、かたくなって、体を後ろに反らす。「だめ」

わたしも体をはなす。「なにが?」

「カウイ、こんなの気持ち悪い」まぶたが目の半分を隠す、でもなにかがある、なにか残酷で冷淡なものが。気のせいだ、って思いこもうとする。「言ったよね」ヴァンは笑う。手をのばして、わたしの顔をぐいと押す。「あんた気持ち悪い」

わたしのなかみすべてが、崖から落ちてく。わたしは動かない、そう。なにか言うことを考えよう。ヴァンはベッドに移動する。しっかり集中しないと、体を動かすのも難しそうだ。ヴァンは背中から崩れる。

「ヴァン」

ドアにむかってあとずさりすると、肘のさきを手すりにぶつける。鉄が震えるように、衝撃が腕の神経を伝う。手探りでドアノブをまわし、一歩さがって廊下に出ると、明るさで頭が痛くなる。恥ずかしくて、いつのまにか目まで熱をもってる。

「ねえ」ドアをしめようとしたとこで、男の声がする。青白くてぶあつい腕がわたしの肩越しにあらわれて、とじかけのドアを押さえる。振りかえる。コナーだ、ワイン祭りでヴァンの相手だったやつ。後ろには男がさらにふたりいて、壁に寄りかかってる。お互い、目を合わせてさえいない。

「一階ではこれから派手にやりますってとこだったよな」って、やつは言う。「まだやってないのか？」おろした手が腰にやってくる、わたしを誘導するように。体じゅうがサワービールとメンソールがきいたタバコのにおいだ。

咳をして、やつの手を払う。残りのふたりは壁から背中をはずしてたつ。ひとりはズボンのポケットに手を突っこんで、あれの位置をなおしてる。

「ちかよってくんな」わたしは言う。「おまえらみんな」おおきく、ながくきこえるように。もういちど言う。こいつらみんなにきこえるように。とくに、ヴァンに。後ろの部屋のずっと奥でとっくに眠りにおちたあの子に。一瞬、だれもなにもしない。わたしも。男たちも。やつらは横をかすめてく。特急電車の車両みたいに、そのまま何マイルもとまらなそうだ。やつらが部屋にきえてった瞬間、わたしは走りだす。一段とばしで階段をおりて、家を出る。転ばない。速度も落とさない。

薬が血管をごぼごぼ流れて気がとおくなる。ヴァンとのことを考えると、かたまった吐き気が胃を締めつけて、またゆるむ。結局、しがみつくようにヴァンを求めてた。で、ヴァンから返ってきたもの、それは痛いほどのつめたさ――わたしの知らない夜があったんじゃないか。ヴァンとカトリーナとハオだけの。そこではたぶん、テーブルを囲む三人のいつものジョークがわたしだった。

通りを二〇か、五〇か、一〇〇万くらいすぎたあたりで、ひんやりした空気がわたしの脳をかっぴらいて、もやが晴れる。状況がわかってくる。だめだ、部屋にはヴァンひとり。ほとんど眠ったまま。やつら三人に囲まれてる。

速度をあげる。蹴って進むたびに歩道はゆれてゆがむ。足は言うことをきかない、なにかの角《かど》がわたしの一部分をえぐる。濡れた芝生に踏みこむと膝から崩れる。たちあがって、フェンスをにぎってすこしでも早く前に出る。転ばないように。何ブロックか進むと、また歩道がはじまる。足だけでたとうとして、車道との境目に置いてある家庭ゴミとリサイクルの回収容器に体ごと突っこむ。わたしも容器も倒れる、きらきらと散らばるガラスの破片、地面に滑りだす段ボール。たちあがって走りだす。道は終わらないんじゃないか、どこまでも、ずっと。ようやく、パーティをしてた家の裏口に辿り着く。なかに入ると、みんな笑って、ほぉーとか、嘘だろ、とか言ってくる。たくさんの体、そして言葉。だれだろうともういい、かきわけて入ると、見えてくる——階段、ドア、でもドアは完全にひらいてる、なかにはだれもいない。ヴァンも。男たちも。

また外に、通りに出る。後ろにいるやつらのことは知りたくもない。目の前では、道のさきまで、家の明かりが金色に、でもまばらににじんでる。暗くてだれもいない路面は、切れ目もなくなめらかに、夜につづいてる。

第二三章　マリア、二〇〇八年

カリヒ

二晩がすぎた。ディーンがビッグアイランド《ハワイ島》から戻って、生きてるおまえが最後に触れてたものを持って帰ってきて――おまえのバックパックと、ハイキングブーツさ――おまえは落ちたんだろうって教えてくれてからね。あの子が事細かに話すのをききながら、それが真実だってのは疑わなかった。正直に言うと、死んじまったんじゃないかとはもうずっと考えてた、でもそんなはずない、そんなことはわからないって思いこもうとしてた。

でもそうさ、あたしも知ってた。おまえは帰ってこない。

なぜかは説明できない、母親ならわかるとしか言えない。なくなっちまうものがある、血とか、筋肉とか、骨とか、そういうのが、自分の体から引っこぬかれて、新しい命を育て世界に吹きこむために使われる。妊娠して三ヶ月は、疲れがブルドーザーのように押し寄せる、朝は胸がむかむかと締めつけられる、元々はぎゅっと繊細だった体が歪んで、腫れて、裂ける、終いには自分のものですらなくなって、耐えて暮らしてかなきゃならないものに変わる。でもそういうのは、ただ体だけの問題さ。もっと厄介なのはそのあとだ。

あたしからどんなものがおまえの体に流れつこうと、とにかくあたしたちはひとつの魂を分けあうふたりの人間へと、きっちり切りはなされた。それはおまえたちみんなに言えるはずさ。父親ってのはあたしたちの深いとこにおまえたちがいるってことをまったくわかっちゃくれない。おまえがどこにいようと、いつだって、あたしの一部はおまえの一部でもありつづけるくらい深くにね。ミルクを欲しがるおまえのきえちまいそうな泣き声に眠りを奪われたいくつもの夜も、ぎゃんぎゃんとわめきっぱなしのおまえを乗せたドライブも、モールで過ごしたすり傷と切り傷と叫び声だらけの午後も、一晩中おまえを胸からおろせないまま、熱と戦ってぱたぱたと蝶のように動く肺を感じてた日も、お漏らしでシーツを黒く汚したクリスマスの朝も、夕食が予約してあるのにおまえが手をくじいた記念日の夜も……そういうことばかりでも、見えないとこじゃこれまでにないほど満たされてたんだ。腕のなかで眠りから起きるおまえの白目は、明るさと驚きで生き生きしてた。信じられないくらいなめらかな肌を、あたしの頬にぺったりとつけて、つぎつぎ新しいものを飲みこんでった。おまえをゆらしながら見てた窓。眠ってるおまえに鼻をうずめるとくすぐってきた産毛。土にいる芋虫をはじめて見てぱっとひらいたおまえの顔。お腹に息を吹くときゃっきゃっと笑ったおまえの声。朝、家族五人ならんで一枚の毛布の下、起きれないまま、互いの夢の味見でもしてるような、そういう毎日。世界のすべてがそこにあった、その完璧に茶色い肌でにこりと笑う、おまえの顔に。すべてを新しいものに変えた、何度も、何度も。清らかで、完成されたなにかが、あたしを震わせた、もう、あたしたちのそばに、あたしたちのなかに、神さまがいるかどうかを知るために、祈らなくたってよくなるくらいに。

当然、あたしたちの命がおまえの命より早く終わるとしか考えてなかった。おまえがあたしたちの首までシーツをかけて、大丈夫だ、もう行っても平気だ、要ることはぜんぶやった、って声をかけてくれるはずだった。親の一生ってのはそう終わるもんだ。でもあたしたちはまったくちがう。さかさまだ、あたしたちがおまえをあっちに送る。そのために、おまえを土に戻す。

もちろん、おまえの体をじゃない。そっちはたぶん帰ってきやしない。かわりに、ハラの木の燃えるようなオレンジ色の花のレイを置く、あたしがつくれるいちばんおおきなレイを。腕に抱えた本のようにかたく重くなるように、ハラをうんとながく編む。そいつをつくるために、ハラの尖った葉を一枚一枚突きさして縫う、ちょうどおまえがいない悲しみがあたしをつらぬくように。あいだにはラウアエの葉をはさむ、飾りになるだろ、それにだれも触れないくらい、つんと尖らせることもできる。それでいこう。針を突きさして、横にずらす。

それは何時間もかかる、ベッドルームでひとりきりになってやる、泣いたりはしない。手を動かすだけさ。突きさして、横にずらす、そうやって縫いつづける。それだけさ。

レイができあがると、みんなでずるずると車に乗りこむ——ディーンと、父ちゃんと、あたし——で、東を目指す。カイウィトレイルへ。

車を出たら、舗装された道を進む。乾きのせいで草が金色になってて、背の低い木々が風に打ちのめされてるとこまで行く。舗装の道から逸れると、荒れた旅を好むうれしそうなハイカーの集団がいる。イバラやアザミが生えてて、湿った砂地をくだれば海だ。水際にはいつ崩れてもおかしくないちいさな溶岩の足場がある。黒い山肌にぴしゃりと波がかかる、風がびゅうびゅうと背中にあたる、あたしたちの後ろでは、低い山々がゆりかごのように太陽を寝つかせようとしてる。

いちばんごつごつとしたところにたつと、波のあぶくが溶岩に打ちつける。崩れずに持ちこたえてる岩の柱がある、ペレの椅子だ。そのそばで、転がるような波の動きをじっと見る。

おまえがいなくなってからの日々は、父ちゃんをぼろぼろにしてる。あたしに話す時間も減ってきてる、その分たくさん夜中にふらついてる、酔っぱらった僧のように森へときえてくんだ。まじないのようにぶつぶつ言いながら。家をうろついてるあのひとの体は、もう前みたいに陽気じゃない。ぼんやりとしてる。あのひとまでいなくなるんじゃないかと、不安になる。

でも今日はここに来てる。あたしと、ディーンとならんで、ここまで歩けた。三人でペレの椅子の根元まで、ハラでつくったレイを持ってくることができた。正しい歌を正しい言葉で口ずさめたらって思う、そしたらカフナ《まじない師》のやりかたで、もっときちんと送ってやれるのに。

「オーケイ」って、ディーンとあのひとに言う。「そろそろだ」

みんないっせいに息をとめる。そしていっせいに吸いこむ、空気をできるだけながく胸にとじこめる。息が自然に漏れるまで。そして、溶岩がやわらかな土に変わるところまで何歩か歩く。レイの置き場ができるまで、土を手で掻きだす。あたたかくて、暗いとこだ。おまえはここにいることになる。

ちっちゃくてまあるい指さきを、生まれて一年もたたない手の甲のくぼみを、まだ憶えてるかい？　あの指に自分の指がつつみこまれるだけで、あたしは深く自分のなかにしずんでった。あたしの胸で何時間も暴れた腕と足、あたしもおまえも眠りこけてたってのにさ。あたしにすりつけてくるあの綿毛みたいな頬っぺた。

今度はみんなで膝をつく、あのひとも、ディーンも、あたしも、そして掘った穴にレイを寝かせる、上からまた土をかぶせる、にどとひらくことのない、まぶたのように。

二、三日はみんななにかしようなんて気がおきない。毛布をかぶったかのようにカリヒの家はしんとする。家にいたり、いなかったり。仕事して、帰る。安売りのシリアル。サイミンと卵炒め。冷凍ピザ。さっさと浴びるシャワー、期限がすぎた請求書の束。

カディージャが家にかけてくる電話はつづいてる、おまえがいなくなってからずっとしてきたように。おまえたちがどのくらい一緒だったかは知らない、でもなんであれ残酷なもんさ。うれしくもある、おまえはきえる前にだれかとの距離をこうして縮められたんだからさ。伝えるのは厄介だ。それでも、あたしとほぼおなじように、カディージャもすでに結末はわかってたって気がしちまうのさ。

「できることはありますか?」

「なにもないよ。あの子のためのレイを土に埋めに行ったんだ。あんたもこっちにいられればよかったね」

「わたしこそ、すみません。リカも、仕事も……昔みたいには、自由に動くことが簡単ではなくて」

「わかるよ。でもあたしたちはいつでもここにいる、もし来たくなったら」

「そうします」

また電話をくれるはずだ、じゃなきゃ、あたしからする。このつながりは失くせない、特別なものにするのさ。

ディーンはスポケーンに帰るチケットをぎりぎりまで延ばして、出発日をあれこれ動かして、いちばん安く済ませようとしてた。家族の不幸ってことで支払いはほとんど免除されてもいた、けどとうとうその日がやってくる。

「ここじゃもう用なしだろ」って、あの子は言う。「スポケーンに戻ったほうがましさ」

「それでなんだい、もっとたくさん荷物を放りなげるって？」

あの子はたじろぐ。言ったそばからとりけしたくなる。

「そのうち変わるさ」

「まあこことおなじぐらいにはやっていけるだろ」

「無理だな。あっちはあんな感じだ。あっちで稼ぐためには、いろいろちがうやりかたがある。あっちはここじゃない」

「おまえの家はここだろ。金だけが大事かい？」

「そいつは仕方ねえだろ」

「おまえの家はここだろ」って、あたしはくりかえす。

あの子は目を合わさないようにしてる。窓の外、床、あたしと見つめあわなくて済むとこを見てる。

「もう行くぜ」って、あの子は言う。鞄のなかはたいした量じゃない、そのくらいの持ち物しかない。車で空港にむかう。


また何日もすぎる、憂鬱で、つらくて、ながい毎日さ。でもある朝、目を覚ますと、その日はアロハフライデーで、夜中の嵐も貿易風が吹きとばしちまってる。葉っぱは濡れてて、生き生きしてて、きりっとした塩の香りが混ざってる。ちょうど波が砕けた瞬間のようにね。

このままでなくたっていいんだ。

父ちゃんとあたしは仕事のスケジュールをやりくりして、土曜日を休みにする。それからクリシャとナヘア、それとケアヒとマイクたちに電話する、ほんとはもっとたくさん会うべきひとたちをアラモアナまで呼び出す。あたしたちはヒバチ《鉄板》を抱えて、マックサラダや、フライドライスをポットに入れてく。クリシャはステーキ肉を持ってくる。それをあたしたちがヒバチで生姜と焼く。ケアヒはコナビールとマウイビールが詰まった細ながいクーラーボックスをふたつ運んでくる、まるで王様のようにね。あたしたちの正面、木々の奥には浜辺がある。さざ波が崩れて、砂にとけた青がざわざわと音をたてる。犬にボールをなげてるひと、タオルを敷いて寝てるひと。あたしたちの後ろには、ダウンタウンのビルがぎっしりたちならんでる。ぎらぎらしたガラスと真っ白なコンクリートでできた建物のなかは、入ったことなんてない、だから想像するだけさ、肉でも焼いてふらふらとビールに酔いながらね。

みんなどれだけたくさん話そうってんだろう？　鍵がかかってないトイレが見つからなくて、手で股をぎゅっとにぎったまま、正面の歩道を駆けあがって戻ってくるケアヒを見ちまったら、いつ笑いがおさまるっていうんだい？　みんなでうなずいて、ラジオから流れてくるのがだれの曲なのか気になって、ボリュームをあげる。あたしたちの茶色い肌は、お天気雨に洗わせる、海の水で髪も目も塩まみれさ。青いたいまつのような海に岩からとびこんだりもする、若いつもりで、ぎゅっと締まった体に戻った気分で。

まだアロハ《愛》はある、残されたあたしたちを、生かしてくれる。

第二四章　マリア、二〇〇九年

カリヒ

ガーキンスプロパティーズ有限会社
五一四二　ヒンクルストンプレイス
ポートランド、オレゴン　九七二九〇

二〇〇九年二月一〇日

フローレス様、
弊社物件の賃借人であるナイノア・フローレス氏の未払い家賃につきましてお伝えしたくお手紙を送らせて頂きます。賃借人の保証人でいらっしゃるフローレス様には現在までの未払い家賃をお支払い頂ければと存じます。
未払い家賃の総額を鑑みますと現在賃借人は賃貸契約不履行の状況にあるものと判断されます。この件につきましては再三に渡りご連絡をさせて頂きました。不足分のご入金を早急に行って頂けない場合二〇〇九年二月末日までに物件からの退去と搬出ならびに受渡しを完了して頂くことになります。上記の通り退去を完了なさらない場合弊社より強制的な物件退去にむけた法的手続きをとらせて頂くことも併せてお伝えいたします。

賃貸契約の元で発生する未払い家賃を最終的にお支払い頂けない場合、賃借人および保証人に対しては上記以上のきびしい措置をとらせて頂く可能性があることも重ねてご理解ください。

ご協力どうぞよろしくお願いいたします。

第二五章　カウイ、二〇〇九年

サンディエゴ

霜で覆われたわたしの脳みそにとって、朝はアイスピックみたいなもので、いつも通りほんの何時間か寝たら目をあける。わかってる、またどっか行かなきゃいけない。いま寝てるソファはサードので、サードはクライミングジムに行ってた時の知り合いで、その頃は課題を手伝ってやったりしてた。夜、借りた鍵で玄関からこっそり入る。で、朝、サードとルームメイトが起きる前に目覚ましのアラームを鳴らせば、だれにも会わずに出ていける。

ソファじゃなくて、床で寝ることもある。かたいとこがいい時は。それが似合ってるって思うこともあるし、自分自身に感じさせたいってのもある、自分の体を、なにかかたいものを。そしたらキャンプしてるような、インディアンクリークに戻れたような気がしてくる。チョークの粉や、亀裂のある岩の表面が、爪の奥にまで詰まってた。ナイロンのテントのなかで、そう、ヴァンと身を寄せあって横になった。外では、熊がテントを嗅ぎまわってた。

寮のそばで鳩のようにゴミをあさり、こないだはなかみが半分残ったバイコディンの瓶を見つけた。信じられないほどラッキーな日で、インターネットで大丈夫だとされてる限界まで飲んだ。あったかいシロップみたいなもうひとりの自分に戻れる、数時間限定だけど、ね？

で、いま。ソファで体を起こす。サードの家族は、わたしの家族の一〇〇万年くらいさきにいる。部屋からも金持ちのにおいがする。つやのある家具はバターでも塗ってありそうだ。引き出しの取っ手でさえ薄く、クロム処理なんかがされてる。ドアは重厚で、手をはなしてもぴたっととまる。お城の門とかなら、こうやってゆったりひらいてとじるんだと思う。お金ってなんだろうとかきいてくるやつがいるとする、わたしならこうこたえる——自分がなにしてようと、世界を見おろせる感覚だよ、って。

冷蔵庫を覗いてみる。夜のうちにぱっとあらわれたものがあるかもしれない。あたりだ。プラスチックくさい容器のろ過された水。六本パックのペプシと九本のビール。マーガリンとスリラーチャソース。くもったピクルスの瓶。磨かれた野菜室にはなにもない。すみには口がひらいた重曹の箱。食器棚をあけると、まだ密封されたままのチーズカールとグラハムクラッカーの袋、ケーキを飾るためのチョコレート、野菜チップス。ここは、わたしよりちょっとましなくらいだ。

鏡の前でたちどまる。まあ、時々見るくらいならいいかと思ってる。わたし——縮れたハワイ人の髪の毛は、目に入った瞬間ひとつにまとめる。眉間から先端までぶあつくて平らな鼻。腕の筋肉、それに比べてやわらかそうな足。腕をあげると腹がのぞいて、こっちは平らじゃない。なにより、サンディエゴにいるだけで茶色が薄くなった。

でも、ここにいるのはわたしだ。たぶん。オーケイ。

ハウスパーティがあった日からすべてまちがってた。ヴァン。わたしは置きざりにした。夜どおし寝れるようにしてはみても、そう、常に疲れてる。逃げ場のないとこで、ヴァンやあの男たちや事件を知ってるだれかに出くわすんじゃないかと、びくびくしてる。うわさが広まりきってて、みんながもうわたしをそういう目で見てる気がする。わたしを知らないだれかでさえ。

大学の日はたいてい、わかってそうなひとたちに会わない道で教室に行く。朝のクラスがほとんどだから、みんなを避けるってのは難しくない。でもうまくいかない日もあって、ヴァンやカトリーナやハオの姿が目に入ってしまうと、そそくさとちかくの建物に駆けこむことになる。ゴキブリのように、そう、暗くなると寮にすばやく戻って、朝とともにさっさと出てく。サードの家と変わらない。教室ではいちばん後ろ、目の前に他のひとたちの頭が見えるとこに座る。三週間くらいはこんな調子だ。でも厄介なのは、そもそもだれがなにを知ってるのか、はっきりしないってことだ。だってだれもがハイでまともじゃなかった。

なにより大事なことも自覚してる、つまり、これはいまのわたし自身の問題だ。ヴァンが欲しかったくせに、無理だとわかるとあの獣たち、コナーと仲間たちの前に置いて逃げた。あの瞬間まではたしかに前進してた——ナイノアのこと、パパとママがわたしを理解してない、求めてさえもいないという事実、ハワイの島々。そういうのをすべてあとに残して前進してた。いまは行先もなく、ただ落ちるだけ。

数日ぶりに着替える。シャツは何重にも汚れてて、色あせて塩がういてる。脇のとこなんかはまるくしみができてる。クライミング用のバックパックに下着とタンポンと練り歯磨きとラップトップ、それからウィスキーが数滴ついてるだけの酒瓶が入ってる。でもカミソリと泡はない。昔は、毛深いとこを残さず剃ろうって思ってた。まともな女として当然だって、ね？

新しいシャツを頭からかぶると、妙なことが起きる。鏡のなかにいるのはわたしじゃない、わたしはトイレにさえいない。たってるのは草原で、緑がうねり、風が渦巻く、そしてフラを踊るあの大昔の女たちがいる。わたしたちは張りのあるカパの布でできたパウスカートを履いてる。生地が腰でこすれるのを感じる、でもあとは裸だ。頭の花飾り《レイプー》が額《ひたい》にあたる。わたしの剛毛は何マイルものびて、尻にまでとどく。肌には埃とかたまった塩がついていて、筋肉の筋がうきでてる。はるか過去を生きたひとたち、そしてフラ――もう何年も前に、これを感じるようになった。わたしたちは地面を踏みしめる、二列にならんだ女たちとわたし、大地をゆらすペレの拳のように、パフドラムが鳴りつづける。わたしたちは踊って、声を合わせる。灼熱の器をひっくりかえしたような空、青と言うより白い。

そこで電話が鳴って、元のわたしに戻る。かけてきてるのはディーンだ。ボイスメールにつながるように、ボタンをまとめてぎゅっと押す。もう何回も鳴らした履歴がある。でも気にしない。もうだれかと電話することはない。ママにもパパにもディーンにもヴァンにも、だれにも。

またディーンから電話、懲りない。これはとまらない。電話を手にとる。

「やっと出たよ」ディーンは言う。

「出たけど」わたしは言う。

「どれだけ電話が嫌なんだよ？　おれたちみんな火事で燃えてたりするかもしんないぞ」

「燃えてんの、いま？」

「ああそうだ燃えてるよ」

「兄ちゃん」

「なんだ？」

「兄ちゃんのばかにつきあってるひまはない。用がなきゃこんなに電話してこないでしょ」

「なんで用がなきゃいけねえんだよ？　おい、おまえ母ちゃんみたいだな。ただ話したいってだけかもしれねえだろ」

「そう、なら話そ、兄ちゃん。喋って。仲、深めよう。大声で」

沈黙は一分くらい。「おまえ、なんか酔ってんのか？　それになんでこそこそ話してんだよ？」

「正しくは、ハイになってる。こそこそ話してんのは、ひとん家に忍びこんでるから。すごいだろ？」

ディーンは笑う。「おまえなあ」

電話をスピーカーに切りかえる、髪を最後までととのえて、化粧の残りかすで最低限の顔の掃除をする。

「それで、なに、用はあるんでしょ、ね？」

「なんで母ちゃんたちに電話しないんだよ」

下をむいて床と自分の靴を見る。体臭がしみついたシャツのかたまりと、ひらいた口から鎮痛剤入りのオレンジのボトルが突きでたバックパックも目に入る。「こっちもいろいろあんだよ」

「だろうな」

「わかんないでしょ」

「ああ、まあ。ポートランドだっていろいろある」

「ポートランド？」

いちいちきききだすまでもなく、ディーンは話す。ノアのものをとりに行ってるらしい。未払いの家賃があって、その始末をつけるのはママとパパになる。

「どうなるかわかるか？」

「払うべき家賃を払ってないからって、いきなり実家を差し押さえたりしないよ。裁判所がなにか言ってきてみたいなのがある。立ち退きなんて最近は滅多にない」

「やつら母ちゃんに電話したんだぜ」肩でもすくめてそうな声だ。

当然だよ、とこたえる。貸し手の権利だし。どうにか家賃を搾りとるのはふつうだとしか言えない。

「いきなり家の弁護士みたいなこと言いやがって」

「ケーブルテレビでLaw & Orderの一気見してるから、休みなしで」

「もう黙れよ。ふざけるのはよせ、これは冗談じゃない」

「オーケイ、オーケイ。落ちついて。弁護士に電話は？」

「おまえとやりあってなんかいられない、カウイ。どうにかする。母ちゃんはおれに電話してきたんだ」

最後のとこでの、兄ちゃんの言いかた――母ちゃんはおれに電話してきた。まるで、おれにまかせとけ、とか。ようやくおれもいい子になるさ、みたいな感じ。でも、わたしへのあてつけでもある。わかるよ。おれが谷に残って、ひとり草木を切り倒して歩いてる時に、おまえは学校に戻ったんだよな、って言いたいんだ。わたしは部屋を見渡す――泡が血と混ざってかたまった男用のカミソリ。トイレの横の本棚には水着の女だらけの去年の雑誌。部屋のすみには、濡れてしわくちゃになったバスマット。そういうのがすぐ見えるとこにならんでる、わかる？　この日も、つぎの日も。わたしはソファからソファへ渡り歩く、ヴァンとカトリーナとハオだけは避けながら。学期がはじまってから、バックパックのなかのものだけで生きてる。気づけば、ねずみみたいな存在だ。わたしがしたことと、しなかったことのせいで。

「ノアの住所、変わってない？」

「ポートランドではずっとおなじだ。なんでだよ？」

電話を切る。床に散らばった持ち物すべてをバックパックに詰めこんで、靴紐を結ぶ。部屋を出たら、サードの鍵は郵便受けに置いてく。

第二六章　ディーン、二〇〇九年

ポートランド

ノアってやつはな、なにがばかなのかひとに伝えることもなく、自分はばかなんじゃねえかってひとに思わせるようなとこがあった。たとえば、鉄がどうやってできてるかとか、神経《nerve》って言葉はラテン語じゃこれこれこういうのなんだみたいなことを言いだして、きいてるほうはああだこうだ反応しなくたっていい、それでいて、ああおれがあほってことか、って思えてくるんだ。朝からずっと考えてる、もしあいつがここにおれといたら、なんて言うんだろうって、こうして窓からあいつの部屋を覗いて、十五回ぐらいドアをがちゃがちゃとゆらして、まるで鍵を失くしたまぬけのようにふるまうおれのそばにいたら。鍵が要るだなんて考えなかった、母ちゃんから電話があって、ヒッチハイクとバスだけで急いでやってきて、当然、ほら、ドアがぱっかりひらいてるとか、大家がペンキでも塗りながら待ってるとか、そんなもんだろって思いこんでたんだ。あいつがいたらぜったいにぶつぶつ言ってただろうし、いなくたって、結局おれのあほさを感じてる。このドアがあかねえんだとしたら、待ってられる場所なんて他にあるわけない。

またドアの取っ手をぐいと引いてみる、フレームがゆれて鉄と鉄がぶつかる音がするだけだ。引いて引きまくるとドアはきしんでゆがむ、角がうくとこまでは動く。でも壊れはしない。正面の階段に腰かける。どこならぶっ壊せるか、ぶっ壊したらだれに通報されそうかって、考えながらね。

さっきまでは気づかなかった車がある、通りのむこうにとまってる。ちっこくて銀色で地味なやつだ。運転席のドアがはじけるようにひらいて、女が出てくる、縮めてた体を上にも横にものばして。ぎゅっと編みこんだ髪が頭を覆ってて、後ろで綿《わた》のようにアフロをたばねてる。だらんとした黒い服が片方の肩から垂れ下がって、つやのある肌が見える。コンクリートをこつこつと鳴らして、歩道をちかづいてくる。

話したことはない、でもだれだかわかる。「あんたか」

女はずっとじっと見てきやがる、真正面からね。おれもおなじようにする。「あなたのお母さんが電話をくれた」って、女は言う。おれが座ってる段差の手前でたちどまる。「ほんとにもうはじまってる?」

「母ちゃんはなんて電話してきたよ?」

「ノアの」ってあいつは言う。ドアを指差しながらね。「ノアが追い出されるって。というか、すくなくとも」――そう言ってくもった顔になる――「ノアのものが」

「ああ、でもおれが言ってんのは。おれにもできねえのに、母ちゃんはあんたになにをしてもらえるって思ったんだ」

笑ってやがる、まるでおれがふざけてるかのように。まあ流しといてやる。「ディーンだ」って言いながら手を差しだすと、あいつもにぎりかえす。

「知ってる。わたしはカディージャ」

「知ってるさ」

手を元に戻す。

「保安官事務所には電話した。解決するには未払いの四五〇〇ドル払うしかないって」

「くそが。そいつをデートにでもつれだしゃ、まけてくれるもんか？」

カディージャは見あげてから、また顔をおろす。「その服じゃだめ」

「でも、たっぷり背中も揉んでやるぜ」

「ナイノアからきいてたのと差がありすぎて、驚く」

「どういうことだよ？」

「あなたは魅力的なはずだって言ってた」自分のジョークに吹きだしてやがる。

「おいおい。そんなふうに——」

でもその時だ、引っ越しトラックが角を曲がってくる。横にはブラントン運送とか書いてある。考えこむかのように、そいつはとまる。それからまた動きだして、またとまる。そんな調子で、ノアのアパートの前までやってくる。運転席にはふたつ頭の影がうかんでる。ハンドルの震えときしみがきこえる、かちっと音をたててトラックがとまる。ぴちっとしたジーンズと、なんて言うか、大工っぽいジャケットを着た男がふたり、おりてくる。どっちもハオレ《白人》で、兵隊みたいな髪型で、子どものような顔をしてやがる。つい言っちまうとこだった、おい、ゲイのロデオはどっちでやってんだ？　ってね。

玄関の前にいるおれたちを見て、男たちはたちどまる。一秒くらいごちゃごちゃ話すと、髪が茶色で曲がった鼻をしたやつのほうがちかづいてくる、手のひらを下にむけて、紐のついてない犬でもなだめるかのように。

「なんだよ、ハオレ？」って、おれは言う。

「え？」とだけ返ってくる。

「なんだよ、って言ったんだよ」歩いてくるそいつにあごを突きだす。「おれの弟なんだ。噛んだりしねえよ」

やつは足をとめる。腕を組んでる。「ここから運び出さなきゃいけないものがある。というか、すべて運び出す」

男たちを乗せた別のピックアップトラックもやってきて、引っ越しトラックの横にとまる。ぜんぶで五人。座ってたとこから出てきて、ひさしの前までやってくる。あいつらはおれの六フィート五インチの体を目のあたりにする。おれは「帰ってくれ」って言う。

「君たち」って、カディージャは言う。「一分でいいから話しあってみたらどう」

笑っちまうのはさ、スポケーンでベルトを流れてくる箱を一緒にさばいてたのは、こいつらのようなやつらだったってことだ。おれだってこっちにいたら庭掃除かなんかして食ってたはずだ。あいつらもそれをわかってる、そうさ、なぜって、おいおまえ知ってるぜ、おれたち仲間だよな？　って顔になる一瞬があったからだ。でもそういうのは、すぐきえちまう。

「なかのものを運び出さなくちゃならないんだ」って、引っ越しトラックの別の男が言う、もっと明るい髪をしたやつだ、まるで謝るような声で。

「銃かナイフ、持ってるか？」

「ディーン——」って、カディージャが言う。

「え？」だれかがこたえる。

「じゃなきゃ入れないぜ」

でもやつらには銃よりもナイフよりもいいものがついてきてる、ってのはさ、ふたつめのトラックのすぐ後ろに、保安官がいたんだ、さっきは見えてなかった。いまはノアのアパートの生えっぱなしの芝生まで出てきてる、ボウリングのピンみたいな体だ、白い肌と赤い首を含めてね。胸んとこで腕を組んでる、けつからは銃が見えてる、全身が前にかたむいてる、重い金玉引きずってそうな感じだ。「余計なことしなけりゃ、すんなり済むさ」って、保安官は言う。

なにができる？

おれは道を空ける。カディージャがまっすぐ保安官のとこに歩いてって話しはじめる。立ち退き作業員はつぎつぎものを運び出してく。大勢で押し寄せてきやがって、まるでなんてことない一日って感じで、あいつらのやりかたでこなしてる。おっきいものからはじめる、いちどにふたつの部屋はやらない、時々うなり声をあげて言葉をかけあって、おれのことなんか見えてすらいないって雰囲気だ。保安官は車に戻って座って、あごを動かしてガムを食ってる。

でかいのが運び出されるのを見てると、様子が変わりはじめる。あいつらは腕いっぱいに洋服を抱えて歩道になげてくのさ、ジャンプシュートやピッチングのまねをしながらね。たぶん、思うに、保安官が電話をかけに行っておれの気がゆるむのを見てたからだ。

「おい波だぞ！」って、ひとりのまぬけが叫ぶと、ノアのクイックシルバーのシャツが一枚ドアの奥からとんでくる、まるで腹を撃たれた鳥のように、はためきながらぬかるんだ地面に落ちてく。そのシャツを見るだろ、そうすると、家族とビーチとカリヒのことや、おれと弟のことを、ノアのことを、思いだしちまうんだ。まだ大学でやれてたかもしれない時の、電話での声まできこえてくる。

あんなくそみてえなチーム、やめてやるよ。って、おれがあいつに言ってる。

だめだよ、ってノアが言う。

また高校ん時のくりかえしじゃねえか、っておれは言う。使えるやつなら他にもいるさ、コーチはおれをベンチにするとかほざいてんだぜ。あの控えのやつらだぜ、あいつらがおれみたいにボールさばけるかってんだよ。

トーナメントでどうにかなったのはだれのおかげだよ？　ほとんど走りっぱなしだったのはだれだった？

おれは一軍の——

知らなかった、ってノアは口をはさむ。兄ちゃんがそんな負け犬だったなんてさ。

え？　って声が出た。

バスケをさ。ってノアはつづける。兄ちゃんはまるでサメみたいに追っかけてきたんだろ、これまで生きてきてずっと。

おい、おまえまで言うのかよ、他のやつらみたいにはっきりと。

じゃあ諦めたらいい、ってノアは言う。諦めろよ。何年かしてもうみんなに忘れられればいい。

なんだよ、ノア。っておれは言う。おまえ弟じゃねえのかよ。

兄ちゃんはきいてなかった、ってノアは言う。

なにがだよ？

サメのことって考えたことないか？

もちろんある。おまえの顔見りゃいつもだ。

もしかしたらサメがおれを引きあげた日、救ったのはおれだけじゃなかったのかもしれない、そう思わないか？　家族みんなだったのかもしれない。

おれには母ちゃんが言う神さまみたいなやつはわからなかった、だけど、ノアにそう言われた時は、たしかに感じるものがあったし、そのあともしばらくは感じてた。軽くなったんだ。電話を切ってドアから足を踏みだすとな、なにもかも軽くって、なにもかも自分のもののように思えてきたんだ。薬もセックスもバスケもいらねえ、あと一回でいいから、ああ感じさせてほしいもんさ。そのつぎの夜、おれにとってはあれが最後のいい試合だった、自分じゃないみたいにプレイした、体まるごと新品のようだった。

それがおれの弟だ、ああいうのをできるやつだった、ここにいるこいつらはだれもそれを知らない。だからいましかねえよな。おれは芝生にあるものを家にむかって運ぶ。

戻ってきたカディージャがおれに話しかける、まるでおれをとめられるかのようにね。やめて、なにしてるか考えて、って。

「こうしてもなにも解決しない。持っていけるものだけ持っていこう」

「知るかよ」

作業員たちはおれがしてることを飲みこめてない。はじめの何往復かであいつらが放りだしたものを、腕いっぱいに抱えて、なかに持ってく。おれがきいてさえいないってわかると、カディージャもおおきく息を吐いて、鼻をつまんで、歩道まで引きさがる。電話をとりだしてかけはじめる。おれは服の束も、ならんだ椅子も、元に戻す。立ち退きのやつらが他のものを運び出してるそばで。お互いちょくちょくぶつかったりもしながら。結局すぐに、おれが机の引き出しを戻そうと両手にひとつずつ持ってドアから入るとこに、あいつらはふたりでフトンを持って外に出ようとして、ドアでつっかえる。正面のやつはこっちに背中をむけてる、でも背中越しに幅を確認しようとして、おれが目に入る。みんな動きをとめる。

「どけよ」って、やつは言う。荷物の片側を担いでるせいで、顔が赤い。

「やだね」って、おれは言う。

やつはおれの後ろにあごで合図して、笑顔をつくろうとする、踏んばりながらもね。「だれかさんが、解決策を持ってるみたいだ」

振りかえると保安官が歩道をちかづいてきてる、こう言いながらさ。「さあ、お兄さん、一分でいいからどうしたらいいか考えてみようか」

保安官のさらに後ろで動くものが見えたのは、その時だ。道路のそばに、笑っちまうようなものが。にやけてるんだと勘ちがいして、保安官はこう言ってくる。「ふざけてないぞ。これはジョークじゃない」

でも、やつになんか微笑むわけない。その後ろさ——保安官の後ろ、カディージャよりも後ろ、道路まで行ったあたりだ、ジョークなんかじゃない、カウイが歩道にたってるんだ。バックパックを肩につるして、ノートリアスB.I.Gの「Ready to Die」のパーカーを着て。

作業員のひとりがトラックから戻ってこようとして、カウイの横を通りすぎる、カウイはそいつに話しかける。そいつは肩越しになにか言いかえす。カディージャはふたりのとこまで歩いてく。「みんな、ひどいことになる前に、いちど落ちつきましょう」でもカウイはもうバックパックを落としてて、カディージャのことも立ち退きのやつらのことも無視して、おれがいる階段まで歩道を駆けあがってくる。そのまま、おれまで追い越して、ドアでフトンの片っぽを抱えてるさっきの男に追突する。一瞬カウイの手が見えて、その手がやつにあたって、フトンが落っこちて、どんと音が響いて、やつも手を出そうとする。おれはまだ引き出しをにぎってる、すぐにそれを落として、ぎゅっと拳をにぎることになる、はずなんだけど、記憶はすっとんで思いだせないままだ。それは五分前で、いまおれの手首には手錠がかけられてて、おれがいるのは保安官の車の後部座席だ。

カウイもいる、ここに。車内はアーマーオールとガンオイルがぷんぷんにおう。無線では割れた声がごちゃごちゃ言ってる。カウイはおれの右側にいて、仲良く手錠されてる。カウイの呼吸はみだれてて、窓に吹きかかった息が白く曇ってる。暖房は切ってあるから、あほみたいな冬がドアから入りこんでくる。

ようやく、なにがどうしたのか、すこしずつよみがえってくる。フトンが落っこちる、まるでボクシングの試合のベルのように、ようやく暴れられるって、みんないっせいに生き生きした顔になる。さあ殴りあおうってとこで、保安官が割りこんでおれたちを引きはなす。おれとカウイの手も足も縛りあげて、一気に車の後ろに押し入れる。いま保安官は芝生でカディージャになにやらきいてる。カディージャはばか丁寧に、背すじをぴんとのばして、低いとこで両手をにぎり合わせてる。教会かよ、保安官が牧師に見えてくる。

作業員のやつらはまたアパートからノアの暮らしの証を運び出してる――ミルクかごに詰まってた本はなげ捨てられて、濡れた芝生にむきだしで散らばってる。ぴっちりした包装のまだ食えるサイミンのかたまり、ショウ油のボトル、写真が入ったままの写真たて、そういうのが草の上や歩道にまでごとごと転がってる、すっかりひび割れた状態で。やつらのひとりはおれにぶん殴られて血まみれになった鼻にトイレットペーパーを詰めてる、別のやつはカウイに押しつぶされた唇がぷっくりと腫れてる。それでもまだ、働いてる。でもすぐにやつら全員がなにも持たずに家から出てくる。で、積みあがったノアの持ち物を押すなり蹴るなりして、芝生から歩道に移そうとしてる。アパートから最後に出てきたやつは芝生のすみでたちどまって、足下を見る。指を芝生にのばすと、靴下ひとつを汚いなにかの死体みたいにつまんで、歩道にできたかたまりのてっぺんに置く。ぴかぴか光るクリップのついたボードに目をやりながら、やつらは保安官と一分くらい話をして、それから引っ越しトラックに乗りこんで、出発する。

やつらが行っちまうと、保安官はぶらぶらとおれたちにむかってくる。パトカーの運転席のドアをいきおいよくあけて、車内を前後に区切る金網のむこうから、おれたちに言う。「これを君たちにとっての散々なできごとにしてもいい」

カウイは鼻で笑う。

「すぐにでも手つづきをして、作業員たちから証言をとって、裁判所を予約しようか。あのすべてをとりかえせないようにだってできる」――作業員たちが放りだしたすべてを指さしながら言う――「君たちがあれをどれだけ欲しがってもだ」

「保安官」って、カディージャが声をかける。

やつはそっちを振りかえる。わかってるさ、っていうふうに、でもまだやつは銃に触ってすごんでるようにも見える。「そうだ」って、やつはつづける。おれたちにむきなおって、カディージャには手ぶりでこたえる。「あの女性が彼のことを教えてくれた」

「彼って？」

「君の弟さ。だからって、いましがた起きたことを許していいわけじゃない。でも」そこで、やつはドアの鍵をあける。「行くんだ」って言われる。そりゃそうするよな、手錠も外してもらう。手首がはねて喜ぶ、でもすぐに痛みが押し寄せる。やつはごちゃごちゃと、おれを後悔させるなよ、みたいなことを言ってる。車のドアが音をたててしまる、チャレンジャーのエンジンがかかって震えだす、やつは通りを走り去る、あたりはまたしんとする。すぐそこに残されたものが目に入る。

「挨拶すんの忘れてた」カウイはおれに言う。「スポケーンはどうよ?」

「くそしかねえよ」って、おれは返す。「サンディエゴは?」

「それなりにくそかな。カディージャ、ですよね?」って、あいつのほうをむいてきく。

「そう」カディージャは言う。

でもな、ジョークを言いあったって、そばの歩道はノアのものだらけって事実は変わらねえ。炊飯器に箱に、クイックシルバーのシャツ、いろんな色した本の残骸。

「こいつはやべえな」って、おれは言う。「こんだけあんだぜ」

雨が降りだす、まるでなにかの答えのように。ためてた息を吐きだす感じだ、というかそもそも息をためてたのかさえわからないくらい、ふわっと音もたてずに降ってくる。泡のように落ちてくる。カウイとカディージャの髪を蜘蛛の巣みたいに湿らす。おれの肌でとびはねもしないくらいの雨だ。そこらじゅうにあたる音さえ、きこえないくらいの。

カウイは空を見あげる。今度は小便みたいにおれたちに降りそそぐ——雨粒は太くかたくなって屋根をどっと鳴らす。おれとカウイとカディージャは庭を走りぬける、文句たれながらノーとか言いあって、手あたりしだいなんでもつかんでアパートのひさしの下に運んで、玄関のドアを引いてはみるが、もちろんがっちり鍵がかかってる。カウイのやつは段ボールをつかんで正面の階段に置こうとしてる、両側にひとつずつ穴がある茶色いオフィス用の箱だ。ふたが外れてる。写真とアルバムが雨に濡れてくすんだしみになってるのが見える。カウイはひとつの手でふたをつかんでかぶせて、もうひとつの手で箱を引きあげようとしてる、底の角がぐちゃっとした芝生にめりこんで泥をえぐる。カディージャは抱えてた服を放りだして、箱の反対側に手を添える。おれは庭に駆けおりて、三人でふたをしっかりはめて、箱を家にたぐり寄せる。鳥肌がひろがってくのがわかる、ジャケットのなかの、シャツのなかの、骨のさらにそのなかで。

庭に残ったノアの荷物はぜんぶ、ただ破壊されてく。灰色にぼこぼことふくらんだフトンも、てらてらと濡れてるしわくちゃな服の束も、泥がとび散った全身鏡も。もうなにもできない、こいつはおしまいだ。

「寒すぎだよ」って、カウイは雨にむかってどなる、でもおれに言ってるんじゃない、庭に、空に吠えてんのさ。

ノアにお隣さんがいたのは知ってる。窓のカーテンから顔を出して覗いてるのも見えた、保安官と立ち退きのやつらがここにいた時だ。でもみんなあたたかそうなオレンジの明かりをつけて引っこんでる、こっちで起きてることなんてどうでもよさそうだ。ノアの部屋の窓に手をあててゆらしてみる、そして下に置いてあるランプに手をのばす、ガラスを割るために。でもカウイはおれを見て、目をまるくする。

「兄ちゃんなんなの、原始人かよ？　正面の窓なんて割ったら、みんなぜったい気づくから。即、警察も来る。ここにいて」あいつはつながった二軒のアパートのわきへとまわりこんで、きえる。

「やめなさい」って、カディージャが言う。カウイは戻ってこない。

二、三分して、がたがたと正面のドアがゆれて、がちゃりとひらく。「入って」って、カウイが言う。
カディージャはおれのこともあいつのことも見る。「保安官に話して捕まらずに済んだってのに、最初にすることがこれ？」

「仕方ない」って、カウイは言う。

「もちろん仕方なくない」って、カディージャは言いかえす。「入っちゃだめ」

「なら、どうする？」って、カウイも言いかえす。「ノアのものを腐らせとく？　尻が凍るまで庭にいる？」

「他にも——」

「わたしたちにはなんもないから」って、カウイは言う。「なんもね」肩でドアをおおきく押しあけてる。もう言うことはないってわけだ。

「わたしはできない」って、カディージャは言う。雨はさらにでかい音になる。「仮にそうしたかったとしても——したくないけど——こんなばかげたことできない」

「わたしはできる」って、カウイは言う。おれを見てる。

おれも入ろうとする、カディージャはなにも言わない。

なかは真っ暗でからっぽだ。リビングは、白い壁と、むきだしのくすんだカーペットだけ。空気は味気ない、綿のにおいだけがする、まるで何年も無人だったみたいに。

「入ってよ」カウイはそう言って、ドアをばたんとしめる。背中をまるめて、正面の窓のはしから外を見る。「隣のひとに見られたと思う。ぜったい、女が見てた気がする」

カーテンを引きに行く、でもカウイはノーって言う。ここにいるって宣伝してるようなもんだよ、入ってきた時カーテンはしまってた、って。カディージャが通りを走りぬけてく、アフロはびしょびしょだ。腰を曲げて車にとびこんで、ドアを思いきりしめる。

「とにかく窓からはなれな」って、カウイは言う。ロープでもつかむように髪をにぎる、しぼると水のかたまりがカーペットに落ちる。ぶるぶる震えてる、川から出てきた馬かよ。

もういちど正面のドアをあけて、ふたつみっつ救いだしたものを部屋に引き入れる。通りを見渡しても、カディージャはいない。階段まで持ってきといた荷物には、ジム用のダッフルバッグ、どっかに寄付するはずの服が詰まったゴミ袋、そしてさっきカウイが引きあげた箱がある、写真やアルバムが入ってる。

ゴミ袋を破いて、ダッフルバックを覗いてみても、おれたちに合うのはまずなさそうだ、でもまあ着てはみる。袋とバッグから試す服を選んで、二、三回、ベッドルームに行っては戻ってをくりかえす。結局、カウイはいまにもはじけとびそうな黒いドレスパンツ——思うに、カディージャのだ——を履いて、ノアのスウェットをかぶる、ノーブランドの赤いパーカーだ。カディージャの他の服を試したらどうだってきくと、上はどれも入るはずないってこたえる、たしかに、ほら、フードの下の山男みたいにごつい背中を見りゃわかる。こっちだってひとのことは言えない、というかもっとひどい、どうにか腰まで入るのはノアの袋みたいなスウェットパンツくらいで、履こうとしたらあちこちで破れたり裂けたりする音が鳴った。裾はふくらはぎのあたりまでしかない。あとはノアのレインジャケット、それなりにでかい、でも着るのがおれだとシャツに見える。

鏡を見てげらげら笑ってると、カウイが言う。「これ見て」

あいつのそばに寄る、正面の窓だけは忘れずに這って通りすぎる。写真箱があいてて、あいつの手には一枚写真がある、ビーチにいるノアとカディージャがうつってる。カディージャは砂に手をついて後ろに反った体を支えてる、陽を浴びたキャラメル色の肌に、いまとおなじねじれたコーンロウの髪、後ろでまとめてアフロにしてるのも一緒だ。おれたちには見えないものを見て、笑ってる。そこにあるのはマナ《ちから》みたいなもんだ、ほんとに笑いたくて笑ってる、浅く段ができた腹に、水の粒がひっついてる。「ああ、すげえ」って、おれはゆるみきった声で言う。

カウイはため息をつく。おれから写真をとりかえす。「ちょっと、兄ちゃん」

「あぁ？」

「股のさきではじまって終わるんじゃない女とのつきあいかた、知らない？」カウイはおれにこたえるすきさえ与えない。おれに頭を振りながら、ぱたぱたと写真の束をめくってく。ひとつの写真からは紙が落ちてくる。カディージャ、って書いてある、横には電話番号がある。手の下に滑りこませる、カウイが気づく前に。

「おまえとおれがいるよ。これは股とは関係ねえつきあいだ」

あいつはつぎつぎ写真をめくってく。「それがなんなの。あたしのことなんてなにもわかってないくせに」

「なにがだよ？」

カウイはめくる手をとめて、部屋の反対側を見あげる。「二四・四」って、あいつは言う。これはすぐにわかる、おれの平均得点だ、って返そうとしたら、あいつはだるそうな声でつづける。「二四・四。炭水化物に多価と単価の不飽和脂肪、当然フードピラミッドからはバランス良く食べる、三〇〇〇キロカロリーまで、ぎりぎりまで動きを高めるために。ナヘア、リース、トリシュ、カラニ、正常位、バック、69、カウガール、マニーショット、顔《に》出《す》ひとりひとりと。リンカーンの招待試合にはサウスカロライナとアリゾナのスカウト、州大会の初戦にはテキサスオースティンとオレゴンのスカウト」高校時代の平均得点。大学でもやれそうだってわかってからチームの栄養士がおれに食べさせたもの。高校でおれがやった何人かの女たち。高校の試合を観に来たスカウト。どれも、おれにとっちゃ考えるまでもないことだ。おれのことだ、あいつが口にした瞬間にわかる。どれも皮膚のようにおれをとり巻いてた事実だ。カウイの目はおれにむいたままだ。

「もっとつづけてもいい」

「ああ、まあ」って、おれはこたえる。「足りないとこもある」

「なんのこと？」

カウイが写真をとりだした箱には、他にもノアのものがある――三年もかからずにとったスタンフォードの学位記、科学と数学であいつがもらったでかい奨学金についての二、三の新聞記事、化学のコンテスト、スタンフォードの雑誌での紹介とか、そういうのが、底なしで詰まってる――どっかでまだむしゃくしゃしてきそうで、カウイにぼやく、いつもおれたちはあいつに腹たててたんだ、憶えてるか？　でもおれたちの胸からも、そういう感情はもうなくなってる。昔はわざわざ声にしあわなくたって、お互いノアにいらついてるのがわかった、あいつにあって、おれたちにはないすべてに対して。でもいつからか、そういう話もしなくなった。あれは、おれたちが分かちあった唯一のものだ、って言いそうになる、特にカウイのやつがあんなことを言いだすからさ。でもそりゃまちがいだ。ここでこうやって座ってると、そう感じる。スポケーンであったあれとよく似てる、おれは試合後のコートに戻った、インタビューもシャワーもとっくに終わって、もう音楽も人混みもなにもない、焦りもない時間だった。ロッカールームを出ると、まるいホールのつやっとしたコンクリートのフロアを横切って、ガラスケースも通りすぎた。五〇年代のトロフィーや、みじかくてぴっちりしたショーツでバスケしてるハオレたちの白黒写真が、ならんでた。ドアをあけると、そこはまぶしくかがやくコートで、管理人が座席からゴミをほじくり出して、観客がくそみたいにまき散らしてった残骸をかき集めてる。ああして一目見たら、すぐ理解した。コートってのはただの建物で、試合なんてどうでもいい、って思うやつもいる。いまとおなじだ、カウイを見てみろ——あいつはあっち側にいる、別の世界だ、最初からずっと。

「わかったよ」咳をする、なんでもいいから音を出しとくために、間ができないように。「おれは有名だったよな。でもおまえのことだって、気にはしてた」

あいつは唇をかたくとじる。「そう言える証拠は」

「そうだな」とだけ言って、なにをつづけりゃいいんだかわからなくなる、ってのはさ、あいつのことなんてたいして知らないからだ、でもいまさらとめられない。「わかってるさ——おまえは女が好きだろ」

あいつの顔。一秒くらい、まるでバケツたっぷりの氷水でもぶっかけられたみたいになる。でもすぐに元の顔になる。しぶとそうなやつらの表情に戻る。「兄ちゃん、なんのこと言ってる?」

「気にすんな」

「気にしてない。兄ちゃんに言ってもらいたくない」

「いや、そういうことじゃない。やけに気にするやつらだって、たくさんいるだろうからさ、なあ?」

あいつは床にぴんとのばした両足を、とつぜん上にたたんで、膝を胸にぴったりとつけて、そのままぎゅっと抱えこむ。「そりゃそうだけど」

「リストでもつくれよ、そういうやつらのさ。ひとりずつぶっ殺してやる。飼い犬でもな。ためらわねえ、犬には二倍でやりかえす」

あいつはぶっと吹きだす。そして「そのありえない計算能力で殺すんでしょ？」って言う。ふざけてるんだってのはわかる、でもあまりそういうふうにはきこえない。

「くだらないジョークだった」って、あいつは言う。おれの顔を見たんだろ。でも黙ったままでいると、あいつはまた写真を何枚かとりだして、さっきみたいにめくりはじめる。

おれは写真が入ってた箱を蹴とばす。「気をつけろよ。谷に残らなきゃいけなかったのはおれなんだ、何週間もあいつを探して、蚊がいても寒い夜も雨んなかキャンプしたんだ、そのあいだおまえ学校で勉強してたんだろ。なにが起きたか見なくちゃいけなかったのは、おれだったんだ、そのあとで母ちゃんと父ちゃんに伝えたのもおれだ」

あいつは写真を置く。「大変だったね《ソーリー》」

ソーリーソーリーソーリー。どいつもこいつも、口をひらきゃ、ソーリーって。仕方ないよ、って何度も、何度も、何度も言ってきやがって。

「どんな様子だったの？」あいつはしずかな声できく。

「なにがだよ？」

「兄ちゃんのこと。死にかた」

頭を倒して壁に寄りかかる、窓のすぐ横だ。まだ明かりが薄く差しこんできてる。「おまえがきいてえのは――」

「──場所のこと。どこで見つけたか」

谷があったんだ。暑くて寒くなってまた暑くなった、空を雲がとぶように流れてったからだ、でも山道のせいでずっと汗だくだった、で、あるとこで地面がえぐられて、べっちょりつぶれてた、だれかが世界をまるごと崖のさきに掻き出しちまおうとして、やりきらずに終わったっていうような光景だった、おれはへりまで行って見渡した、胃がひくひくと波打った、布が見えたんだ、手をのばした、手がとどくようにさかさにぶら下がると、血が頭蓋骨をぎゅっと締めつけた。バックパックをつかんだ、ブーツも、血も。

「兄ちゃん」って、またカウイが言う。すばやく寄ってきて、おれの肩に手を置く。たまってたすべてがおれからこぼれてく。

口から出るのはひとつの音だ、息にちかい──あぁ、って。なにかが漏れだす。おれがあそこに着いた時──あいつが落っこちてったとこにな──ほんの一分くらい、おれのすべてと谷のすべてが触れあってるような気がした。前にバスケのコートで似た感覚になったことはあった。どっかから歌声がきこえてきた。スポケーンにはじめてやってきた時とか、レギュラーシーズンのハワイアンナイトの時とかの、ああいう緑色の感じが、大昔の王さまがぞろぞろと海を渡ってやってくる感じが、したんだ。

「ノアが感じてたように感じたことって、おまえあるか？」

「なんのこと？」

「おれはこういうふうに感じることがある。感じることがあった。とにかくな。おれはおれなんだけど、おれよりでかいなにかでもあるんだ、同時にな」

カウイの顔を見る。わかる、って顔だ、明らかに。おれが言ってる通りじゃないにしても、なにかはわかってる。くそ、やっぱりそうだ、ノアだけじゃなかった。笑えてさえくる。

「おかしいよな。いちどあいつが言ってたんだ、サメはあいつだけの話じゃねえって。まじめには信じなかった……」そのままますこし待ってみる、あれを感じるまで踏んばってみる。きこえてくるか。でも、なにも起きない。

「たぶん、つかみそこねたんだ」って、おれはつづける。「つまり、そいつはおれのことを探してた、あいつを探しだしたみたいに、でもおれにはこたえかたがわからないままだった」

カウイもなにか言おうとする、でもすぐそばの窓を影が横切る。でかい影だ、もう部屋のなかにいる気配さえしてくる。カウイがたって覗き穴から見る。「やばい」

「だれだ?」でも、あいつはもうドアからあとずさりしてる。鍵ががちゃがちゃ鳴って、鍵穴がゆっくりまわる。

たちあがる。カウイはおれを押して、言う、行け行け行け、そして声をあげずに、ただ走りだす。

第二七章　カウイ、二〇〇九年
ポートランド

行け、ってわたしは言う。あるいは、言ったつもりになる。ふたりともたちあがると夢中だった。持てるものだけ持って――財布とバックパックとちいさめのフォトアルバム二冊――走りだす。玄関のドアがひらく。声がする、でもとまって耳をすましたりしない。忍びこんだベッドルームに戻る、窓はひらいたままだ。いきおいで突っこむ。べちゃっとした芝生に落ちる、芝生は建物の裏までつづいてる。ひらいたままのバックパックから鎮痛剤とティッシュのかたまりとガムの板とタンポンがこぼれる。拾えるものだけ拾ってアルバムの上に押しこむ。

「角を曲がろう」とディーンに言って、その通り曲がる。でも曲がったほぼ真正面に、保安官の胸がある。保安官はさがって拳銃に手を置く。叫んでる。動くな、動くな、動くな。わたしたちは逆方向にとびだすと、庭をぬけて、ガレージともう一軒の家との隙間にむかう。雨水がまつげに落ちる。まばたきは間に合わない、視界がかすむ。保安官は後ろで叫びつづけてる。鍵がじゃらじゃら鳴ってる。走るのはやめない、いつ撃たれてもいいよう歯は食いしばっておく。やつらが撃つのは、わたしたちみたいなひとだから。

どうにか隙間に滑りこむ、そのまま反対からぬけ出す。ノアのスウェットがはためいては肌にぴたりとくっつく。でかすぎるし水を吸ってる。保安官の声がきこえなくなると、たちどまって振りかえる。保安官はずっと後ろで、車めがけて駆けだしてる。髪から体じゅうにしずくがたれる。寒くて息は白い。

「行くぞ」ディーンは言う。また、その通り進む。でも、二手にわかれるってことだとは気づかなかった。わたしがつぎの通りも越えようとした時、ディーンは対角線上、庭のむこう側にいて、それに気づく頃には、フェンスを半分よじのぼって、もう乗り越えようとしてた。

保安官の車が大急ぎで通りをくだってくる。ランプは明るく煮えたぎってる。でもサイレンを鳴らしてないせいで、映画とはまったくちがう。こいつは現実で、わたしたちも現実だ。また前をむいて、走りつづける。二軒の家のあいだが通れそうだ、そこがいい。犬が雷のように吠える、声を全身に浴びる、左右の壁にも響き渡る。でももう、なにがいても目に入らない、空気と変わらない。わたしはとまらない。タイヤがすれる音。鉄がぶつかる音。すべて後ろに置いてきた。目の前には、家の裏側の景色がひろがってる。

ぬけ出せた。空き地しかない。場所も空気も広々としてて、世界が呼吸してるみたいだ。青いビニールシートの下に木材が積んであって、つめたい地面に木の杭が刺さってる。さきっぽからオレンジ色のひもがくるりと垂れてる。そこもぬけて新しい通りに出る。そのままつぎの通りまで走ったら、別の庭を突っ切る。もうなんの音もしない。声を出して酸素を吸いこむ。バックパックの左のストラップがゆるんでる。下にぐいと引き、肩にくっつける。

すぐ横に中庭用の家具がならんでる。サンディエゴのクラスメイトたちならたいてい持ってるかもしれないような家具だ。いまっぽくてすっきりしてて恐ろしく高い、わかる？　つまり、灰色の石の皿みたいなのが地面にいくつも埋まってて、ここから芝生を通って家の正面までその上を歩いて行けるようになってる。

で、そのさきには、エンジンがついたままの車がある。なかにはだれもいない。

保安官のサイレンがきこえる。いまは遠吠えのように。すぐにでも駆けだしたい自分を、もっとずるがしこい自分が引きとめてささやく――必要なものは目の前にある。ゆったり歩けばいい。はい、ここに住んでます。このバターのようになめらかな内装の白いセダンもわたしのです、って感じにね。

その通りになる。運転席のドアをぽんっとあけて、シートに滑りこんだら、ギアをリバースに入れる。笑えてくる。ふつう車泥棒なんて信じられないことだ、ややこしいねじまわしの技と暗い駐車場、それにハンマーで連打したような胸の高鳴りみたいなのを想像するはず、でしょ？　でも、やってみるとスイッチをひねるくらいに簡単だ。

家の前からすばやくバックして、アクセルを踏みつけて通りからきえる。きぃと音をたてて最初の角を曲がると、内臓ごとゆれる。でもまた自分に言う――ゆっくりでいい。わたしはここに住んでる。買いものにでも行くとこだ。そしてディーンを探しはじめる。何度か角を曲がって、目につくものすべてに注意をむける。一ブロックずつ、落ちついてゆっくりまわる。なんとなくディーンとはぐれたとこに戻るつもりで。保安官のサイレンがまた鳴りだす。ここじゃない、でもちかづいてきてる。警察の明かりがたくさん見えて、わたしを追ってきたらどうしよう、ってことばかり頭にうかぶ、ね？　あのすばやく、くるくるまわるランプみたいに、こっちの胸もざわつきはじめる。

正面のぼさぼさとした植えこみから、ディーンがとびだしてくる。弱々しくうなだれてる。ノアのレインコートがべろんとひらいて、濡れた胸がまる見えだ。スウェットパンツのウエストを片方の手でつかんでる。それでもまだ半分、尻が見える。車をちかくに寄せて、クラクションを鳴らして、助手席の窓をおろす。

「おまえなにしてんだよ?」

兄ちゃんからしたらこう見えたはずだ。わたし、睡眠不足と栄養不足と混乱のせいで、かっとなった妹、そいつが高そうな、しかも「詩篇一〇九の五祈り」みたいなステッカーがバンパーに貼ってあって、花の芳香剤くさい白いセダンでやってくる。「乗って」とわたしは言う。

兄ちゃんが助手席に乗りこむと、通りの終わりまで進む。現実とは思えない。目の前で、兄と妹が逃げようとしてる、犯罪を犯して、判断をまちがえつづけて。でもこれはわたしじゃない、なんの関係もない。わたしは、とめようとしてるだけ、この兄妹を説得しようとしてるだけだ、やめろ、って。

「おまえ盗んだのか?」って、ディーンがきく。わたしはフロントのワイパーを動かす。一瞬、なにもかもはっきり見えるようになる。

「あそこにあったの」って、こたえる。肩をすくめて。

とまれの標識通り、とまる。

「ふざけてんのか?」ディーンは外を見まわす。今度は本気で捕まるぞ、車は捨てろ。でもわたしはことわる。ふたりでここからぬけ出すつもりだから、この州から、この大陸から、このすべてから。あのくそみたいなキスの前からすでにはじまってたすべて、クライミング、水路、ヴァンとわたしがいた地球上のあらゆる土地、それにサメ、そのあとのニュース、そしてハワイにあってわたしの兄ちゃんを奪ったすべてから。

まだ車はとめない。

「バスに乗ればいいだろ、ヒッチハイクでも。歩いたっていい」ディーンは鼻をつまむ。「これはだめだろ」つぎの交差点でとまる。道はずっとつづいてて、さきにはにぎやかな街が見える。店がならんでる。金持ちのための服屋、くもの糸みたいに軽い生地とか、気どったマネキンなんかがあるはずだ、賭けてもいい。一杯六ドルのコーヒー屋。大通りもビルも空も、一面おんなじ灰色をしてる。

「おりたいならどうぞ。帰り道はわかる」

ディーンはなにも言わない。唇を噛んで、目が合うようにシートで体勢を変えてる。瞳の奥は、ちょっと笑ってるんじゃないか、ちがう？　怯えてるのにしずかで、落ちついてるようにさえ見える。そして、とつぜんとびかかってくる、真っ黒になる、なにかが胸を押しつぶす、兄ちゃんがわたしをぐいと引く、膝が頭蓋骨を砕く、バックルかドアノブが脇腹と尻をえぐる。体じゅうのでっぱりがなにかにぶつかる、それでも兄ちゃんはわたしを引っぱって、押しだす。ぺしゃんこだ。わたしを上から手と足で押しつぶして、運転席に滑りこむ。わたしの背中がドアにぶつかる、はずだったのが、ただすりぬける。肩がアスファルトに落ちてするどい音が鳴る。目の前には水、光、そして投げ出されたバックパック。ここは車の外、道の上だ。たちあがった時には、ディーンは運転席で車を前に進めてる、助手席のドアはあいたままだ。保安官の車が、ランプを点けてサイレンを鳴らして、まっすぐディーンのとこにやってくる。横におおきく振れて、二車線にまたがって路面をこすってとまる。ディーンの前をふさぐ。

そのままたってると、別の警察車両がわたしの横を吹きぬける。エンジンがわめく。ディーンの後ろ、たったひとつの逃げ道を、そいつがふさぐ。逃げられないことが確実になると、やつらのブレーキランプがきえる。

第四部

よみがえる

第二八章　マリア、二〇〇九年

カリヒ

　想像するといい、あたしと父ちゃんがおまえがきえたあとを生きつづけるってのを、毎日が霧のように感じちまうような世界で——進めやしないし、戻れもしない、どっちがどっちだかわかりやしない、どこへ行こうがつめたくて重たくて色のない気持ちがふわふわと落ちつかない、無の中心にぽつんととり残される。想像するといい、それでもふたりを待ってる仕事を、あのひとはベルトからシャトルへと、シャトルから飛行機の腹んなかへと、荷物を運び入れる。まぶしくかがやく鉄。照りつける太陽と、燃料が燃えるつんと透きとおったにおい。出発便と到着便のごとごとまわる車輪。あたしは背中でエンジンが動くのを感じながら何時間も市バスを走らせる、塩っぽい海ぞいの通りを出て、ひんやり落ちついた地域をまわって、また戻ってくる、ガラスの高層ビルはナイフみたいにぎらついてる、道路の震え、へこみ、でっぱり。こっちへ行ったら、つぎはあっち。想像するといい、かかってくる電話を、いつだって電話なんだ、今度はおまえじゃないほうの息子のことで、容疑だとか拘留だとか、郡の施設で罪状認否を待つとかさ、やりかたも順序もわけがわからないんだ、それが行われてる場所自体——オレゴンだ——よくわからないのとおなじくらいにね。想像するといい、できないことだらけの状態を、貧乏を、仕事表を、距離を。どうなるか娘が教えてくれるのをとおくできいてるだけの、母親と父親を。

想像するといい、あのひとの心を、干ばつのため池のように乾ききってるそれは、また新しいわかれを受け入れようとしてる。もうひとりの息子との、自分がずっと考えてた以上にとおくはなれた、電話でも、飛行機のチケットでもとどかない、もっととおいとこに行っちまったあの子とのね。想像するといい、仕事場じゃいたってまともな心の生き生きとしたかがやきを、そしてそのおんなじ心が——あのひとの心が——別のとこじゃ、とじこめられて、しどろもどろで、息をとめられてるのを。真っ黒になってるのを。

あたしもそれを見てるかって？　はじまりは見てる、夜のながい旅、知らない亡霊とのひそひそ話。でもぜんぶ見ることはできない、仕事場でのあのひとが狂った心にとりつかれてくとこまできちんと知るのは無茶な話だ。ひょっとすると、荷物のラインからよろよろと歩きだして、縦横にのびる白線が引かれたアスファルトの道に迷いこんじまってたかもしれない、動きだした飛行機の前にたって、乗組員も乗客も自分自身も危険な目にさらしてたかもしれない。じゃなきゃ、金網までふらついて、あのひとがずっと探してた真夜中の山の自分だけの庭に、思いを馳せてたかもしれない。それかただ、休憩室に座って、座って、座りつづけて、ぶつぶつひとりで話してたかもしれない、そのあいだにも人手が足りない日の荷物が積みあがってあふれて、他の運び手があのひとの名前を叫んでたかもしれない、早く戻りやがれ、って。妻にはこういうのは見えない、妻に見えるのはあのひとの制服がクローゼットから動かなくなったこと、ふたりの車がカリヒの家の前をどかなくなったこと、そして、銀行の口座が飢えに飢えてるってことくらいさ。

想像するといい、職場での話しあいを、あたしは頭をさげる、いつか自分がするだなんて思いもしなかったことだとしても、しかし航空会社のお偉いさんはこたえる、すまないが、できない。旦那さんはもうここにはふさわしくない。

想像するといい、おまえの母ちゃんが、オージーの妻が、いまや家族に残された最後の骨なんだってことを。堅くて古くてつめたい、すべてを持ちこたえさせてる骨なんだってことを。希望だなんて呼ばないでおこう。つらい仕事みたいなもの。ってだけさ。想像するといい、もう働きにも出られないとあたしが悟るところを、あのひとのせいで、あのひとをずっと見てなくちゃならないせいで、あたしの仕事は、あのひとのとおなじくらい一瞬できえる。お金はあのひとからも、あたし自身からも来なくなる。ってことは、この街じゃ、死ぬってのとおなじだろ。

行ける場所なんてひとつしか残ってない、ビッグアイランド《ハワイ島》、おまえのふるさと、まだ家族が住んでる、あのひとの兄さんと、うまくいってる商売、広すぎる土地の余った建物、たったこれだけになっちまったあたしたちなら十分に住めるくらいの。

物乞いにはなっちゃいない、細かく言えば。もうごちゃごちゃ言わず諦めてる。でも膝をついて、手のひらを空にむけて、なんか降ってくりゃいいのにって、ねがうくらいはする。かつては世界と取っ組み合って、自分の道を切りひらいてたはずの両手をさ。

想像するといい、ナイノア、おまえがいないあたしがどうなったかを。

それが見えるかい？

第二九章　カウイ、二〇〇九年

ポートランド

捕まったから。兄ちゃんがつめたい警察の車に乗せられてったから。警察署に入れなかったから、時々こそこ出かけってってては、白い壁と、事務係が書類に押すはんこの、どんな事件も即解決っていうポスターを、ただ覗くしかなかったから。兄ちゃんと最後に話したから。出廷の前、って言ってもわたしについてはどんな証言もしなかったんだけど、面会して話した——そう、わたしが南に戻らなきゃいけなくなる前だった——けど、テーブルをはさんで、あの背中に刺さるくらいかたいプラスチックの椅子に座って、いったいなにが言えた？　目をつむれば湿っぽい記憶があふれてくるし、釈放されるまで、もし釈放されればの話だったけど、他はだれも来ないってわかってたから。いつも通り貧乏にやられて、保釈の金はもちろんなかったし、くりかえし、くりかえし、くりかえし、うちら家族はなにもできないって思い知ったから。鍵とモニターのせいでずっしり重くてぶあつい青と白のドアを通って、看守が兄ちゃんを部屋に引っぱってくのを見なきゃいけなかったから。雨で反射するポートランドの街中を歩いたから。その夜、骨まで冷えきったから、駐車場のそばのビルの入口だけ濡れてなかったから、ノアが生きてた証拠を詰めたバックパックが枕代わりになったから、眠りにとびこんではすぐに起きてばかりいたから。体の線にそって刺すように痛かったから

――尻も、脇腹も、肩も。またゴミにとびこんだから、でも今度は食べ物のため、学生の痛みどめの余りなんか探してなかったから、ね？　そのあとはシェルターだったから、ホームレス用シェルターにならんだ湯気がたちそうな二段ベッド、暗がりからきこえるつぶやき、ロッカーから盗んだハンティングナイフ、取っ手にはガムテープがついてるようなやつを、枕の下でにぎってたから。朝は列にならんだから――汚い陶器のトイレ、べちゃべちゃなオートミール、画面が乱れるちいさなテレビ、アニメ。ダイナマイトでねずみが猫を真っ黒にしたから、猫をとんかちで打ちつけたから、鉛の銃弾で猫の歯をぼろぼろに打ちぬいたから、歯はピアノの鍵盤のように鳴ったから。電話があったから、ママはもうディーンなんて知らないと言ったから、もしおまえたちがそんな人間だっていうんなら、おまえたちのことなんて知らないって言ったから、学校に戻りなさいって言ったから――「もうおまえしかいない。ひとりしか残ってない」って言われて、「でも戻れない」って、わたしはこたえたから。「ママ、わたし帰りたいよ。帰っていいかな？　帰りたいんだよ」そしたら、ママはどっかから金を見つけだしてきたから、どうにかして、たぶん自分だけの魔法だったから。だから。わたしはハワイに帰ってきた。

空から見ると、ガスバーナーの炎みたいに青い海から、コナ海岸の黒い板のような溶岩のかたまりや、ほんのひとさじの砂糖みたいに白い砂浜や、ココナッツの木々に、波がどっと押し寄せてる。太陽は金色で、すべてを照らしてて、暑い。飛行機のなかにいても。すこしずつ陸にむかう。下にひろがる海の一ヶ所が割れて、ザトウクジラがとびだしてくる、空めがけて、水しぶきに体をくねらせる。二枚の青黒い背びれ、笑ってるような鼻。フジツボがついてる、こぶのような傷あとがある。ひねってのびる、まるでそのままうかんで、空を突きぬけても、まだとまる気がなさそうに。でも水はとび散ったまま霧になる、クジラが海面にぶちあたって、巨大なしぶきがあがったとこで、一瞬のショーは終わる。

腕も脚もちくちくしだして、鳥肌がたつ——そうだ。ハワイってこんなところだ。

ふたりと会うのは空港前の道。ママとパパが乗ってきたトラックは、はじめて見る。白くて背が高いタコマ、荷台には固定器具がついてて、ふしだらけのタイヤが載ってる。わたしは、木の陰、溶岩でできた壁に座ってる。そばにはレイスタンドのひとつがある。プルメリアとランのにおい。ピンク、紫、黄。ママはトラックからとびだして、縁石のとこまでまわりこんでくる。わたしの頭から足まで見ながら。商品に傷がないかたしかめるかのように、ね？　どう、なんて自分からはきかない。それからようやく、ハグが来る、ぎゅっと抱きしめられて、思ったよりながくつづく。わたしもハグを返す、こっちも思ったよりながく。ママから体をはなしても、パパはまだ車内に座ってる。

ママはコンクリートからバックパックを持ちあげる。「こっちはまあ、いつも通りさ」ってママは言う。

「パパはどうしてる？」

「あのひとは——」そう言って黙る。ふたりでパパを見る。こっちを見かえしてさえいない。かわりにくすんだ空を見てる。「わかるだろ。たぶん」

窓まで行って運転席の後ろに入るとこで、パパはこっちをむく。一瞬気づいたような顔になるけど、すぐ元に戻る。笑ったり、よぅとか言ったり、トラックから出てきたりしない。口は動きっぱなしで、やわらかく流れるようにずっとなにかをつぶやいてる。

「どういうこと、ママ。どうして言わなかったの？」

ぎゅっと口をとじてるせいで、ママの唇がつぶれてる。「なにかできることがあったと、思うかい？」

「あったかもしれない。したの？　なにか？」ママは足下にバックパックを落とす。トラックから三メートルくらいはなれたとこだ。「後ろの席が空いてるよ」とだけ言って、運転席にまわりこむ。

車体をゆらして空港から出発する。ファラライにむかって進む。この距離だと火山も、雲がかかる頂上まで、緑色と茶色にかすんでる。道は北西に曲がって、海岸ぞいを行く。そこらじゅうに、大昔の溶岩が黒くかたまってひろがってる。海はうねって浜辺を飲みこむ。山側には棘だらけのキアヴェの木が生えてる。もっとさきに行けば、山も終わってワイコロアの草しかない砂漠がはじまるはずだ。パパはずっと同じ調子。口さきでつぶやいては黙る。まばたきしながら、島の景色を見てる。目のまわりのすじには、不安からくる疲れがにじみでてる。

「もうずっとこんな感じなの？」

「いきなり元に戻ることもまだある」

「医者にはつれてった？」

「いい考えだ。子ども三人育てて、もうずっと大人になった気でいたけど、それは思いつかなかった。医者ね。メモしとこう」

「わたしはただ――」

「医者はなにもできなかった、カウイ。ただの検査だって。医者はそう言ったんだ。何ヶ月かいくつか薬を使っては、検査しに戻ってくるだけだってね。初回の請求書を見てからは、行くのをやめた」

ちょうどワイメアを通りぬけてる、一〇度くらい気温がさがって、霧と横なぐりの雨に変わる、ね？　車から出たとたん、服を引き裂くような風にむかって、帽子を押さえて、身をかがめて歩いてくようなとこだ。

「仕事の時はだれが見てるの？」

「夜勤だから。いない時は、キモが時々チェックしに来てくれる」

「ひとりにしてるってこと？」

迷惑そうな顔でこっちを見る。で、道路に視線を戻す。オーケイ、フロントのワイパーはきしみながら左右に動いてる。「ふつうはほとんど寝てるさ。他に方法はない。金を稼ぐにはそれしかない」

それをきいて、あのシェルターでの時間を思いだす。ディーンがつれてかれたあとのこと。電話したのは汚いロビーからだった。手書きのボード、漂白剤のつんとしたにおいの下から来る、すっぱい汗のようなかびのにおい。ただ帰りたいと伝えた。チケットのお金を払ってくれる時、ママはまったくためらわなかった。いまはよくわかる、頭の裏では一〇〇万回くらい計算してたはずだって。かわりになにがなくなるかっていう、終わらない計算を。

ワイメアのてっぺんをすぎてくだりになると、ユーカリや高層ビルくらい高い木がいろいろ見えてくる。ハマクアの空気を吸うために、そこで窓をあける。音をたてて風にゆれるサトウビキ畑。キモおじさんの家に着く。柵に囲まれたいつもの巨大な草地。ペンキを塗ったばかりのひさし。きれいで四角いおおきな窓からは、敷地全体と、北東の海岸の崖までのびる丘が見渡せる。

敷地のすみにある家はもっとちいさくて、おなじ海が見えてもラナイはちいさい。おおきいほうの家みたいには細かく塗られてもない。でも、そう、カリヒの家のようにゆっくり腐ってるわけでもない。ママはこのちいさい家の裏口に車を進める。

こっちを見てるママと目が合う。わたしの反応を待ってる。「どうした？」とだけ言う。

「ここに戻るためにコンピューターは売る羽目になった」ママはギアをパーキングに入れる。「なにか言われる前に言っとく」

「言おうとしてない」

「パパをなかに運んでくれ、バッグも出して。トラックをキモのところまで戻してくるから」


パパとならんでちいさい家に足を踏みいれると、泣きそうになる。殺風景すぎるのがたぶんいけない。キャビネットは塗られてない。壁だって下地だけだ。つるを編んだパパサンチェアは部屋のすみで色あせてる。ミスマッチな枝編みのふたりがけソファとならんでる。ぐらつくダイニングテーブルも、木に見せかけた別の素材でできてる。なにこれ、って言いたくなる。いつもこうだったか？

液体が床にあたってはじけとぶ、よく知ってる音がする。オーケイ、パパを見る、ズボンにはあったかそうな小便のしみ。

「そこで――」と言いかける。でもとまるはずない。つまりもう漏らしてる。ゴムのサンダルを脱がそうとしてると、ママが入ってくる。

「タオル」わたしは言う。

「ちがう、服を脱がせて」

「わたしが？」

「もうおまえにだってとび散ってる。ジーンズにも足にも」

そりゃそうだ。でもさあ。

「こっちは何年もおまえの尻を拭いた。こんなの平気だろ」

「ぜんぜん」

ママは足を突きさすように二歩踏みだす。大昔のママを感じさせる歩きかた——バスケットボールの州代表、ふともも、それに見あった脚、ほら？　でも脅そうとしてる感じじゃない。言葉がわたしの胸にとどくくらい、ちかづこうとしてるだけだ。

「カウイ」ママは言う。「これがここの暮らしさ。おまえの暮らしでもある、ここにいる限りね。とことん手伝ってもらう」

まずパパのシャツから。自分でできることもありそうだ、体には動作がしみこんでる。みずから腕を縮めて袖からぬいてくれる。脱がし終えたとこで胸と背中を見る。腕も。点々と蚊に刺されてる、古い傷もある、茶色い木の幹のような体をひっかいたあとは、なめらかな紫色だ。ズボンを脱がすと、かつては毛むくじゃらだったとこが薄い。ふくらんだふくらはぎも。ふとももものつけ根も。ジーンズやショーツにこすれるとこうなる。

「仕上げはやる」って、ママは言う。「シャワーに入れるのはね。一日で、ぜんぶ憶えなくてもいい」

ほっとする、でしゃばる気もない。目の前でパパがトイレにつれてかれる。動くのはほぼ自力、でもそれからがつづかない。つまり移動だけして、肝心なとこはわたしたちにゆだねられる。昔のパパを思いだす。ひとりかふたり仲間がいれば、ピアノだって持ちあげられた。あの頃はアイアンマンフットボールもしてた。サトウキビを切り倒してた。斧ひとつで、わたしたちの古い庭をつぎつぎまっさらにしてった。岩を運んで草木を切る時は、胸のふくらみでシャツがぴっちり張ってた。家のぼろ車をレンチで翌年も動くようにした時も。そういうのが目にうかぶから、いまここにいて、ほんとにこれをやってられるのか、わからなくなる。

夜、ふたりと簡単な食事をとる。スパムとフリカケをかけたライス。新鮮なパパイヤもほんのすこしすくって口に入れる。会話はある――つまりママは口を動かしてて、わたしも動かしてる――でも気持ちはそこにない。わたしは三〇〇〇マイルはなれたとこにいる。すこし前、ヴァンにメッセージを送った。ヘイ、って。

時間がたってようやく返信があった。大学のひとたちが来て、あなたのものを家に送らなきゃいけないって言ってた。

そう、ってこたえを打った。こっちにしばらくいるから。

家、たいへん？　と返ってきた。

どこもたいへんだから。そう送った。

そのまま数分すぎた。むこうがなにか打ちかえしてるのは、スクリーンにうかぶマークでわかった。いちど、とまった。それからまたはじまった、ヴァンはなにか書いてた。でもまたとまった。

あのパーティのことどのくらい憶えてる？　ってきいてみた。

なにか書いて、とまった。またなにか書いて、とまる。

置いてかれたことは、って来た。

戻った、と送った。

カトリーナとハオが来てくれたあとだった、と返ってきた。コナーのくそ野郎が乗っかってこようとした。

ぜんぶなんて憶えてない、でもやばい時にだれがいてくれたかは憶えてる。

肩まで力が入るくらい強く携帯電話をにぎった。こっちも酔ってた、って打ちそうになってやめた。ごめん、ってかわりに打って、けした。気持ち悪いって言われたのは憶えてる、あれ本気だった？　って打ったのも、すべてけした。

そのあと、電話の電源を切った。

夜になるとママは仕事に出る。ワイメアとワイコロアでのオフィスビルの掃除に行く。わたしが寝るのはリビングのふたりがけソファか、木がかたくないようにタオルを重ねた床の上。ちょうど眠りに落ちかけたとこで、ずさりと音がして、ドアがしまり、網戸がこすれて、かたかた鳴る。起きあがって電気を点ける、パパが庭にむかって歩いてる。そういうことだ、わたしは服に体をねじこんで、ラナイに行く。見うしなわないように。でもパパはとおくには行かない。すぐそこで足を組んでる。芝生を照らす三角の窓明かりのすぐわきで暗闇に紛れてる。夜に溶けこんで僧のように座ってる。わたしは話しかけない——パパはどこにも行かないし、だれかを傷つけもしないから。腰を曲げて、耳を地面に押しつけてるのも、見守ることにする。でもかたまったようにずっとそのままで、とうとうわたしもラナイから芝生に出て、声をかける。「パパ、起きなきゃ、なにしてるの？　ここは寒いよ」頭はまだ地面のそばだ。「パパ、入ろう、水飲ませてあげるから」こんなのでたちあがるはずない。ひれ伏して祈ってるようにも見える。じっと耳をすましてる。目を横にむけて、口を軽くあけたまま。結局、力づくで動かすのも、話しかけるのもやめる。わたしも芝生に寝転んで、耳をつける。パパの顔を見ながら。

無音だ。

パパはつぶやいてる。「きくんだ。きくんだ。きくんだ」

「わかったよ、パパ。わかった」そして肩に手をのばす。

パパはつめたい目で、わたしの腕をはねのける。そして文字通りまっすぐ上半身を起こす。

「きけよ。きけ、きけ、きけ。ただダンスしてるんじゃない」

家についてからはじめて、パパはふつうの声で話してる。これはまったく予想してなかった。

「ただダンスしてるんじゃない」

フラのことがうかぶ。手足がところどころひんやりしてくる。「ただのダンスじゃないって、どこがよ？」

「あいつらがおまえのとこに来た時、どんな見た目をしてた？　おまえもきかなきゃいけない。父さんのように」

「きくってなにを、パパ？」

でもそこでなにかが変わる、オーケイ？　パパの顔は、ビール七杯飲んだあとのように、締まりがなくなる。もちろん、なにも飲んでなんかないのに。

「パパ」わたしは言う。「そばにいてよ」

でも、その通りにはならない。

第三〇章　ディーン、二〇〇九年

郡刑務所、オレゴン

刑が決まってからここに来た、そりゃけつを犯されて、ギャングに刺されてばかりいたんだろうって思うよな、でもほんとはさ、静けさこそがあぶない。牢屋での時間ってのはこんなもんだ――

静けさのあいだに、ライトブルーと白の壁がある、あとはなにもない。郡刑務所、ライトブルーと白、ライトブルーと白。ここじゃふたつの色がすべてだ。ライトブルーと白の下に、おれたちみんなが壁に残してく文字が見える、死にむかって、ここで自分たちを傷つけながら残してく文字だ、なぜって牢屋でほんとにやることなんてそれくらいしかない、自分を傷つけるだけ、そんでな、やつらが上から塗りつぶしたって、さらに上から言葉が彫られてく、手のひらに隠して食事室から持ちこんだスプーンの尖ったほうで、おなじことをやるだけ、座って薄っぺらいマットレスに縮こまってるあいだにも頭蓋骨からあふれだしてくるイカレタ言葉をなにもかも刻みつける、そのなかにはヤバダバドゥーみたいなゴミもあるし、ほんものだってある、神がノアに虹を見せた、水はもう来ない、つぎは火だ、みたいなね。

ああいうのを隠しとくことはできない、良いものでも悪いものでも、どっちにしたって、だれかが塗りたくったのを突きやぶってうきでてくる。

部屋はドアから二段ベッドまで五歩、壁から壁までは四歩、そこにつめたいふた無し便器とつめたい鉄の筒みたいなシンク、そしてつめたい鉄の刃で刺してくるのは、空気に漂うおれの記憶だ。ベッドはおれじゃはみ出しちまう、でも上の段だ、板が壁にぶちこまれただけのつくりだから、横むけば足が壁にあたって、頭ももうひとつの壁にあたる。すぐそばの高いとこには、薄いブロックのような窓がついてる。

入ったその日、やつらはおれたちを小部屋にぶちこみ四つん這いにさせた。看守は言った、おまえらのお口を後ろから見せてほしいんだ、いい子だからな、ってね、でおれたちはまわって腰を曲げて、もっと曲げて、けつの肉をぱかっとひろげた。ドラッグを探してたんだ、それに他もいろいろ調べられた、つまさき、足、指、歯。終わると四人服に着替えた、ライトブルーで袖だけピンクだった、ぺらっぺらでけばだってた、ハオレっぽいぼろぼろのサンダルも履いた、年寄りの家にでも来てるようだった。新しい制服にすっぽりつつまれて、新しい部屋に入る、空っぽだった、一八〇日なんて気楽なものに思えてきた、マティがあとからつれてこられるまではね。おれが部屋に来てから二分後に、あいつが来て、運んできたシーツをマットレスにかぶせはじめた、ブロンドの縮れ毛が目覚めたばかりのように爆発してた。ぼてっとした足首にはたくさんの傷、そばかすだらけの腕にはしわができてた、まるまった背中は、昔、なにかには強かったのが、いまじゃもう忘れちまってるって雰囲気だった。とにかくあいつがやってくる、部屋に付き添われて。おれは身がまえて、いつ襲われてもいいように気を張っとく、昔見た映画をいろいろ思いだしながら。とくに牢屋の場面をさ。

てめえなに見てんだよ、っておれは言った。

マティはたちどまった。ちょうどドアんとこでね。木のような緑色の制服を着た看守があいつの背中でつっかえて、こう言った、動けよ、動け、でおれにも言ったんだ、独房に行きたくなきゃ座れ、ってね。マティはとまったまま、にやにやとおれを見た。でも悪そうじゃなかった。落ちつき払って、顔をしわくちゃにして、こう言ったんだ、ボーイ、ギャングスタラップのまねごとはおれにすんな。こんなくそみたいなとこでフィフティセントにでもなったつもりかい。

あいつの言う通りだった。笑っちまったよ。

おれとマティはたいして話さなかった。部屋にいても自分のベッドで本を読んでたり、床でプッシュアップしてたりさ、そこじゃコンクリートのつめたさが手から腕の筋肉にまでしみてきた。じゃなきゃ、相手のことは見ないようにして、順番に便器でくそしてた。

用心しろ、マティはいちどそう言ったんだ、消灯時間をすぎた真っ黒な闇のなかで、がさごそたちあがって、便器にむかいながらね。今夜はタコナイト《けつが狙われる夜》だ。

百八〇日マイナス拘留期間。それがおれの罪の重さだ。二月二六日に捕まって、そのままつぎの日に裁判所で話した。てっきりな、ほら、警察署に行ったら釈放されてまた裁判の日に戻ってくるんだとばかり思ってた、でも――不法侵入から車泥棒から大麻の密売まで――どこにも行けなかった。四月一五日ってのが今朝だ、ってことは残り百三二日。数学だってほらこんなふうにできたことねえだろ、引き算するおれを見ろ。ここじゃあなんだって冴えてくる。

二月二六日、カウイを車から放りだして、まっすぐ保安官めがけて走らせた、配達でもするみたいに。保安官、それから後ろにつながった応援のやつら、どっちもごつごつした体に張りつくような黒いコートを着てた。あいつらはゆっくり歩いて運転席にも助手席にもまわりこんだ、あいつらの車の青と赤の光がまぶしかった。無線からは風が割れるような雑音がしてた、コートの襟元でごちゃごちゃ話しながら車をとり囲むように歩いてた、おれを覗きながらね。おれは手をハンドルに置いたままゆっくり息だけしようとしてた。どうやって銃撃されないようにするか、いろんなやつらからきいた話を思いだしてた。

カウイとは話すひまがなかった。また逃げることだってできた、そう、車を捨てて、ずっとむこうの通りまで。でも、わかんねえ、あるとこで気持ちが変わったんだ、どうにでもなれよ、もう逃げねえよ、ってね。ちょうど話してたとこだっただろ、ノアや、サメのこと、あいつがどう感じてて、おれたちがどう感じてたか、あいつのなかにあったものがいくらかは、おれたちのなかにもあるんじゃないかって。たぶん、あいつがきえちまったからって、それだけでなにもかも終わりだなんて思わなくてもいい。ただな、カウイ自身とカウイがしてきたことを見てみろよ、そして、おれ自身とおれがしてきたこともさ？

こたえは出てる。おれは、おれたちみんなに必要なことをした。

カウイは起きたことをぜんぶ目にしてきた、気の毒にもなるさ、でもこうなっちまったもんは、どうにもならない。学校であんなことまで学んだんだ、ものをつくる方法ってのをな。ものをつくる方法だぜ。その真逆になっちまうのは、良くねえ。警察、パカロロ《大麻》、盗み。逃亡。

嘘じゃねえよ。おれとあの警察たち。最悪なのはそれからだった、おれはとめられてただ待ってた。あいつらにやりたい放題されるんじゃないかって気がしてた、それにだれもとめないだろうって。車が調べられてくのも黙って見てた。わかるさ、保安官は盗難車だってたしかめようとしてた、手帳にあれこれ書きまくって、肩に留めてある無線を指でつまんだ。けつにぴたっとこないノアのスウェットパンツは履いたままだった、ちいさすぎた。縫い目は刃物のようだった、ぐいぐい食いこんできた。

保安官は手を動かしてた、窓をさげろっていうふうにね。おれはその通りにした。

両手はハンドルに置いとけ、って保安官は言った。

してるよ、ってこたえた。

妹はどこだ？　保安官がきいてきた。

あいつずっとおれとやりあってたんだ、って言った。車からけつごと叩き出すしかなかった。どこにいるかなんて知らねえよ。

おまえたちを行かせて、無事に終わるもんだと思ってたけどな、って保安官は言った。

ああ、それは、っておれはこたえた。あんたがおれを知らねえだけだ。


ここの部屋のシンクはふちが尖ってる。どっかで読んだことがある、ムエタイ選手は体を鍛えようって時、木の棒をすねの上で転がしたり叩きつけたりして神経を殺すってのをさ。骨をたくましくして、痛みを感じないようにして。痛みとおさらばする。だからおれもドアからベッドまで三歩半歩くたびにシンクのふちをすねに大振りでめりこませた。かるく当ててるだけさ。そうやって神経を殺す。三歩半歩いたら、たん、ってね。はじめてそんなふうにすねでシンクを蹴った時、たん、は歯まで響いた、痛みがクラッカーのようにはじけると、頭の血管が真っ赤になって、骨に針がぶっ刺さるのが見えた気がした。でも何回もやってくうちに――三歩歩いて、たん、三歩歩いて、たん――痛みはぼやけてくようになった。

「おい、おい」マティがベッドから言う。「ロッキーかい」なめらかで落ちついた声だ。ラジオのアナウンサーにだってなれたはずだ。「朝まで特訓はやめたらどうだ。こんなとこだって暗い時間ってもんはある」

「寝てると思ってた」って、おれは言う。ドアに顔をむけたままでね。ドアの小窓から外のうす明かりが見える、室内にも入ってきてる。足の底から冷えがのぼってくる、でもすねは熱すぎるくらいで、脈打つたびに一〇〇万本の糸でぬわれたような痛みが走る。

「自分のをシゴくとこだったんだ」って、マティは言う、まるでリストに斜線でも引くように。「だれかがシンクなんて蹴ってたらできねえだろ」

暗いなか、にやけちまった。マティとベッドには背中をむけて、にんまりしたままでいた。「わかったよ。にぎりなおせよ、モテ男」マティもシーツだけはかぶせてる。おれがベッドまで歩いてって上に転がりこむと、すぐに下のベッドがやさしくおなじリズムできしみはじめる、はねもゆれもフレームを伝ってくる。笑わせようとしてんだよな、マティ、でも寝てる以外なんもできねえ、あいつが終わるまで、なあ、だから目をぱっちりあけて壁だけ見てる、もっとずっと見てれば、そこにもっといろんな言葉がうかんでくるかもしれない、なんて考えながらさ、明かりなんかなくても。


「そこがどんなとこか、はっきり言えないんじゃないのかい」って、電話のむこうで母ちゃんが言う。残り二〇分、さきにカウイと話したからだ。

「つまんねえとこだ、母ちゃん、嘘じゃねえ。なんも起こらねえ。ただ座って、座って、座ってる」

「テレビは?」

「ああ、たくさんある。でもおもしれえのはさ」——笑っちまいそうだ——「前はな、倉庫みたいなとこで働いてた頃は、週末テレビばっか観てた。でもいまは嫌いなんだ」

「働かされるんじゃないのかい？　刑務所は金のかからない人手工場みたいなもんだって、なにかで読んだ気がする」

「ああ、そういうのもあるさ。外のチームになって、そう、山仕事とかそういうのをやれるのにも決まりがある。最初はしばらく建物んなかで座らされて、すこしのあいだおとなしくしてられたやつから行ける、みたいな話だ。たぶんもうすぐおれの番も来る。でも看守たちはそれをくそみたいにしか思ってねえ、なくせるならすぐにでもなくすさ」

「そうかい」

「ああ、だからやりたくないかもな。知らねえけど」

「ああ」母ちゃんはちいさく咳こむ。ただ間《ま》をつなぐために。後ろじゃ重い音がしてる、紙袋の乾いた音もしてる。スーパーが目にうかぶ、J・ヤマモトストアの、明るくて広すぎる店内が、いまより前のことが。

「ここじゃ他のだれにも頼れねえんだ。ここにいるうちはな。わかるか？　いちどだれかに頼っちまえば、それで終わり。おれは負ける」

「すぐに帰れるさ」って、母ちゃんは言う。他になにも言うことがない時の、決まり文句だ。

「父ちゃんは？　カウイが言ってたぜ、父ちゃんが……知らねえけど。大変だって」

「あんたの父ちゃんだろ」

「そうだよ、母ちゃん。他にいんのか？」

「あのひとは、平気さ」

「母ちゃん」

「どうにか生きてる。ここだってあたしたちにとっちゃ、おまえがいるそっちと一緒なんだ」

「母ちゃんもかよ。くそが」

「ちがう、ちがう。そういうことじゃない。つまりさ……そこがほんとはどんなとこか、おまえだって教えてくれてはないだろ」

「たぶん、ぜんぶはな」ってこたえる。こたえながら、にやける。

「ほら、はしょることだってある。それを言ってんだ」

「わかった。ああ、わかったよ」

「おまえがこんなことになるって、知ってたなら」って、母ちゃんははじめる、またいつものやつだ。

「母ちゃん」

「こんなことにならないようにしたのにね、おまえが学校にいた頃から――」

そのまま一分、いつもの話、いつものね、ここから電話するようになって毎回だぜ、きいてなんかいられねえ。もう残りは八分だ。大丈夫だって言いたいおれもいるが、言いたくないおれもいる。どんだけややこしいよ？　母ちゃんに知ってもらいたい気もする、そう、たぶん高校の時が別物だったかもしれないって、たぶんノアとアウマクア《祖先の神》なんてのをあんなふうに信じこむべきじゃあなかったって。たぶんもっと信じるべきだったのは、おれたちみんなのことだ。

「なんもどうにもできねえよ。すぎたことだろ」

母ちゃんは電話のそばにいるカウイにごちゃごちゃ言う、あっちの携帯の電波が悪いせいで、壊れたロボットのように妙な声になる。母ちゃんが戻ってくると、おれは言う。「なあ、母ちゃん」

「ああ？」

「こっちでひとりでやってみるかなって、思うんだ」

「ディーン」

「話しちまうとさ、外からいろんなもんが入ってきちまうだろ。いまそういうのは要らねえんだ。もっと厄介になる、わかるか？　それにな、ここのやつらは外を恋しいって思うやつのことを嗅ぎつける、傷ついてるやつのことをね」

「それはいい考えじゃないよ。あたしたちと話もせずにそっちにいるなんて」

「いや」って、おれは返す。「最高にいい考えだ」

「ディーン」

今度は叱ってるような声だ。

「好きなようにやらせてくれ。そうするしかねえよ」

そこで話は終わる。


でもチェックしな、外からおれにやってくるものをさ――庭がある、フェンスとコンクリートのコートも、まわりにはラップトラックもある、余った土からは吐きだされたように黄色い夏の芝生が生えてる。バスケのコートだよ――ったく、なあ――刑務所自体はくそみたいなつくりさ、でもバックボードはかたくって、フレームはある、それに網も残ってる。ボールが網をすりぬけるあのキスするような音がずっときこえてたんだ、休憩時間にはじめて庭へ出た瞬間から、来る日も来る日も。ボールは新しくて空気が詰まってる、そっからコートに足を置くまで、だいたい六〇日。看守はコートのすみにひとりずつたってる、ゴールのすぐわきだ。

　男たちのなかには、ぼろぼろのショーツやジーンズを履いてるやつもいる、ヘッドバンドとかのせいで見た目はギャングだ、まるでスラムのようで笑えてもくる。ずっと眺めてたよ、ごっちゃになってどたどた動きまわりながら、肘を振りまわして、ジョーダンになりきってるのをさ、比べるのもあほらしいけどな。おれははるか上だ。

「そのうち、このでけえくそ野郎が来るってわかってたさ」って、ロスコウが言う。こいつのことはよく知らない。メキシコ人の濃い口ひげ、ここのギャングたちとつるんでる。

　下をむいたまま、目は合わせないでおく。ここのやつらってのは、この点じゃ犬みたいだ。

「ブライアンの膝はどのみちいかれちまってるよ」って、別のチームのハオレが言う。

「ふざけんないかれてねえよ」こいつがブライアン。

「てめえ妊婦のカバより低いジャンプじゃねえか」さっきのやつが言いかえす。

「おい、いきなり調子こきだした野郎がいるな」って、またロスコウが言う。うなずいてから、あごをむける、がたがた言ってたあいつにね。「図書館で本でも読んでたんだろ、GEDレディ《高卒認定準備完了》ってか、なあ、トニ・トーン？」

「おうよ」って、そいつ、トニだかなんだかってやつが、言う。「どうやってけつに勉強させるか読んでたのさ」

言われたら言いかえす、どいつがどういう勉強してただとか、試合に負けといてそもそも勉強もくそもあんのかよ、スコア見てみろよゴミだぜ、とか、そういうジョークを。

「ブライアン、ちょっと休んだらどうだ」って、おれは言う。

「おめえが玉舐めてくれたら、すぐにな」って、あいつはこたえる。

「そこ気をつけろよ、ウェストン」って、看守のひとりが大声で言う。「休憩中おとなしくしてたいみたいだな」

コートにうなり声が響く。どいつもわずかに背のびしてたつ、訓練教官との基本トレーニングって感じで。お利口にしてる、そう、看守たちがまた喋りだすまでね。

ブライアンはコートの外に歩いてくる。ズボンの前で手を重ねて、育ちのいい小学生みたいに。はずんだボールがおれのとこに来る。

ただ触るだけだとしても。大昔、みたいに感じる、最後にこうしたのがね。チームをくびになってもスポケーンに残ってたあの時はずっと、ボールなんかには触らなかったし、いちどだってチームの格好もしなかった。ここまでだ、って考えてたんだ、バスケからはすぱっと身を引く、そんでいちど滑り落ちたら――パーキングでビール飲んで、大麻やって夜更かしして、ソファでテレビだけ観て、ランニングもしなかった――感じたくもなくなった、コートの上の、のろまで重い自分なんて。

でもこうして、思いがけずボールを手にとってる。ボールを持った瞬間から流れに乗りかける。全身の筋肉が、体じゅうが、いまにもはねあがりそうになる。まるでライオンの仲間。帰ってきた王さま、海を渡るおれ。ただ今度こそ、ほんとにきこえてくるのかもしれねえ。ここからあそこまでとどくのかもしれねえ。

「おまえからはじめんじゃねえんだよ、ボール運ぶのはおまえじゃねえ」トニがおれに言う。ゴリラの胸毛をしたハオレ、夢見るおぼっちゃんって顔だ。「おまえセンターやれよ、トールボーイ。ボールよこせ、おれが運ぶ」

おれはにやける。「あっちで待ってたらどうだ」コートに手を振りながら言う。「おれが運ぶ」

「ボールよこせ」って、あいつが言う。

「あっちで待ってな、ボーイ」って返す。チームの仲間には、わかるやつらがいて、なにか感じてにやついてるように見える、ってのはさ、そいつらもトニにおなじことを言ってる、そっちで待ってろ、こいつに行かせろ、どんなもんか見てやろうぜ、ってね。だいたいおまえパスなんてしねえだろ、って言うやつもいる。

はじめる。

たぶん、のろまのおれだってまだどっかにいる、ああ、でもこのコートではちがう、いまじゃない。水になる、それがいまのおれ。二〇分はそのままプレイして、おれはコートじゅうにいる、まるで一日もサボらず練習してたみたいに、おまえらにこの感じはわからねえだろって見せつけるように。ボールを奪ったらガキふたりのあいだを抜く、腕をはたいてくるのは肩でよける、ボールを斧のようにゴールに叩きつける、顔まではねかえってくるくらい思いきり、そのままフレームにぶら下がる。相手の足下でパスをつなげる、ついでにトニにも仕掛ける、クソガキどもの股のあいだを通して、おおきく振ってかわす。ここのやつらはにぶい、ドラッグをやりすぎて、安ビールを飲みすぎて、太りすぎて、走らなすぎる、どいつもおれの餌食だ。芝生で後ろにとんでシュートをかます。スリーポイントのラインを勝手に決めて、気がむけばそっからぶちかます。体が勝手にってやつさ。そりゃ、すこしは外す、っていうか、すこしよりはちょっとおおく、それにすぐ、膝も背中も痛く熱くなってくる、なりたてのじいさんみたいに、でも知らねえ、どうでもいい。おれはここだ。おれはいまだ。

どいつにもおれのことをわからせてから、コートを出る。

それからは、ほんのちょっと過ごしやすくなる。作業グループのテーブルでも、まわりのやつらはおれにうなずいて、場所を空けてくれるようになる。無駄口は叩かないし、ばかな悪さもしない、どっかのまぬけみたいに偉そうにもしないし、賢いふりもしない。だから、一目置かれる。そういうのは、言われなくてもきちんと伝わってくる、なめた言葉遣いに隠れてることだってある、あいつらみんながあごでおれを指しながら、コートでのことをごちゃごちゃ言ってるような時さ、そういう時だって注目されてるから言われるんだってわかる、だろ。看守だって何人かはそうだ。庭でばかり見張ってるやつらがいる、トルゥージロって刑務官なんかがそう、おれがするっと抜き去ったり、後ろにとんでシュートを決めたりすると、あいつは頭をかたむけて小声で仲間どうし話しあう。うなずいてたりするのが見えるんだ。

思うに、それがおれに別のひらめきをくれる。終わって部屋に戻るとまた三歩半の世界だ、記憶はオバケみたいにおれにとりつく、また大振りですねをシンクにぶち当てる。三歩半、で蹴る。三歩半、鉄の上で骨が鳴る。

マティは言う、「おめえに要るのはOCだよ。そんなシンク夜じゅう蹴りまくったって、なんも感じなくなる」

おれは蹴るのをやめる。「もうそうなってる、だからなんも感じねえ。それか、脳みそが痛みを先読みして、ふたをしちまうのかな」でも、あごがゆがんでる自覚はある、歯を食いしばってるせいさ、まちがいない。マティには言わないけどな。

「でもＯＣをやりゃあ。おめえしたことあんのか？」

「それってハオレの女と男が出てくる番組だろ、なあ？　ハリウッドの金持ちとか、そういうやつ」

マティは笑う。大声できゃっきゃとね。

「Oxy《オキシコドン》だよ、おめえ。ここで手に入るんなら左の玉を売ってもいい。一回分でいい、なあ、ちかうぜ。こんなとこでさえ夜じゅうぐっすり寝れるような、しずかな場所にしちまうのさ。母親なんかよりも恋しいね」

「ここじゃ手に入らないのか？　きいてまわったのか？」

「ひとに会えばいちばんにきくさ」

「昔さ、高校の時とかかな？　軽く手に入れてやれたと思うぜ。それがなにかは知らねえ。でもな、あんたのためなら見つけてやれるかもな」

マティは鼻を鳴らす。「おめえサンタになろうってのか」

「見つかるかもな。嘘じゃない」

こうしてひらめいた、ある考えがまるごと。試合が終わるとうなずいてくるトルゥージロ。ある薬を痛いほど欲しがってるマティ。考えがまるごと、降ってくる。

それでまた、庭に出る日が来る、休憩時間の終わりにトルゥージロが試合をやめさせる。あいつに返すボールを抱えてるのはおれだ。一〇対一二になるよう試合を調整する、つまり最後でひっくりかえせば、みんないっせいに吠える。トルゥージロもそこにたってて、こう言う。「ボールをもらう時間だ、フローレス」

あいつはカーキの制服を着てる、狙い通りぴたっと生やしたかのような口ひげとながいあごひげだ。まゆ毛とかマリンスタイルの髪型もそう。すこし親しげにするだけでいい。昔はどんなやつだっておれになつかせた。

「あんたらのここでの働きぶりは半端ねえよな、そうだろ？」

「ボールをよこせ」

「つまりさ、仕事時間は長えし、おれたちみたいなのは毎日面倒をかけるだろ。おれが見てきたのなんか、狂ってるやつらのほんの一部さ。床にくそや小便たれ流すとか、そういうやつらだけさ。きいたぜ、クレイジーエディーがあんたらのひとりにつば吐きかけてC型肝炎にさせようとしたって」

「おまえらは半分も知らねえよ」

「おれハワイから来たんだよ」

「ボール」って、トルゥージロは言う。手を差しだしながら。

「おれハワイから来たんだって」

「おなじことを言わせるな」

「おれが言ってんのはさ、ほら、あんたが最後に休みとったのはいつだよ、なあ？　休みのことならなんでも知ってるぜ、どのくらい金がかかるかとか、そういうのもさ」

「フローレス」って、トルゥージロは言う。うんざりして、まるで眠る邪魔でもされてるみたいに、でも怒ってはないし、話はきいてくれてる、ってことは、おれはうまくやってる。オーケイ、スポケーンじゃトロフィーなんてもらえなかった。でかいやつはもらえなかったんだ、あの時代が終わっちまってからはね。あの時間すべて、パルと、汗と、傷《ゲロ》。おれと母ちゃんとノアのキッチンでの喧嘩、そのあとの無言の喧嘩すべて。で、おれひとり別の州のアイスストームんなかにとんでった。そのすべてがバスケのためだった。ナンバーワンのため。結局、なんにもならなかった。ここに来てからはずっと謝ってた——ソーリー母ちゃん、ソーリー父ちゃん、ソーリーノア。って、毎日ずっと頭んなかで言ってたんだ、だからもうソーリーは残っちゃいない。他で勝てるもんが見つかった。

運命ってやつを信じるか、ってノアが電話できいてきたことがある。おれたちがどうなるべきか、もしはじめから筋書きがあるんだとしたら。

たぶん、島であいつはそれを感じてた、おれもコートでおんなじやつを感じてた、だからおれもあいつみたいになれたかもしれない。

もう遅すぎるよな、ノア。でも、ならなくちゃいけないものになるってことなら、おれもまだなれる。前はバスケ、いまはこいつさ。どっちも金には行きつくはずだろ。

「きけよ」って、トルゥージロに言う。「休みをとる手伝いならできるって話は、どうだ」

そのあとは楽勝だ。見ろよ。ハワイにいた頃、なんかやったり運んだりってのを、ややこしく考えずに動いてくれるやつらと知り合いだった。高校の時はそうやって欲しいものを手に入れた。ぶんどる力さえあれば、あっちじゃなんでも手に入る、それが端《はな》から頭にしみついてるやつらさ。そういうやつらとはいまでもつながってる。そもそものはじまりがそれ。で、トルゥージロに行きつく。

つぎはわかるだろ、トルゥージロと他のひとりかふたりがそれを持ちこむ、たいして隠さなくてもうまくいく、売店のなかに場所を見つけていくらか置いといてもくれる、そりゃあいつらだってだれかのガールフレンドの古いパンティとコカインいっぱいの箱なんか持ってオフィスに入るわけにはいかない。売店のことを知ってるのはおれとトルゥージロとあいつの仲間だけだ。でも肝心なのは、これが顔にタトゥー彫ってMS－13に命をかけてるやつらが結ぶような、完璧に安全な同盟ではないってことだ、おれみたいなまぬけがごっそりいて、ひどい判断ミスとか、そういうのをしてきたわけだ、それか単に秘密を守れねえやつとかね。

たいていは、まあ、まずい時は自分でもわかる。でもある日、ランチテーブルでおれの隣にラシャドが座る。

「おれたちも何人かは、おまえにはっきり伝えるべきだと思っててさ。おまえが店じまいすべきだって、ワイルドエイトのやつらが話してんだ」

「ワイルドエイト」

ラシャドは笑う。「そうさ」

「それって休憩の時にいつもラップトラックのほうでつるんでる、あのデブどものことか？　それとあの耳がでけえ野郎もいる――」

「常にあいつらの二、三人は同時に郡刑務所に潜りこんでる。ふつうは新入りだ、そりゃ下っぱ仕事ばかりだからさ。ただ、それでもな」

「で、あんたはおれにその話を信じてもらいたい、なぜなら……」

ラシャドがおれとトルゥージロから買ってるのは咳どめシロップだ、お得意さんのひとりで、なんかのレシピがあって、それでラップスターのようにハイになれる。だから、ってことだろうね。

「おい、きけよ」って、やつは言う。「知り合いがいるんだ」

「みんな知り合いだらけさ」って、おれは返す。「どいつもこいつも、知り合いが――」

「きけって」ラシャドがさえぎる。「名前はジャスティスだ。こいつは、ほら、まともなんだ。スーツ着て、爪も切ってるようなやつだ」

「で？」

「あいつはここには来ない。でも仲間になら電話できる、エイトとも話せるような連中だ。これがやばくなる前にね」ラシャドは首の後ろをなでてる。「実際さ、もうやばいんだぜ、おまえが知らないだけだ」

「つまり、いきなりブラッド・イン・ブラッド・アウトみたいなことなるのかよ」

「かもしれないってことさ。もしかしたらここじゃ起こらねえってのもありうる、スプーンをナイフにするとか、シャワーで囲むとかさ。そういうのはジャスティスの趣味じゃない。とにかくだ、ここのやつらは必死で逃げようとするだろ？　死刑にびびってるんじゃない」

「だとしても。どうしておれに話すのさ」

「ワイルドエイトのくそ野郎どもは決まったやつしか助けねえ。分けあおうって気がないのさ。おまえとちがってね」

おれは歯から息を漏らす、ほら、がらりと変わろうとしてるのがわかる。「犯罪者と一緒にすんなよ」

ラシャドは笑う、尖った鼻と陽気な歯。ここにいなけりゃ、モデルにでもなってたようなやつだ。「わかってる。おれもだ。ケヴィンでさえね」

「なあ、ケヴィン、おまえなんでここにぶちこまれた?」ラシャドは大声で呼びかける。

「なんも証明できなかった」って、ケヴィンは返す。こいつもヘビーメタルバンドにでもいそうだ、ながいつんとしたひげのハオレで、いっちまった目をしてる。「おれが首絞めてたってことも、あいつら証明できなかったけどな」

「最高だよ、おまえもな」ラシャドは吠える。またおれの顔を見る。「なあ? ここには犯罪者はいねえ。完璧な紳士だけさ」

座ったままでいる、ほぼ、永遠に。

「電話してえか?」ラシャドはきく。

またこういう場面だ、な? 車の時と一緒だろ、おれとカウイがいる。表と裏を選ぶ。ハンドルをにぎるかにぎらないか。

「みんな、ものが必要だろ」って、おれは言う。「おれがとどけてやる。ただそれだけだ」

「ああ、そうか」——ラシャドは両手をあげる。で、テーブルの上に置く——「なら、なおさら大事じゃねえか。さあ決めな」

第三一章　マリア、二〇〇九年

ホノカア

だれにも言わないで思いだすことがある、毎日思いだす、ひとりで、こんなふうに――ベッドルームで縮こまって、おまえが谷に行っちまう前に置いてった服の残りに鼻をうずめる。いちばん好きなのはシャツだ、引き出しの奥の奥に押しこまれてたから、おまえがいくらかひっついてる、だから綿にしみこんだおまえを嗅ぐことができる。

やめろだなんてだれにも言わせないよ。こうやっておまえにちかづくのを、においを嗅いで息子のことを考えるのを、その息子があたしに残したふさがる気配すらない穴のことを考えるのを、やめろだなんてね。吠えろ、って穴に言ってやりたい。世界をまるごと飲みこめ、あたしも飲みこめ。

でもおまえの服と一緒にここにいるほんの一瞬だけは、鼻をくっつけすぎたり目をあけたりしなけりゃ、まるでおまえが帰ってきて、ボートに乗ってサメに遭う前の、まだ父ちゃんがサトウキビ畑で働いてた、あの頃のホノカアに戻ったような気がするのさ。ジョークばっかりだった。汚れも成績も支払いも心配なかった。ニュースなんて気にしてなかった――

「なにしてんの？」

カウイの声。おまえはとんで逃げてく、あたしは目をひらいておまえの妹に顔をむける。あたしたちはかたまる。シャツに置いた両手を、すぐに体の横に戻す。

「ごまかそうと思えばできる、でもあたしがしてたことは見ちまっただろう」

あの子は口をあける、でもまたとじて腕を組む。

「おかしいと思うだろ。あたしをおかしいって――」

「思わない」

「狂っちまいそうなのは、母親にならないとわからないさ。それまで――」

「ママ！　そういうことじゃない」

「おまえの子どももし――」

「ききなよ」あの子はまた口をはさむ。

なら、なんなんだい。なにを見たんだ。

「兄ちゃんを恋しく思うのはなにも悪くない、ママ」

「いまさっきドアから入ってきた時は、そう見えなかったけど」

「なんでもない。驚いただけ」

「そんなはずないよ。こっちを見るおまえの顔はわかった」声がでかくなる。

「なんでもない」って、あの子は言う。腕をひっかきながらそっぽむいてる。

「歩いて入ってきて、あたしが服を嗅いでるのを見ただろ。それであの顔をしたんだ」

「もしわたしだったら、そうはしなかったよね」って、あの子は言いかえす。「それだけ」

「おまえなにを――」

「わたしだったらってこと」あの子はすぱっと言う。「死んだのがわたしだったら」

「どう思うんだい？」

「するとは思わない」

悲しみがあたしのなかで鳴り響く。いきなりはっきりとね。ほんとうにそう信じるのか、ってきく。もちろん、ってのがこたえだ。ちいさい時からそう思ってたって、カヘナでも自分は透明だったって、あの子は言うのさ。

「カウイ、なにを。そんなはずないだろ。当然、悲しく思うさ」

あの子はあたしから目を逸らして、床や壁を見てる。腕で胸を覆って、手で肩をぎゅっとつかんでる。あたしの返事に鼻を鳴らしてる、やわらかくね。

「考えたことある、兄ちゃんはママが思ってるような存在じゃなかったかもって？」

おまえのシャツはまだにぎってる。いまでも思いだせる、おまえを、おまえのすべてをね、サメも、新年も、ご近所も、墓も、どれもその場で感じてたように。ぎらりとしたかがやきだけは、おまえがいなくなって色あせた。

肩をすくめる。「あの子は特別だった。そう思わないのかい？」

こたえはない。しずかに二、三回息をすると、ドアから出てっちまう。

おまえの妹さ。まだわからないとこもたくさんある。あの子にだってあたしという人間への文句がたくさんある。農園から帰ってくると目にそれがうかんでる。あたしは何時間も父ちゃんと過ごしたとこさ、散々あのひとのつぶやきをきかされて、ちいさいテレビにもっともっと見入ろうとしてたんだ。目の前の一時間をつぎの一時間へと引っぱってってくれるもんなら、なんでもよかった。特別な仕事を持つひとたちの掃除が必要な仕事場にむけて、出発するまでね。あの子はああいうふうにあたしを見る。怠け者、って考えてるのがわかる。体も心も頭もね。

たぶん、あの子はまちがってない。いちばんいい時なら、そうは思わないさ。でも、いまはいちばんいい時じゃない。

別の部屋から、あの子が単純な言葉であのひとになにやら言ってるのがきこえてくる。風呂の準備ができた、とか、ぜんぶ手伝うよ、とか、そういうのがね。

第三二章　カウイ、二〇〇九年

ホノカア

一日のはじまりが、もう前とはちがう。わたしとパパだけで、ホノカア・ワイピオロードのすみを駆けおりる。わたしなりに世話してるつもりだ、これでもね？　パパには効いてるようにも見える。わたしだから効いてる気がする。でもこんなことだれにも言わない、そう、たぶん、自分自身にすらほとんど言ってない。この状況は楽しくもなんともないから——家にいて、子守、じゃなきゃ看護師の、まねごとをしてる。思ってたのとちがう。そのうちなるはずだった自分じゃない。でも、これがいまのわたしだ。

はじめの何週間かはママとも険悪だった。わたしはつめたく目を逸らしてばかりいたし、ママはわたしにいろいろやらせた——掃除や料理や、清掃員をして稼いだわずかなお金で、切りつめた買いものをするとか、そういうこと。そりゃ何事も雑になる、乱暴にものを置いたり、文句言ったりしたくなる。どうしてほしいんだ、ってママはよくきいてきた——帰りたいって泣きついたのはわたしだから——ママはメインランドに残らせようとしてたから。そこならすこしは希望があるから。

それはその通りだ。でも、サンディエゴには居場所がない。もうすぐ三月、ってことはすぐ春休みだ。ヴァンにはメッセージを送りすぎた。いちどは電話もして、心臓が喉を圧迫して、吐きそうだった。でもヴァンは電話をとらなかった。もう番号自体ブロックされてるかもしれない。わたしはそれだけのことをした。

そういうことだ――ここにいて、家政婦と看護師をしてるしかない。パパと走る。黒い路面にランニングシューズの底がぱたぱたとあたる、ガードレールをなぞるように進む。下にはあふれるような緑。前には、海、水平線。パパの心はいつか若かった頃をさまよってる。走りにあらわれてる。前だけむいて、目にも頬にも、走れる体の記憶があふれてる。現実では、黒ずんでて、年老いてて――いぼ、深いしわ、傷――必要以上に太い。高校時代のフットボールシャツなんか着てる。白が混ざった灰色、ドラゴンズの文字は明るい緑色。明らかにながさが足りないショーツ、わかる？ シャツの下のおおきなお腹は、足に合わせて波のようにゆれる。でもそのどこかに昔の自分は残ってて、そんな自分を忘れるまで走る、パパも、わたしも。シャツにしみた汗は模様のようにうきでる。朝なのに暑いせいで、パパが腕で汗をぬぐうと、髪の毛が束になって乱れる。みじかいあごひげは前と変わらない。剃るのはだいたいわたしか、ママにはなってしまったけど。

パパも、わたしも足をとめない、パパは変わらず、はるか前を見てる。いや、はるか後ろを見てる、ちがう？ 金曜日の試合に出てた時のことを考えてるんだ。アイアンマンフットボール。タイトエンドもラインバッカーも、両方プレイしてた。靴底を鳴らしてアスファルトの坂をくだると、ワイピオまではサトウキビがそよぐなだらかな道だ。斜面に植えられたユーカリの木が、ながい影をつくる。規則的なわたしたちの呼吸、汗。土の暗いにおい。ピンクと青の夜明け。

「良くなることはない」って、ママは言う。家にみんなでいるけど、パパだけはベランダに出て、山とハマクアの崖のさらにむこうにある海を眺めてる。キモおじさんは一日中仕事だ。何曜日かはもう、憶えてない。

「というか、悪くなってると思う」

わたしとママはキッチンカウンターのとこにたってる。コーヒーが入ったカップを手で覆ってる。わいてはきえる湯気、まるでわたしたちの考えのようだ。オーケイ、ふたりのパパがいる、それは知ってる——目の前にいるパパは、なんていうか、自分の体のなかで夢につつまれてる。そしてもうひとりのパパは、かつてサトウキビトラックの運転手で、夫で、空港の荷物係で、父親だった。帰ってきてからはどっちも目にしてきた、ってママに伝える。

ママは笑う。でも悲しい笑顔だ。「わたしもキモも、そうだろうって考えてた。いきなり昔のあのひとに戻ることもあった。スイッチを押したかのように、ほとんど正常になった。でもだんだん出てこなくなった。しばらくするともう、元に戻ることはなくなった」

「でも一緒に走りに行っては、なかったよね？　まだパパはあそこにいるよ、ママ」

「そうかもしれない」

「他になにができる？　まあどっかの介護施設にあずければいいや、みたいな話じゃないよ」

「親になんてこと言うんだ」反論するにしても迫力がまったくない。ありえない、きっとほんとに、まあどっかの介護施設にあずけようって、考えたことがある。自分の手のひらを見てる。まるでメッセージでも書いてあるみたいに、ね？　しまいにはそこにあごをうずめて、口全体を手で覆う。

「パパはいま調子が戻ってる。わたしがいると戻る」

ママは首を横に振る。「どうぞ、勝手にそう思えばいい。やめとけと言ったって無駄だろ」

「ひどい発言。諦めてる感じだよ」

今度はコーヒーを覗いてる。カップの甘い湯気がわたしたちに吹きかかる。ラナイの外では一日が終わりかけてる。貿易風と夕立で草木が湿ってる。こういう時がいちばん緑らしい緑になる。オーケイ、ママに言いたいのはこうだ。わたしもやってみる。だからママもやってみるべきだ。でもこんなやりとりはもう一〇〇万回くりかえしてきた。で、毎回おなじ結論になる、にどと奇跡は起きないっていう結論。そりゃ叫びたくもなる——こんな時、島の神さまってのはどこ行ってんだ。

言ったところできいてくれない。きいてくれた試しがない。


火曜日、ホクの農場に行く日だ。日焼けした二重あごの顔、つばの広い麦わら帽子。塗料と泥がこびりついた膝あてのジーンズ。陽気そうに見える腹のたるみは、パウハナ《仕事終わり》にビールを飲みまくってるせいだ。スーパーで声をかけられたあの日から、ホクのとこで働いてる。


あの日、店のなかでたちどまって、キッチンペーパーの種類が驚くほどたくさんあるのを、ただ見てた。そこで話しかけられた。「君、マリアとオージーの娘だろ、なあ」って、きかれたんだった。

「はい」わたしはこたえた。

「あれは君の兄さんだろ、あの落っこちたキネ《やつ》は」

「そうです。でも、体は見つかってません」

ホクはうなずいた。「それは、気の毒だったね」

わたしは肩をすくめた。

「だれかからきいたんだ、君が仕事を探してるって」

恥ずかしいのと、あやしいのとで、耳がつんと痛んだ。忘れてた、みんながお互いを知ってる場所では、ひとはこんなことまで話すんだ。ホノカアってもんだ。「かもしれないです」ってこたえた。

「おお、笑ったりしないのかい？」ホクはきく。

「見世物じゃないんで。これがわたしの顔なんで」

「悪い、悪い。落ちつけよ。ハワイっ子。気楽にな。はじめようとしてる農園があるんだ。考えてるのはアクアポニックスってやつだ、でもたぶんふつうのもやる、レタスとか、パパイヤとかも植える」

「それで」

「人手が要る」

「どれくらいですか？」

「どれくらいって、なにが？」

「どれくらいもらえますか？」

ホクは咳をした。手を首の裏にこすりつけた。「それなんだけどな。まだはじめようとしてるとこなんだ」ひっぱたく寸前だった。「タダ働きしてくれるひとを探してて、ちょうど兄を亡くした若い子を見つけたってこと？」

「きいてくれ。他の農園にあげられるものがすこしはあって、そいつらは収穫の余りをお返しに分けてくれる。そんなとこだ」

認めたくはないけど、そこからは真剣にきいてた。ばかみたいにお金がきえてくのは、食料だった。ママがどう言うか、その時点でわかってた――大学にまで行かせてやって、帰ってきたと思ったら、今度はどこで働くって？　でも手に入るのは食べ物だけじゃない。わたしにとっては、もうひとつが大事だ。働けること。この手と、頭で。またものをつくること、パパのシーツとタオルと手ぬぐい以外に、どこかにむかって積みあげるものがあること。ごめん、よくばって、って気にさせられる時はまだある、昔からそう育てられてきた。でもあの日のスーパーでは、もう知るかって思いだった。「食べ物はどれくらいもらえますか？」って、きいた。

ホクは肩をすくめた。「食べきれないくらいだね」

「実際どれくらいの量か、試そうとしたみたいですけど」それとなくホクのお腹に手をかざした。

ホクは声を出して笑った。「気に入った。ずいぶん尖ってるな、あんた」


そんなわけで仕事だ。いつも朝からホクの農場にいる。掘って、耕して、植える。まっすぐ掘り進んで、持ちあげて、運んで、放りなげる。水ぶくれ、傷、痛みとかたまった体。鳥の糞やムカデは靴にまで入りこむ、生あたたかいにおいは髪の毛に絡みつく、わかる？　けすのは無理だから、そのままにしてる。いまのわたしが正しく伝わる気もする。

午後おそくにはまた家にむかう。と言っても、たいてい重い足で丘をのぼってホノカア・ワイピオロードに出たら、ヒッチハイクして帰ることになる。行きも帰りも、ナタを持ってる。ここで危ない目になんか遭わない。道ではただのんびりと日々が流れて、のんびりしたひとたちがいるだけだ。危なく見えるとすれば、わたしのほうだ。

家に入る時、最初の何日かはママがドアにたって、泥まみれの服で手ぶらのわたしを見てた。小切手も、現金も、振りこみもない。それから、あのため息をついた。問題行動や補習のたびに、ディーンにむけてディーンのためだけに吐きだされるって、そう思いこんでたあのため息を、ね？　でも、いま問題なのは娘のわたしで、毎日畑に行っても稼ぎはない、だからおおきな息がゆっくり鼻から漏れる。それが家に充満して、わたしたちがなにを言いあってもまとわりつく気がする。ようやく週ごとの分け前を持ちかえるまでは。バックパック二つと米袋、そこにいろんな種類の残りものが詰まってる。レタス、トマト、カロ《タロイモ》、パパイヤ。とりだして一つずつやさしくテーブルに置く。耳から重さが伝わるように。本物だって、きいてわかるように。ママへのこたえになるはずだ。わたしがのぞまなくても。

第三三章　ディーン、二〇〇九年

郡刑務所、オレゴン

ノアとの最後の電話で、自分は何者かなんてあいつがきいてきた時、おれ自身がおなじことに悩むだなんてこれっぽっちも考えてなかった。もうこたえは出てる——おれは何者か、軽々と悪いやつになれる男だ。こいつがしっくりくるまで、こんな時間がかかっただなんて笑っちまう。でもすべてははじめから振りかえれば、驚きはない。

こんな感じさ——ここのやつらが必要とするものがある、おれはそいつらにそれを与える方法を知ってる。ここは、もらえりゃなんでもいいってやつらばかりだ。ちょっとはおれも顔が知られてる、だからひとづてに頼めば、新しいお友達ってのがやるべきことをやってくれる——脅したり、見せつけたり、賄賂送ったり、男のおもちゃで遊んだりして、わかんないけどね——クレイジーエイトを背中から追い払って、寄りつかないようにするためにさ。そのぶん、お礼だってする。ってことで、外のやつらとジャスティスのやつらに頼んで、トルゥージロとその仲間にあれこれとどけさせる、そっからなかに持ちこませる。アマゾンドットコムみたいなもんさ。時々エイトのやつらがつっかかってくる、でもトルゥージロとのとり決めがうまくいけばいくほど、心配はすくなくなる。ふつうってのを書きかえたのさ、その新しいふつうには、つるめるやつらが二種類いる、エイトとその子分か、おれとその他全員か。

　外にいる母ちゃんと父ちゃんとカウイのことを何日も考えてる、ノアがきえちまったいま、あっちになにがなきゃいけないかを。ずっと自分には言ってきたのさ、ぜんぶちがったはずだって。はじめから、なにもかも、あほみたいな夢だったんじゃないかって。こうなるしかなかった、ってわけじゃないんじゃねえかって。

　そいつは真実としか思えない。どうすりゃいいのかはわかってる。散歩の時間がやってくると、一本電話をかけに行く、ジャスティスんとこのひとりにね、本名は知らない。電話じゃポールって言ってる。

「よう、あんたか《ヘイ、マイメン》！」ってポールは言う。こいつは無理してハオレ《白人》っぽく話す。「あんたどうにか……そっちでやれてるといいんだけど。まだなかにいるんだろ、な？」

「ああ、まあそんなとこだ」どうやって切りだしゃいいか。「考えてたよりながくなりそうな気がしてさ、ほら？　ばかなことでもやらかして、面倒を起こして、このままこっちに残ろうかって思うことさえある」

沈黙。考えてる。「まあ、焦んなよ」って返ってくる。「あんたはすべきことをしてろよ。おれはそっちにいない、だからどんなことになってるのかも知らねえ。でも、こっちにいるみんなのことを考えなよ、なあ？」

　あいつの言い分はこう——あんたの働きぶりはよくわかってる、でもそんなとこにながくいるもんじゃねえ。いい反応だ、っておれは思う。外でなら、もっとでかいことができるってことだからさ。

「ああ、その通りだ。おれも家族のことを考えてた、わかるよな？　こっから出たら、こんな息子でよかったって思わせたいものさ」

つまりこう伝えてる。家族に金を送ってやりたい。

おれの金を。

おれたちの金を。

「ああ、きいてるよ」って、ポールは言う。

銀行口座がかなりのところまでふくれたら、まっすぐハワイに送金される。ジャスティスたちなら、その通りになるよう手助けしてくれる。

電話を切ると、おれはここでどうやってもうちょっと時間をつくれるか考えはじめる。破れるルールなら山ほどある。それに、そいつはおれの得意分野のひとつだ。

ああ。おれならできる。

第三四章　カウイ、二〇〇九年
ホノカア

いまは、ただわたしの手。地面。土であたたまった鶏の糞の甘いにおい。刈られた芝生の尖った香り、足下からのぼってくる成長の熱。これをやりはじめて五週間、だったか？　文字通り早朝からホクの農場に行く、夜は家でパパと過ごす、ママが掃除のシフトをこなしてるあいだずっと。そうだった、こんな早起きは苦手だった。でも、夜が明けたばかりの数時間を、なにより楽しむようになってきてる。まだだれも吸ってない酸素で大気は満ちてるし、混じりけのない静けさが耳をふさぐ。空のふちから薄く黄色に染まる。まとめた髪からほぐれた毛が首に触れると、ひんやりする。

ホクとわたしだけがあのちいさい農場で働いてる。ふたりで草をむしる。耕して肥やしをまく。天然の栄養をいろいろ与える。岩をどかす。茎を刈る。好きなのは、ナタの感触だ。振りおろしてぶった切ると、茎はかたい音をたてる、それから地面に落ちる。たまったら、がさごそゆらしながら運ぶ、するとどうだ、もっと整っておだやかなものが下から姿を見せる、地面でしかない地面だ。耕されるのを待ってる。ホクのこの土地は狭くて細ながい。はしにはトタンの小屋がある、そばには竿が六本たってて防水シートが張ってある、こいつが車庫と作業ベンチの屋根代わりになる。手入れされた土地が反対側のフェンスまでつづいてて、フェンスの裏からはうっそうとした草木があふれてきそうだ。オーケイ、ホクはいますぐにでも栽培ができるようにしたい――売るためなのか、食べるのに困らないためなのか、よくはわからない。食べてるとこは見たことない。飲んでる液体はスーパーの安売りビールだけだ。たくさん話すわけでもない。指示だけがとんでくる、わたしも無言でしたがうんだから、自分でも驚く。耕す。抜く。蒔く。叩く。汗をかく。水ぶくれをつくる。引き裂く。こなす。

耕してると、自分がいなくなる。ガソリンと刈草のつんとしたにおい、エンジンの低音、土をかきまわして進む耕運機の力強い震え、それにつつまれる。寝てるのと変わらない、だから気づくと女のつまさきが目に入る、回転する刃に吸いこまれてくとこだ。

反射的に体が動いて、機械がわずかにうく。あのひとだ。ふわふわと縮れた髪。灼けた肌、表情を変えない、かつてのハワイ人の顔。はだけて、ぶあつい胸、おおきな腹、一日働いて光る汗。まばたきもせず、わたしの顔を見てる。よくできた彫刻、ちがう？　息さえしてない。

でも、女は一歩踏みだす。

フラの夢だ、って思う。あの時のひとだ。

女はもう一歩踏みだす。内臓全体に重みを感じる――わたしを傷つけたいんだ、妙にはっきりそう感じる。

「来ないで」わたしは言う。

さらに一歩、ちかづいてくる。

「来ないで」とくりかえしながら、あとずさりする。耕運機のハンドルはにぎったまま。エンジンはまだ、ぽん、ぽん、ぽんとはねて、低い音で震えてる。風はおさまってる。さっきまではなかったにおい、キアヴェが焦げたきついにおい。まるで背後に火のついた森が生えてきたかのような。においの出どころがそのひとだと気づくまでのあいだに、そのひとはまた動きだしてた。耕運機もすりぬけて、ハンドルのちょうどまんなかにたってる。つまり、わたしの両腕のなかに。

ハンドルを手放して後ろにとぶ、なにか言おうとして——でも突然、自分が細く、強く、そして古くなったような気がしてくる。革でできた鳥みたいに。何百万マイルも歩いてきたんだった。背中には子どももいる。タパとなめした木の皮のひもでつつんである。難しい話じゃない——こうやって何世代ものひとたちを運んできた。川のつめたくてかたいにおいを嗅ぎながら、上をめざす。ぬかるんだ山道をぬけると、霧、そしてでこぼこの尾根。コオラウか、ワイヒーか、とにかくハワイのどこかの山のはずだ。山盛りのカロ《タロイモ》も抱えてるんだった、根っこのひげで手首がくすぐったい。見まわすと、ここにはサトウキビがない。そもそも生えてたことなんてなかった。恐竜くらいおおきくて、狂った色をした植物。力こぶのような根っこが、たっぷりの土に巻きついてのびてる——でも、とつぜん胸と目がどんと突かれるような衝撃があって、ホクの声で呼びかけられてる。おい、おい、おい。

青い。これは空だ。背中の土がざらざらとして、つめたい。意識がひろがってく——ちょうど目覚めてるとこだ。そう、そうだった、覆いかぶさってるのはホクだ。雲を隠して、シャツをだらりと垂らして、もっとそばにかがんでくる。わたしの体の横に膝をついて、目は頭から足まで行ったり来たりしてる。「なんだよ、薬でもやってんのか?」って言ってる。コーヒーとホットドッグが混ざった酸っぱい息だ。

「ちょっと横になろうと思って」とこたえる。「あれです、ちょっと雲でも眺めてようって」体を起こし、膝をついて、たちあがる。視界にぽつぽつと穴があく。「それとも死ぬまで働けってことですか?」

「一時間しかたってないだろ。まだ午前中だ」

「時間ならわかってます」これは嘘、ね？　どこにいるのかさえあやふやだ。

「おれはおまえのボスじゃねえ。おまえのボスはおまえだ」

地面は平らだ、でもかたむいてゆれてる気もする。白い陽の光に、照らされてないとこはないくらいだ。

「大丈夫です」わたしは言う。「つづきやりましょう」そして、またはじめる、オーケイ？　でも、耕運機も、土も、わたしの骨も、もうほんとにそこにあるのかさえ怪しく思える。

十分に時間がすぎた気がしてきたら、日陰に置かれた鉄の折りたたみ椅子に座る。ホノカア高校備品と彫ってある。グラスに注いだ水道水を飲む。

「見ないでくださいよ」って、ホクに話しかける。グラスからもう一口飲む。

ホクはなにかしてる手をとめ、こっちに歩いてくる。ならんだ作業ベンチのひとつに寄りかかる。腕を組んで、がんでもあるんじゃねえか、ときいてくる。

「どこも悪くないです。気にしないでください」

「畑で死ぬんなら、仕事はやらせてやれない」って、ホクは言う。こんな安い働き手、他じゃ見つからないでしょ、とわたしはきく。ホクは笑う。「ホノカアだぜ？　くしゃみひとつしてるうちに仕事のないやつがあらわれる」

鼻で笑う、でもまちがってない。

でまた、しつこく問いただしてくる。思いつく病名を片っぱしから口にする――がん。心雑音。エイズ。赤血球異常。淋病。喘息。無気力。どれもちがうと言っても、無駄だ。ホクのまゆ毛。それからあご、見てればわかる。ありのままに伝えるか、ここには戻らないかの二択だ。

「こんなの必要ありません」

「なら、出てけ」ホクは言う。

わたしはそのままたってる。ホクは作業ベンチに手を置いて、肘をかためて前のめりになる。

「医者にでも行きます」わたしは肩をすくめて言う。

ホクは広い帽子のつばをつまむ。麦わら帽。でもホクの頭じゃ、これより深くはかぶれないんじゃないか？　そしてわたしから一歩はなれる。

「帰れよ」ホクは言う。

「だめです」わたしは言う。

「なんでだよ？」

見たままは言えない。あのひとたちはそこにいる。目をとじるだけでむこうからやってくる。カナカ・マオリ《ハワイ人》にほかならない女たち。陽気で浅黒い、労働でぶあつくなった肌。威厳のある頬。かつての島の生きかたがにじみでた瞳。塩と果物が混ざった汗のにおいは、まだ鼻に残ってる。丘で踊ってる。谷でも踊ってる。カホロ、アミカヘラ、レレ、ウェヘ。つぎつぎと収穫してく、両手を濃い茶色の土に突っこめば、土は与えて、与えて、与えてくれる。わたしも体じゅうがざわめいてくる。終わりのないフラを踊ってるかのように。

「ここにはなにかいるんです」わたしは言う。「感じる。なにかおおきいものです」

第三五章　ディーン、二〇〇九年

ポートランド

　刑務所から出ても、思ってたのとはぜんぜんちがう。紙みたいな色ののっぺりした空から、濡れた歩道に反射するくらいは陽が射してる、でも薄暗い、まだ部屋のなかにいるのかと思うくらいにね。スポケーンにいるのかもしれない、似たような感じだ、一〇月と三月の見分けもつかなくなって、日ごとに自分の肌から茶色がとけだしてくのがわかる。郡刑務所の外階段の上、着てるのはノアの服、すねまでしかないスウェットパンツ、けつを切っちまいそうなウエストのゴム、こいつは歩くたびに破れそうになる、パーカーのジッパーは上までしまらない、仕方ないからあけたままさ。体のあちこちが、いつ裂けてもおかしくない。外にいる。付き添いはない。保安官や郡職員みたいなのがここからつぎの場所まで世話してくれる、なんてのはない。ぶあついビニール袋には、刑務所にぶちこまれた時の持ち物がぜんぶ入ってる――財布、ペニー一枚、クォーター二枚、セブンイレブンのレシート、クレジットカード、携帯。おれが持ってた大麻を吸いやがったやつがいる、思うにあのくそ警官たちのひとりか、その妻か、だれかだ。いま、こっち側に出て、目の前にはごつごつしたくすんだ階段があって、下の通りじゃ書類鞄を抱えたやつらが歩いてて、子どもたちがバスを待ってて、角のとこでは建設作業員たちが鉄の機械を震わせて濡れたアスファルトを削ってる。

でも携帯は死んでるし、ジャスティスがだれかを出迎えによこすわけがない。あそこを出てくってことについて、あいつはそう言ってた。おれひとりであいつまで辿り着かなくちゃならない。テストされてるって感じる。テストなんてくそくらえだ、こっからどうするか見当もつかない。手をおおきく振ってスウェットパンツのポケットに突っこむ。手に紙がちくりとあたる、つまみだしてみる、そうだった、神さまからのこたえかもしれない、カディージャっていう名前と、電話番号が書いてある。いや、だめだろ、って考える。でも寒くてさ、そのまたちつづけてると、ノーもイエスに変わる。あほな思いつき。でも、やってみるさ。

なかに戻って、電話を貸してくれるかいって頼む。防弾ガラスの奥にいる女は噛んでたガムをぱちんと鳴らして、死んだ目で見てくる。

「いつもこうきかれてんだとは思うけど」って、おれは言う。

「そこのドアから出てったひとたちはみんな。それに通りから入ってくるひとも。あと家族の時もある

……」って、女は言う。首を横に振りながら。

「あんたの編んだ髪好きだぜ。自分でやってんの？」

ハッってていちど笑って、にやにやしてる、やめてよって感じでね。「手が三本あって、後ろの目でどこをどうするか見るんだと、思う？」

「たしかにな。でも、つまりさ、とってもいいよ、編んだ赤髪と、黒い肌がさ。だからそんなふうにすんなよ」

またガムをぱちんと割る。で、また死んだ目をしてくる。

「でも、あんたオプラみたいだぜ。言われたことあるかい？　あいつとおなじ大まじめな顔してる、なあ。いつこんな仕事辞めて、もっといいとこで働くんだ？」

また音ひとつで笑う、ハッってね。目もまるくして。編んだ髪をなでてる。「あんたが気づく前にぱっと辞めてやるよ」電話がガラスのそばに突きだされる。「いい、かけていいのは一回だけ」って言う。「二分でね」

「このあとの予定は？」電話をにぎりながら女にきく。言いながら笑いだしそうになる。で、女も吹きだして言う。「囚人服脱ぎたてのまぬけをだれがチーズケーキファクトリーだかどっかにつれてくんだよ」電話を指して、指を二本たてる。「二分」

カディージャが出るとおれは言う。「ディーンだ、切るなよ」

「だれ？」

「ナイノアの兄」

しんとする。

「言っただろ、切んな」

終わると、また階段でたってた。来るとは言ったが、来ないのはわかってる。でも、しばらくするとほんとにやってくる、ちいさいセダンが道のわきにとまる。黒いパンツスーツを着てて、頭全体がアフロだ、編みこんで後ろだけふくらんだ最後に見たあの髪型とはちがう。あいつにむかって歩いてこうとする、でもなにか変だ。

ノアのスウェットパンツはつかんでなくちゃいけない、ずれてくるからさ、でもそんなことじゃない。檻から出てきたくないってのにちかい、出てくのにびびってる感じだ。とまって、振りかえる、刑務所が見えると、悲しくて仕方ねえんだから、おかしいよな。家をはなれるような気になっちまう、あるいは、すくなくともこれまでのどんなとこよりしっくりくる場所を。それって家のことだろ、っておれは思うんだ。広くて騒がしくて明るい世界とノアの死がもたらした状況が、またおれをとり囲んで、すぐそこで待ち受けてる。

でも息を吹きだして、一歩踏みだす、また一歩。下にはカディージャがいる。心配そうな顔でね。

「そんなゆっくり歩いて、なかで傷めつけられた？」

鼻で笑う。「刑務所だぜ。なに考えてんだ？」

カディージャは指をキーチェーンに絡めて動かす、キーがまわってゆれるのを目で追いながら。そして手をとめる。「ここに来たのはただナイノアのため」って言う。「だからそういう態度はやめて」

怒りがおおきくうねって押し寄せる。「よくできたガールフレンドじゃねえか」って言いかえす。「いまはあいつのため。あいつが打ちのめされて、だれかを求めてた時は、あんたもドアから出てったんだろ。弟はラッキーだ」

カディージャはじっくりおれを見る。下へ、上へ、下へ。それからアクセルを踏む、車が前にとびだす、車体に置いたおれの手をはねのけて走りだす、通りをとおくへ進んでく。おれは腕を組んで待つ、まあ、あ、そりゃあ、おれ無しで走り去るさ。でも車が角に差しかかったとこで、おれも走りだす。ぼろぼろのスウェットパンツがさらに裂けて穴がひろがって、おれは片手でぎゅっとにぎりしめて、持ち物ぜんぶが入ったビニール袋がぱたぱたとゆれて、そして叫ぶ。ヘイ、ヘイ、ヘイ。やつのブレーキランプが赤く光る。

追いつくと車の窓がするするとさがる。「行くべきところへ、ひとつだけつれてく、それだけ」雨はつばのように吹きかかる、強くなっては弱まる、でも濡れたままでいい。肌で水の粒を感じてたい。こいつは刑務所のせいだ、って言ってやりたくもなる、話がややこしくなるのもぜんぶあそこのせいで、おれのせいじゃない、壁のなかがいけない。だけどさ、あのなかでのことを伝えたとしても、カディージャにわかるはずない。たぶん、もう他のだれだってわかってくれない。顔で雨を受けながらそのことに気づく。やっぱりそうだ、刑務所にいたおれを知ることになるのは、これからもずっとおれだけだ。

「乗せてほしいんだったら急いで」

ドアをあけて乗りこむ。

つれてってもらうのはMLK通りのでかい服が買える店だ。車内じゃ会話もない、ただラジオの音楽をきいてる。はじめは歌が流れてて、おれもクレイジーなビートだ、とか、この女声高えな、とか言った、するとあいつはこたえた、もう何ヶ月もラジオでかかってる、って。でもおれにとっては知らない歌だった、そんなわけで歌についてあれこれ話しかけるのもやめにした。ポートランドははじめて見るとこばかりで、通りも街なみも新鮮だ、けど街は街だ。ぴっかぴかのガラス張りのビル、スーツとネクタイ、あるとこまで行くとまるいけつのエチオピア人っぽい女が真っ白な赤ん坊を乗せたベビーカーを押してる、別の荒れはてたとこは古いレンガの壁と板張りの窓、テイクアウトの中華の箱やキッチンのゴミが詰まったぼろぼろの袋が、歩道にも裏道にも散らばってる、あちこちで――フリーウェイの下にもフェンスのそばにも公園にも――寝てるやつらがいて、そばには布と箱とミルクのボトルでこんもりふくらんだショッピングカートがある、一ドルショップがゲロでも吐いたかのようにね。

車を出る。雨はやんでる。カディージャも窓をあける、おれは車に寄っかかって言う。「わかってるさ、こんなことまでしてくれなくてもよかった。だから、助かった」ほんとはぶちまけてやりたかった、おまえがアパートにおれたちを置いてって、おかげでおれたちは捕まったんだ。あの日のことをまた考えてるってのが、わかったんだと思う、カディージャは「で、ここがたったひとつ行きたいとこ？」って言ってくる。

体にくっつけてた両手をあげる、着てるものを見せつけるのさ、他にどうしろってんだよ、そのせいでノアのぼろいスウェットパンツが腰からすとんと落ちて足首にたまる。カディージャは素っ裸のふとももを見て笑う、遅れて手で口を覆う。「こんなんじゃどこも行けねえだろ」っておれは言う。スウェットパンツを引きあげようと腰を曲げる、下をむいてると、窓が吸いつくようにとじて車に鍵がかかる音がする。カディージャは道に出て、おれの横にたつ。

「ききたいことがある」

喉がぎゅっと締めつけられる、壁のなかがどんなとこだったか、もっときかれるような気がする。真夜中に声が枯れるまで狂った叫びをあげるやつら、男どうし無理やりけつを犯され穴を舐めさせられ棒をしゃぶらされる、順番が来るんじゃないかってびくびくする時もあった。カディージャの車のまわりの、空間や、雑音、あらゆるものに迫られてる気さえしてくる。そこにたってるおれに、あちこちからとびかかってくる。ちいさい部屋がありゃいいのに、そうすりゃ引きこもって、前から来るものだけを見てられる。とまどった顔になってるはずだ、まちがいない、そりゃカディージャだって、口をとじる。

あいつは親指で目をぬぐう。「ねえ？　他のとこに行こう。ドライブなら、あとすこしできる」

自分がそうしたいかどうかはわからない。やることのリストなら、もう頭んなかにある——服を買って、プリペイドの携帯か公衆電話でジャスティスに連絡する。そして、やつがなにをしてくれるか、居場所の世話をしてくれる知り合いがいるかきく。

「ここへならつれて帰ってくる」

たちっぱなしでカディージャを見てると、自分がへろへろだってことに、ようやく気づく。車なら落ちつける。だから、なかに戻って、シートに背中をつけたら、ゆれて進む車に身をまかせる。雲が窓を流れてって、街に終わりはない、そのままノアのアパートまで行く。

通りをはさんで反対側に車をとめる。芝生はきれいに刈られてつんつんしてる、外がよく見える正面の窓は、カーテンがしまってる。奥は暗い。車内に座ったままじっと見てみる、なにも言わずにね、あいつがきえちまったのは、前はあいつが支えてていまはおれにのしかかってるいろんなものの重さのせいだ、って気がしてくる——母ちゃんも父ちゃんもハワイで貧乏暮らしさ、だけど家族で必死こいてやってきた、おれたちをこっちに送るために、チャンスってやつのために、だから、さあはじめるかって時点で、もうなにもかも背負いこんでた。ラジオの音をすこしあげる、ビートに合わせてあごをゆらす、カディージャの前で泣くわけがない、目のまわりがじんじん熱くなってきてもだ。

ノアが行っちまった理由を知りたい、ってカディージャはきいてくる。どうはじめりゃいいかわからない、だからとにかく憶えてるノアの話はぜんぶする、一気になにもかも、ハワイでのサメとあいつのこと、伝説みたいなガキだった、そして大学とそのあとのこと、って言っても話せるのはノアが電話で伝えてきたことと、時間がたってカウイや母ちゃんからきいたことくらいだ。自分の力ってやつをあいつは理解しなくちゃならなかった、神とかそいつらの望みとか、そういうのを。あいつが進むべき道みたいなことを。話せば話すほど見えてくる、あいつはたぶん孤独だったんじゃないかって。檻にぶちこまれないとわからないような孤独を感じてたんだ。

「もしもさ、ひとが自分を盗られちまったら」——なに話してるかなんておれ自身よく考えてない、ずっとそこにあったかのように、ただ口から言葉が出てく——「もしも自分がずっと最高だって思いこんでた自分のなかみが奪われたとする、で、つぎの朝目覚める……」肩をすくめながらね。「目覚めると、自分の未来ってのがまるごと死んだ体みたいに、背中に載っかってる。ちょうど首の上のあそこ、肩のあいだに。なんもまちがってないなんて思えるほうがおかしいさ。ノアはどうだった？　救急車をおりてから、妊婦を死なせちまってからさ？」

手をぐっとにぎって窓にくっつける、表面にぎゅっと押しつける。つめたくて、つるっとしてる。「傷ついたにちがいないだろ、どっか深いとこでさ」

「ノアがそう言った？」

「いや。ただ、おれとノアは似てるんだ」

すこしのあいだ、アパートだけを見てる。あいつ早く出てこいよ、みたいな感じでね。

「そんなにながくノアを知ってたわけじゃない」って、カディージャは言う。「ずっと自分にもそう言いきかせてる。でも、生きてる限り、彼はわたしのどこかにずっと引っかかったままでいるはず、それはいまでもわかる」

「ああ、まあ。昔はただのくそ野郎だと思ってたけどな」カディージャは驚いたような顔になる。「おい、なんだよ、あいつあんたが話しだすとさえぎって、辞書みたいに説明しなおすってやつ、やんなかったのか？　インターネットのカスタマーサービスみたいに、まぬけにはわからねえ事実やら数字やらならべてさ？」

カディーシャは笑う。「たぶん、一、二回あった」

こういう話は、いいもんさ。ちょっと気楽になる。それにさ、真実だろ。

「一、二回かよ。ふざけんな。おれが高校の時なんて、いつもだぜ」車の窓のスイッチを何気なく触る。上にも下にも動かないよう押して引いてをくりかえす。

「怒らすつもりはない。わたしはあのひとの家族じゃないし、他人にははっきり見えない家族だけのやりかたがある。でも彼に期待をかけすぎたんじゃないかって気はする。たぶん、あまりにもおおく」

思うね、そりゃあ、おれたちを見くだしてるのかって。そうだ、こいつとノアはお似合いだ。「あんたの言う通りだ。あんたは家族のことをなにも知らねえ」

「そういう意味じゃなくて、わたしが言ったのは――」

「言ったことはきこえたよ」怒り狂っていいよな、なにかぶっ壊してやりたい気さえする、大暴れしたくなる。母ちゃんは言ってたよ、おれは変わらねえ、って。でももう、ほんとにはやらない。自分を縛りつける。

「そう考えてた時もある。母ちゃんと父ちゃんが追いこみすぎた、ノアはそれで死んだ。しばらくするとこうも思った、あいつを追いこんだのはあいつ自身だった、自分はすげえって信じこんだせいで、救急車でもしくじった。でもいまはさ」――首を横に振る――「たぶん、そのぜんぶだ。きっとぜんぶがすこしずつまずかった。ほとんどは、くそみたいなめぐり合わせのせいだ」

「ごめん」

返事代わりにうなる。で、黙る。道のすぐ横を車が通りすぎてく。派手な花瓶みたいに髪をまとめたハオレの女、膝じゃおもちゃみたいな犬がきゃんきゃん鳴いてる。犬につけたリボンは吐きそうな明るいピンクで、女のジャケットはおそろいの色だ。そいつが行っちまってから、きく。あれ見たか？　カディージャは口のなかで笑う。

「この辺のひとじゃないね」すこしのあいだ、通りは空っぽになる。でもまた配管工かなにかに見える男がやってきて車をとめ、鍵を手にノアの隣のアパートに入ってく。

「ずっとノアが持ってるものが欲しかった。あいつが最後なにになるのか想像もできなかった、わかるだろ？　スーパーヒーローとかそういうのになる手前だった。うらやましくないやついねえよな？」

返事はない。だから話しつづける。「でもあいつは死んじまった。で、残されたおれたちはこうやって傷ついてる、それでも、生きてくために必要なことをやってくしかない」

どういうことかきかれる。おれがなにをやるつもりか。あのなかにいた時からおれがしてきたことは、カディージャにも教えない。稼いだ金は、まるっと島に送られて、母ちゃんと父ちゃんの銀行口座に直行する。それに、それはあそこでの話だ。いまはこうして外にいる、ってことはさ、ジャスティスとの仕事だって動きだすはずさ、そうだろ？「電話できるとこに行きたい」

「わたしのを使っていい」カディージャはハンドバッグから電話をほじくりだして差しだす。しばらくそのまま見てる。この電話からむこうに発信したとする、そしたらどっかに履歴が残る。「やめとく」

「そう」カディージャは電話をしまう。で、時計を見る。咳をする。「リカを迎えに行かなくちゃ」

「ああ。おれを解放したほうがいい」


車はでかい服の店まで戻って、道路のわきにとまる。

「ずっとこの辺か?」

「この辺ってなにが?」

「もしなにかとどけたくなったら。リカの学費とかそういうのさ。ノアはそうしたかっただろ」

カディージャはじっと考えてる。正面の通りを見つめながら。そしてこたえる。ちかくに住んでるから、探したければ探せる、って。こたえはそこまでだ。おれも、宙ぶらりんなままにしとく。

「いいな、それで十分だ」

座りながら考える。おれのクレジットカードはもう使えないはずだ。つまりおれはだれでもない。これからどうするかもわからない。でも、もう車にはいられないってのはわかる。

車の外にたって、ドアを押す。ドアは音をたてて元の場所に収まる、その瞬間、冗談じゃない、どっと雨が降ってくる、放水でもされてるかのように。おれは両手をあげて、雲をにらむ。

カディージャはひびのように細く、窓をあける。

「いつだって雨が降りやがる。いつやむんだよ?」

「やむとは思えない時もある」って、カディージャはこたえる、そしてギアをドライブに入れる。「それでも、とつぜん夏が来たりする。そのうちわかるはずず、それがどんな気持ちか」

第三六章　カウイ、二〇〇九年

ホノカア

朝までまったく眠れなかったりするのはこういう夜だ、そして思わずつぶやく——サンディエゴのことは考えてない、ヴァンのことは。でも、別のなにかが、そう、眠りの邪魔をする。妙なのはお腹で、つめたくて詰まってる気がする、まるでコンクリートでも飲みこんだみたいに、ね？　ずっしりくるのは、失敗して、持ちなおして、頂上まで行ってみたら、結局くだり坂が待ってたから。ちっぽけな畑。金のない一家。独身男に、レズビアン、かどうかは、自分でもわからない。大学中退。

家はほぼ影と変わらない。でもいい、住むならこのほうがいい。ひろがってこぼれる星の光が、まぶしすぎる明かりに飲みこまれることもない。夜が深くなれば当然、ブラックバームみたいに暗い。ベッドルームを出てちいさな廊下をしずかに歩く。床の砂が何粒か足の裏に張りつく。オーブンの時計は青緑に光ってる。ラナイへの引き戸は全開だ。こんなことはまずない。つんとした糞か果実のようなパカロロ《大麻》のにおいが漂ってきて、わたしの鼻にまでとどく。ママの姿がある。足を抱えて椅子に座ってる。おおきい体を二つ折りにしてるように見える。肘は膝に置いてる。気だるそうに大麻を指さきでつまんでる。吸い殻からもゆらゆらと煙があがってる。

「眠れなかった？」わたしは声をかける。

ママは頭を動かす。「まったくこの狭い家は、あんたがいるとまだ驚く。ちょうど仕事から帰ったとこ」

後ろ手で戸をしめる。「帰ってきたら行くとこないでしょ」

「それはまちがいない」

ママをまねて、体をすぼめて座る。膝を抱えこむ。「一口吸わせてよ」

ママはわたしを見る。ぽかんと口をあけ、カーテンのような煙をゆっくり吐きだす。鼻と血走った目にまとわりつく。「だめだ。まだ体にまわりきってない」

オーケイ、ならその手からもぎとってまるごと飲みこんでやる、火もなにもかも。そう考えたとこで、ママが笑いだす。そしてこっちに手渡す。「さっきの顔、自分で見ればよかったんだ。ナイフで襲われるかと思ったよ」

パカロロの煙を吸いこむ、喉の管を這わせるようにゆっくりと。肺の袋に熱が行き渡ると、すべてがおおきくひろがる。うかんで。とろける。

「あんたはいつだってこういうティタ《強い娘》だ」大麻をわたしの指からとって、ママは言う。「あたしもひとつは正しいことをした」

今度は一気に吸いこんだ、ね？　オレンジ、白、オレンジって、先端が点滅してる。火自体が呼吸してるみたいだ。まわりの草むらからコキーガエルの水っぽい鳴き声がする。

「ねえ。吸うなんて知らなかった」

ママは口のなかで笑う。「あんたはあたしのすこししか知らない」煙が牙のように鼻からのぞく。

「そっちだってそうだから」

「本当かい？」ママは言う。驚いたふりしながら。またこっちに手渡す。「あたしの娘に秘密が？」

「理由は？」

「理由って、なんの、秘密のかい？」

わたしは大麻をあごで指す。「どうして吸ったか」

「男さ」ママは笑いながら言う。「一五の時だった、フットボールの試合。駐車場で、あたしの友達ふたりと、その子たちの男も一緒だった、それから男たちの仲間も。吸ったことがないのはあたしくらいだったはずさ」ママは頭のてっぺんに両手を置く。椅子を後ろにかたむけて、足のさきでバランスをとってる。「その時だよ、ひとりのサーファーボーイがあらわれて、あたしに吸えってよこした。後ろ姿だけでそそられた。あの尻」

「ちょっと、ママ。はじめて吸った時のことじゃないの。そりゃ、一〇代のママがそのままやったのか、気になるけど。きいたのは今夜、どうして吸ってんのかってこと」でも、ほんとはきくまでもない。足下にナイノアのウクレレが置いてある。わたしはもう一回、肺の奥まで吸いこむ、火の熱で指がじんわりする。それからママに返す。

「あの子が金を送ってきた」

「ディーンのこと？　お金？　でも兄ちゃんは――」

「あんたは賢いから。ちょっとは考えてみるといい」

ママは椅子の前脚を地面におろす。そしてラナイのまわりをぐるりと見渡す。真っ黒な夜の闇、時々とおくにヘッドライトが漂う、道路があるあたりで、路面のタイヤはながい息のような音をたてる。すぐそばの木々はゆれて騒がしい。

「だめな親だった。とてもね」

「いや」

「そうさ。みんなを大学にやれたらって考えたんだ。メインランドに行かせてやりたいってね」左手を後ろにむけて振ってる、そっちになにもかも置いてきたかのように。逆の手には大麻だ。「でもほら見てみろ」

「ママのせいじゃないかもしれない。そう考えてみたことある？」

ママは鼻で笑う。「あたしもそこまでは吸ってない。いまのあんたたちはぜんぶ、あたしたちのせい」

「そう思う？」

「思うね。ディーンはずっとバスケットボールばかりしてた。あたしたちがしつこく口を出さなかったから、他はなにもできない。ノアが死んだのも」──そこで咳ばらいをする──「あの子が求めてたものを、わかってやれなかったせいだ。家に帰ってきた時も──いつも、わかってやれなかった」

指ではさんだまま大麻が灰になる。それにも気づいてない。

「わたしはどう？」

「あんたはここで」ママはこたえる、あたりまえだろとでも言いたそうだ。「親の手助けをしてくれてる」

「状況が良くなるまでね」

「思うに。状況は良くなってる」

笑ってしまう。「なに、そんないきなり？」

「ディーンからのお金はたくさんだった。自分たちの家を買うとか、そういう額じゃない。でもすこしのあいだ請求書なら払っていける。つぎの学期はいつはじまる？　埋め合わせのサマーコースもすこしは――」

「もう戻らない」

ママは一瞬、考える。大麻は爪まで焦がしてるはずだ。「まあ、だとしても驚きはしない。あの子もおなじことを言ったから」

「わかったような話しぶりだね、いいけどさ」わたしは吐きだすように言う。

「なら。ちゃんと教えるんだ」

「話す気にはなれなそう」

「楽なことじゃない。あんたを家に置いとくのもね。メインランドに行かせてやるのにすべて使ってしまった」

それでも、なにも話さない、そりゃそうだ。しばらくは。どこからはじめればいいかもわからない。ただの記憶でさえそうなんだから、口をつぐむしかない記憶ならなおさらだ。「友達を置きざりにした」なんとか言葉にしてみる。「その子を、最悪なとこに置いてった」

ママはうなずく。オーケイと言ってくれる。わかったと言ってくれる。わたしはしばらく座ったまま、震えてとまらない涙と声を、それでもとめようとする。そしてパーティのことを話す。ヴァンのことを。でも話しだすと、いちどひらいた口は、もうとじない――水路、寮の部屋での雑居寝。酒と薬と踊りと大声の完璧なパーティの夜。野外の旅、夜明けの山頂で脆くひんやりした岩をつかむ感触。差しこむ陽の光で、いつまでも熱く金色にかがやいていそうな峡谷のちり。ヴァンがわたしたちを引きこんだあらゆること。大胆に、速く、のぼって、危険に挑むこと。でも頭では、あのパーティに戻ってばかりいる。だから話す。パーティと、部屋でのできごと。

「置いてこうと思った」って、わたしは言う。くりかえす。置いてこうと。傷つけようと思った。

「そいつらは」と言いかけて、頬の涙を手のひらでぬぐう。「そいつらは最低の獣なのにわたしは置いてった」

家のあちこちから、はじけたり、きしんだり、たわんだりする音がきこえる。あたりは青いけど、暗い。愛のせいで孤独に感じたことがあるか、ママにきいてみる。部屋に食べ物だらけでもきえることのない飢えを、感じたことがあるか。

ママは笑う。「ある、でもそりゃ毎日だ」体をかたむけてちかづいてくる。頭の横がくっつく。オーケイ、骨の感触と、こすれる髪の感触が伝わってくる。お互いに深く深くもたれかかる。わたしの顔はぐちゃぐちゃなはずだ。肌を涙が伝ってく。ママがささやいてる言葉も、きこえてこない。

「だれかにあんなことできる人間だったなんて自分でも知らなかった。でもまちがいなくあれがわたし。これからもずっと」

ママはうなずく。「いつだってそんなもんだよ」

「どういうこと?」

「生きててなにかを選ぶ、大まじめに選ぼうって時には、いつだって――」ママは頭をわたしからとおざける。手でわたしの肩に軽く触れる。「選んだあとの自分は、自分じゃないように思えた。もっと良いはずだった自分が、とどかないとこにきえちまった気がしてね」

わたしの考えとぴったり一致してる。だから黙るしかない。鼻を前腕でぬぐう。もっと大量の涙は手のひらで目から拭きとる。

そこでママも泣く。数分のあいだ、ふたりで泣く。「もう、泣くのはこりごりなのに」とママは言って、沈黙が終わる。たちあがると、頭でキッチンを指す。「ビール飲むかい?」

「一五本」吹きだしながら、わたしはこたえる。そしてまた、顔をぬぐう。「一本を分けよう」ママは家に入る。冷蔵庫がねっとりひらいてしまる音がする。ママは戻ってくると、わたしの足首のそばにボトルを置いて、ウクレレをやさしく自分の膝にのせる。

死ってやつがなんなのか考えたことあるか、ってきかれる。なにがあるんだろう、あっちに、って。

「そりゃね。ノアのことがあってからはとくに」

「で、どう思う?」

こたえがうかぶまで、思ったよりながくかかる。「たいてい、そのあとはなにもないんじゃないかとは思うけど」

「そこはどうでもいい。というか、それは怖くもなんともない。あっちの世界があるかどうかなんてことはね。気になるのはその前のことなんだ、わかるかい? 死ぬ寸前最後の一瞬、まだ世界には自分が生きてて、でも、その世界が自分のまわりでだけとじていく。ひとりぼっちでそれをしなくちゃならない」

言えることはない。

「それをする瞬間のことを考えたんだ、わかるだろ? オージーが最悪の状況だった頃、ノアのあれの直後だ」

「ちょっと、ママ」

「そうだよねえ。カミソリ、ピル。キモの猟銃。天井のロープ」

古い友達を思いだしてるかのような言いかただ、昔よく一緒に過ごした友達。実際どこまでやったのか知りたい気もする。道具はまだあるのか。「しなくてよかった」って返す。

ママは笑いだす。「そりゃ、どうも」椅子の上でもぞもぞ動いて、ウクレレを落としそうになる。よろめきながら手で押さえる。

わたしはあごでウクレレを指す。「弾いたことある?」ときく。

ママはそいつを抱えてじっと考える。まるでそんなこと思いつきもしなかった様子で。

「一曲か二曲くらいなら弾ける。あのひとのほうがうまい」

「パパ寝てるよ。まあどっちにしても、最近のパパが弾くのをききたいとは、ママもわたしも思わないよ」

ママは考えてる。たぶんわたしとおなじことを感じてる。わたしたちのなにかが変わりはじめてるって。お互いがお互いにとってどういう存在か。これだけ時間がたってみても、この島はわたしの家でしかなくて、わたしはママの娘でしかない。

ママは弦を弾《はじ》く。

曲はところどころはねたりこすれたりする。和音もすこしずれてる。物悲しくて、ゆったりしてる。そんな気がするだけかもしれないけど――それでも手をとめない、喉と指と腰がぐいと引きつけられる。たちあがって、体が動く――フラ。自分でも起きてることがわからない。自分の体とは思えない。自分のぬけ殻に乗せられてるみたいだ。これはフラのための曲じゃないし、あまりにもスローでぎこちない。拍《はく》も追えなくなる、曲からとおざかっては戻って、また見うしなう。でもなにかが体を動かしてる。ストップ、そうママに言いたい。でもそのなにかが口をふさいでる。手がうかんで、波になって、かたくなる。膝が曲がって、腰がくねる。こすれたコードがリズムになる。ママの指の動きはさっきより速い、コードに別の音をつけたして、どこかこみいった、難しい響きを奏でてる。

どういうこと、ってまた言いたくなる、でもまだ声にならない、ほら？　どの喉の音もなにかに吸いとられてく。ママは別の曲を弾きはじめる。調子よくウクレレのボディなんかも叩きだしてる。はたいては手をまるめる、まるでイプにでも打ちつけてるかのように。で、また弦に指を置いて、コードをつづけて鳴らす。力が強すぎて、弦が切れるんじゃないかと心配になる。かと思えば、音がまだあたりに漂ってるうちに、またボディをはたく、親指、手のひら、げんこつ。

曲はカヒコに変わる。大昔のフラの型だ。

曲は問いかける——わたしたちはここでなにをしてるのか。この土地で。

頭にうかぶ——山のなか、雨が峡谷に打ちつけて、谷底に生えた緑色のカロ《タロイモ》まで流れてく。乾いた地面へと。かたまって咲く花も、魚も、わかれずに生きてる。わたしの手もその土の下にあって、その穏やかな場をほんのすこしかき乱す。すると、緑がどよめきを返す。

曲はくりかえし問いかける——わたしたちはここでなにをしてるのか。あの農園を釣り合いのとれた場所にしようとしてる、とこたえてみる。言葉じゃなくて、フラを踊る手と腰で。歌がきいてくるから、わたしがこたえる。手のひらをまっすぐにして、空気を感じながら下に押す、腰をゆらして、ゆったりステップを踏んで、くるりとむきを変えながら。目いっぱい踊ってはないのに、くらくらする、動きに酔う。なにかがわたしのなかにいる。ウクレレを抱えたママの手はさらに激しく動く。ボディをはたいて、小突いてる。弦を行ったり来たりしてコードやメロディを奏でてる。農園に、とこたえる。土の地面に、わたしたちがなれるもの、この島々がなれるものがある、とこたえる。カロを摘むように、フラを踊る手でなにもないところをつまむ。雨が土と川を通りぬけてくように、手をおろし全身をなぞる。またかつてのように、地面が食べさせてくれる、地面自体も食べる。前にもきいたあのざわめき。かかとを軸にくるりとまわる。ママは手をとめない、嵐のような音と、転がるのが見えてきそうなリズムで、曲がふくれあがる。ここまでとはまったくちがって、とても速く、細かく弾いてる——もう悲しげじゃない。掃くように動かした自分の手が見える。わたしの両手。すっかり汚れてる、いまは土で、サンディエゴの時はクライミングチョークだった。腰をまわして、つまさきを突きだす、そしてまた拍子に合わせる。膝をしずめて、両腕をそれぞれ前にひろげてから、戻す。頭をさげる。ママも終わりの音を鳴らす、はじめた時よりも速いテンポで。

陸からはなれてく波のような静けさ。尻をどすんと椅子にしずめる。そう、壊してしまいそうな、そのまま倒れそうないきおいで。自分がどこにいたのか、すこしずつ思いだす。コキーガエルが鳴きはじめる。

「ママ。どうしちゃったんだろう?」

ママの目はさっきよりおおきくて、白い。「わからない。あんなの人生でいちども弾いたことない」手でウクレレをつつみこんで、膝に置く。手をひらいて、指をもぞもぞ動かしてる。指がまだ存在してることをたしかめるかのように。

ママも、あれを見た? 感じた?

「ああ」とママはこたえる。

これまで踊ってきたフラの記憶を辿ってみる。あの最初の夜、カフェテリア、大学、ヴァン、そしてさっき。生きてた、そう、生きてた、と心にうかぶ。

「カウイ」ママはゆっくり言う。「あの農場でなにが起きてるんだい?」

第三七章　マリア、二〇〇九年
ホノカア

　このごろは、希望なんてのを持ちすぎないようにしてる。信じはじめたのさ、どんな神さまがいようと、あたしたちの将来はそういうのと結びついちゃいないってね。現在も、過去も、そう。どれもあたしには意味のないことだ、ナイノアがいなければね。それになにか待ちのぞむってのは、それがどんなものでも結局は、愚かなことじゃないのかい？　ひとはそうやって絶えずぼろぼろになってきたんだろ？　でもまたこんなとこで、あたしは待ちのぞんじまってる、むずがゆくなりながらね、昨日の夜のあの音楽のせいさ。ここでなにかが起きてる、なんなのかは知らない、でも神さまとかナイノアとかあたしたちに関わるものだ。だからここにいる、キモのトラックの荷台になにも敷かないで娘と座って、運転席の裏の窓に背中をつけて、後ろむきで道を見てる。サーモスに入れたコーヒーにかわるがわる口をつけると、古い冷蔵庫をあけた時のようなプラスチックのにおいがかすかにする、でもさらに奥からコナの豆の香りがやってきて洗い流してくれる、そうやって順番に飲んでく、石と穴ぼこだらけの農道で車が暴れてない時をねらって。鼻と口にバンダナを巻いてるのは、車がまき散らす埃を吸わないためだ、盗賊みたいだろ、それかカウイのラップＣＤのブラッズ・アンド・クリスプってひとたちのようだ。バンダナ越しだと古びた綿とコーヒーのにおいしかしない。布をちょいと引っぱってマグカップをすする、すすったら布を元通りさげてカップを手渡す。通りすぎたそばから土煙がたつ。車はたびたびはねあがる。カーブも急ぎめで行くもんだから、カウイは倒れそうになって、コーヒーを指とジーンズのふとももにこぼす。「くそ」って、カウイは吠える。

「おじさんに言ってんのかい？」

「ああ。どういう運転してんだよ。殺すつもりでしょ」

「飲まないんなら、コーヒーよこしな」あたしがすすりはじめるとちょうど平らな道になる、マグをおおきくかたむけて吸いつく、飲みこんでから、はあっと声を漏らす。「たいした事ないよ。なにをそんなに文句言ってんだ」

「別に」

「農場はどれだけさきなんだい？」

「すぐそこ」

そうしてるうちに、もうそこに着く。最後の角を曲がると見えてくる、のっぽの草やよぼよぼのサトウキビやユーカリの木がばっさり切り倒されてて、なだらかで広い丘になってる。その土地のまんなかにはガラスでできたドーム型の温室があって、パイプがもつれながらぐるりと敷地を囲んでる、まるで土から半分姿をあらわした動物の骨みたいに、そして、もっとちいさい小屋がすみにある。温室のなかでは土が一段高くなってて、象の耳に似たタロイモがにょきにょきと生えてる。男は、つば広で頭が高い麦わら帽をかぶってる、古いハワイの田舎農夫の格好だ、土色のブーツと虫でもわいてそうなジーンズ、すりきれたシャツ、その男がトラックへと大股で歩いてくる。

「遅刻だ」男はカウイにうなずく。

「ごめん」ってカウイは言う。本心じゃないってのを伝えたい時にあたしにもきかせる、あの抑揚のない声でね。

「だろうな」って男はこたえる。もじゃもじゃのひげは、あごにも浅黒い頬っぺたにもべったりひろがってる。まゆ毛は太い、目ん玉は真剣だ——ハワイとオキナワの混血、だと思う。

「どうせ、ちょうどくそでもしてたんでしょ」ってカウイは言う。男にサーモスを手渡す。「やわらかいソフトクリームだった？　それともジャーマンソーセージ？」カウイはバックパックを持ってトラックの荷台からとびおりる、そしてサーモスを男の手からかっさらう。あたしは足をおおきく振って荷台のふちをまたいで、バンパーを踏んでから着地する。

「こっちがオハナ《家族》、ってことだ、なあ」って、男はあたしにむかって言う、オージーにもね。オージーはトラックの運転席から出てくるところだ。すこしのあいだ、カウイはキモと話す、それからトラックは走りだす、窓から突きでた手がシャカをつくる、土煙をあげながらどたばたと曲がって、帰っちまう。

　この男がホクだ。ホクが農園を見せてくれる、カウイとふたりでしてきたことを。ぜんぶアクアポニックスだとかバイオダイジェスターだとかいうやつだ、ちょうどはじまったばかりの追加工事では、ソーラーパネルや、ちっこい風車みたいなのもできて、そいつが葉っぱのように木にぶら下がって、ちょろちょろと風を起こすらしい。そういうのを一からすべて教えてくれても、あたしはきいたりきかなかったり、完全にはわかるはずないし、だいたいはなんとも思わない話さ。だって畑だろ、さらになにを理解しろってのさ？

あたしたちが見てまわってるあいだも、カウイはとっくに働かされてる。牛の糞をショベルですくい、でかくて黒い筒に注ぎ入れ、そいつを二本の取っ手でかき混ぜたり、草や木を刈ったり、パイプをごちゃごちゃといじってたりしてる。髪はぎゅっと頭の上で結わいてる、一回一回体をひねってショベルですくいあげる、目を細めてパイプの束を見る、黒いTシャツの背中はもう、汗でまだらになってる。

　ホクは笑う。「わかんねえんだろ、なあ？」

「あたしにはちいさい農園にしか見えない」ってこたえる、しげったタロイモの葉っぱ一枚に指で触れながらね。カロと呼ぶほうがしっくりくる、夜の戦士《ナイトマーチャーズ》たちやペレやアウマクア《祖先の神》が思いうかぶからさ。おまえもいつも通りそこにいる、あたしの心のなかの、なにもかもしんとして落ちついてるかと思ったら、急にはねあがるあの場所に。

「なんだってどこかではじまる」って、ホクは言う。「どんなおおきいものもはじめはちいせえ」

「あんた自身もちょっとは手を動かすのかい？」って、あたしはきく。「じゃなきゃ、ツアーガイド専門ってことかい？」嫌味っぽくにやけてね。カウイは別のパイプをレンチで締めてる、エンジンの部品のように腕を動かしてる、広くてたくましくて太陽を浴びまくった腕だ、ケイキ《子ども》の頃みたいに。いまでも憶えてるさ。オージーはあの子の隣にたってる、頭の毛が風にそよいでる。

「かわいいじゃねえか、娘とそっくりだ、なあ」って、ホクは言う。「落ちつけよ、ハワイ人。一瞬だけ案内役してたんだよ」

「ああそう」

「わかんねえんだろ、なあ？」

「なにをわかれって？」

「あんたの娘だよ。こんなことは言いたくねえ、でもあいつはぜんぶ頭に入ってる」

「入ってるってなにが？」

「このぜんぶだ」って、ホクは言う。「ここにあるすべてをどうつなげるか、つくりかけの新しい設備もどうつなげるか。なにもかもの設計図が」ってね。それから、またアクアポニックスとバイオダイジェスターの話になる、収穫物を食べる魚の糞がカロを育てて、それをずっとずっとくりかえす――サイクルだ、ってホクは言う、指で渦を描きながら。この場にすべてある、自分で自分を生かす仕組みだ、邪魔なしでね。

「ここだけで」って、ホクはつづける。「完結してる」貯蔵小屋の陰にある畝《うね》から何歩か、ホクはくだってくる。「でもあの子はな、ほら、みんなに広めようとしてる。農業ってやつを一から変えちまうぜ、嘘じゃない。ここでの仕事をもっとでかくする。あの頭にアイディアがあふれてるのさ」カウイが働いてるほうに数歩進んで、ホクは振りかえる。「来ないのか？」

スイッチがオンに切り換わったって感じさ――じんわりと体がざわめいて、罪悪感が絞りだされる、そのふたつが同時に起きる。こんなこと一晩でできるようにはならない。こういう力は――あの子にもとんでもなくよくできることがあった、でもずっとあたしたちはナイノアばかりを見ちまってた。ちびちびとあの子もおおきくなってた。ひっそりと嵐を抱えていった。きちんとは見てこなかった、だろう？　あたしはいまさら驚いてるんだ、カウイ。

「ここにいる」って、あたしは言う。「あと一分。一分でいい」

「ああ、オーケイ」って、ホクはこたえる。「日陰にいるといい、欲しければクーラーボックスから一本とっていい」

「そうだね」って言って、手を額にかざす、あの子をもっとよく見てられるようにね。

ホクはあの子にちかづいて、一緒にいろんな作業をこなしてく。おおきな黒いドラム缶に切りこみを入れて――水タンクかなにかだ――ゴムの部品をとりつけたり、パイプをはめたり、川上で鉄くずをさらったりね。そっからどこをどうやってなにをつくる、みたいな話をふたりではじめる、木挽き台に置いた板の上のエンジンを、獲物でも狙うような目つきでカウイは見てる。こんなあの子は見たことも、感じたこともなかった――農園全体が、ここで起きてることのすべてが、あの子の体の関節と筋肉に接ぎ木されてるんじゃないかって、思えてくるのさ。

でもまたオージーが目に入る。もうカウイのとこにはいない、カウイはあのひとをひとりにさせてた、だからいまはアクアポニックスのそば、カロがぎっしり生えつつあるばかでかい水槽のわきに、ぽつんとたってる。妙なことをしながらね――前のめりになって、象の耳みたいな葉っぱにやさしくおでこを押しつけてる、目を逸らさないでいると、あのひとはしげみへともっともっとかたむいてく、そのまま頭ごと茎の束に吸いこまれてく。

ある感じがわいてくる、深い緑色の感じさ、そして音楽もきこえてくる。体がうかんでいくようなんだ、まるで自分は体のなかにいるのに、同時に外にもいるような気がしてくる。なにかが起ころうとしてる。

「オージー」って呼ぶ。あのひとにむかって足を踏みだしながら。こたえるはずがないし、無意味なんだってことぐらい、わかってるさ。「そりゃなんだい？」

オージーは片手をあげる、頭はまだ茎と影のあいだをさまよってる、それを慰めるかのように、葉っぱがあのひとの肩にかぶさってる。でも手はのばしたままだ、そのしぐさには妙なとこがある、二本の指はかろうじてひらいてて、別の二本はとじてる、あのひとはここんとこずっと、この程度の器用ささえも失くしてた。ねらって力をぬいてる、そういう動き。能力ってやつだ。すぽっと頭が出てくる。

「ベイブ」って、その口が言う。

すっ転んでもおかしくない。ベイブ、しばらくきいてなかった言葉さ、そう呼ばれるのがどういう意味かってことも、忘れちまうくらいね。あたしたちにはいつだって、あたしたちがいた、オージーとあたしだった。一緒の時間はいつも編み物のようだった、あたしたち自身の根っこをきつくきつく編みこんでいった、自分たちのまわりでなにが引き倒されていこうとね。どんなものよりも強く、何ヶ月もあたしが欲してたのはそういう感覚だった、そしていまわかったのさ、そいつは家《ホーム》の感覚だったんだって。

「ベイブ」って、もういちどあのひとは言う。まるで最近でさえずっと、すこしもはなれることがなかったかのように。「見せたいもんがある」

言葉を返したいけど出てきやしない。もっとちかくに寄る。あのひとの手はあたしの腕の、肘のすこし上をにぎって、カロのしげみへと引きこむ——おでこが葉っぱに触れた瞬間、あたしはそれを感じる。

昨日の夜あったのとおんなじさ、カウイとのあの歌のなかにあった、ウクレレを弾くあたしの体をぞわぞわと駆けめぐった感覚だ。葉と茎にくっついてると、無数の声が響いてくる、唱える声が。そうだ。茎をつかんで、オージーとならんで顔をうずめる。唱えて、歌ってる。知ってる言葉だ、こうやって耳にするのははじめてだけど、これは正しさと巡りくりかえすことについての言葉だ、与えて奪うことについての、むきだしのアロハについての言葉。愛そのものについての。歌声は増えていく、ちょうどおおきな集会で、それぞれの話し声が泡のようなざわめきへとふくらんでくように。だから触れてるのはもう声ですらなくて、歌以上のものさ、こいつは力の震えだ、その震えがまわりのあらゆるものに伝わってく——畑に生えたカロ、おひさまの光を欲しがる緑色の飢え、湿った土をぎゅっとつかむしなやかな茎、そいつが飲むのは魚たちがいるところから流れついた水、その魚たちは、尾びれを振って水に打ちつける、こっちへあっちへゆれながら、踊るように体を動かしてすいすいと進んでく、それからタンクのへりの泥も、そのさきにある草も、ぜんぶがそそりたって、太陽に、土に、雨に、しゃぶりついてる。何度もこだまして、終いにはもう耳も耐えられなくなる、ひとひとりの頭にはもう収まりきらなくなる。あたしも飲みこまれてく、まわりで渦を巻いて、頭のなかみはかきけされる、あたしがだれで、どこにいて、なんて名前か——

オージーのがさがさの手があたしをしげみから引き戻す。あたしの目の前で、あたしをじっと見てる、目はやさしくて力がこもってる、昔みたいに。完全なあのひとがそこにいる。「あれ感じたか？」ってきかれる。イエスって、あたしはこたえる。感じないはずがない。

「ずっとあそこにいる、なあ」って、あのひとは言う。「知らなかっただろ」

「あそこにって、なにが？」ってききかえす。「ぜんぶだ」って言われる。「ぜんぶ」

あのひとの頭のどこがどうなってたのか、ようやく、わかってくる。もしもあそこになにかがいて、どこよりもやかましく集まってて、あのひとを自分の頭から締め出しちまうような声をあげてるんだとしたら……あのひと自身のままでいられるわけないだろ。ゆっくりはじまったのが、だんだんおおきくなってってった。あのひとはオアフにいる時にもう感じてたのに、あたしはさっぱりだった。カウイもなにか感じてた、ポーチでノアのウクレレをききながら、それに目覚めた。それで、いま、そろってここに来てる。あの子がふたをあけた。この場所、この土地を、解き放つ。壁のように他のなにもかもをかきけしてつづくあの音は、自分たちをこういうふうに実現しろ——いや、解放しろ——って、せきたてる島の声だ。これはまだはじまり、だろ、でもすべて、はじめからすべて、そこにある。槍が胸を突きさす、ようやくナイノアのことも理解できる。寂しくないはずがなかった、死ぬまでずっと、こんなのをまるごと抱えてたんだ。

「オージー」ってささやきかける。

「なんだ?」

「いまは、あんたかい?」

「なにがだよ」ってあのひとは言う。でもこたえてもらうまでもない。わかるさ。ああ、あたしのオージーだ。唇に吸いつく。体をべったり重ねて、胸を感じる。薄っぺらい皿みたいになっちまった筋肉と、骨のでっぱり、でもさ、血も息もまだ音をたてて流れてる——あのひとの唇に自分のを押しつける、歯を当てながらオージーの口の上であたしの口を動かす、びちゃびちゃと唇を滑らせる、そのまま一緒に息をする。あのひとはここにいる、どこも欠けずに、文句なしさ。なにかがときほぐれてく。

「どうしてくれんだ」ってあたしは言う。口を引きはなしてね、笑いながらさ。「あんたの息、ひどくにおうじゃないか」

第三八章　カウイ、二〇〇九年

ホノカア

　路面を蹴ってリズムを鳴らす。おなじリズムで路面がわたしたちをはねかえす。アスファルトを切り刻むようなランニングシューズの音、わたしとパパで八マイルは走ってる、足をのばすごとに、骨と筋肉のなかにまで地面が響いてくる。サトウキビとユーカリを通りすぎてく、ずっとこっちのほうまで来ると、錆びに覆われた製粉所やブリキの倉庫が葉っぱに飲みこまれかけてるのが見えることもある。雑木で埋めつくされた使われてない畑は、ずっと奥の崖までつづいてる。オーケイ、さらにさきを見れば、貿易風で白波がたった青い海がある。走りつづければ、痛くもなる、そうでしょ？　つまさきの骨から。ふくらはぎのかたまりとふとももの頑丈な筋を通って。腹の奥まで、リズムが突きささる。タッ、タッ、タッ、と音が響く。一歩一歩、今度は喉からあえぐような声が出る。良くない走りだとは、思う。こんなふうに息を切らすのは。でも、良くないことを気にしてなんかいない。息を切らすことも。ただ進みたい。

　そう、走るのはつづいてる、パパとふたり、こっちに帰ってきたばかりの頃から変わらず。あの時は、走れば良くなるんじゃないかっていうただの思いつきだった。必死にながい距離を走れば、血と酸素がかけめぐって、頭も真っ白になるまで脈打って、なんであれ体の内側はしずまる。帰ってきたばかりの頃は、わたしもパパと一緒に迷走するつもりだった。その通りやって、日がすぎてった。夜がすぎてった。

痛みは自然にほぐれてくようだった、パパも、この場所も。いまはずっと昔のパパのままでいる日もある。つまり、ひとりでつぶやいてたりしない、ってことね？　走って通りすぎたあの錆びた小屋みたいなうつろな目で、じっとなにかを見てたりもしない。漏らしたり、暗くなってから草木のなかをさまようことも。ない。昔のパパがいる――指を引っぱらせて屁をこくいたずら、あれを土曜のディナーで仕掛けてきた。昨日の朝なんかは、走ったあとでこう言ってた――こんだけ走ってりゃ、母ちゃんの息をとめちまうくらい長持ちするぜ。

そういえば、その本人。ママはどうかと言うと。ハナバタ《子ども時代》の頃以来、ママのこんな姿は見たことなかった。しばらくは、もうどこか諦めてるようだった。すべて失くして、毎朝目を覚ますのも、ただの習慣でそうしてた。あるいは、ディーンとわたしがいるから生きようって、思ってたのかもしれない。そればかりはわからない。でも、ノアがいちばんだったことはたしかだ。それに、ほんとは、大事だったのはノア自身ですらない、すくなくともひととしてのノアじゃない。ノアはママにとっての息子だけど、同時に息子にくっついてきた伝説でもあった。そいつのおかげで、家族を苦しめたあらゆるもの――何年もの貧乏生活、街への引っ越し、夫婦それぞれの最低な仕事――が、ひとつの到達点にぎゅっと結びついた。その到達点ってのは、途方もなくでかくてママの理解を超えてた、だから自分には果たすべき大事な役割があるって信じていられた。ばかでかい運命みたいなのには、ひとは酔っていられる。

タッ、タッ、タッ。変わらず音をたててパパと道路を進む。森のそばを通るとなにかがさごそと動く、葉のしげみも枝もするどく、地面すれすれまで生えてるあたりだ。まつ毛もしっとり汗をかいてる、汗のつぶが首の筋肉をくすぐる、道路はこぶのように盛りあがってから、ゆるやかなくだりになっておおきく曲がる。しずむ前のオレンジの陽の光。とまらずに走る。

そうだ、走ってるとなにもかも変わる。もう、自分を忘れたいとはのぞんでない。わたしがつくってきたものをおおきくしたいとさえ思ってる。新しいアフプアア《土地区分》、そう呼ぶ——よみがえった昔のやりかた。この島をアリイ《首長》が山の頂上から海へと帯のように切り分けてた時代、あらゆるものがつくられては他のあらゆるものに与えられてた頃——海の魚が尾根からの水で育った平地の芋と交換されてた頃。ただ、いまはわたしとホクで、そのすべてをずっとちいさな場所でやろうとしてる。太陽光発電とか、水の再利用とかも採り入れながら。自給自足ってやつを、ね？　カロ《タロイモ》も魚も花も。ちいさな土地からたくさん生みだす。ゆくゆくはこれらの島々すべてを変える、まちがいなく。これについて話をしはじめて。記事が新聞や島を行き来する飛行機の機内雑誌に載って、ひとがすこしずつ見に来るようになって。屋根の板みたいにぼろぼろのつまさきでウニみたいな腋毛をした、おまけにコイのタトゥーなんか入れた、強気な土の女たちが、わたしたちのように畑をつくろうとして。背中のまんなかまでとどく妙な髪形で、茶色い胸は筋肉の皿のように見える、そんな男たちも一緒に。でも、記事がそういうひとたちを引き寄せるわけじゃない。自分たちも呼ばれたんだ、って口をそろえる。おなじ声、フラになってわたしに語りかけたのと。川のようにパパのなかを流れたのと。ここに来るひとはみんな声をきいてから来る。かつてあったものをつくるよう駆りたてる声。そうやって、わたしたちカナカ・マオリ《ハワイ人》自身がよみがえって、耳障りな音を鳴らしつづけろってことなんじゃないか？　偉いひとたちでさえ訪れる——最後には、女性議員なんかが肩をすくめながら言う、この島からなにかしらはじめないといけないようですね、って。わたしは法律制定にむけた公聴会や、大学とかにも行くことになる、農家や漁師、そしてかつての生きかたを伝える仲間たちと。

「見ろよ」昨日の夜、ディーンが電話で言ってた。ようやくおれが話してたことがわかっただろ、っていうような調子で。

「いきなりだね、兄ちゃん。なにを見ろって」

「ノアのやつ、正しかったんだよ。なあ。特別なのはあいつだけじゃなかった。死んでもあのすべて見透かしてたような顔してんだろ」

思わず、笑った。

でも自分はどうなの、って、そこできいた。兄ちゃんも呼ばれてる？

「おい、いいか。呼ばれるとか話したいんなら。これをきけよ」受話器のむこうはがたごと鳴ってた。水中のような音。電話が動いてて、兄ちゃんも動いてるのがわかった。それからやかましい街の音、おおきくて雑音の嵐にしかきこえなかった——車のクラクション、サイレン、木のパレットやドアのきしみ。なにか重いものがゴミ容器に転がり落ちて低くとどろいた。市バスが間のびしたきしみとうなり声をあげた。ささやき、ざわめき。声。またしずまって、ぶつかるような音になって、動きはじめた。テレビからの話し声、市場だとか四半期成長だとか将来価値だとか言ってた。で、ディーンに戻った、ね？　息の音。「きこえただろ、な？」

「雑音がね。あんなののことを言ってんじゃない」

「雑音ねえ。あれは金の音だよ。儲けようとしてるおれの音だ」

稼いで送ってくる額はどんどんおおきくなってった。ママとパパの口座に定期的に送金があった。どこで稼いだのか、ママはいちどもきかなかった。わたしもきかなかった。こたえはわたしたちが想像してるほどにはひどくない気はした。でもきかなかった、想像よりひどいこともありえたから。

むこう側では革がきいと鳴って、なにかがばたんとしまった。話しながらずっと、動いてたんだと思う。いつでも動いてた。動きを奪われるのが、刑務所にいるディーンがいちばん堪えられなかったことかもしれない。

「あのふたりはどうしてんだよ？」ディーンはきいた。

「良くなってる、日に日に。わたしたちみんな」

「ほらな。もしかするとスーパーヒーローはノアだけじゃないかもな」

「そもそもノアはちがったんだよ、兄ちゃん。それがいけなかった。救世主なんていない、でしょ？　ただの人生だよ」

「そうかよ」ディーンは言った。で、つづけた――「なあ、いまでもワイピオのこと考えるんだぜ」って。電話のむこうで首を横に振るのが見えるようだった。「みんなとっくに家に帰っちまったあとでも、おれだけ残って。ヘリコプターも犬もいなくなって、おれだけが山を歩いてノアを探してたんだ。山道をはしから行ったり来たりしてな。つぎを曲がればあいつがいるんじゃないかって気がずっとしてたんだ。ほんのすこしさきにだ。ガキの時とおなじだよ、いつだってあいつはおれのさきにいたろ。最後だってそうだ、落っこちたのは他のやつらが歩いてるとこから、ずっとおくにいるためなんじゃねえのか」

「あのままずっと谷に残ろうかとも思った。あいつを追っかけてさ。もうぜったい谷には戻らないって気にもなったけどな」

ディーンが話してるあいだ、わたしはキモおじさんの土地の、ちっぽけな自分たちの家を歩きまわってた。横のドアをあけてラナイにも出た。感じたのは、そう、ハープウのしげみとバナナの木とアイアンウッドのならびが、そこにしかない空間をつくりだしてたってこと。そしてそれは、サンディエゴにあったのとはちがった。でもそれを考えると、見事に一瞬であそこにつれ戻される。ヴァン、たくさんのパーティ、クライミング。車で出かけては、クライミングした、それにあの水路。とにかくヴァン。ヴァン。

「ああ」わたしは言った。「話はよくわかる」

ディーンは一言も返さなかった。

「帰ってこない、んだよね？」ってきいた。

「家だろ」って、ディーンは言った。まるできいたことはあるけど意味を知らない単語のように。「ハワイに戻るといつもな。だれかに会っちまって、だれもが、ヴィラノバ戦での三五得点憶えてますよ、あのラスト一分のバンクショットだとか、リンカーンでプレイしてた頃、全試合に行きましたとか言いやがる」

「いまもハワイってのはそういうとこだろ、な？　おれは昔のまんま。それであとは、谷があって、どこにでもノアがいる。仕方ねえよ、カウイ。それがそう、それがハワイなんだ。仕方ねえんだよ」

あと一回試してみればいい、って伝えてみた。「驚くかもしれない。この島が兄ちゃんにしてくれること」

「もう驚くことなんてねえよ」

ああ、ディーン。あほなままだ、あいかわらず。昔ならこっちも腹をたてたはずだ、きっとね？　でも、要はまだあとすこしだけ褒められてたいってことなんだと思った。あとほんのすこし、いちばんでいたいんだ。

「ねえ、兄ちゃん。わたしたちに送ってくれたお金、いちばんはじめのやつ。あれママがなにより必要としてたタイミングで、こっちにとどいた。冗談じゃなく困ってた時。死んでもおかしくなかった。それ知ってた？」

ディーンは息を吸いこんだ。するどく速く。ちょっとしゃがれた声で、また話しだした。「ああ」と言った。「そうか」

「あのポートランドでの一日、いまでも思いだす。ハンドルをにぎってくれた姿もね。最後の最後で」と伝えた。

「でも、いまやってるそれ、ずっとつづけなくてもいいんだよ。家は大丈夫なはず」ともつけくわえた。

「ああ、そうか？」って、ディーンはきいた。「まだはじめたばっかの畑仕事はどうなんだよ？　金かかんだろ、そいつをおっきくしようってのは」

それは、その通りだ——たとえ、郡だか州だかが投資してくれたとしても、役所なんてのはわたしたちのような人間にたいした額を使うはずない。それをそのまま言葉にした。その瞬間にも、もう電線をお金が渡ってきてるような、そんな気がした。盛りあがる海の流れでも感じるみたいに。

「なあ」ディーンは言った。「そうだろ？　おれはそれを言ってたんだ。まだ大丈夫じゃないんだよ。まだな」

これがわたしとディーンのちがいだって、はっきりわかった。わたしたち家族にはあらゆることが降りかかった。いろんなことをノアに見て、感じてきた。わたしたちはまだ引きずってもいる……ただ、最後には、納得できればばって思ってる。お金なんか落ちるとこに落としときゃいい、でしょ？　でも、こうやって飲みこむことが、ディーンにはできない。自分の手に落ちてこないと気が済まない、わたしたちに起きたすべてを精算するのに十分だと思えるまで、とりかえそうとしてる。まちがいなくすべて終わらせるため。この世のお金がいくらあったって足りるはずないのに。

「まだまだ稼げるんだ、オコレ《けつ》からあふれるくらいにな」ディーンは言った。「どう思うよ？」

「ママは生きてる兄ちゃんに帰ってきてほしいんだと思う」とこたえた。

しばらくなにも言わなかった。でもそこにはいた。それはわかってた。

「考えさせてくれ」が返事だった。「それまで、金は送る。もっとな。もう行くから」

いらない、とまた言ってやりたかった。お金はもういい、兄ちゃんが必要だ。ここにみんなでいればいい、準備ができたらでいい。でも、もう電話は切れたあとだった。

第三九章　オージー、二〇〇九年
ワイピオバレー

アー。ハー。

感じる。生きてる谷の息だ。

アー。

ハー。

そいつがはじまったここで四日と四晩過ごしてる。待ってる。なにを待ってんのかマリアは知らねえでもおれは知ってる。そこらじゅうのカロ《タロイモ》の畑やアイアンウッドの森を風が通りぬけてひゅうひゅう鳴る。島々の他のところにも他の雨を落としてった雲から毎晩雨を受けとって生えたずっとおくのカロの畑まで戻ってく。今夜雨はやってこねえからきりっとした月が母親みてえにおれをじっと見てる。いつかおれも帰らなくちゃならねえ家からね。

おれはいま帰るとこだ。

マリアはここにいてカウイもここにいておれたちはワイピオのはしっこの山道がはじまるとこにいる。おれの息子を死まで引っぱりあげてった道だ。おれたちのテントは浜辺の山っ側に張ってあって風でびりびりぱりぱり音をたててる。おれは外に出ていこうとして黒い空気のなかを歩いてるなぜって声がするんだ。そいつは谷のこの場所だともっとはっきりきこえる。おれのなかでも日ごとにおおきくなってきてるのさナイノアがいなくなってからずっとね。色とにおいが頭にやってきて感じるし知れるけど言葉にはできねえ。でもわかるんだおれたちは待ってるって。なにを待ってんのかマリアもカウイも知らねえでもおれは知ってる。

そいつは今夜起きる。何年も前に起きたのとおなじように。この場所をはなれてあのエンジンに運ばれて海を渡ってコンクリートとひとだらけのオアフに辿り着いた日からおれたちはすっかり別人になった。おれたちは昔ここで馬にまたがって地面をかけぬけてた。あいつらが走るとおれたちも走ったしあいつらが歩くとおれたちも歩いたしあいつらが息を吸いこんだりにおいを出したり汗をかいたりすればおれたちもおなじことをしてあいつらとおなじように腹いっぱいだったり腹すかしてたりした。おれは昔サトウキビだった。おれはサトウキビであのかたかた鳴る音で刈りとりの甘い煙だった。収穫しちまうと灰が残ってまた一からはじまった。

こうして谷の砂浜にいる。灰色の砂の上で手を皿のようにひらいて森と海にはさまれてる。水は真っ黒になって踊って波になっておれに転がってきて平べったくなってまた転がって戻ってく。つめたくはねえ。宇宙《そら》はそいつ自身の歴史がとっくに終わっちまってる別の太陽をいくつも載せてぐるぐるまわってる。足は砂んなかで砂は足んなかにある。左は谷の壁でそいつの深緑と黒のあいだにジグザグの山道が上までつづいてて森もしげみも月の光できらきらかがやいてる。山道は谷の顔を切り裂くように行ったり来たりしながら尾根のてっぺんまでずっとつながってる。

声はあっちがいちばんでけえんだって感じるのさ。

「ベイブ、眠れないの？」

マリアだ。セーターを着て頭からフードをかぶってジーンズと靴を履いてる。あいつのぺしゃんこの鼻がフードからはみ出てる。髪はぶあつぃカールで胸まで垂れ下がってる。歳とった目でひどく心配した顔でおれを見てる。

見えてるものを口にしてみるとする。出てくるのは池に生えたカロのような滝のとどろきのような海に滑り落ちる溶岩のような音だ。マリアはおれを見て目頭を不安げにしわくちゃにして声を出す。「落ちつきなよ。あんたまたあれをしてるだろ、狂ったようにぶつぶつ言って」

おれはあの声がざわめいてるんだってまた伝えようとしてる。あいつは手をのばしておれに触っておれは目をとじてまた言おうとするでも口からさきにはどうしても出てかねえんだ。

「ベイブ」ってあいつは言う。あいつは指をおれの頬っぺたにくっつけておれはその一本一本から腕と肘と骨と血を通ってあいつの命の熱い熱い中心までさかのぼる。「どうしたんだい？」ってきかれる。

どこにおれが行かなくちゃならねえのかあいつに言おうとしてるのさ。あいつは話しも動きもしない。あいつは谷の壁をのぼる山道のほうをむいてるから思いだしてるのかもしれねえおれたちがナイノアをつくったあの夜に反対側にとめたトラックから尾根を越えるたいまつの光を見てたことを。思いだしてるのかもしれねえ夜の戦士《ナイトマーチャーズ》たちをさ？

「あっちなのかい？」ってきかれる。

うなずく。あいつらがやってくる。

おれんとこにね。

あいつは山道と月を見たままでおれは手をのばしてまだおれの頬っぺたの上にあるあいつの手に触りながらもう一回言おうとしてるのにおれの口じゃまるっきりだめでようやくあいつも気づく。手をにぎりあうとあいつはテントまで行って娘になんか話してからまたこっちに戻ってくる。そのあいだもずうっと谷は息してる。

おれたちは真っ暗な山道をのぼる。マリアは懐中電灯を持ってきたけどいちど森をぬけちまえば月が白くて真ん丸なおかげでなんでも見える。明かりをけしたってことは気づいたってことだ。おれたちはノアが歩いたように歩く。岩の底の底をもぞもぞと動くムカデがおれで。木のなかで体を畳んで寝てるアナホリフクロウもおれだ。木々の節もたわみもおれだ。おれの手をマリアの手ににぎらせてのぼるのぼるのぼる山道を上に。もっと速く。

「速すぎる」マリアはついてこれなくなってそう言う。あいつの息。谷の息。

でもあいつらが来るってわかってる。あいつらに会わなくちゃならねえおれは行かなくちゃならねえ。今夜おれだけを待っててくれたりはしないからまた戻ってくることになる。会えるまで戻ってくることになるだから急いでる。

もっと速く。マリアはぜえぜえ言っておれたちは走るだからあいつは遅れる。振りむいてあいつの手をつかんでぽっかりと空気のようにうかんで山道を越えてく。もう地面にすらいなくって地面を見おろして進んでる。尾根のことを考えてるおれの頭のなかみとおなじようにおれはふわふわと動いておれたちを森とその暗闇のむこうのてっぺんへとつれてく。マリアは手をぐいっとつかんで言う。「なんてこった、とんでるじゃないか、あたしたちとんでるよ、オージー、どうなってんだ、尾根の真上にいる」おれもおなじものを見てるのかってあいつはきいてくるでもいま自分の言葉で話そうとしても出てくるのは森で歌う蚊の音。出てくるのは枝から突きでようとする葉っぱの音。

尾根を見おろしてる。足下にひろがる谷のぐるっと反対側には見晴らし台と道路と家のならびの黄色い明かりとあとに残してきたその他すべてがある。おれたちの後ろはどこまでも緑色の夜の谷で谷のてっぺんをなぞるように風がのびていく尾根がひとつに集まるとこまで。

でも風はやむ。

森はしずまる。

空から根こそぎ音を削りとって最後に残るのがこいつ。いま《ナウ》の音。そのなかにおれたちはたってるマリアとおれがワイピオの尾根の真上で。

それからあいつらもあらわれる。

マリアはおれのシャツをぎゅっとしぼるようににぎる。皮膚とそのすぐ下の血がかっかしてくるのを感じる。このために来たんだっておれは伝えようとしてる。こいつはとてもいいんだぜっておれは伝えようとしてる。

目の前にはカナカ・マオリ《ハワイ人》の列ができてるがだれひとりとして生きちゃいない。男で女で男と女の両方で男と女のどちらでもない。濃い茶色でほとんど素っ裸の肌は傷まみれだ。髪は首までかそれよりもながくておれたちとおなじようにねじれてて鼻はおれたちとおなじようにひろがっててきりっと自信に満ちた顔をしてる。肩には黄と赤の羽毛でできたケープがかかってる。しっかり叩いてのばされたタパの布を足にまとってるやつもいる。なかみをくりぬいたウリの目のとこだけおおきくえぐってヘルメットみたいに頭からかぶってるやつもいる。やつらの目は白い光で光はまるで煙だ。

夜の戦士《ナイトマーチャーズ》たち。

マリアは言う「なんだよこれ」って何度も何度も言ってるうちに声がひきつって言葉も音もきえる。なのになにか言おうとして手に力を入れるからあいつの心臓は泳げねえのに湖に落とされた動物みたいでおれはあいつを抱きしめる。抱きしめながら夜の戦士たちをじっと見てるとあいつらもじっと見かえしてくる。どいつも手には枝わかれした木のさきっぽを持ってる。そこからいっせいにぽんっと炎が噴きだす。ひとつひとつ雷のように炎が音をたてて空気を吸いこんで落ちつく。たいまつは明るく燃えていまは白い火花を吐きだすでも枝は燃えおちない。

おれは夜の戦士たちを見て震えるマリアのおでこに口づけする。ナイノアをつくった夜におれたちがはじめてやつらを見たのを憶えてるかどうかはわからねえでももう時間だ。あいつの手をにぎってはなす。おれが列の後ろにつくと夜の戦士たちは悲しい顔で振りかえるその目のきえることない光は谷のはるかずっと奥を指してる。

「どこいくんだよ?」ってマリアはきく。言おうとしても出てくるのはサメが子どもを産む音と鳥が獲物にとびつく音だ。戻ってくるってわかってる。おれはあいつの頭に触り首に触り肩に触りおれのなかのなにかがあいつを尾根から持ちあげまるで空気のように谷の底のテントまで運んでく。あいつは待ってくれる。おれは戻ってくるしおれしかいない。

列が前に進む。おれの前のやつらはたいまつを高く掲げててやつらの目は谷のてっぺんを見あげる煙のような光でしかない。やつらは前に進んでおれも合わせて前に進む。進みながら地面の枝をひっつかむ。空はやかましいくらい星だらけで谷はまだ音を剝ぎとられてて前のやつらは一歩一歩たいまつを高く掲げながら歩いてる。たっぷり枝を拾うとナイノアのことがうかんでくるもうずっといないままのおれの息子おれの息子。こっちの世界からきえちまったあいつとあいつが一緒につれてきた贈りもののことを思いだしてるとある考えがおれをつらぬく。頭からかっかした心臓を突きぬけて腕を伝って手にそして手のなかの枝に。すると枝から炎が噴きだす。

夜の戦士たちに見えてるものがぜんぶようやくおれにも見えてくる。

おれはオージーって名づけられた男でそのなかをどくどく動く血で神さまってのがふぅっと命を吹きこむ砂で谷のぐっちゃりした泥でそこから生え出てくる緑だ。おれは海辺で海底をうごめく水の流れで岸にぶつかって砕ける波だ。おれは雷雲をあたためる大気でおれはかさかさの土が吸いこむつめたい雨だ。おれは道を探すひとの植えるひとの彫るひとの腕を動かす筋肉のふくらみだ。おれはフラの腰を動かすリズム。おれは子どもの心臓のはじける一拍目、老人の心臓の最後の最後のひと打ち。

そうナイノアもおんなじだった。

あいつはあそこだ。

どこにもいっちゃいない。

謝辞

デュヴァル・オスティーンは、これに飛びこんだ瞬間からずっと、そばにいてくれました。知的で、魅力的で、勇猛な、仲間です。彼女とアラギエージェンシーのみんなは、ちいさくても力強い女性たちの絆を、見せてくれました、グレイシー・ディーチェも、そのひとりです。この小説のすばらしさはすべて、チームAのはたらきから生まれました。

ショーン・マクドナルド、ダニエル・ヴァスケス、そして、そのほかのMCD／ファーラー・ストラウス・ジルーのだれもが、冗談じゃなく、夢にも思わなかった情熱で、この作品に賭けてくれました。

ぼくの妻クリスティーナ、そしてぼくらがともにする人生のすべて。ぼくがこの小説の書きなおしをはじめた時に、きみの陣痛がはじまりました、そしてきみは、必死で呼吸をしつづけました。あれからずっと、ぼくたちは呼吸をしつづけています。

ベンジャミン・パーシー、最初に信じてくれたひとです。

エリザベス・ストーク、つぎに信じてくれたひとです。

パラル・セイガル、ぼくがはじめて参加したワークショップを巧みにみちびいてくれました、そしてのちに、作家としてはじめての稼ぎを生む仕事をぼくにまかせてくれました。また、ぼくのことを知るようになってからも、アダムと三人でつるませてくれました。

キャスリン・サヴェジ、最高の物語、最高の詩、それにもまして最高の友情。彼女のためなら撃たれてもかまわないです。エミリー・フラム、カーリー・ホール・ジェンセン、トム・アールズ、マックス・プラトーのみんな。DCでの日曜の夜は最高でした。エム。飛び入りでパーティの輪に入れてくれて、ありがとう。

ランス・クラランドとティン・ハウスのみんな。ぼくが入ろうとしたドアをあけてくれて、ほんとうに感謝しています。マイケル・コーリアーとブレッドローフライターズカンファレンス、援助と名誉に。ウェイターをしながら参加して、はじめてリトルシアターでリーディングをできたことは、忘れられないほどうれしい経験でした。

父さん、「毎朝三〇分でも練習すればなんでもできるようになるって、はたちの時に言ってもらってさえいたら、たくさんの時間を無駄にしなくて済んだのに」って、教えてくれてありがとう。ちゃんときいてたよ。

ニューイングランドレヴューのキャロリン・クェブラーは、これまででいちばんやさしい不採用通知を送ってくれました——あなたを見てる、きいてる、信じてがんばって。と書いてありました。

カトリン・チャーギ、ガブリエル・ホヴェンドンそしてキャサリン・カーベリーは、ある涼しい夏の日に、いかがわしい三人組の仲間にくわえてくれました。あなたたちのような、いかしたボスたちと過ごしたあの短い時間を、いつまでもありがたく思いだすでしょう。

道をきりひらいた方々——ロイス・アン・ヤマナカ、キアナ・ダヴェンポート、カウイ・ハート・ヘミングス、クリスティアナ・カハカウウィラ、メアリー・カウェナ・プクイ、ブランディ・ナーラニ・マクドゥガル、わたしたちの島の真実をまもりおおきくしてくれた、ハワイの島々のすべての芸術家たち。

ここで名前をあげることのできなかったみなさんへ——書いてないからといって、ぼくの脳にいないわけではありません。ただ、ぼくが親で、フルタイムの仕事をふたつ掛けもちした夫である、ということです。時々は、すこしのあいだ、いろんなことを忘れてしまうのです。

訳者あとがき

この作品は、ハワイで生まれ育ち、現在はアメリカ本土に暮らす小説家、Kawai Strong Washburnのデビュー長編、*Sharks in the Time of Saviors*の翻訳です。原著は二〇二〇年に出版され、アメリカ国内だけでなく、世界で注目をあつめました。現在にいたるまで複数の言語に翻訳されています。あることをきっかけに、この小説はひろく知られるようになりました。元アメリカ合衆国大統領であるバラク・オバマのベストブックリスト二〇二〇年版に、この小説が含まれていたのです。ご存じの通り、オバマ自身もハワイの出身です。わたしもブックリストをとおして、この小説を知りました。

海、自然、果物、楽園――ハワイときいて、多くの日本人がとても良いイメージを抱くことでしょう。楽園としてのハワイ。それを期待してこの小説を読むと、あれ？　と思うかもしれません。わたしは思いました。あれ？　この小説に、楽園はない。主人公であるハワイ系フィリピン人のフローレス一家が生きる現代のハワイは、楽園とはかけはなれた苦しい生活が強いられる場所です。サバイバルという言葉がふさわしいほどです。

読みはじめてそう気づくと、とても良く似た視点をもつひとつの作品を思いだしました。作家ジャメイカ・キンケイドが、いわば観光に来られる側という立場から故郷アンティグアを描いた一九八八年出版の*A Small Place*（『小さな場所』旦敬介訳、平凡社、一九九七年）という作品です。ウォッシュバーンもまた、楽園としてのハワイを求めて観光に来るたくさんのひとたちには見えない、見えにくい、そういうハワイの姿を描いています。

たとえばアンティグアであれば、正直に告白すると学生時代のわたしはキンケイドの作品をとおしてはじめてその地名をきいたくらいですから、観光をめぐる諸問題、植民地支配の余波などについて、安全な距離をとった上で、ひどい、良くない、と考えることができました。しかしハワイとなると、ハワイを楽園として消費する日本文化にどっぷり浸かって生きてきた自覚があります。明らかに観光に行く側である自分自身の立ち位置をはっきり意識させられることになります。

しかも二〇二三年、勤務先から在外研究の機会を与えられて、わたしはオアフ島に暮らしながら、この翻訳にとりくみました。常に、ハワイ人ではない、かといって移民でもない、「滞在期間が長い観光客」と呼ぶのがふさわしいのかもしれない、そんな自分の立場について、しかもその自分がこの小説を翻訳することの意味について、何度も何度も手をとめてじっくりと考えながら、訳文をひねりだしました。

わたし自身もそうであったように、読者のみなさんにも、この小説の驚くような展開を楽しみつつ、笑えて泣ける一家の人間模様に感動しつつ、ハワイ人の言語と文化の一端に触れつつ、ハワイの荒々しい山や海の描写を味わいつつ、楽園ではないハワイをぜひご自身にもつながりのある問題としてとらえてみてほしいです。

さて、ここまでハワイの話ばかりしていましたが、小説の舞台は、ハワイ島からオアフ島へ、さらにアメリカ西海岸のポートランド、サンディエゴ、スポケーンへと広がっていきます。いわゆるメインランドつまりアメリカ本土との関係性のなかで、ハワイを描くというのもこの作品の特徴です。ゆえに、読者／訳者としてわたしは、アメリカ合衆国によるハワイ併合の歴史について、そして現在も戦われているハワイ人による主権運動について、深く深く知る必要がありました。そのなかで特に、以下の本からは多くのことを学びました：

ハウナニ－ケイ・トラスク著　*From a Native Daughter: Colonialism and Sovereignty in Hawaiʻi (Revised edition)*　ハワイ大学出版局、一九九九年（『大地にしがみつけ：ハワイ先住民女性の訴え』松原好次訳、春風社、二〇〇二年）

キャンデス・フジカネ、ジョナサン・Y・オカムラ編　*Asian Settler Colonialism: From Local Governance to the Habits of Everyday Life in Hawaiʻi*　ハワイ大学出版局、二〇〇八年

ディーン・イツジ・サラニリオ著　*Unsustainable Empire: Alternative Histories of Hawaiʻi Statehood*　デューク大学出版局、二〇一八年

キャンデス・フジカネ著　*Mapping Abundance for a Planetary Future: Kanaka Maoli and Critical Settler Cartographies in Hawaiʻi* デューク大学出版局、二〇二一年

邦題は言葉の通りの良さを重視して『サメと救世主』としました。「サメ」は当然、原題の「sharks」にあたり、あらすじと合わせて考えるとすれば、主人公のひとりであるナイノアの少年時代に、彼を救った数匹のサメを指すと言えます。ハワイ人の文化におけるサメ――ハワイ語では「manō《マノー》」と呼ばれますが――は、神格化された家族の先人が姿を変えてやってくる動物、すなわち「ʻaumakua《アウマクア》」のひとつとして信じられてもいます。ちなみに、ここで言うハワイ人の文化とは、単にハワイに暮らす人たちの文化という意味では決してなく、「Kānaka《カナカ》 Maoli《マオリ》」、つまりハワイ先住民と、その血をひく人々の文化を指します。アウマクアは夢や幻や呼びかけを通して、生きているその家族のメンバーに警告や叱責を与える存在です。作中のサメたちがナイノアとその家族に、警告するものがあったとすれば、それはどのようなものだったのでしょうか？　その警告とは、現代のハワイに、アメリカに、世界に、どのような関係があるといえるのでしょうか？　物語を楽しむことにくわえて、読者として考える課題をこの作品から受けとるのだとすれば、これらの問いが鍵になる。そのようにわたしは信じています。

この小説が描く楽園ではないハワイ。それは「豊かさ」をめぐるアメリカの矛盾、世界の矛盾を映しだす鏡のような場所です。ほんとうの「豊かさ」とは、はたしてどのような姿をしているのでしょう？

邦題の後ろ半分「救世主」は、原題における「saviors」に当たります。平たく訳すと「救う存在、救うひと」となります。複数形なので「救世主たち」と言えば、より正確な訳になります。ここでの「saviors」とは（もしも作中のだれかを指すのだとしたら）だれのことなのでしょうか？　作品を読んだあとであれば、まず第一に、サメに救われることで、人間をふくむ生きものの傷や病を治癒する能力を与えられたナイノアのことが思いうかぶかもしれません。もちろん、正確に言えば、ほんとうにナイノアにそのような力があったのかどうかという疑問は、作中でもナイノア自身がどうにか答えを出そうと苦しみ、ナイノアの家族ひとりひとりがそれぞれのやりかたで向きあっていくものでもありました。そのナイノアも、物語の中盤できえてしまいます。ナイノアの語りを通して真実を探ることが、読者にはできなくなります。はたして彼は「救うひと」だったのでしょうか？　ノアの兄ディーンは、妹カウイは、おなじようになにかを救いうる存在なのでしょうか？

これらの問いは、この小説を読み、訳すなかで、わたしがくりかえし考えたものです。読者のみなさんにも考えて頂けるのであればうれしいです。最後に、作品全体に関わる重要な情報があります。作者ウォッシュバーン自身には、カナカ・マオリの血が流れていません。ハワイ人ではないのです。その彼がハワイをめぐる物語を書こうとして、中心にハワイ人の家族を置いたことの意味。そのことも訳者として考えて続けていきたいです。

この作品の刊行にいたるまで、多くの方々に助けていただきました。特に、ハワイ大学マノア校教授のキャンデス・フジカネ先生からは、ほんとうにたくさんのことを学びました。また、ハワイ大学マノア校教授の吉原真里先生がフジカネ先生を紹介してくださったところから、この翻訳が完成にむけておおきく動きだしました。おふたりに心よりお礼を申しあげます。

また、編集を担当してくださった書肆侃侃房の藤枝大さん。この企画が生まれた段階で大事な視点をいくつも共有してくださり、訳文にも目を通してくださった加藤有佳織さん。おふたりと仕事ができることはおおきな喜びです。

一緒にハワイに暮らしてくれた家族にも感謝します。息子のレイは学校で学んだハワイ語をたくさん教えてくれました。娘のコトは時々ぐずりながらも元気に学校に行ってくれました。なにより妻にも。ありがとう。

そして、在外研究の機会を与えてくださった大東文化大学の同僚のみなさん、受け入れてくださったハワイ大学マノア校のみなさんに、感謝します。

二〇二三年十二月　　　　日野原慶

■著者プロフィール

カワイ・ストロング・ウォッシュバーン（Kawai Strong Washburn）

ハワイ島のハマクアコーストに生まれ育つ。2020年出版の『サメと救世主』により、PEN/Hemingway Award for Debut Novel と Minnesota Book Award を2021 年に受賞。現在は、ミネアポリス在住。

■訳者プロフィール

日野原慶（ひのはら・けい）

大東文化大学にてアメリカ文学を教えている。共訳書にモナ・アワド『ファットガールをめぐる 13 の物語』、共著に『現代アメリカ文学ポップコーン大盛』（ともに書肆侃侃房）。

サメと救世主

2024 年 2 月 22 日　第 1 刷発行

著者　カワイ・ストロング・ウォッシュバーン
訳者　日野原慶
発行者　池田雪
発行所　株式会社 書肆侃侃房（しょしかんかんぼう）
〒 810-0041 福岡市中央区大名 2-8-18-501
TEL 092-735-2802FAX 092-735-2792
http://www.kankanbou.com
info@kankanbou.com

編集　藤枝大
DTP　黒木留実
印刷・製本　シナノ書籍印刷株式会社

ISBN978-4-86385-616-5　C0097

人が自分の体を生きることの居心地のわるさを描き出した、注目の作家モナ・アワドのデビュー作。

ファットガールをめぐる13の物語

モナ・アワド　加藤有佳織・日野原慶 訳

インディーズ音楽とファッションをこよなく愛す主人公のエリザベス。高校でも大学でも、バイトをしても派遣社員となっても、結婚しても離婚しても、太っていても痩せていても、体のサイズへの意識が途絶えることはない。自分と同じ失敗をさせまいとする母親、友だちのメル、音楽を介してつながったトム、職場の女性たち……。彼らとの関係のなかで、傷つけ、傷つけられ、他者と自分を愛する方法を探してもがく。

四六判、並製、286ページ、定価：本体1,800円＋税　ISBN978-4-86385-461-1
装幀：成原亜美　装画：牛久保雅美

48の掌編のつらなりによって現在のシンガポール社会を巧みに描き出したマレー系作家による短編集。

マレー素描集

アルフィアン・サアット　藤井光 訳

わたしたちの居場所はどこにあるのか？

シンガポールがイギリス領の一部だった19世紀末に総督フランク・スウェッテナムが執筆した『Malay Sketches』。それから100年以上を経た現在、アルフィアン・サアットによって新たに同名の作品が書かれた。イギリス人統治者が支配下にあるマレー人の文化や気質を支配言語である英語を用いて読者に紹介するという『Malay Sketches』の構図を大胆に再利用するかたちで本書は誕生する。

四六判変形、上製、248ページ、定価：本体2,000円＋税　ISBN978-4-86385-464-2
装幀：佐々木暁

ノーベル賞作家サラマーゴが最晩年に遺した、史実に基づく愛と皮肉なユーモアに満ちた傑作。

象の旅

ジョゼ・サラマーゴ　木下眞穂 訳

象は、大勢に拍手され、見物され、あっという間に忘れられるんです。それが人生というものです。

1551 年、ポルトガル国王はオーストリア大公の婚儀への祝いとして象を贈ることを決める。象遣いのスブッロは、重大な任務を受け象のソロモンの肩に乗ってリスボンを出発する。嵐の地中海を渡り、冬のアルプスを越え、行く先々で出会う人々に驚きを与えながら、彼らはウィーンまでひたすら歩く。時おり作家自身も顔をのぞかせて語られる、波乱万丈で壮大な旅。

四六判、上製、216 ページ、定価：本体 2,000 円＋税　ISBN978-4-86385-481-9
装幀：成原亜美

チベット文学を牽引する作家ラシャムジャ。代表作「路上の陽光」をふくむ日本オリジナルの短編集。

路上の陽光

ラシャムジャ　星泉 訳

日本を舞台にした短編「遥かなるサクラジマ」も収録！第 9 回日本翻訳大賞最終選考対象作選出。

10 歳の少年が山で父の放牧の手伝いをしながら成長していく姿を描く「西の空のひとつ星」、センチェンジャの横暴におびえる中学校の教室を舞台に気弱な男子ラトゥクが勇気を持つにいたる「川のほとりの一本の木」、村でたった一人の羊飼いとなった 15 歳の青年が生きとし生けるものの幸せについて考える「最後の羊飼い」など 8 作品を収める。

四六判、上製、272 ページ、定価：本体 2,000 円＋税　ISBN978-4-86385-515-1
装幀：成原亜美